LE FOU ET L'ASSASSIN 2

La fille de l'assassin

Du même auteur aux Editions J'ai lu

L'assassin royal :

1 – L'apprenti assassin, *J'ai lu* 5632
2 – L'assassin du roi, *J'ai lu* 6036
3 – La nef du crépuscule, *J'ai lu* 6117
4 – Le poison de la vengeance, *J'ai lu* 6268
5 – La voie magique, *J'ai lu* 6363
6 – La reine solitaire, *J'ai lu* 6489
7 – Le prophète blanc, *J'ai lu* 7361
8 – La secte maudite, *J'ai lu* 7513
9 – Les secrets de Castelcerf, *J'ai lu* 7629
10 – Serments et deuils, *J'ai lu* 7875
11 – Le dragon des glaces, *J'ai lu* 8173
12 – L'homme noir, *J'ai lu* 8397
13 – Adieux et retrouvailles, *J'ai lu* 8472
Le prince bâtard, prélude à L'assassin royal

Les aventuriers de la mer :

1 – Le vaisseau magique, *J'ai lu* 6736
2 – Le navire aux esclaves, *J'ai lu* 6863
3 – La conquête de la liberté, *J'ai lu* 6975
4 – Brumes et tempêtes, *J'ai lu* 7749
5 – Prisons d'eau et de bois, *J'ai lu* 8090
6 – L'éveil des eaux dormantes, *J'ai lu* 8334
7 – Le Seigneur des Trois Règnes, *J'ai lu* 8573
8 – Ombres et flammes, *J'ai lu* 8646
9 – Les marches du trône, *J'ai lu* 8842

Le soldat chamane :

1 – La déchirure, *J'ai lu* 8617
2 – Le cavalier rêveur, *J'ai lu* 8645
3 – Le fils rejeté, *J'ai lu* 8814
4 – La magie de la peur, *J'ai lu* 9044
5 – Le choix du soldat, *J'ai lu* 9195
6 – Le renégat, *J'ai lu* 9349
7 – Danse de terreur, *J'ai lu* 9456
8 – Racines, *J'ai lu* 9520

Les Cités des Anciens :

1 – Dragons et serpents, *J'ai lu* 9756
2 – Les eaux acides, *J'ai lu* 9795
3 – La fureur du fleuve, *J'ai lu* 9988
4 – La décrue, *J'ai lu* 10199
5 – Les gardiens des souvenirs, *J'ai lu* 10451
6 – Les pillards, *J'ai lu* 10569
7 – Le vol des dragons, *J'ai lu* 10760
8 – Le puits d'argent, *J'ai lu* 10938

Sous le nom de Megan Lindholm

Ki et Vandien :

1 – Le vol des harpies, *J'ai lu* 8203
2 – Les Ventchanteuses, *J'ai lu* 8445
3 – La porte du Limbreth, *J'ai lu* 8647
4 – Les roues du destin, *J'ai lu* 8799

ROBIN HOBB

LE FOU ET L'ASSASSIN 2

La fille de l'assassin

Traduit de l'anglais (États-Unis)
par Arnaud Mousnier-Lompré

J'AI LU

Titre original
THE FITZ AND THE FOOL, BOOK 1
FOOL'S ASSASSIN (deuxième partie)

1
Rêves

Ceci est le rêve de la fin de mon temps. Je l'ai fait sous six formes différentes, mais je ne décrirai que ce qui ne change pas. Il y a un loup grand comme un cheval ; il est noir, immobile comme une statue, les yeux fixes. Mon père est gris poussière et vieux, très vieux. « Je suis épuisé », dit-il dans deux des rêves ; dans trois autres, c'est : « Je regrette, Abeille. » Dans le dernier, il se tait, mais son silence exprime tout. J'aimerais ne plus faire ce rêve ; il est trop puissant, comme s'il devait se réaliser quelle que soit la voie que j'emprunte. Quand je me réveille, j'ai l'impression de m'être encore rapprochée d'un lieu froid et dangereux.

Journal de mes rêves, Abeille Loinvoyant

Je ne veux pas croire que je m'endormis. Comment une terreur aussi abjecte pourrait-elle permettre le sommeil ? Non, je restai pelotonnée dans mon coin, derrière mes paupières closes, tremblant de tous mes membres.

Et père Loup vint à moi. C'était la première fois.

J'avais eu des rêves, des rêves lourds de sens, que je gravais dans ma mémoire à mon réveil ; j'avais d'ailleurs commencé à noter ceux dont je savais qu'ils avaient une signification. Je n'ignorais donc pas ce qu'est un rêve.

Ce n'en était pas un.

L'odeur de poussière et de crottes de souris s'effaça devant celle, piquante, de la neige fraîche et des aiguilles de pin ; puis apparut la senteur chaude et propre d'un animal en bonne santé. Il était tout près. J'enfonçai la main dans sa fourrure et m'y accrochai tandis que mes doigts se réchauffaient dans les poils. Son museau était contre mon oreille, son haleine tiède. *Cesse de gémir. Si tu as peur, tais-toi. Ce sont les proies qui gémissent ; ça attire les prédateurs. Tu n'es pas une proie.*

Je retins mon souffle ; j'avais la gorge douloureuse et la bouche sèche. Une plainte aiguë et lancinante m'échappait sans que j'en eusse conscience ; je l'interrompis, honteuse de la réprobation de père Loup.

C'est mieux. Et maintenant, que t'arrive-t-il ?

« Il fait noir, les portes ne s'ouvrent pas et je suis prise au piège. Je veux retrouver mon lit. »

Ton père ne t'a-t-il pas dit de rester dans ta tanière ? Pourquoi l'as-tu quittée ?

« J'étais curieuse. »

Et les louveteaux curieux ont des ennuis depuis l'aube du monde. Non, ne recommence pas à gémir. Dis-moi, de quoi as-tu peur ?

« Je veux retourner dans mon lit. »

C'est ce que tu désires. Tu as raison de vouloir regagner la tanière où ton père t'a laissée, et de songer à ne plus la quitter sans sa permission. Qu'est-ce qui t'en empêche ? Qu'est-ce qui te fait peur ?

« Les rats ; et puis je ne retrouve plus mon chemin. Je suis bloquée dans ce labyrinthe. » Je tâchai de reprendre mon souffle. « Je ne peux pas sortir. »

Et pourquoi donc ?

« Il fait noir et je suis perdue. Je ne retrouve plus mon chemin. » Le calme implacable de la voix commençait à m'agacer malgré le bonheur que me procurait sa chaleur et le sentiment de sécurité qu'elle me donnait ; mais peut-être m'autorisais-je cette irritation parce que je me sentais protégée. Peu à peu, je me rendis compte que je n'avais plus peur ; j'étais seulement intriguée.

Pourquoi ne retrouves-tu plus ton chemin ?

Là, c'était de la bêtise. Ou de la méchanceté. « Il fait noir, je n'y vois rien, et, même si j'y voyais, je ne me rappelle pas où est la sortie. »

La voix ne manifestait nulle impatience. *Tu n'y vois peut-être rien et tu ne te rappelles peut-être pas parce que tu es effrayée, mais tu as ton odorat. Lève-toi.*

J'eus du mal à me déplier ; j'étais glacée et je tremblais comme une feuille. J'obéis.

Passe devant. Suis ton nez ; suis le parfum de la bougie de ta mère.

« Je ne sens rien. »

Souffle par le nez, puis inspire lentement.

« Je ne sens que la poussière. »

Essaie encore. Inexorable.

Un grondement naquit dans ma gorge.

Ah ! Tu retrouves ton courage. Retrouve tes esprits, maintenant. Repère ton chemin à l'odorat, louveteau.

Je voulais qu'il se trompât ; je voulais une justification à ma peur et à mon désespoir. Je pris mon souffle pour lui dire qu'il était stupide, et je perçus alors le parfum de ma mère. Un sentiment de solitude m'envahit, accompagné du regret de celle qui m'avait tant aimée ; mon cœur me poussa vers l'odeur, et mes pieds le suivirent.

Elle était à peine perceptible. À deux reprises, je m'arrêtai, croyant l'avoir perdue. Je marchais dans les ténèbres, mais, dans mon souvenir, j'avançais lentement dans le jardin d'été vers le chèvrefeuille qui s'étalait sur un mur de pierre du jardin des simples.

À un moment, un courant d'air m'effleura le visage ; il dissipa le parfum, et je me retrouvai dans l'obscurité. Ma gorge se noua et je tendis les mains, mais ne touchai rien. Je sentis monter un sanglot de terreur sous les coups de marteau de mon cœur.

Du calme. Utilise ton nez. La peur ne sert à rien pour le moment.

Je reniflai, accablée de son insensibilité, et je perçus à nouveau le parfum. Je me tournai, mais il s'affaiblit ; je tournai la tête de l'autre côté, plus lentement, et me dirigeai vers la senteur qui m'évoquait maintenant les mains de ma mère sur mes joues. Je me penchai en avant pour humer son amour. Il y eut un léger virage puis une montée graduelle. L'odeur se renforça, et je heurtai la petite étagère. J'ouvris brusquement les yeux ; je ne m'étais pas rendu compte que je les avais fermés.

Et là, filtrant sous le cache du judas, une lueur tremblotante éclairait le moignon de la bougie de ma mère. La lumière le caressait, jaune, chaude et accueillante. Je m'agenouillai et le pris entre mes mains pour humer le parfum qui m'avait ramenée en lieu sûr. J'écartai le cache du trou et scrutai le bureau plongé dans la pénombre. « Ça va aller, maintenant », dis-je à père Loup. Je regardai vers lui, mais il avait disparu en ne laissant qu'un volume d'air plus frais derrière moi.

« Père ? » fis-je, mais il n'y eut pas de réponse. Mon cœur se serra, et puis j'entendis un cliquetis.

« Abeille, ouvre la porte. Dépêche-toi. » Il parlait à voix basse, et je n'arrivais pas à savoir s'il avait peur ou s'il était en colère.

Le cliquetis, à nouveau, plus fort, et la porte s'agita. Soudain, un coup l'ébranla.

Il me fallut un moment pour me repérer, puis, prenant mon courage à deux mains, je quittai la lumière rassurante du judas. En suivant le mur du bout des doigts, je descendis l'étroit couloir, pris un virage, puis un autre, plus abrupt, et sortis par le panneau. Les coups devenaient plus violents. « J'arrive ! » criai-je en repoussant le panneau derrière moi. Je dus refermer les clenches avant d'aller déverrouiller la porte du bureau. Mon père l'ouvrit si brusquement qu'elle me jeta à terre.

« Abeille ! » s'exclama-t-il, hors d'haleine ; il s'agenouilla pour me prendre dans ses bras et me serra si fort qu'il m'en coupa le souffle. Il avait oublié de dresser ses murailles, et son angoisse m'engloutit. Je me raidis, le raz de marée de peur disparut soudain, et je m'étonnai : l'onde d'amour sous-jacent que j'avais perçue était-elle bien réelle. Il me reposa à terre, mais ses yeux noirs me retinrent, empreints de douleur. « Qu'est-ce qui t'a pris ? Pourquoi n'es-tu pas dans ton lit ? demanda-t-il, la voix tendue.

— Je voulais…

— Tu n'as pas le droit ! Tu comprends ? Tu n'as PAS le droit ! » Il ne criait pas, mais le ton sur lequel il parlait était plus effrayant qu'aucun cri, grave et intense comme un grondement.

« Pas le droit de quoi ? » fis-je d'une voix tremblante.

Il répondit, le regard éperdu : « De t'en aller de là où je te laisse ; de me faire croire que je t'ai perdue. » Il me reprit dans ses bras et me serra sur son manteau glacé ; je m'aperçus qu'il avait les cheveux trempés et qu'il portait ses vêtements d'extérieur. Il avait dû rentrer, se rendre directement dans ma chambre et s'affoler en ne m'y trouvant pas. J'éprouvai une étrange petite exaltation : je comptais pour lui. Je comptais beaucoup.

« La prochaine fois que tu me diras de rester dans ta tanière, j'y resterai, promis-je.

— Très bien, fit-il sèchement. Que faisais-tu ici avec la porte verrouillée ?

— J'attendais ton retour. » Ce n'était pas tout à fait un mensonge, et je n'eusse su dire pourquoi j'avais éludé sa question.

« Et c'est comme ça que tu t'es retrouvée couverte de toiles d'araignée et la figure toute sale ? » Il effleura ma joue d'un index froid. « Tu as pleuré ; il y a deux coulures. » Il mit la main dans sa poche, en tira un mouchoir d'une propreté douteuse et l'approcha de moi. Je me reculai, et il regarda le tissu avant d'éclater d'un rire penaud. « Je n'avais pas réfléchi. Viens, allons aux cuisines voir si nous pouvons nous procurer de l'eau tiède et un chiffon propre. Tu me diras où tu attendais mon retour. »

Aux cuisines, il prit une louche et tira de l'eau d'un récipient qui demeurait toujours au chaud sur un fourneau, puis il se munit d'un tissu propre pour me laver la figure. Je lui expliquai que j'étais entrée dans le passage secret, curieuse de l'explorer, mais que je m'étais perdue quand ma bougie s'était éteinte, et que la terreur m'avait saisie. Il ne me demanda pas comment j'avais repéré mon chemin ; il n'imaginait sûrement pas la distance que j'avais parcourue dans le dédale, et, sur le moment, je préférai me taire. De père Loup, je ne dis rien.

Il me ramena dans ma chambre et me trouva une chemise de nuit propre ; celle que je portais était sale au niveau de l'ourlet, et la laine de mes chaussettes était doublée de toiles d'araignée et de poussière. Il me regarda me glisser dans mon lit puis resta assis en silence jusqu'au moment où il me crut endormie ; alors il souffla la bougie et sortit.

J'étais à deux doigts de sombrer dans le sommeil, mais je me retenais pour deux raisons ; d'abord, je voulais découvrir l'emplacement du judas qui donnait sur ma chambre. Cela me prit plus de temps que prévu, car il était très bien dissimulé dans le lambris d'un mur, et placé très haut afin que l'observateur eût vue sur la pièce tout entière ou presque. Je palpai les alentours dans l'espoir de déceler une entrée dans le labyrinthe, mais en vain ; j'avais froid, j'étais fatiguée, et mon lit tiède m'attirait irrésistiblement.

Pourtant, quand je m'y introduisis et posai la tête sur l'oreiller, j'éprouvai de nouveau une répugnance à m'endormir. Dormir, c'était rêver, et ce pratiquement toutes les nuits depuis la mort de ma mère. J'en avais assez de ces rêves, et j'étais lasse aussi de m'acharner à me les rappeler chaque matin pour les noter dans mon journal. Certains parmi les plus effrayants étaient récurrents ; je détestais celui avec les bateaux-serpents, et aussi celui où je n'avais pas de bouche et ne pouvais pas fermer les yeux pour me protéger de ce que je voyais. J'aidais un rat à se cacher dans mon cœur ; il y avait du brouillard, et deux lapins, un blanc et un noir, couraient côte à côte pour fuir de terribles créatures affamées ; une flèche vivante transperçait le lapin blanc, et le noir hurlait à sa mort.

Ces images me faisaient horreur, et pourtant, chaque fois qu'elles me venaient, j'ajoutais un détail, une note, une malédiction à mon journal.

Cette tempête de rêves était un phénomène nouveau, mais non le fait de rêver lui-même : je rêvais depuis plus longtemps que je n'étais sortie du ventre de ma mère ; parfois, j'avais l'impression que mes songes remontaient avant mon existence, que c'étaient des fragments de la vie de quelqu'un qui n'était pas moi mais qui m'était rattaché. Je les avais nourrisson et encore petit enfant ; certains étaient agréables, d'autres d'une beauté étrange ; d'autres encore me terrifiaient. Je ne les oubliais jamais, au contraire de certaines personnes. Chacun formait une séquence complète, aussi constitutive de moi que le souvenir du jour où nous avions récolté le miel des ruches ou de la fois où j'avais glissé dans l'escalier et m'étais éraflé les tibias. Quand j'étais petite, c'était presque comme si j'avais deux existences, une de jour, l'autre de nuit. Certains rêves paraissaient plus importants que d'autres, mais aucun n'était insignifiant.

Toutefois, après l'intervention de père Loup, je fis un rêve dont je sus au réveil qu'il n'était pas ordinaire, et je pris soudain conscience que mes songes se répartissaient en deux catégories : il y avait les rêves et il y avait les Rêves. J'éprouvai alors le besoin irrépressible de tout reprendre à zéro, de noter mes Rêves dans leurs moindres détails et de les garder en sécurité. C'était comme si j'avais découvert la différence entre les cailloux du chemin et les pierres précieuses, et m'étais rendu compte que j'avais laissé traîner ces dernières n'importe où depuis neuf ans.

Je me réveillai dans mon lit à baldaquin et restai allongée dans l'obscurité de l'hiver, réfléchissant à ce que je devais faire. J'avais bien fait de noter tous mes rêves, mais, maintenant que je connaissais la différence entre eux, je devais tous les recopier ; il me faudrait de l'encre, des plumes de bonne qualité et du papier convenable. Je savais où me procurer toutes ces fournitures. J'eusse aimé avoir du vélin, mais on se fût aperçu de sa disparition, et je ne pensais pas pouvoir persuader mon père que mon entreprise valait une telle débauche de moyens. Plus tard, peut-être, pourrais-je acquérir le papier que méritaient mes Rêves ; pour le moment, je devais me contenter de les noter et de les ranger en sécurité. Il m'apparut soudain qu'il n'existait qu'un seul lieu au monde pour ces deux activités, et cela présentait un nouveau problème.

Après mon excursion nocturne, j'étais certaine que mon père me limiterait l'accès aux passages secrets des murs de Flétribois ; couchée dans mon lit, je me convainquais de ce fait, et il devenait de plus en plus insupportable.

Je n'avais guère parlé à mon père de mon exploration de la nuit passée ; il en avait déduit que je m'étais effrayée toute seule, sans m'aventurer bien loin, et pensait peut-être que cela suffirait à mettre un terme à mes envies de découverte. Mais il risquait de vouloir vérifier ; il verrait sans doute la bougie de réserve, et peut-être le moignon que j'avais laissé tomber lorsque la mèche s'était éteinte. Repérerait-il mes empreintes et les suivrait-il dans les boyaux poussiéreux pour se rendre compte de la distance que j'avais parcourue ? Je l'ignorais. Il avait été complètement affolé en ne me trouvant pas là où il m'avait laissée ; peut-être le soulagement que j'avais manifesté à son retour l'avait-il rassuré.

Je me levai et m'habillai beaucoup plus vite que d'habitude. La chambre était glaciale ; je soulevai non sans mal le couvercle de mon coffre à vêtements d'hiver, le bloquai à l'aide d'une chaussure puis y pénétrai à demi pour m'emparer de chausses en laine, d'une tunique matelassée et de ma ceinture à boucle en forme d'oiseau. J'avais grandi : mes chausses et ma tunique commençaient à être trop courtes. Il faudrait que je le dise à maman…

Quand je cessai de pleurer, j'ajoutai du bois sur les braises de la cheminée. Naguère, à mon réveil, j'eusse trouvé ma mère en train d'allumer le feu après avoir sorti mes vêtements ; elle avait continué bien après que j'avais été capable de m'en charger seule. Non qu'elle eût pitié de ma taille : je pense qu'elle aimait les rites que comporte l'entretien d'un petit enfant et qu'elle cherchait à les prolonger.

Je les aimais autant qu'elle, et ils me manquaient. Mais le passé était le passé, et la vie se poursuivait.

Je décidai de repérer l'autre entrée située dans le garde-manger et de trouver un moyen de la rendre utilisable ; néanmoins, cette solution ne me satisfaisait pas complètement, et je regrettais qu'il n'existât pas d'accès direct de ma chambre aux passages secrets. Le judas m'avait révélé que le boyau dissimulé passait dans mes murs ; se pouvait-il qu'il y eût une entrée inconnue de mon père lui-même ?

Je palpai lentement le lambris encore une fois ; je distinguais le trou d'observation, mais uniquement parce que je savais où le chercher : une cavité un peu trop commodément laissée par un nœud dans le bois. Je tapotai prudemment les lambris, d'abord en bas puis aussi haut que j'atteignais, mais le bruit m'apprit seulement que les constructeurs des passages les avaient parfaitement camouflés.

La faim me saisit brusquement. Je tournai la poignée de ma porte, ouvris le battant et me glissai hors de la chambre. Il était tôt et le silence régnait dans la maison ; sans bruit, je suivis le couloir dallé puis empruntai le large escalier. Depuis que je connaissais l'existence du réduit dans les passages secrets, Flétribois me paraissait encore plus démesuré, et descendre les marches, c'était comme être dehors : le plafond me paraissait aussi haut que le ciel, et les courants d'air étaient aussi froids que la bise qui soufflait à l'extérieur.

La table n'était pas encore mise pour le petit déjeuner. Je me rendis aux cuisines où Tavia et Douce étaient déjà au travail ; le pain de la semaine levait dans un grand récipient en terre couvert d'un tissu près de l'âtre. À mon entrée, Orme sortit en annonçant qu'elle allait chercher des œufs. Menteuse.

« Tu as faim, ma petite chérie ? » me lança Tavia, et j'acquiesçai de la tête. « Je vais te mettre un peu de pain à griller. Viens t'installer. »

Je fis ce que je faisais toujours depuis que je savais marcher à quatre pattes : je grimpai sur un banc et m'assis sur le bord de la table ; puis, après réflexion, je redescendis m'accroupir sur le banc ; ainsi, j'étais presque à la bonne hauteur. Tavia m'apporta ma petite chope pleine de lait et me jeta un regard empreint de curiosité. « On grandit, on dirait. »

J'acquiesçai à nouveau.

« Alors tu es assez grande pour parler, intervint Douce. Dis au moins "merci". » Comme toujours, ses réflexions à mon endroit avaient un côté acerbe. J'allais prendre ma chope ; j'interrompis mon geste et me tournai vers Tavia : « Merci, Tavia ; tu es toujours bonne avec moi. » J'avais prononcé chaque mot avec soin. Derrière moi, j'entendis Douce lâcher sa cuiller.

La cuisinière me regarda un moment, les yeux ronds, puis elle répondit : « Mais je t'en prie, Abeille. »

Je bus et reposai délicatement ma chope.

Tavia fit à mi-voix : « En tout cas, c'est bien la fille de son père.

— En effet, dis-je d'un ton catégorique.

— Ça, c'est sûr », marmonna Douce. Elle eut un petit rire et ajouta : « Et moi qui reprochais à Orme d'inventer des histoires quand elle prétendait qu'Abeille serait capable de parler si elle le voulait ! » Elle se mit à touiller vigoureusement sa préparation. Tavia ne dit rien mais m'apporta quelques tranches du pain de la semaine passée, les fit griller pour les rafraîchir, et les beurra.

« Alors, comme ça, tu parles, maintenant ? » me demanda-t-elle.

Je lui jetai un regard rapide et me sentis soudain gênée ; je baissai les yeux. « Oui. »

Je vis son léger hochement de tête du coin de l'œil. « Ça aurait fait plaisir à ta mère ; elle m'a dit un jour que tu savais prononcer beaucoup de mots mais que tu étais timide. »

J'observai intensément le plateau de la table couvert de balafres, mal à l'aise. J'en voulais à Tavia d'avoir su que je savais parler et de n'avoir rien révélé, mais je lui étais aussi reconnaissante d'avoir gardé mon secret ; peut-être l'avais-je mésestimée.

Elle posa un petit pot du miel de ma mère près de mon pain. Je le regardai ; maintenant que maman était morte, qui s'occuperait des ruches en été et de leur récolte ? Je devais m'en charger, mais je ne pensais pas y arriver ; j'avais essayé au cours des derniers mois, mais les résultats étaient inégaux. J'avais aidé ma mère naguère, mais, quand je me mêlais de recueillir moi-même le miel et la cire, j'aboutissais à une catastrophe ; les rares bougies que j'avais fabriquées étaient pataudes et sans grâce, les pots de miel pleins de petits morceaux de cire et peut-être d'abeilles. Je n'avais pas eu le courage de les montrer à quiconque, et il m'avait fallu des heures pour nettoyer l'atelier de ma mère. Je commençais à me demander si nous n'allions pas devoir acheter nos bougies désormais ; mais où ? Et en achèterions-nous des parfumées pour les grandes occasions ? Elles n'auraient jamais les senteurs de celles de ma mère.

Je levai les yeux à l'entrée de mon père dans la cuisine. « Je te cherchais, dit-il d'un ton sévère. Tu n'étais pas dans ton lit.

— J'étais ici, je prenais mon petit déjeuner. Papa, je ne veux plus me servir des bougies de maman ; il faut les économiser. »

Il se tut un instant, les yeux fixés sur moi, puis demanda : « Les économiser pour quoi ?

— Pour des moments particuliers, comme quand je veux me rappeler son odeur. Qui va se charger de tout ce qu'elle faisait, papa ? Qui va s'occuper des ruches, récolter le miel, raccommoder mes vêtements et mettre des sachets de lavande dans mes coffres ? C'est fini, tout ça, maintenant qu'elle est morte ? »

Raide comme un piquet, il me regarda sans rien dire de ses yeux noirs pleins de douleur. Il était dépenaillé, ses cheveux, coupés en signe de deuil, repoussaient en boucles hirsutes, sa barbe couvrait ses joues par plaques, et sa chemise était encore froissée de son trajet nocturne sous la pluie ; manifestement, au lieu de la secouer et de l'étendre proprement après l'avoir ôtée, il l'avait jetée sur une chaise ou un pied de lit. Il me fit pitié : il n'avait plus maman pour lui rappeler ce qu'il devait faire. Je me souvins alors que je ne m'étais pas peignée avant de sortir de ma chambre, ni la veille au soir, d'ailleurs : mes cheveux n'étaient pas assez longs pour les tresser. J'y portai la main et les sentis dressés en petits toupets sur ma tête. Nous faisions la paire, papa et moi.

Il se remit lentement à bouger, comme s'il revenait à la vie. Il s'approcha de la table et s'assit lourdement en face de moi. « Elle faisait beaucoup de choses, oui. Tant de choses ! On n'a jamais soif tant que le puits n'est pas tari. »

Je le regardai, et il soupira. « Nous garderons de côté les bougies parfumées pour toi. Pour le reste, ma foi, ta sœur Ortie m'a déjà conseillé d'engager du personnel pour tenir la maison en ordre, et je crois qu'elle a raison. Elle a dit à demi-mot qu'elle pourrait venir plus souvent et amener des amis, si bien qu'il y aura de nouveaux occupants pour nous aider. J'ai déjà envoyé chercher ta cousine ; elle arrivera dans quelques jours. Elle s'appelle Évite et elle a une vingtaine d'années. J'espère que tu t'entendras bien avec elle. »

Douce et Tavia nous écoutaient avec une telle attention qu'une sorte de bulle de silence nous entourait dans la cuisine. L'envie me taraudait de demander à mon père comment je pouvais avoir une cousine dont je n'avais jamais entendu parler ; avait-il un frère ou une sœur dont j'ignorais tout ? Mais je ne pouvais pas poser la question devant les cuisinières. Je parlai sans détour. « Je ne veux pas que des gens viennent s'installer ici. Ne pouvons-nous pas nous débrouiller seuls ?

— J'aimerais bien », répondit mon père. Tavia posa une grosse théière fumante sur la table. D'ordinaire, nous ne prenions pas le petit déjeuner dans les cuisines, mais elle espérait que mon père resterait et continuerait à parler. Avait-il conscience comme moi de l'intérêt avide des deux femmes ? « Mais ce n'est pas réaliste, Abeille, ni pour toi ni pour moi. Je dois parfois m'éloigner de Flétribois, et il faut quelqu'un pour te surveiller en mon absence. Tu as besoin de quelqu'un pour t'enseigner tout ce qu'une jeune fille doit savoir, non seulement lire et calculer, mais coudre, prendre soin de toi, te coiffer... Bref, ce que font les femmes. »

Je le regardai avec inquiétude en me rendant compte qu'il n'en savait pas plus long que moi sur le sujet. Je dis : « Ce serait beaucoup plus simple si j'étais un garçon ; nous n'aurions besoin de personne. »

Il eut un petit rire étranglé puis il reprit son air grave. « Mais tu n'es pas un garçon. Et, même alors, il faudrait embaucher du personnel. Ortie et moi en avons discuté à plusieurs reprises : j'ai négligé la propriété ; Allègre me harcèle depuis des mois à propos d'une cheminée bouchée dans une des chambres et d'une fuite qui imprègne d'humidité le mur d'une autre. Je ne peux plus remettre les travaux à plus tard. Toute la maison a besoin d'un grand nettoyage, après quoi il faudra mieux l'entretenir. Au printemps, ta mère et moi avions parlé de toutes les réparations à effectuer pendant l'été. » Il se tut, le regard soudain lointain. « Et maintenant, l'hiver approche, et rien n'a été fait. » La tasse que Tavia posa près de lui cliqueta dans sa soucoupe ; elle la poussa délicatement vers lui. « Merci », dit-il avec une politesse d'automate. Puis il se tourna vers elle. « Je suis navré, Tavia, j'aurais dû vous prévenir plus à l'avance. Crible accompagnera la cousine d'Abeille ici et restera peut-être quelques jours. Il faut décider quel appartement donner à Évite et… Ma foi, je ne sais pas ce qu'il faut prévoir encore. Sa branche de la famille est très aisée ; elle s'attendra peut-être à ce qu'on lui attribue une domestique… »

Mon père se tut et il plissa le front comme à un souvenir désagréable. Muscade, la cuisinière, pétrissait de la pâte quand j'étais entrée ; je la regardai : elle l'étalait sur la planche à pain sans perdre une miette de notre conversation. Je rassemblai mon courage pour rompre le silence. « J'ignorais que j'avais une cousine. »

Il prit une courte inspiration. « Nous ne sommes pas très liés, dans la famille, hélas, mais, en cas de problème, nous n'oublions pas les liens du sang. C'est pourquoi Évite viendra nous prêter main-forte, pour un temps, du moins.

— Évite ?

— Elle s'appelle Évite Tombétoile.

— Sa mère ne l'aimait donc pas ? » demandai-je, et j'entendis Douce étouffer un petit rire.

Mon père redressa le dos et versa du thé dans une des tasses. « À vrai dire, non ; aussi, accueillons-la avec égards et ne l'interrogeons pas sur son prénom ni sur sa famille. Je pense qu'elle sera aussi soulagée de venir habiter chez nous que nous de la recevoir. À son arrivée, elle sera peut-être mal à l'aise, et lasse de son voyage ; n'en attendons pas trop d'elle au début, d'accord ?

— D'accord », répondis-je, de plus en plus perplexe. Quelque chose n'allait pas, mais je ne parvenais pas à mettre le doigt dessus. Mon père me mentait-il ? J'eus beau le scruter alors qu'il buvait son thé à petites gorgées, je restai dans l'incertitude. Je faillis lui poser la question puis me ravisai : mieux valait ne pas l'obliger à reconnaître qu'il mentait devant Tavia, Douce et Muscade. Je l'interrogerais plus tard. Je dis : « J'ai fait un rêve spécial cette nuit ; il me faut une plume, de l'encre et du papier pour le noter.

— Vraiment ? » fit-il avec indulgence. Il me sourit, mais ce fut le regard étonné qu'échangèrent Douce et Tavia derrière nous que je perçus ; elles en découvraient trop sur moi et trop vite, mais cela m'était égal. Si elles ne me prenaient plus pour une simple d'esprit, peut-être cela me faciliterait-il l'existence.

« Vraiment », répondis-je, catégorique. Au ton qu'il avait employé, il croyait à un caprice de ma part et non à une affaire sérieuse. Ne mesurait-il donc pas l'importance de ces rêves ? Je décidai de lui expliquer.

« Il m'est venu bordé de noir et d'or ; les couleurs étaient très vives et tout paraissait très grand, si bien que les détails les plus infimes étaient visibles. La scène commençait dans le jardin de maman ; des grappes d'abeilles butinaient les lavandes qui embaumaient l'air. J'étais là ; et puis j'ai vu la longue allée qui mène à la maison. Quatre loups la remontaient en trottant, deux par deux ; un blanc, un gris, et deux rouges. Mais ce n'étaient pas des loups. » Je m'interrompis pour chercher la meilleure description de créatures que je n'avais vues qu'en songe. « Ils n'étaient pas beaux comme des loups, et ils n'en avaient pas non plus le sens de l'honneur ; ils se déplaçaient furtivement, la croupe basse et leur queue maigre rabattue ; ils avaient les oreilles rondes, leur gueule était ouverte et ils bavaient. Ils étaient le mal… Non, ce n'est pas ça : c'étaient les serviteurs du mal, et ils venaient pourchasser celui qui sert le bien. »

Le sourire de mon père se mêlait à présent de perplexité. « Voilà un rêve très précis », dit-il.

Je m'adressai à Tavia : « Je crois que le bacon est en train de brûler », fis-je, et elle sursauta comme si je l'avais piquée avec une aiguille. Elle se retourna vers la poêle où les rubans grésillants avaient commencé à fumer et la retira du feu.

« C'est ma foi vrai », marmonna-t-elle, et elle s'activa au fourneau.

Je revins à mon père et à mes tartines grillées ; je mangeai deux bouchées accompagnées d'un peu de lait avant de reprendre : « Je t'avais prévenu que c'était un rêve spécial ; il ne s'arrête jamais, et c'est mon devoir de me le rappeler et de le garder en lieu sûr. »

Son sourire s'effaçait peu à peu. « Pourquoi ? »

Je haussai les épaules. « Je dois le faire, c'est tout. Le rêve compte bien d'autres éléments ; après le passage des faux loups, je découvre une aile de papillon par terre ; je la ramasse, mais alors elle devient de plus en plus grande, et, en dessous, il y a un homme blanc comme la craie et froid comme un poisson. Je crois qu'il est mort, mais il ouvre soudain les yeux, et ils sont complètement décolorés. Il ne parle pas par la bouche mais il ouvre la main pour s'exprimer. Il meurt avec des rubis qui lui tombent des yeux… »

Mon père reposa sa tasse sur le bord de la soucoupe ; elle bascula et roula sur la table en laissant une traînée de thé. « Zut ! » s'exclama-t-il d'une voix que je ne lui connaissais pas, et il se leva brusquement en renversant son banc à demi.

« Oh, ne vous en faites pas, messire, je vais nettoyer ! » s'exclama Tavia en s'approchant aussitôt avec un torchon.

Il s'écarta en secouant sa main aspergée de thé chaud. Je terminai mon pain beurré ; rêver m'avait donné une faim de loup. « Le bacon est bientôt prêt ? » demandai-je.

Douce apporta le plat ; le lard était un peu brûlé, mais, comme je l'aime croustillant, cela ne me dérangea pas.

« Il faut que je sorte un moment », dit mon père. Il avait ouvert la porte et regardait l'arrière-cour boueuse ; il respirait l'air glacé de l'hiver à grandes goulées et refroidissait la cuisine par la même occasion.

« Messire, pensez au pain qui lève ! » protesta Tavia.

Sans répondre, il sortit dans le froid, sans manteau ni cape. « J'ai besoin de papier ! » lui criai-je, affligée qu'il négligeât ma demande et mon rêve.

« Prends ce qu'il te faut dans mon bureau », lança-t-il sans se retourner, et il referma la porte derrière lui.

Je ne le vis guère du reste de la journée. Je le savais occupé, et il mit Flétribois sens dessus dessous par ses préparatifs. On choisit un appartement pour ma cousine, on sortit des coffres de cèdre des draps et des couvertures qu'on mit à aérer, et il fallut ramoner le conduit de la cheminée quand on s'aperçut qu'un nid le bouchait complètement. Les deux jours suivants, le remue-ménage ne fit que croître. Notre intendant, Allègre, était ravi de toute cette activité et courait en tous sens dans la demeure en trouvant sans cesse de nouvelles tâches à donner aux domestiques. Des gens que je ne connaissais pas se présentaient les uns après les autres à la porte et se réunissaient dans le bureau officiel avec mon père et Allègre, qui choisissaient parmi eux des artisans, des ouvriers, des bonnes et des palefreniers, dont certains revenaient le lendemain avec leurs outils pour entamer leur ouvrage ; d'autres débarquaient avec des carrioles pleines d'affaires personnelles pour s'installer dans les communs.

Nul recoin de la demeure n'échappait à cette activité ; partout, on récurait les sols, on astiquait les boiseries et on ressortait des meubles de leurs réserves. Un charpentier et ses assistants vinrent réparer une fuite dans le toit d'une des serres. Devant tant de bruit et d'agitation, je me réfugiai dans mon silence et mes habitudes de furtivité ; nul n'y fit attention. Quand il m'arrivait de voir mon père, il parlait toujours avec quelqu'un, étudiait des documents ou déambulait, les sourcils froncés, avec Allègre qui désignait ceci ou cela d'un air désolé ; quand il me regardait, il souriait, mais il y avait une tristesse dans ses yeux et un malaise dans le pli de sa bouche qui me donnait envie d'aller me cacher.

C'est ce que je finis par faire. Je pris du papier, de l'encre et des plumes dans son bureau, et, comme il avait dit que je pouvais me servir à mon gré, je m'emparai aussi de vélin, d'encres de couleur de la meilleure qualité et de plumes à pointe de cuivre. Je fis également provision de bougies parfumées : j'en réunis une bonne quantité que je dissimulai dans ma chambre, où elles embaumèrent mon coffre à vêtements et mes rêves. J'emportai aussi les longues chandelles blanches à combustion lente que j'avais coulées avec ma mère et les entreposai dans mon réduit secret.

Je fis de nombreuses réserves pendant cette période où mon père ne pensait pas à moi : biscuits et fruits secs rangés dans une belle boîte en bois pour les protéger des rats, cruche munie d'un bouchon pour avoir de l'eau, tasse ébréchée qui ne manquerait à personne. Je dérobai une couverture en laine qu'on avait mise à prendre l'air, dont Tavia avait dit que les souris l'avaient trouée et qu'elle ne pouvait plus servir qu'à faire des chiffons à astiquer. Il régnait une telle cohue à Flétribois que mes vols passaient inaperçus, car chacun croyait que quelqu'un d'autre avait déplacé l'objet disparu. Je trouvai un tapis à motifs rouges et orange un petit peu trop grand pour ma cachette d'espion ; j'en fis remonter les bords le long des murs et me créai ainsi un nid. Dans les réserves de ma mère, je pris des sachets de lavande et d'autres plantes odorantes que nous avions cueillies ensemble.

Mon refuge devenait très confortable. Je n'y accédais pas par le bureau de mon père ; je me doutais qu'il n'approuverait pas le temps que j'y passais. J'avais donc repéré la porte dissimulée dans le garde-manger et bâti devant elle une barrière de caisses de poisson salé, en me laissant juste assez de place pour me glisser derrière la muraille improvisée, ouvrir la porte dérobée et me faufiler par l'entrebâillement. Je la refermais derrière moi mais veillais toujours à ce qu'elle ne pût se bloquer, au risque de m'emprisonner dans le passage secret ; comme je n'avais jamais repéré le loquet qui permettait de l'ouvrir de l'intérieur, je la laissais toujours légèrement entrouverte.

Je marquais à la craie les différents passages de mon dédale et repoussais toiles d'araignée et crottes de souris sur les côtés ; j'avais suspendu des bouquets de plantes odorantes sur le chemin qui menait à ma tanière, si bien que, même dans le noir, je réussissais à me diriger à leur parfum ; j'avais vite mémorisé le trajet mais je ne pouvais oublier la nuit terrifiante que j'avais passée dans les ténèbres.

Je découvris que le labyrinthe s'étendait davantage que ce que m'en avait révélé mon père ; le savait-il et m'avait-il menti, ou bien les passages étaient-ils si étroits qu'il n'en tenait pas compte ? Mais je remis à plus tard leur exploration : j'avais de nombreux Rêves en retard à noter, avec autant de détails que je pouvais en arracher à ma mémoire. Je couchai sur le papier celui avec le cerf qui volait et celui avec la tapisserie qui représentait d'anciens rois, très grands et aux yeux d'or. Il me fallut six feuilles pour décrire celui du garçon blanc comme un poisson qui naviguait à bord d'un bateau sans rame et s'était vendu comme esclave. J'ajoutai un rêve où je voyais mon père s'ouvrir la poitrine, s'arracher le cœur et le presser sur une pierre jusqu'à ce qu'il n'y restât plus une goutte de sang.

Je ne comprenais pas ces images, mais quelqu'un saurait peut-être un jour les déchiffrer, et je les consignais donc ; j'écrivais jusqu'à avoir les doigts tachés d'encres de toutes les couleurs et les mains percluses de douleur, mais je prélevais encore du papier et continuais mes transcriptions.

Et le soir, en me couchant, je lisais. Ma mère avait trois livres qui n'appartenaient qu'à elle ; l'un était l'herbier que lui avait donné Patience, qui le tenait elle-même de mon père et qu'elle avait envoyé à Molly, je crois, à l'époque où elles le croyaient mort. L'autre était un ouvrage sur les fleurs et le troisième sur les abeilles ; celui-là, elle l'avait écrit de sa main, et ce n'était pas un livre à proprement parler, ni un manuscrit, mais une liasse de feuilles réunies par un ruban passé par des perforations. C'était plus un journal de l'état de ses ruches qu'autre chose, et c'était mon préféré ;

de la première à la dernière page, je voyais son écriture et son orthographe s'affirmer, et ses observations gagner en précision à mesure que croissait son savoir. Je le lisais et le relisais en me promettant de mieux m'occuper de ses ruches au printemps.

Patience avait passé son existence à acquérir des livres et des manuscrits, dont beaucoup avaient été chapardés dans la bibliothèque du château de Castelcerf ; certains valaient des fortunes, reliés par des bandes de cuir, avec des couvertures en chêne cloutées d'argent, cadeaux qu'on lui avait faits dans l'espoir de gagner ses faveurs à l'époque où Chevalerie était roi-servant et qu'elle devait devenir reine. Ces magnifiques volumes n'étaient guère nombreux : la plupart avaient été vendus durant la sombre période de la guerre contre les Pirates rouges, et ceux qui restaient, lourds et assommants, étaient surtout des comptes rendus historiques qui glorifiaient exagérément les souverains Loinvoyant du passé, des récits destinés à flatter plus qu'à instruire. De nombreuses pages portaient des annotations d'un scepticisme cinglant de la main de Patience ; à leur lecture, le fou rire me prenait souvent, car elles l'éclairaient sous un jour que nul ne m'avait révélé. Comme elles commençaient à s'effacer, je les repassais à l'encre quand je les croisais.

Les livres que Patience avait acquis elle-même formaient une collection beaucoup plus éclectique et fatiguée. Il y en avait un sur le ferrage des chevaux et le travail de la forge, avec des notes de la main de Patience sur ses propres expériences ; il y en avait d'autres sur les papillons, sur les oiseaux, sur les bandits de renom et sur les légendes concernant les monstres marins ; il y avait un vieux parchemin de vélin sur la façon d'approcher les becqueteux et de les lier afin de leur faire faire les corvées ménagères, et quelques manuscrits de petit format sur la manière de distiller et de parfumer l'alcool. Trois tablettes très usées traitaient des moyens par lesquels une femme peut se rendre féconde.

Mais je découvris vite que ce n'étaient pas les ouvrages les plus intéressants de Flétribois. Les plus passionnants étaient ceux qui étaient cachés et oubliés. Dans le désordre du vieux bureau de Patience, je trouvai sa correspondance sous forme de paquets ficelés ; les plus anciennes lettres, dans une boîte, au milieu de fleurs si vieilles qu'elles avaient perdu toute couleur et tout parfum, étaient nouées par un fil de cuir. C'étaient les missives éperdues d'un jeune homme en proie à une grande passion et à une retenue plus grande encore qui promettait de devenir quelqu'un et d'acquérir une fortune et une réputation qui compenseraient sa basse naissance ; il implorait Patience d'attendre qu'il pût se présenter devant son père pour requérir honorablement le droit de la courtiser. La dernière du lot était froissée et tachée comme si on l'avait lue à de multiples reprises en pleurant. Le jeune homme y réprimandait Patience de vouloir s'enfuir avec lui sans se soucier de sa réputation ni de la douleur qu'elle causerait à son père. Je finis par comprendre qu'ils avaient échangé un baiser et que la toute jeune dame Patience était envoyée visiter Terrilville et Jamaillia en compagnie d'autres membres de sa famille afin de lui en montrer l'art et la culture et de l'éloigner des garçons d'écurie trop ardents. Elle resterait absente près de deux ans, mais le jeune homme promettait de l'attendre, de penser toujours à elle et de ne pas ménager sa peine ; il avait appris que l'armée embauchait ; le travail était dur mais la paie bien meilleure. Pendant le voyage de Patience, il chercherait fortune et acquerrait ce qu'il fallait pour se présenter fièrement devant son père et demander à la courtiser en toute légitimité.

Le paquet de lettres suivant datait de quatre ans plus tard et provenait du prince Chevalerie, qui s'excusait dans la première d'avoir eu la présomption de lui envoyer un présent aussi personnel alors qu'il la connaissait à peine ; mais il n'avait pu s'en empêcher, car les petites boucles d'oreilles étaient presque aussi délicates et gracieuses qu'elle. Patience l'autoriserait-elle à lui rendre visite bientôt ?

Dans les cinq lettres qui suivaient, il s'excusait encore de persister à lui écrire et à lui faire parvenir des cadeaux, et dans chacune il l'invitait à le rejoindre au château de Castelcerf pour un banquet, une partie de chasse ou un spectacle donné par des acrobates jamailliens. Les réponses manquaient, mais elle avait dû le repousser à chaque fois.

Je sus à quel moment elle commença d'avoir des sentiments pour lui. Dans une missive, Chevalerie déclarait ne pas voir de raison pour qu'une jeune dame ne se passionnât pas pour le travail de la forge et espérer que les manuscrits, la petite enclume et les outils qu'il lui faisait parvenir l'aideraient à poursuivre dans l'étude de ce domaine. Dans la suivante, il lui faisait part de son éternelle gratitude pour la cuiller qu'elle lui avait transmise comme preuve de ses nouveaux talents ; il la décrivait comme son trésor et disait envoyer en retour quelques lingots du meilleur fer de Forge afin que Patience continuât de s'exercer.

À partir de là, leur correspondance devint plus fréquente, et l'amour finit par y tenir une place si grande que je m'en désintéressai. Il était curieux de songer que le premier paquet de lettres provenait de Burrich, qui avait élevé mon père, épousé ma mère par la suite, pris ma sœur sous son aile comme si elle était sa propre fille et eu six garçons avec Molly. Ainsi, son premier amour avait été dame Patience, la femme de mon grand-père ? Et il avait ensuite veillé sur mon père enfant avant de se marier plus tard avec ma mère ? Les branches biscornues de mon arbre généalogique me donnaient le tournis et me passionnaient, ce qui me conduisait à dérober d'autres manuscrits dans le bureau de mon père.

À l'origine, je n'avais pas l'intention de m'immiscer dans sa vie privée ; en quête de papier de bonne qualité, j'avais prélevé une dizaine de feuilles dans sa réserve, et c'est seulement de retour dans ma cachette que je m'étais rendu compte que seule celle du dessus était vierge. À l'évidence, il l'avait posée par-dessus une liasse de feuilles déjà utilisées. Je les réunis pour les rapporter, mais mon œil s'arrêta sur son écriture nette et ferme, et je me trouvai bientôt irrésistiblement entraînée dans son histoire.

C'était le simple récit d'un incident de son enfance, et je me rappelle qu'à l'époque je m'étais demandé pourquoi il l'avait couché sur le papier. Il en avait manifestement gardé un souvenir précis ; pourquoi prendre cette peine ? Plus tard seulement je devais prendre conscience, par la consignation obsessionnelle de mes rêves, que parfois le meilleur moyen de comprendre quelque chose, c'est de le noter. Le texte commençait par une réflexion sur l'amitié, comment elle débute et comment elle finit, et aussi sur les amitiés qui ne se sont jamais nouées ou qui n'eussent jamais dû se réaliser. Puis il racontait son histoire.

La péripétie en elle-même n'avait rien d'extraordinaire, mais, méticuleux comme toujours, il avait noté qu'elle avait eu lieu à l'heure où la rosée a disparu des jardins de Castelcerf mais où le soleil ne les a pas encore réchauffés. Lui et son chien, baptisé Fouinot, quittaient discrètement le château pour suivre le chemin raide et ombragé qui descendait à Bourg-de-Castelcerf ; de ce fait, il coupait à ses corvées et en éprouvait déjà un sentiment de culpabilité, mais l'envie de voir des enfants de son âge et d'avoir du temps pour jouer l'avait emporté sur la crainte du châtiment auquel il s'exposait pour s'être absenté.

Au moment de sortir des jardins, il se retourna par hasard et vit un autre garçon installé au sommet du mur qui le regardait. « Pâle comme un œuf et l'air fragile. » Assis en tailleur, les coudes sur les genoux et le visage dans ses longues mains, il observait mon père. Ce dernier eut la conviction qu'il mourait d'envie de sauter au sol pour le suivre ; s'il avait seulement souri ou fait un signe de la tête, l'autre se fût joint à lui.

Mais il n'en fit rien. On l'appelait encore le Nouveau dans la troupe de gamins des rues avec lesquels il courait, et il ignorait s'il était accepté ou non parmi eux ; il risquait de tout perdre s'il se présentait avec un inconnu, surtout un inconnu aussi pâle et incongru, vêtu d'un habit bariolé de bouffon. Il craignait d'être exclu en même temps que son compagnon au teint blême, ou, pire, d'être obligé de choisir entre le défendre contre les coups des autres ou de se joindre à eux pour prouver qu'il faisait partie de la troupe. Il lui tourna donc le dos et s'éloigna en courant avec son chien pendant que l'enfant pâle restait sur son perchoir.

Je pris la dernière feuille en pensant y lire la fin de l'histoire, mais je n'y trouvai que des mots illisibles, l'encre si délayée par l'humidité que je ne pus déchiffrer ce qu'il avait écrit. Je reformai la liasse et la tapotai pour aligner les feuilles. L'encre était nette et noire ; il n'avait pas rédigé ce texte des années auparavant, mais il y avait à peine quelques jours, si bien qu'il le chercherait sans doute, peut-être pour l'achever, et s'apercevrait de sa disparition. Cela pourrait être désastreux pour moi.

Pourtant, je ne pus résister à l'envie de le relire avant de retourner discrètement dans le bureau prendre encore du papier ; mais ce ne fut pas tout ce que j'emportai.

Je savais depuis toujours que mon père passait presque toutes ses soirées à écrire, et j'avais toujours pensé que c'était en rapport avec la gestion de la propriété, qu'il tenait les comptes des salaires versés, du nombre de moutons qui avaient été tondus, du nombre d'agneaux qui étaient nés au printemps et de la qualité des vendanges ; de fait, lorsque j'explorai plus tard son bureau ordinaire, c'est ce que je découvris dans ses papiers. Mais ici, dans son bureau personnel, se trouvaient des documents différents, qu'il n'avait sûrement jamais pensé partager avec quiconque.

Ma mère était une lectrice pragmatique qui ne se penchait sur des textes que s'ils lui étaient utiles ; elle avait appris à lire tardivement et, bien qu'elle maîtrisât la lecture, elles n'étaient jamais devenues bonnes amies ; mon père devait donc estimer peu probable qu'elle s'intéressât à ses papiers. Nos domestiques étaient analphabètes, à part Allègre, mon père n'employait personne pour tenir ses comptes ni écrire ses lettres, préférant s'en charger seul, et les serviteurs n'entraient pas dans son bureau personnel. Il le tenait à un niveau de désordre qu'il jugeait tolérable et nul ne s'y aventurait.

Sauf moi.

Les documents qu'il souhaitait garder pour lui étaient donc exposés à la vue de tous. Je n'en pris guère, une poignée seulement, et ce sur les étagères les plus poussiéreuses ; je rangeai ceux que j'avais emportés par accident et repartis avec une nouvelle moisson de lectures passionnantes. Cela devint un exercice quotidien, lecture, remise en place et nouvel emprunt, qui ouvrait sur mon père une fenêtre que je n'eusse jamais décelée autrement.

Je sentais que j'avais pris l'histoire en cours, car les journaux les plus anciens parlaient de sa venue à Flétribois et de son installation dans la résidence avec ma mère ; il racontait qu'il s'était présenté comme le fermier de dame Molly, roturier et simple gérant de la propriété de dame Ortie. Cela expliquait la simplicité dans laquelle ils avaient choisi de vivre : il continuait à se cacher de ceux qui pouvaient soupçonner que FitzChevalerie Loinvoyant ne fût pas mort dans les cachots du prince Royal mais avait ressuscité pour réapparaître sous le nom de Tom Blaireau. Cette intrigue, je la reconstituais par bribes et morceaux dans ses écrits ; il devait exister quelque part, au château de Castelcerf peut-être, un récit complet de cette partie de sa vie : je mourais d'envie de savoir pourquoi il avait été exécuté, comment il en avait réchappé, et mille autres choses sur lui. Je découvris petit à petit qu'Ortie et moi avions bien les mêmes père et mère ; ce fut pour moi une révélation. Je me rendis aussi vite compte que mon père n'était pas l'homme que je croyais ; mensonges et subterfuges l'enveloppaient de tant d'épaisseurs que la peur me gagnait, et découvrir que tout ce que je savais de mes parents était fondé sur des faussetés et des tromperies délibérées me laissait ébranlée.

S'il était FitzChevalerie Loinvoyant, fils aîné d'un roi qui avait renoncé au trône, qui étais-je ? La princesse Abeille ? Ou seulement Abeille Blaireau, fille du beau-père de dame Ortie ? Des conversations que j'avais surprises entre mes parents, des pensées que ma mère avait eues pendant ma grossesse, des réflexions d'Ortie commençaient à s'ordonner pour composer un tableau stupéfiant.

Je venais de regagner ma chambre, tard le soir, trois jours après avoir découvert la vérité sur mon père ; j'étais sortie de ma petite tanière par l'issue du garde-manger et, dans le noir, j'avais remonté discrètement l'escalier pour rentrer chez moi, en sécurité. Prenant mon courage à deux mains, j'avais emporté un document de mon père, sur lequel il avait porté en en-tête qu'il s'agissait d'une copie récente d'un manuscrit ancien intitulé *Apprendre aux étudiants artiseurs à protéger leur esprit.* Depuis peu, je trouvais des textes curieux sur son bureau ; il y avait eu une reproduction d'une ballade appelée *Le clan de Feux-Croisés*, et un traité sur les champignons accompagné d'illustrations ravissantes peintes à la main. Je m'efforçais de déchiffrer celui qui parlait de la protection de l'esprit quand j'entendis mon père toquer à la porte. Je me jetai sur mon lit, poussai le manuscrit sous mon oreiller et m'enfouis vivement sous mes couvertures ; quand il ouvrit la porte, je me tournai lentement vers lui, comme tirée d'un profond sommeil.

« Pardon, ma chérie ; il est tard, je sais. » Il poussa un petit soupir puis mentit : « Je regrette d'avoir eu si peu de temps à passer avec toi ces derniers jours. Il y a eu beaucoup de préparatifs pour la venue de notre cousine, et j'ai mesuré à cette occasion le retard que j'ai pris sur l'entretien de la maison. Mais Évite doit arriver demain, et je voulais donc te parler ce soir pour voir si tu avais des questions à me poser. »

J'examinai ses traits à la lumière dansante de la flambée, puis je rassemblai mon courage et répondis : « Oui ; j'aimerais savoir ce qui t'a tellement bouleversé dans mon rêve. »

Il se tut un instant. Dans ses yeux, je lus, non de la colère, mais de la douleur. Était-ce pour cela qu'il m'évitait ? Il se demandait visiblement s'il devait me mentir ou non. Enfin il murmura : « Ton rêve m'a fait penser à quelqu'un que j'ai connu il y a longtemps ; il avait le teint très pâle, et il faisait souvent des songes étranges ; et, enfant, il les notait, comme tu as dit vouloir le faire. »

Je le regardai, attendant qu'il poursuivît. Il leva la main et s'en couvrit la bouche en se frottant la barbe ; peut-être réfléchissait-il, mais on eût dit qu'il cherchait à s'empêcher de parler. Il poussa un grand soupir. « Nous avons été les meilleurs amis pendant très longtemps ; nous avons subi des épreuves l'un pour l'autre, nous avons risqué nos vies, nous avons renoncé à l'existence, affronté la mort puis affronté la vie à nouveau. C'est étonnant comme la vie peut être beaucoup plus difficile à affronter que la mort. » Il s'interrompit un moment, plongé dans ses pensées. Enfin, il cilla et me regarda, l'air surpris de me voir là. Il prit une longue inspiration. « Bref, quand tu as dit avoir fait un rêve avec un homme au teint pâle et qu'il était mort… Eh bien, j'ai eu peur. » Il détourna les yeux vers un angle obscur de la pièce. « J'ai été un peu ridicule de prendre ça trop au sérieux, je l'avoue. Parlons plutôt de la venue de ta cousine, d'accord ? »

Je haussai les épaules ; j'analysais encore sa réponse. « Je ne pense pas que j'aurai de questions sur elle avant d'avoir fait sa connaissance. Sauf peut-être… À quoi va-t-elle t'aider ?

— Ma foi, ça n'a pas encore été tout à fait décidé. » Il eut un sourire évasif qui eût trompé quiconque ne le connaissait pas comme moi. « Nous nous familiariserons avec elle, nous verrons quelles sont ses compétences et nous la mettrons à la tâche dans ces domaines, ajouta-t-il avec entrain.

— S'occupe-t-elle de ruches ? » demandai-je, soudain inquiète. Au printemps venu, après l'hibernation, je voulais être la seule à toucher aux petites protégées de mère.

« Non, ça, j'en suis sûr. » La réponse de mon père avait été aussi catégorique que ma question avait été angoissée, et j'en fus soulagée. Il s'assit au pied de mon lit ; c'était un très vaste lit, et j'avais l'impression que mon père se trouvait à l'autre bout de la chambre. Ma mère se fût installée près de moi, assez près pour me toucher. Elle était morte. Cette pensée passa de nouveau en moi comme un grand froid ; mon père eut l'air de ressentir la même rafale glacée, mais il ne se rapprocha pas de moi.

« Qu'est devenu ton ami au teint pâle ? »

Il tressaillit puis se plaqua un sourire nonchalant sur les lèvres. Il haussa les épaules avec raideur. « Il est parti.

— Où ?

— Là d'où il était venu, dans un pays très loin au Sud. Il l'appelait Clerres ; je ne sais pas exactement où ça se trouve. Il ne me l'a jamais révélé. »

Je réfléchis un moment. « L'as-tu contacté pour lui dire qu'il te manquait ? »

Il éclata de rire. « Mon chou, il faut une adresse pour savoir où envoyer une lettre. »

Je ne parlais pas d'une lettre mais de cette projection de l'esprit que ma sœur et lui pratiquaient ; depuis qu'il se confinait à l'intérieur de sa tête, je la distinguais beaucoup moins qu'avant ; et, depuis que j'avais perçu l'attraction qu'elle exerçait sur moi pour me réduire à néant, j'évitais de chercher à comprendre le phénomène. J'avais senti mon père s'en servir au moins une dizaine de fois au cours des derniers jours, mais j'ignorais à qui il s'adressait et de quoi il parlait ; en tout cas, il ne communiquait pas avec son ami au teint pâle.

« Reviendra-t-il un jour ? » demandai-je, réfléchissant tout haut. Viendrait-il m'enlever mon père ?

Il se tut, immobile, puis il secoua lentement la tête. « Je ne crois pas ; s'il devait revenir ou m'écrire, il l'aurait déjà fait. Avant de partir, il m'a dit que notre tâche commune était accomplie et que, s'il restait avec moi, nous risquerions de mettre le résultat en péril ; nous aurions supporté en vain toutes les épreuves que nous avions endurées. »

Je m'efforçai d'assembler ces informations en un tout cohérent. « C'est comme l'erreur du marionnettiste, déclarai-je.

— Pardon ?

— Tu te rappelles les montreurs de marionnettes qui se sont présentés un soir d'orage et que maman a fait entrer ? Ils ont dressé une petite scène dans la grande salle et, malgré leur fatigue, ils ont donné un spectacle pour nous remercier.

— Je m'en souviens. Mais quelle était l'erreur ?

— Une fois que le Soldat bleu a tué le Sanglier aux défenses rouges et libéré le Nuage pour qu'il pleuve et que les moissons poussent, l'histoire doit s'arrêter là. Mais, alors qu'ils tiraient les rideaux, j'ai vu le Soldat bleu qui pendait près du Sanglier, et ses défenses étaient enfoncées dans les organes vitaux du Soldat ; alors je me suis rendu compte que le sanglier revenait et tuait le soldat à la fin.

— Euh… non, Abeille. Ça ne faisait pas du tout partie de l'histoire ! Ça s'est produit par hasard alors qu'on rangeait les marionnettes. »

Il n'avait rien saisi ; je clarifiai : « Non, c'était l'histoire d'après, comme celle qui risquait de se réaliser selon ton ami : un accident alors que tout était fini, en principe. »

Il me regardait de ses yeux noirs. Au fond d'eux, je distinguai un abîme où tout était encore brisé et où rien ne serait jamais réparé. Ma mère avait toujours su faire reculer cette part détruite de lui, mais j'ignorais comment faire ; personne aujourd'hui ne le savait, peut-être.

« Bon, il se fait tard, dit-il brusquement. Je t'ai gardée réveillée plus longtemps que je ne le voulais. Je tenais seulement à m'assurer que l'arrivée de ta cousine ne t'inquiète pas. Je suis ravi que ça ne te pose pas de problème. » Il se leva et s'étira.

« Devrai-je lui obéir ? »

Il baissa soudain les bras. « Quoi ?

— Devrai-je obéir à Évite Tombétoile quand elle sera là ?

— Ma foi, c'est une grande personne, donc tu devras la respecter, comme tu respectes Tavia ou Douce. »

Respecter, non obéir. D'accord. Je hochai lentement la tête et me glissai à nouveau sous mes couvertures. Ma mère fût venue me border ; il n'en fit rien.

Il se dirigea sans bruit vers la porte puis s'arrêta. « Tu veux une histoire ? Une chanson ? »

Je réfléchis. Oui ? Non. J'avais ses histoires, les vraies, à me rappeler quand je m'endormais. « Pas ce soir, répondis-je en bâillant.

— Très bien ; dors, dans ce cas. À demain. » Il bâilla à son tour à s'en décrocher la mâchoire. « Ce sera une grande journée, ajouta-t-il avec, me sembla-t-il, plus d'inquiétude que de plaisir.

— Papa ? »

Il fit halte sur le pas de la porte. « Qu'y a-t-il ?

— Tu devrais te couper les cheveux, ou les plaquer avec de la graisse demain – je ne sais pas comment les garçons font ce genre de choses ; en tout cas, tu fais hirsute. Et ta barbe est affreuse ; tu as l'air de… de… (je cherchai des mots que j'avais entendus longtemps auparavant) d'un poney des montagnes en train de muer. »

Il se figea puis sourit. « C'est d'Ortie que tu tiens cette image.

— Je pense, oui ; mais elle est exacte. » Je pris mon courage à deux mains et ajoutai : « Rase-la, je t'en prie. Tu n'as plus besoin de paraître plus vieux pour t'accorder à l'âge de maman ; je veux que tu aies l'air de mon père et non de mon grand-père. »

Il ne bougeait pas, la main sur la barbe.

« Non ; ça ne lui plaisait pas, de toute manière. Débarrasse-t'en complètement. » Je savais ce qu'il pensait.

« Oui, peut-être. » Et il ferma doucement la porte derrière lui.

2
Une maison pleine

Folœil joua toujours à contrecœur son rôle de Catalyseur auprès de son maître car elle le regardait comme un tourmenteur plus que comme un mentor. Pour sa part, le vieux Blanc n'appréciait pas d'avoir pour Catalyseur une jeune femme au physique ingrat et au tempérament revêche ; dans sa correspondance, il se plaint qu'il ait dû attendre sa naissance la plus grande partie de sa vie puis, l'ayant trouvée et ayant fait d'elle son compagnon, qu'elle fasse de sa vieillesse une torture. Néanmoins, alors que son teint fonçait, il put accomplir certaines des tâches que le destin lui avait fixées, et, à sa mort, on dit qu'il avait réussi à engager le monde sur une voie meilleure.

Blancs et Catalyseurs, par Eulen Scripe

Elle arriva dans l'après-midi. Évite montait une fine petite jument alezan à balzanes, et Crible l'accompagnait sur un grand hongre blanc ; la jeune fille portait un manteau ourlé de fourrure qui recouvrait la moitié de sa monture, et une mule les suivait, bâtée d'un coffre sur un flanc et de plusieurs boîtes sur l'autre. Le harnachement de la jument était flambant neuf, tout comme le coffre.

Ainsi, Umbre avait fourni l'argent et Évite avait aussitôt prié Crible de la conduire dans une ville marchande ; depuis mon départ, elle avait dû passer ses journées à faire ses emplettes. Je me demandai à nouveau ce qui avait motivé un départ si précipité de la cachette où Umbre la gardait pour qu'elle y eût laissé toutes ses affaires ; en voulait-on tellement à sa vie ? Et qui était son ennemi qui savait où la trouver alors que Crible et moi ignorions son existence et, par conséquent, sa situation géographique ? Il restait à mon goût beaucoup trop de mystères autour de cette jeune femme.

Je les reçus dans l'allée. Je m'étais coiffé, et les joues me piquaient encore du rasoir qui m'avait débarrassé de ma barbe. J'avais sorti ma dernière chemise propre et utilisé la sale pour donner un rapide coup de chiffon sur mes bottes ; il fallait que je prisse le temps de faire un paquet de mon linge sale et de demander à un des domestiques de s'en occuper. J'avais pris conscience à ma grande honte que je n'avais jamais songé à ces détails jusque-là ; c'était Molly qui tenait ma garde-robe en ordre. Molly…

Jugeant mon pantalon présentable, j'avais quitté en hâte la chambre que nous partagions. Pourquoi faire tant d'histoires pour mon apparence ? Ce n'étaient que Crible et Évite, après tout.

J'avais espéré avoir Abeille avec moi, mais j'avais eu beau l'appeler quand un serviteur était venu en courant me prévenir que des chevaux remontaient l'allée, elle n'avait pas répondu. Depuis quelque temps, elle disparaissait dans la maison, et, bien qu'elle parlât davantage, j'avais l'impression qu'elle en disait moins ; elle évitait toujours de croiser mon regard ; cela, je m'y étais habitué, mais non aux coups d'œil obliques qu'elle me lançait, comme si elle m'évaluait et étudiait mes réactions. C'était déconcertant.

Mais je n'avais pas vraiment le temps de chercher à comprendre son comportement : un véritable déluge de travail m'avait englouti. C'est l'hiver qui révèle les plus gros problèmes d'une maison : si le toit doit fuir, ce sont les tempêtes hivernales qui provoquent la fuite, et les conduits de cheminée bouchés remplissent de fumée les chambres des invités. Alors que j'étais déjà accablé, c'était comme si la résidence s'en prenait à moi et multipliait les ennuis. La couronne allouait à Ortie une somme généreuse en rétribution de ses services en tant que maîtresse d'Art du clan de Devoir, et la reine Kettricken lui avait accordé une allocation supplémentaire pour l'entretien de Flétribois en reconnaissance des services de Burrich pour la monarchie des Loinvoyant. L'argent ne manquait donc pas pour les réparations, mais cela ne rendait pas plus agréables le bruit et la présence perturbante des ouvriers dans la maison, et cela ne m'empêchait pas de m'en vouloir de n'avoir rien entrepris de tout l'été.

C'est donc au milieu de la cohue des artisans, des chariots qui livraient des poutres, des planches et des briques, et des hommes qui mélangeaient du mortier dans des bacs qu'arrivèrent Évite et Crible ; ce dernier, l'infâme, ne chercha pas à dissimuler son amusement, tandis que la jeune fille affichait une mise consternée. J'appelai un garçon d'écurie pour s'occuper de leurs montures, et Allègre demanda à une nouvelle bonne de trouver quelqu'un pour porter les affaires d'Évite dans l'appartement des invités ; il me dit qu'il avait fait apporter des rafraîchissements dans la salle aux moqueurs, petit salon relativement calme ; je le remerciai et le priai de m'y suivre. Nous entrâmes à l'instant où la nouvelle fille de cuisine sortait. Il me fallut quelques instants pour me rappeler qu'elle se nommait Opale, et je la remerciai elle aussi. Il y avait une théière fumante sur la table et un assortiment de petits gâteaux. Elle nous dit qu'elle allait revenir avec des friands qui sortaient du four et demanda si nous souhaitions autre chose. Évite examina la table et requit du vin, et si possible du fromage, du pain en tranches et du beurre. Opale fit une révérence et répondit qu'elle allait prévenir Muscade, la cuisinière ; j'ajoutai à ses tâches de trouver quelqu'un pour chercher demoiselle Abeille et nous l'envoyer. Elle partit, et je me tournai vers Évite.

« Pardonnez le remue-ménage. J'ai entamé une réparation, une autre est apparue nécessaire, et, de proche en proche, voici le résultat. Je vous promets que votre chambre est accueillante et chauffée, et on m'a dit que votre appartement devrait être prêt à la fin de la semaine. Il y a longtemps que nous n'avons pas eu d'invités à long terme, et je crains que la demeure n'ait pas été très bien entretenue. »

La consternation d'Évite s'accrut.

« Demoiselle Abeille n'est pas là ? Va-t-elle bien ? » intervint Crible en espérant peut-être changer de sujet.

Comme en réponse à une question, de petits coups furent frappés à la porte et Abeille entra comme une volute de fumée ; il n'y a pas d'autres mots pour décrire sa façon de se déplacer. Elle avait une grâce languide, et ses pupilles étaient si dilatées que ses yeux avaient l'air noirs ; elle se tourna vers moi et déclara d'un ton pesant : « C'est aujourd'hui. » Elle eut un sourire éthéré. « Le papillon dans le jardin, papa. L'aile est par terre et l'homme pâle t'attend. »

Elle se tut alors que je la regardais fixement. J'avais la gorge nouée ; était-elle droguée ? Malade ? Je ne la reconnaissais pas. Crible avait l'air horrifié. Il l'observa, abasourdi, puis se tourna vers moi, l'œil accusateur. J'oubliais parfois à quel point elle paraissait jeune à qui ne la connaissait pas bien ; dans la bouche d'une enfant de neuf ans, ces mots étaient effrayants, mais la plupart des gens ne lui eussent pas donné plus de six ans. Évite intervint : « Je croyais que vous aviez une fille ; qui est ce petit garçon ? Vos domestiques s'adressent-ils souvent à vous ainsi ? »

Je l'entendais à peine. « Abeille, tu te sens bien ? »

Elle pencha la tête comme si elle se repérait au son plus qu'à la vue. Elle avait une expression béate. « C'est si bon d'avoir raison. Quand le cercle se referme et que ça se produit. Tu dois faire vite. Il n'y a guère de temps. » Elle secoua lentement la tête. « Le messager a fait un si long chemin pour mourir au seuil de ta porte. »

Je repris mes esprits. « J'ai peur que ma fille n'aille pas bien. » Je traversai la pièce et la pris dans mes bras ; à mon contact, elle se raidit, et je dressai rapidement mes murailles. « Crible, occupez-vous du reste, s'il vous plaît. » D'une voix anxieuse, il prononça une phrase que je ne compris pas alors que je fermais la porte derrière moi.

J'enfilai le couloir à grands pas, Abeille dans les bras. Alors que je tournais pour emprunter l'escalier afin de la ramener dans sa chambre, elle se contorsionna soudain, se dégagea et tomba ; elle atterrit sur ses pieds, trébucha et se tordit dans l'autre sens pour garder l'équilibre. On l'eût dit liquide. Puis elle s'écarta de moi d'un bond et se mit à courir en lançant par-dessus son épaule d'une voix éthérée : « Par ici, FitzChevalerie ! Par ici ! »

Je la poursuivis. Ses pieds menus paraissaient à peine effleurer le dallage. Elle filait vers l'aile ouest de la maison, la partie la moins fréquentée, et heureusement exempte d'ouvriers. Elle vira dans un couloir qui menait à un des ateliers de jardinage de Patience ; je crus la rattraper alors, mais, vive comme la brise, elle courut entre les urnes de fougères et les larges pots débordant de plantes grimpantes. « Abeille ! » fis-je à mi-voix, mais elle ne ralentit même pas. Avec force bonds et écarts, je parcourus l'étroit chemin, ralenti par divers obstacles, tout en la regardant, impuissant à intervenir, ouvrir une porte et sortir en courant dans une partie du parc où des haies formaient un labyrinthe.

Je la suivis. Notre course s'était déroulée sans bruit hormis le bruissement de ses petits pieds et ma lourde foulée. Je ne l'appelais pas et je ne lui criais pas de s'arrêter : je n'avais pas envie d'attirer l'attention sur la conduite aberrante de ma fille ni sur mon incapacité à la maîtriser. Mais qu'avait-elle donc ? Et comment expliquer l'incident à Crible sans qu'il me jugeât négligent ? Il le rapporterait à coup sûr à Ortie, qui insisterait d'autant plus pour qu'Abeille lui fût confiée. Quant à Évite, je ne pouvais imaginer pire façon de lui présenter Flétribois, Abeille ou moi que ce à quoi elle avait assisté.

De ce côté de la maison, le jardin avait abondamment profité de la nature impétueuse de Patience. S'il y avait eu un plan d'aménagement particulier pour cette zone, il avait été noyé sous la luxuriance des plantes, ou bien il n'était perceptible qu'à Patience. Abeille m'entraîna dans cette jungle foisonnante pleine de sentiers, de murets, de bains d'oiseaux et de statues ; elle suivit les chemins enneigés puis sauta une petite barrière et dévala un chemin protégé par une tonnelle de rosiers sans feuilles. Les allées de gravier couvertes de neige cédèrent soudain la place à des buttes de mousse et de fougère où des murs bas s'entrecroisaient ; dans un des clos ainsi formés, des pots surélevés laissaient des plantes grimpantes courir sur des treillis au-dessus du chemin, changeant le triste ciel d'hiver en une voûte de verdure. J'avais toujours adoré le caractère inattendu de ce jardin ; il évoquait une forêt et me rappelait mon voyage dans les Montagnes à la recherche de Vérité et des dragons. Mais aujourd'hui on eût dit qu'il cherchait à me barrer la route tout en laissant Abeille se glisser entre ses obstacles avec l'agilité d'un furet. Elle pénétra dans l'ombre d'un bosquet de conifères.

Je la rattrapai alors. Immobile, elle regardait fixement le sol. À sa droite, le vieux mur en pierre sèche qui marquait la limite des jardins de la propriété était couvert d'une épaisse mousse vert sombre ; au-delà s'étendait une pente raide et boisée qui s'arrêtait à la route menant à l'entrée de Flétribois et à la grande allée. Haletant, je compris qu'Abeille connaissait ce secteur du domaine comme sa poche ; jamais je n'avais imaginé que ma petite fille pût jouer si près d'une route, fût-elle aussi peu fréquentée.

« Abeille, fis-je, le souffle court, quand je me fus assez approché d'elle pour ne pas avoir à crier, tu ne dois plus jamais…

— L'aile de papillon ! » s'exclama-t-elle en tendant le doigt, et elle se figea comme une statue. Quand elle tourna vers moi ses yeux agrandis, ils paraissaient tout noirs et bordés de bleu. « Va, murmura-t-elle. Va le retrouver. » Elle eut un geste de sa main menue et sourit comme si elle me remettait un cadeau.

La prémonition d'un désastre m'envahit avec une telle violence que mon cœur, qui battait déjà fort à cause de l'effort de la course, se mit à cogner encore plus vite sous l'effet de l'angoisse. Je m'avançai vers le point qu'elle indiquait. Un petit animal jaillit soudain de nulle part et détala entre les arbres ; je m'arrêtai net avec une exclamation de surprise. Un chat ; un des chats à demi sauvages de Flétribois qui chassait les souris. Rien qu'un chat. Je fis deux pas et baissai les yeux.

Dans l'ombre, sur un lit épais de mousse encore marbré par le gel de la nuit, gisait une aile de papillon grande comme ma main ; les panneaux rouges, or et bleu vif séparés par des veinures sombres m'évoquèrent ceux d'un vitrail. Je fis halte, pétrifié. Je n'avais jamais vu de papillon d'une telle taille ni orné de teintes aussi intenses, surtout aux jours froids de l'hiver commençant. Je ne pouvais en détacher mon regard.

« C'est pour toi », fit Abeille à mi-voix. Elle s'était approchée sans bruit. « Dans mon rêve, c'était pour toi ; rien que pour toi. »

Dans une sorte de brume, je plantai un genou en terre près de l'étrange objet. Je l'effleurai du doigt : il était souple et moelleux comme la soie la plus fine. Délicatement, je pris l'extrémité entre mes doigts et le soulevai.

Il se transforma complètement. Ce n'était plus une aile de papillon mais un manteau diaphane d'une légèreté impossible ; il flottait comme un voile, et tout à coup les couleurs apparurent comme la bordure d'un tissu beaucoup plus grand, qui avait exactement la teinte de la mousse et des ombres qui la tachetaient, et se fondait parfaitement avec le sol au pied des conifères. Je le levai davantage, ce qui laissa voir une plus large surface de la bordure éclatante du manteau, et je découvris alors ce qu'il dissimulait.

Le Fou.

Pâle et frêle comme lorsque nous étions adolescents, il était roulé en boule sur la mousse, les bras serrés contre les flancs, le menton contre la poitrine ; ses cheveux blancs comme la glace étaient défaits, certaines mèches collées sur sa joue, d'autres prises dans la mousse épaisse. Voir son visage pressé contre la terre glacée me fit horreur. Un scarabée passa lentement près de sa bouche. Il n'était pas vêtu pour l'hiver : il venait d'une région beaucoup plus chaude ; il portait une longue tunique en coton beige avec de gros motifs rouille sur un pantalon large un peu plus foncé ; un de ses pieds était botté, l'autre était nu, sale et taché de sang. Il avait la peau d'albâtre, les yeux clos, et les lèvres rose pâle comme les ouïes d'un poisson. Il ne bougeait pas. Puis, dans un éclair de compréhension, je me rendis compte que les larges motifs rouille dans le dos de sa tunique étaient en réalité des taches de sang.

Un rugissement envahit mes tympans et les ténèbres obscurcirent mes yeux.

« Papa ? » Abeille me tirait par la manche, et je pris conscience qu'elle s'inquiétait depuis plusieurs minutes. J'étais à genoux près du Fou, et j'ignorais combien de temps j'étais resté figé ainsi.

« Tout va bien, Abeille, dis-je, certain que c'était faux. Rentre vite à la maison. Je m'occupe de tout. »

Quelqu'un prit la maîtrise de mes gestes. Je posai deux doigts sous l'angle de sa mâchoire ; au bout d'un moment, alors que j'avais acquis la certitude qu'il n'y avait pas de pouls, je perçus un battement. Il n'était pas tout à fait mort. Sa peau toujours fraîche au toucher était froide comme un morceau de viande. Je l'enveloppai dans le manteau-papillon et le soulevai de terre sans me préoccuper de ses blessures ; elles dataient de quelque temps déjà, et en perdre encore à le traiter délicatement ne le sauverait pas, alors que le laisser plus longtemps exposé au froid risquait de l'achever. Il n'eut pas un gémissement. Il était très léger entre mes bras, mais il est vrai qu'il n'avait jamais pesé très lourd.

Abeille n'avait pas obéi, mais je m'en moquais ; elle trottait près de moi et me bombardait de questions, redevenue ma fille. Je n'y prêtais pas attention ; sa crise bizarre paraissait passée, et, bien que je m'en fisse encore pour elle, elle m'inquiétait moins que l'homme inconscient que je transportais. Je devais faire face à chaque problème l'un après l'autre, avec calme et sans passion.

Je me demandai tout à coup ce que j'éprouvais, et la réponse me vint avec netteté : rien. Rien du tout. Il allait mourir et j'étais décidé à ne rien ressentir ; j'avais eu mon content de douleur avec la mort de Molly. Je refusais de souffrir davantage. Il était sorti de ma vie depuis des années, et, s'il n'était pas revenu, je n'eusse pas subi ce nouveau supplice. Non, il était inutile de me réjouir de le retrouver alors que j'allais à l'évidence le perdre à nouveau. J'ignorais d'où il venait, mais il avait fait un long voyage pour me tourmenter.

Je n'en voulais pas.

Je m'aperçus que j'avais parcouru dans l'autre sens tout le tracé de ma course à la poursuite d'Abeille. Ma fille m'attendait devant l'atelier de jardinage. « Ouvre la porte », dis-je sans la regarder ; elle s'exécuta et je transportai le Fou à l'intérieur. Mon esprit se figea un instant, tâchant de décider quoi faire, mais mon corps et Abeille ne s'interrompirent pas ; elle courait devant moi pour ouvrir les portes, et je la suivais sans réfléchir.

« Pose-le là, sur la table », fit-elle, et je me rendis compte qu'elle m'avait conduit dans la petite salle où Molly s'occupait de ses ruches ; tout était ordonné, comme elle l'avait laissé, mais on y percevait encore son odeur et celle de son travail, le miel parfumé, la cire, même la senteur musquée des abeilles mortes lorsqu'elle nettoyait une ruche en bois. Ma fille avait bien choisi, car il y avait des chiffons, lavés, séchés et pliés, des seaux, et…

Il eut un petit hoquet de souffrance quand je l'étendis sur la table, et je compris. Avec toute la délicatesse possible, je le retournai sur le ventre. Il poussa encore un gémissement de douleur, mais je savais que ses blessures dans le dos étaient les plus graves.

Abeille m'avait observé en silence. Elle prit deux seaux à miel. « De l'eau chaude ou de l'eau froide ? demanda-t-elle gravement.

— Les deux », répondis-je.

Elle s'arrêta à la porte. « Le miel est efficace contre les infections, dit-elle. L'homme-papillon se sentira plus à son aise ici, car les abeilles ne sont peut-être pas très différentes des papillons. »

Elle sortit, et j'entendis le bruit de ses petits pieds qui s'éloignaient. Que pensait Crible de ma disparition, et que dirait-il à Umbre et à Ortie ? Quelle grossièreté de ma part ! Je défis le merveilleux manteau et le mis de côté. Étrange vêtement ; il pesait à peine plus que de la soie d'araignée. Il me rappelait la tente extraordinaire que le Fou avait apportée aux îles d'Outre-mer, mais je chassai ce souvenir de mon esprit. J'espérais qu'Évite ne se sentait pas négligée. Sa chambre provisoire lui plairait-elle ? Je m'absorbai dans ces réflexions et cherchai des excuses à donner pour mon retard tandis que je découpais la tunique ensanglantée et la décollais de son dos comme si je dépeçais un cerf. Le tissu imprégné de sang était raide comme une peau gelée et s'accrochait aux plaies ; je serrai les dents et m'efforçai de le retirer avec douceur. Deux des blessures se rouvrirent et laissèrent suinter un sang aqueux. Le Fou ne bougeait pas, et c'est seulement après avoir ôté ses vêtements que je pris conscience de sa maigreur ; je pouvais compter les bosses de sa colonne vertébrale sous sa nuque, et ses côtes saillaient sous la peau de son dos.

Les plaies étaient dues à des projectiles ; non des flèches, mais des traits plus petits qui avaient pénétré profondément. Des fléchettes ? Il avait réussi à les extraire ; en tout cas, rien ne saillait des blessures enflées et encroûtées.

« À boire. » L'accent était étrange, et la voix si différente de celle de mon Fou que je compris aussitôt mon erreur ; j'en eus le souffle coupé. La déception m'envahit en même temps que je me sentais brusquement soulagé que le moribond ne fût pas mon vieil ami. Quel tour effarant mon esprit m'avait joué en me projetant à l'époque de mon adolescence et en me convainquant que c'était le Fou ! Mais la jeune femme ressemblait presque trait pour trait au souvenir que j'avais de lui, et ma brusque euphorie me coupa bras et jambes plus que mon affolement précédent. Mes genoux fléchirent et je dus me retenir au bord de la table. Que le temps m'avait changé ! Où étaient ma volonté de fer, mes nerfs d'airain ? Allais-je m'évanouir ? Non, je refusais. Pourtant, je touchai le sol des genoux et baissai la tête en feignant d'examiner le visage de la blessée.

Ce n'était pas le Fou ; seul le teint était semblable. Elle n'avait pas d'odeur, comme lui, et pour mon Vif elle n'existait pas ; mais elle avait le nez plus pointu et le menton plus rond que lui. Comment avais-je pu la confondre avec lui ?

« On apporte de l'eau, dis-je d'une voix étouffée. Je vais vous faire boire, puis il faudra nettoyer les blessures.

— Êtes-vous guérisseur ?

— Non, mais j'avais un ami qui vous ressemblait il y a des années. » Je m'interrompis. Le Fou avait toujours refusé d'aller chez un guérisseur et de se laisser toucher dans un but médical. Mais ce n'était peut-être pas vrai pour tous les Blancs. « Je vais en faire chercher un tout de suite.

— Non, répondit-elle aussitôt, la voix sifflante de faiblesse et de douleur. Ils ne comprennent pas. Nous ne sommes pas comme vous. » Elle secoua vaguement la tête.

« Je vais faire ce que je peux pour vous, dans ce cas ; nettoyer et panser vos plaies, au moins. »

Elle bougea la tête, mais je ne sus si elle acceptait ou refusait mon offre. Elle voulut s'éclaircir la gorge mais sa voix devint plus rauque au contraire. « Comment appeliez-vous votre ami ? »

Je me figeai et mon cœur s'enferma dans une salle où rien ne bougeait. « Il était fou à la cour du roi Subtil Loinvoyant. Tout le monde l'appelait le Fou, tout simplement.

— Pas tout le monde. » Elle rassembla ses forces. « Vous, comment l'appeliez-vous ? » Elle s'exprimait dans une langue qui n'était pas la sienne, sans accent, et seuls certains mots manquants trahissaient sa qualité d'étrangère.

Je remisai mes craintes et mes regrets ; ce n'était pas le moment de mentir. « Bien-Aimé. Je l'appelais Bien-Aimé. »

Ses lèvres se retroussèrent en ce qui se voulait un sourire ; son état lui donnait une haleine infecte. « Alors je n'ai pas échoué. Pas encore. Je suis en retard mais j'ai exécuté son ordre. J'apporte un message à vous, et une mise en garde. »

J'entendis des voix dans le couloir. « Laisse-moi les porter. Tu en renverses la moitié à te presser ainsi.

— Je ne crois pas que vous devriez me suivre. » La réponse d'Abeille à Crible était à la fois hargneuse et indignée. Il l'avait filée pour découvrir où je me trouvais. Il restait l'agent d'Umbre, et sans doute aussi d'Ortie en matière d'espionnage. Il était vain d'essayer d'éviter ce qui devait se produire, mais je pouvais épargner une certaine humiliation à mon hôte ; j'ôtai ma chemise et l'étendis sur elle ; malgré ma délicatesse, elle eut un hoquet de douleur, puis elle dit : « Oh, tiède ! De votre chaleur. » Sa reconnaissance était pitoyable.

Peu après, Abeille ouvrit la porte et Crible entra avec les deux petits seaux. Il me regarda, vêtu de mon maillot de corps en laine, puis se tourna vers la table. « Une voyageuse blessée, dis-je. Voulez-vous courir au village chercher le guérisseur ? » Cela me débarrasserait de lui le temps de laver et de panser les blessures.

Il s'approcha pour examiner la jeune fille. « Qu'elle est pâle ! » s'exclama-t-il.

Il se pencha sur elle. Elle demeurait immobile, les yeux clos, mais je pense qu'elle feignait l'inconscience. « Elle me rappelle quelqu'un… »

Je me retins de sourire : il n'avait pas connu le Fou à l'époque où son statut de Prophète blanc était manifeste. Quand Crible l'avait croisé, il portait le nom judicieusement choisi de sire Doré, et il avait le teint fauve. Mais la jeune fille ressemblait au Fou dans son enfance : la peau comme déteinte, les yeux sans couleur et les cheveux fins et blancs.

Crible se tourna vers Abeille. « Et toi, tu parles, maintenant ? »

Elle me regarda puis reporta son attention sur l'homme et lui fit un sourire sans grâce. « Papa dit que je dois être moins timide avec vous.

— Depuis quand parles-tu aussi bien ? » insista-t-il. Elle leva de nouveau les yeux vers moi, cherchant mon aide.

« La blessée a perdu beaucoup de sang », dis-je pour inciter Crible à s'en aller, et cela marcha ; il posa les seaux sur la table et se dirigea vers la porte.

« Ramenez Grand-Mère Virque, lui lançai-je. Elle habite au carrefour à la sortie de Flétry. » Elle était aussi plus âgée que la plupart des arbres de la région et se déplaçait lentement ; c'était une bonne guérisseuse, mais Crible n'en finirait pas de l'accompagner jusqu'à nous et j'espérais avoir achevé mes soins d'ici là.

La porte se referma sur lui, et je me tournai vers Abeille d'un air de conspirateur. « Je sais que tu ne pouvais pas l'empêcher de te suivre, dis-je, mais penses-tu pouvoir occuper Évite ? Lui faire visiter la résidence en la détournant de cette pièce ? »

J'eus l'impression que ses yeux bleus, si différents des miens ou de ceux de Molly, traversaient ma chair et mes os pour voir au plus profond de moi. « Pourquoi cacher la blessée ? »

Sur la table, l'intéressée s'agita légèrement et voulut redresser la tête, en vain. Sa voix n'était qu'un murmure. « Je suis en danger. On me traque. S'il vous plaît, ne dites à personne que je suis ici. L'eau ? Je vous en prie. »

Je n'avais pas de verre, mais il y avait une louche à miel dans les instruments de Molly ; je soutins la tête de la jeune fille pendant qu'elle la vidait à trois reprises. En la rallongeant doucement sur la table, je songeai qu'il était trop tard pour rappeler Crible ; il était au courant de la présence d'une voyageuse blessée chez nous, et Grand-Mère Virque l'apprendrait bientôt à son tour. Je réfléchis un moment.

Abeille interrompit mes pensées. « Attendons un peu, puis envoyons Amos la Tremblote rattraper Crible pour lui annoncer que notre hôte s'est remise, qu'elle a repris son chemin et que nous n'avons pas besoin de la guérisseuse.

Je la regardai, sidéré.

« C'est le mieux à faire, reprit-elle d'un ton presque maussade. Si Crible a déjà parlé à la guérisseuse, ça détournera de sa piste ceux qui la pourchassent – pour quelque temps, en tout cas. »

Je hochai la tête. « Très bien. Vas-y, alors ; après avoir prévenu Amos, il te faudra occuper Évite un moment. Montre-lui la maison et le parc puis ramène-la au petit salon et laisse-la le temps d'aller demander aux cuisines qu'on lui fasse monter une collation ; ensuite, viens discrètement ici me dire comment ça s'est passé. Tu pourras faire tout ça ? » J'espérais ainsi l'éloigner, elle, autant qu'Évite.

Elle acquiesça. « Je sais où Amos fait sa sieste. » Elle se redressa soudain, pleine de son importance. Amos la Tremblote avait une dizaine d'années de plus que moi et faisait partie depuis toujours du personnel de Flétribois. Comme son nom l'indiquait, il souffrait de tremblements, résultats d'un coup à la tête reçu des années plus tôt ; il travaillait dans le domaine depuis l'époque de Patience et avait bien mérité de se reposer. Jadis, il tondait les moutons, mais il n'était plus à la hauteur de cette corvée ; toutefois, appuyé sur une béquille, il pouvait encore surveiller le troupeau pendant les beaux jours. Il appréciait qu'on lui confiât des petites tâches de temps en temps ; il avait beau être ralenti, il avait encore son amour-propre et il remplirait parfaitement sa mission.

Elle s'arrêta à la porte. « Ainsi, mon homme-papillon est une fille ?

— On dirait », répondis-je.

La blessée avait ouvert les yeux. Son regard vide se fixa soudain sur Abeille, et un sourire étira lentement ses lèvres. « D'où venait-il ?

— Crible ? Il a suivi Abeille jusqu'ici ; c'est un vieil ami, vous n'avez rien à craindre de lui. »

Ses paupières se refermèrent.

« C'est quand même curieux, dit Abeille : j'étais sûre que l'homme-papillon était un homme, pas une fille. » Elle secoua la tête d'un air agacé et poursuivit : « On ne peut pas se fier aux rêves ; pas complètement. » Elle demeura figée, comme si l'idée venait seulement de lui venir.

« Abeille ? » murmurai-je. Ses yeux étaient vagues. « Abeille ? Tu te sens bien ? Tu avais l'air bizarre quand tu es venue m'avertir pour l'homme-papillon... »

Son regard se porta enfin vers moi puis s'écarta. « Ça va, maintenant. Je me suis sentie très fatiguée, je me suis endormie, et le rêve est apparu et m'a dit que le temps était venu. Il m'a conduite à toi et... (elle parut perplexe) il s'est fini et nous étions ici. » Elle sortit sans bruit.

Je restai un moment à contempler la porte fermée, puis la jeune fille sur la table poussa un petit gémissement de douleur. Mes pensées revinrent aussitôt à l'instant présent et je me mis au travail. Dans les placards, je trouvai des pots de miel bouchés à la cire et des plaques de cire en attente de devenir des bougies ; elles seraient sans doute encore là dans dix ans. Je mis la main sur les tissus dont Molly se servait pour filtrer ces produits. Ils étaient tachés mais parfaitement propres ; je me rappelais qu'elle les lavait dehors, dans une grande lessiveuse d'eau bouillante, puis les étendait sur le fil pour les blanchir et les faire sécher. Je pris les plus usés et les plus doux et les déchirai en lanières, en sachant qu'elle me pardonnerait.

Avec de l'eau tiède, j'amollis les croûtes sur le dos de la jeune Blanche puis nettoyai délicatement le sang et la sanie qui s'échappaient des plaies. Il y en avait quatre ; je n'avais aucune envie de les sonder, mais je savais le danger qu'elle courait si on y laissait des corps étrangers. J'en pressai une, et la jeune fille gémit de souffrance. « Inutile de les vider, dit-elle, haletante. Mon compagnon les a nettoyées du mieux possible ; impossible d'extraire ce qui est entré. Elles se sont refermées et nous avons fui. J'ai cru qu'elles commençaient à guérir, mais les chasseurs nous ont rattrapés ; ils ont tué mon ami, et mes blessures se sont rouvertes quand j'ai repris la fuite. Depuis, je n'ai pas pu les laver, et maintenant il est trop tard. » Elle cligna des yeux, et, comme des larmes, des gouttes de sang rubis se formèrent au coin de ses paupières. « Depuis le début, il est trop tard, reprit-elle avec tristesse. Je refusais seulement de l'accepter. »

Elle dissimulait visiblement une longue histoire ; je ne pensais pas qu'elle fût prête à me la révéler, mais il me fallait connaître tout de suite le message du Fou. « Je vais panser vos blessures avec du miel et de l'huile ; il faut que j'aille chercher l'huile ailleurs. À mon retour, croyez-vous pouvoir me remettre le message ? »

Elle me regarda de ses yeux pâles, si semblables à ceux du Fou. « Inutile, dit-elle. Je suis une messagère qui ne sert à rien. J'ai été envoyée vous mettre en garde contre les chasseurs, pour que vous puissiez trouver le fil et vous enfuir. » Elle poussa un long soupir, et je crus qu'elle s'était endormie. Les yeux clos, elle reprit d'une voix sans force : « Je crains de les avoir conduits jusqu'à vous. »

Je ne comprenais guère ses propos, mais son angoisse la rendait agitée et épuisait ses forces. « Ne vous inquiétez pas de ça pour le moment », dis-je, mais elle avait de nouveau sombré dans l'inconscience. J'en profitai pour aller chercher de l'huile et soigner ses blessures, puis, quand j'eus fini, je rabattis du mieux possible sur elle ses vêtements découpés. « Attention, je vais vous déplacer », fis-je, mais elle ne réagit pas, et je la pris dans mes bras avec toute la douceur possible.

J'empruntai un couloir de service peu fréquenté et parvins à ma chambre par un chemin détourné. J'ouvris la porte de l'épaule et m'arrêtai, choqué, devant les draps froissés et les couvertures en bataille sur mon lit ; la pièce sentait la sueur et le renfermé ; on eût dit la tanière d'un sanglier. Des vêtements gisaient sur le coffre à rangement et pendaient jusqu'au sol ; des bougies fondues encombraient le manteau de la cheminée, et les épais rideaux tirés bloquaient la lumière du jour. Même l'antre d'Umbre n'avait jamais été aussi mal tenu.

Après la mort de Molly, je m'y étais retiré, avec instruction au personnel de ne toucher à rien : je voulais que rien ne changeât depuis la dernière intervention de Molly. Mais le changement s'était opéré tout seul : les plis des draps du lit défait s'étaient figés comme les rides du sable au fond d'un lent fleuve. Au léger parfum qui suivait partout Molly s'était substituée l'odeur de ma transpiration. Depuis quand l'atmosphère était-elle devenue si oppressante ? Du vivant de ma femme, la cire ne gouttait pas des candélabres et la poussière ne recouvrait pas le manteau de la cheminée. Ce n'était pas qu'elle fît le ménage derrière moi, non, mais je ne vivais pas sous son toit comme une bête. Le loup en moi retroussa les babines et plissa le museau, dégoûté devant une tanière aussi sale.

Je me voyais comme un homme ordonné, et ma chambre m'apparaissait soudain comme celle d'un dément ou d'un reclus. Elle puait le désespoir et la douleur. Incapable d'y entrer, je reculai si vivement que je heurtai la tête de ma patiente contre le chambranle ; elle poussa un petit gémissement de détresse puis se tut.

La chambre d'Abeille était un peu plus loin dans le couloir ; on y accédait à une petite pièce d'habitation pour une nourrice ou une gouvernante par une porte de communication. Je l'ouvris et entrai. La pièce n'avait jamais rempli son but premier et servait de débarras pour des meubles en surnombre. Guère plus grande qu'une cellule, elle renfermait néanmoins un lit étroit et une table de chevet avec un broc ; un étendoir à linge s'appuyait de guingois dans un angle du mur à côté d'un repose-pied cassé. J'ôtai le couvre-lit fané et allongeai ma victime pâle en lui faisant un oreiller de son manteau de papillon. Je fis du feu dans la chambre d'Abeille et laissai la porte ouverte pour permettre à la chaleur de parvenir jusqu'à la jeune fille. Je retournai chez moi chercher une couverture dans le coffre à literie ; à son odeur de cèdre s'en mêlait une autre. Molly.

Je la serrai un moment contre moi, puis je soupirai, la gorge nouée, et retournai rapidement auprès de la blessée ; je la couvris puis examinai les possibilités qui s'offraient à moi. Le temps passait vite. Alors que je me demandais si Crible était en train de revenir et si je devais poursuivre mon mensonge à son retour, j'entendis la porte derrière moi s'ouvrir avec un bruit imperceptible. Je me retournai, en position de combat.

Sans se laisser impressionner, ma fille s'arrêta, me contempla d'un air perplexe puis hocha la tête quand je me redressai. « Je vois pourquoi tu l'as installée ici. Il reste de l'eau dans le broc de ma table de toilette. » Tout en parlant, elle était allée chercher l'ustensile dans sa chambre et le rapportait avec son verre. Je le remplis pendant qu'elle poursuivait : « Tu devrais descendre dire à Tavia que je ne me sens pas bien et qu'il faut apporter une collation dans ma chambre. Je demeurerai ici pour surveiller la blessée pendant que tu tâcheras d'occuper Évite ; j'avoue que je me sens dépassée avec elle. Tu es sûr qu'elle est venue nous aider ? Je ne connais personne d'aussi apparemment inutile ; elle pousse de grands soupirs avec des airs méprisants comme si rien ne lui plaisait. Ça ne m'étonnerait pas qu'elle veuille accompagner Crible quand il repartira.

— Eh bien, quel plaisir de voir que vous vous entendez à merveille ! » fis-je.

Elle me regarda et répliqua : « Ce n'est pas moi qui l'ai fait venir pour m'aider. »

J'entendis sa mère dans le ton qu'elle avait employé, et je ne sus si je devais rire ou pleurer. « C'est vrai, concédai-je. Où l'as-tu laissée ?

— Je l'ai ramenée dans la salle aux moqueurs, mais je ne sais pas si elle y est encore. Elle a des jambes, et elle est du genre fouineur. Elle a ouvert la porte de toutes les chambres ou presque pour voir s'il n'y en avait pas une qui lui plaisait plus que celle qu'a préparée Allègre. Elle n'a aucune gêne.

— En effet », répondis-je. Je soulevai la tête de ma patiente et portai le verre à ses lèvres. Ses paupières s'entrouvrirent, laissant apparaître le blanc de ses yeux, mais elle aspira l'eau et en avala un peu. Je posai le verre sur la table de nuit. « Je pense que ça ira pour le moment. Je vais prévenir Tavia qu'il te faut un bon bol de bouillon ; tâche d'en faire boire un peu à notre blessée tant qu'il sera chaud. Et toi, tu as envie de manger quelque chose ? »

Abeille secoua la tête. « Je n'ai pas encore faim.

— Très bien. » J'hésitai. « Tu sauras lui donner du bouillon si elle se réveille ? »

Elle prit l'air vexé.

Je jetai un regard à la jeune fille inconsciente. Elle détenait un message pour moi de la part du Fou, elle m'avait averti d'un danger, des chasseurs lancés sur sa piste, et à qui confiais-je de veiller sur elle ? À une enfant de neuf ans qui en paraissait six. Il faudrait que je trouve mieux, mais, en attendant… « Ouvre l'œil ; je reviendrai dès que possible. »

Je fis un crochet par les cuisines, délivrai à Tavia le message suggéré par Abeille, demandai qu'on portât de quoi manger à la salle aux moqueurs, puis allai rejoindre Évite. Quand j'entrai dans le petit salon, Douce pénétra à ma suite avec une théière qu'elle posa sur la table. Quand elle fut sortie, je m'excusai auprès d'Évite de l'avoir négligée. « Crible a dû aller faire une commission, et Abeille ne se sent pas très bien, hélas. Elle s'est alitée pour quelques heures. » Je plaquai un sourire chaleureux sur mes lèvres. « Eh bien, que pensez-vous de Flétribois ? Croyez-vous pouvoir être heureuse avec nous pendant quelque temps ? »

Elle n'eut pas l'air d'en croire ses oreilles. « Heureuse ? Mais qui est heureux ici ? Je ne vois que la confusion la plus complète depuis mon arrivée. Crible m'a laissée toute seule, sans même ajouter "avec votre permission" ni me dire au revoir. Quant à votre fille… Enfin, vous savez sûrement quelle gamine bizarre c'est ! On dirait un garçon ! Si Crible ne m'avait pas prévenue que c'était votre fille, j'aurais cru qu'elle faisait partie du personnel de l'écurie. Mais qu'est-ce qui a pris à Umbre de m'envoyer ici ? »

Quelque part dans la maison, un ouvrier se mit à scier ; j'avais l'impression qu'il tranchait dans mon crâne. Je m'assis lourdement en face d'Évite. « Il pensait sans doute que vous seriez en sécurité pendant quelque temps », dis-je.

Douce revint et disposa devant nous des bols de soupe de mouton et d'orge accompagnés d'une panière pleine. « Merci, fis-je. Ce sera tout ; je souhaite m'entretenir en privé avec demoiselle Évite.

— Naturellement, messire. » Elle se hâta de sortir, et j'attendis que la porte se fût complètement refermée pour reprendre : « Ce n'est pas le meilleur plan qu'Umbre et moi ayons concocté, mais, à si brève échéance, ce n'est pas trop mal. » Je saisis ma cuiller et remuai ma soupe ; sous un nuage de vapeur, des rondelles de carotte remontèrent à la surface puis replongèrent. Je laissai ma cuiller en attendant que la soupe refroidît et posai à mon invitée une question de pure forme : « En voyez-vous un meilleur ?

— Oui : tuer ceux qui cherchent à me tuer, de façon à ce que je puisse vivre comme j'en ai envie, là où j'en ai envie. » Elle avait répondu du tac au tac ; elle avait passé du temps à réfléchir à sa situation.

Je décidai de la prendre au sérieux. « Il est rare qu'éliminer quelqu'un suffise. Il faut d'abord savoir qui veut votre mort, et, le plus souvent, cette personne est seulement l'instrument, non l'instigateur. Pour chaque individu que vous tuez, vous risquez de vous créer six nouveaux ennemis. Et enfin, il faut vous demander pourquoi cette personne doit mourir pour que vous puissiez vivre la vie que vous désirez. » Je m'exprimais d'un ton sévère.

« Cette question, on peut aussi la poser à l'individu, quel qu'il soit, avant de le tuer ! » répliqua-t-elle, furieuse. Elle repoussa son bol et son assiette pendant que je prenais un morceau de pain et le beurrais. Comme je gardais le silence, elle poursuivit : « Pourquoi devrais-je payer pour les actes des autres ? Pourquoi ne puis-je pas mener l'existence à laquelle me destinait ma naissance ? Qu'ai-je fait pour être forcée de me cacher ? En tant qu'aînée d'une aristocrate, je devrais hériter des titres et des terres de ma mère ; mais non ! Parce qu'elle n'était pas mariée quand j'ai été conçue, sa flétrissure retombe sur moi ! Son égoïsme m'a condamnée à grandir dans un hameau perdu entre mes grands-parents vieillissants, à les voir mourir et à me retrouver chez ma mère à me faire tripoter par un beau-père lubrique. Ensuite, j'ai été bannie, quasiment enlevée par sire Umbre et reléguée à l'écart de toute société pendant deux ans ! Pas de fête, pas un seul bal, pas la moindre robe de Terrilville ni de Jamaillia. Non, rien pour Évite, parce qu'elle est née du mauvais côté du lit ! En plus, la responsable de cette situation échappe à toutes les conséquences. Et un jour, alors que j'étais cachée, alors que je craignais chaque jour de mourir d'ennui, on a tenté de m'empoisonner. Chez moi, sous mon toit, on a tenté de m'empoisonner ! »

Les mots se bousculaient de plus en plus et sa voix montait dans les aigus à mesure qu'elle racontait sa triste histoire. J'eusse dû éprouver de la compassion pour elle, mais sa narration était trop centrée sur elle, et je devais me dominer impitoyablement pour ne pas quitter la pièce. J'espérais avec ferveur qu'elle n'allait pas éclater en larmes.

Mon espoir fut déçu.

Ses traits se plissèrent comme une feuille de papier sur laquelle on a écrit de trop nombreux secrets. « Je ne peux pas vivre ainsi ! s'exclama-t-elle d'un ton plaintif. Je ne peux pas ! » Elle laissa tomber sa tête sur ses bras et se mit à sangloter.

Quelqu'un de plus bienveillant eût trouvé dans son cœur des mots de consolation, l'eût vue comme une enfant brutalement projetée dans un monde inconnu, mais le discours qu'elle tenait était précisément celui que j'avais envie de hurler chaque nuit dans mon lit froid et désert. Je lui dis ce que je me disais à moi-même : « Si, vous pouvez, parce que vous y êtes obligée. Vous n'avez pas le choix, sauf si vous êtes prête à vous trancher la gorge. »

Elle leva la tête et me regarda fixement, les yeux rouges, le visage mouillé de larmes. « Ou à me pendre. Je ne crois pas que je pourrais me trancher la gorge, mais me pendre, oui. J'ai même appris le nœud nécessaire. »

À ces mots, à ce petit détail, à ce savoir qu'elle avait acquis pour se rapprocher un peu de son suicide, je compris qu'elle ne plaisantait pas. Chaque assassin sait quelle porte de sortie il choisirait. Pour Évite, ce ne serait pas le poison, mais le saut du haut du tabouret et la nuque qui se brise, sans attente, sans délai pour revenir sur sa décision. Quant à moi, ce serait le fil d'une lame en travers de la gorge, le sang qui gicle et quelques instants brumeux pour dire adieu à mon existence. Mon intuition me cria soudain que c'était pour cela qu'Umbre me l'avait envoyée : non parce qu'on en voulait à sa vie, mais parce qu'elle représentait un danger pour elle-même. Cette découverte m'incita à l'horreur plus qu'à la sympathie ; je refusais cette responsabilité ; je n'avais aucune envie de me réveiller aux cris d'une domestique hurlant que sa maîtresse pendait au bout d'une corde ; je ne voulais pas artiser pareille nouvelle à Umbre. Il m'était impossible de la protéger ; que peut-on faire pour quelqu'un qui souhaite mourir ? Le cœur serré, je songeai qu'il faudrait fouiller sa chambre sans tarder. Quels outils Umbre aurait-il pu lui fournir ? De méchantes dagues, un garrot... Des poisons ? Avait-il seulement imaginé que, dans son état, elle risquait de s'en servir contre elle-même et non pour se protéger ? La colère me prit tout à coup : il avait fait entrer chez moi une marmite en ébullition ; qui se ferait échauder quand elle finirait par déborder ?

Ses yeux ne me quittaient pas. « Il ne faut pas faire ça, dis-je, incapable de trouver un argument.

— Pourquoi ? répliqua-t-elle. Ça résoudrait tout et ça simplifierait la vie à tout le monde. Ma mère serait ravie que son fils gâté hérite sans aucune ombre sur ses droits, mon vrai père n'aurait plus à craindre qu'on ne découvre mon existence, et vous n'auriez pas à supporter chez vous la présence malvenue d'une jeune femme à moitié folle ! »

Elle prit une inspiration entrecoupée de sanglots. « Quand je fuyais vers Castelcerf, j'avais de l'espoir malgré tout ce que j'avais enduré. Enfin, de l'espoir ! Fini de vivre dans les ombres ! Je serais à la cour, au milieu d'autres jeunes gens, entourée de musique, de danse et de vie. De vie ! Et puis sire Umbre a mis la main sur moi ; il a dit que j'étais en danger et que je ne pouvais pas me rendre à Castelcerf, mais que, sous sa férule, une fois que j'aurais appris le métier d'assassin, je serais capable de me défendre moi-même et peut-être de protéger la reine. » Sa voix devenait stridente et sa gorge se nouait. « Imaginez ! Moi, aux côtés de la reine, assurant sa protection ! Debout près du trône ! Ah, j'en mourais d'envie. Alors, je me suis efforcée d'apprendre tout ce que Carquois avait à m'enseigner – cette mégère puante et ses exercices ridicules qui n'en finissaient jamais ! Mais je me suis accrochée alors qu'elle n'était jamais satisfaite. Et puis Rono est mort empoisonné, et c'était moi qu'on visait ; j'ai dû m'enfuir à nouveau. On m'a envoyée je ne savais où, avec une brute comme escorte. Je me suis dit que, cette fois, j'allais sûrement être prise à Castelcerf ! Et où Umbre m'expédie-t-il ? Ici ! Je n'ai rien fait de mal, et je me retrouve dans cette maison pleine de courants d'air, avec des ouvriers qui tapent à coups de marteau toute la journée et où personne ne se préoccupe de moi, où il n'y a aucun avenir, rien de joli ni de cultivé, rien d'intéressant, où je ne suis rien pour personne, sinon un fardeau et une gêne ! »

Dans les moments de détresse, on se rabat toujours sur ce qu'on fait le mieux ; je mentis donc. « Vous ne nous gênez pas, Évite. Je sais ce que c'est d'avoir le sentiment de n'être chez soi nulle part, de n'être le bienvenu où que ce soit, alors sachez que, bien que vous vous sentiez en territoire inconnu à Flétribois, vous pouvez considérer la propriété comme votre foyer. On ne vous mettra pas à la porte, et, tant que vous y résiderez, je ferai tout pour garantir votre sécurité. Vous n'êtes pas en visite, Évite : vous êtes chez vous.

Cela ne vous convient peut-être pas pour l'instant, mais nous pouvons opérer les changements dont vous avez besoin, rendre la maison jolie. Vous pourrez y trouver du réconfort. Vous êtes la bienvenue tant que vous aurez besoin d'y demeurer. » Je repris mon souffle et ajoutai une bribe de vérité : « Tant que vous vivez ici, je vous considère comme un membre de la famille. »

Elle me regarda, ses lèvres remuant curieusement, comme si elle mâchait, puis elle se jeta brusquement hors de son fauteuil et se serra contre ma poitrine en sanglotant. Je la rattrapai avant qu'elle ne nous fît basculer tous les deux. Elle dit d'une voix violemment hachée : « On a essayé de m'empoisonner. Le petit garçon de la cuisinière a dérobé une tartelette sur le plateau, une tartelette aux fruits des bois, ma préférée, et il est mort avec de l'écume et du sang à la bouche ! C'est le sort qu'on me réservait ; on voulait que je meure ainsi. Pauvre petit Rono ! Il n'avait jamais fait de mal à personne, à part ce larcin ! Il est mort à ma place, dans des souffrances horribles. Le petit Rono. »

Elle tremblait de tous ses membres. Je la retins fermement pour l'empêcher de tomber de mon fauteuil. « Ce n'était pas votre faute, dis-je. Et vous n'avez plus rien à craindre. Plus rien. » Je me demandai si c'était vrai.

« Papa ! »

Je tournai vivement la tête ; le ton d'Abeille était empreint de reproche. Elle me regarda un instant tenant la jeune fille contre moi puis croisa les bras sur la poitrine. « Évite est bouleversée », expliquai-je, mais l'expression glaciale d'Abeille répondit que cela n'excusait rien. Comme Évite ne faisait pas mine de s'écarter de moi, je me relevai tant bien que mal et l'assis dans mon fauteuil. « Tu te sens mieux, Abeille ? demandai-je, en poursuivant le mensonge selon lequel elle était malade.

— Non, répliqua-t-elle avec froideur. Je me sens même plutôt moins bien. Mais ce n'est pas pour ça que je venais. » Elle pencha la tête, et j'eus l'impression qu'elle me visait avec un arc. « J'ai dû quitter ma chambre quelques minutes, et, à mon retour… Je venais te dire que notre autre invitée a disparu.

— Disparu ?

— Une autre invitée ? intervint Évite.

— Disparu ? répéta Crible qui venait d'entrer ; il avait les vêtements mal ajustés, comme s'il était revenu du village en courant ; le souffle court, il observa la mine réprobatrice d'Abeille, le visage mouillé de larmes d'Évite, puis il me regarda. « On m'a averti que la voyageuse blessée était repartie.

— C'est exact. » Avec l'impression de faire la girouette, je me tournai vers ma fille. « Tout va bien, elle n'a pas disparu, Abeille. Elle s'est sentie mieux et a tenu à reprendre sa route. J'aurais dû te prévenir. » Du regard, je m'efforçais de lui faire comprendre que je mentais et que j'avais besoin de son aide pour appuyer mes dires. Elle fixait sur moi un œil noir.

« Une voyageuse blessée ? intervint Évite d'une voix anxieuse. Il y avait une étrangère à la maison ici ? Comment savez-vous que ce n'était pas un assassin ? » Les mains sur la bouche, elle nous parcourut d'un regard effrayé, ses yeux verts immenses.

« Ce n'était qu'une voyageuse blessée que nous avons aidée à poursuivre sa route. Inutile de s'inquiéter, Évite. » Je m'adressai de nouveau à Crible et tâchai de reprendre pied dans la normalité. « Nous mangions un morceau ; avez-vous faim, Crible ? » Je maîtrisais ma voix autant que possible. Pris au piège de mes subterfuges, emmêlé dans mes mensonges… C'était une impression affreuse que je connaissais trop bien. La question d'Évite m'avait ébranlé plus que je ne le laissais paraître : comment, en effet, pouvais-je être sûr que la jeune Blanche était bel et bien une messagère et non un agent venu tuer l'un ou l'autre d'entre nous ? Sa ressemblance avec le Fou m'avait induit à l'introduire chez moi sans songer qu'elle pût présenter un danger – et à l'installer dans la chambre annexe à celle de ma fille. Et voilà qu'Abeille m'apprenait qu'elle avait disparu ; elle pouvait se trouver n'importe où dans l'immense demeure.

Évite avait raison : ma vigilance n'était plus ce qu'elle était ; j'avais perdu l'habitude de l'intrigue. Je réfléchis à toute allure. La messagère disait être pourchassée ; ses poursuivants avaient-ils pénétré dans Flétribois pour la capturer et l'emmener ? Dans la vieille résidence pleine de coins et de recoins, c'était tout à fait possible. J'avais examiné ses blessures et ne la jugeais pas en état de menacer quiconque ; il n'était pas non plus vraisemblable qu'elle eût décidé de s'en aller sans délivrer son message.

Le silence s'éternisait. Je regardai Crible.

« Je mangerais volontiers », répondit-il, hésitant. Ses yeux se posèrent sur Abeille puis sur Évite et enfin sur moi ; j'y lus une grande perplexité.

« Parfait, dis-je avec un sourire benêt. Je vais prévenir les cuisines pendant que vous tenez compagnie à Évite. Elle est un peu perturbée par son arrivée chez nous ; j'essayais de la convaincre qu'elle n'avait plus rien à craindre et qu'elle était la bienvenue.

— Accueillie plus que chaleureusement », fit ma fille d'une voix basse et venimeuse.

Dissimulant ma surprise, je repris : « Je vais ramener Abeille dans sa chambre ; elle n'est pas bien, visiblement. » Je tendis la main vers elle, mais elle m'esquiva et me précéda vers la sortie.

À peine la porte refermée derrière nous, elle se tourna vers moi d'un bloc. Elle avait la respiration rapide, et, devant mon regard épouvanté, des larmes perlèrent à ses yeux alors qu'elle me lançait d'un ton accusateur : « Je venais te prévenir que la blessée avait disparu, et je te trouve dans les bras de cette femme !

— Pas ici, pas maintenant. Et tu te trompes. D'abord, les cuisines. » Cette fois, je parvins à la prendre par l'épaule, et, malgré ses efforts pour se dégager, je l'entraînai. Avec concision, je fis part à Tavia des désirs de Crible, et je ressortis aussi vite que j'étais entré, Abeille toujours à la remorque.

« Maintenant, ta chambre, dis-je à mi-voix. Reste près de moi, et garde le silence jusqu'à ce que nous soyons arrivés.

— Il y a du danger ?

— Chut !

— Et Évite ?

— Crible est avec elle, et il est beaucoup plus capable qu'on ne l'imagine. C'est toi, ma priorité. Tais-toi ! »

Le ton que j'avais employé la réduisit enfin au silence, et elle se rapprocha même de moi pendant que nous suivions les couloirs puis gravissions l'escalier. Devant la porte de sa chambre, je la pris par les épaules et l'adossai au mur. « Reste ici, fis-je dans un souffle. Ne bouge que si je t'appelle, et, dans ce cas, viens tout de suite, sans bruit, et place-toi derrière moi, à ma gauche. Tu as compris ? »

Les yeux ronds, bouche bée, elle hocha la tête. J'en fis autant.

J'ouvris doucement la porte et j'examinai ce que je pus de la pièce avant d'entrer, le lit, les tapisseries, les fenêtres aux rideaux tirés, la cheminée. Tout paraissait dans l'état où je l'avais laissé. Je m'avançai à pas de loup et jetai un coup d'œil derrière le battant avant de me lancer dans une inspection plus approfondie de la chambre. Aucun signe d'intrusion. La collation était intacte sur la table de chevet. Je m'approchai de la porte de communication et la trouvai entrebâillée. Je reculai.

« Abeille ! »

Elle apparut à mes côtés en un clin d'œil.

« As-tu laissé cette porte ouverte ? »

Manifestement terrifiée, elle haussa les épaules et avoua dans un chuchotement : « Je ne sais plus. Je crois. Non, c'est toi qui l'as laissée ainsi et je n'y ai pas touché.

— Ne bouge pas. »

J'ouvris complètement le battant. L'obscurité régnait dans la chambrette dépourvue de fenêtre. Il n'y avait rien à voir hormis la couverture froissée sur le lit ; je me baissai pour regarder sous le sommier : il n'y avait pas d'autre cachette possible. Personne. De notre hôte, il n'y avait aucune trace hormis le broc d'eau ainsi que les draps et la couverture repoussés contre le mur. Je reculai et fermai la porte. « Elle n'est plus là.

— Je te l'avais bien dit !

— Et maintenant je suis sûr qu'elle n'est pas dans la chambre. C'est tout ce que nous savons avec certitude. » Je rassemblai mes pensées. « Dis-moi exactement comment tu as découvert sa disparition.

— J'étais dans ma chambre. Tavia a apporté le plateau avec l'en-cas et l'a posé sur la petite table, puis je suis allée voir la blessée après le départ de Tavia. Elle était à peine consciente ; j'ai voulu lui donner du bouillon, mais je ne suis arrivée qu'à la faire tousser. Elle a fermé les yeux et s'est rendormie. Je suis retournée dans ma chambre un moment, puis j'ai eu besoin d'aller dans la garde-robe, et, à mon retour, je suis passée voir la fille, et elle n'était plus là.

— Plus là. » Je réfléchis. « Combien de temps t'es-tu absentée ?

— Quelques minutes à peine. » Elle avait les yeux écarquillés.

« Abeille, tu ne vas pas me quitter du reste de la journée, et, si je te dis de faire quelque chose, tu obéis aussitôt, même si ça te paraît bizarre. C'est compris ? »

Elle acquiesça de la tête avec raideur. Sa pâleur faisait ressortir le rouge de ses lèvres, et elle respirait la bouche entrouverte. J'eusse préféré ne jamais voir la terreur que je lisais dans ses yeux. « Pourquoi avons-nous peur ? demanda-t-elle.

— Nous ignorons s'il faut nous méfier ou non ; dans le doute, mieux vaut avoir peur. »

3
Chers invités

Blancs comme la glace, les yeux de la même couleur, les cheveux de la même couleur, ils viennent rarement, peut-être une fois toutes les trois générations, ou quatre. Mais nous ne les oublions pas. Ils marchent parmi nous et choisissent l'un d'entre nous, non comme serviteur ni comme ami, mais comme instrument pour façonner un avenir qu'eux seuls distinguent. Si (j'ignore comment traduire ce mot) *alors ils sont tous d'une seule couleur.*

Parfois, ils se reproduisent (membre de phrase obscurci par une tache) *un homme ou une femme de leur espèce ou de la nôtre. Mais leurs rejetons n'ont pas la même durée de vie que nous, si bien qu'ils peuvent s'en aller, et ce sont des années plus tard que* (partie du manuscrit si endommagée par les insectes que je ne peux déchiffrer que des mots et des bouts de phrase isolés) *vieilli* (longue lacune) *pâle* (lacune que j'estime à sept lignes de texte) *plus âgé qu'en réalité.* (Encore une grande lacune d'au moins deux lignes, s'achevant par) *plus charitable de le tuer.* (Le feu a eu raison du reste du parchemin.)

Traduction partielle trouvée
sur le bureau de mon père

Ainsi, en moins de deux jours, ma vie bascula. Je me rappelle encore la colère que j'en éprouvais ; de multiples bouleversements affectaient mon existence, mais personne ne me demandait si je les désirais !

Personne ne me demandait rien à cette époque.

D'abord, il y avait Évite, logée provisoirement dans une chambre à deux portes de la mienne et de celle de mon père en attendant qu'un appartement plus luxueux lui fût préparé. Papa avait donné pour consigne de remettre la suite jaune à neuf ; elle disposerait d'une chambre, d'un petit salon, d'une chambrette pour sa servante, et d'une autre pièce « pour y faire ce qu'elle veut », comme il disait. J'avais toujours adoré la suite jaune et m'y étais souvent glissée pour jouer. Personne ne songea à me demander si j'eusse aimé avoir moi aussi un tel appartement. Non, une simple chambre et un réduit adjacent pour une bonne qui n'existait pas me suffisaient. Mais qu'une étrangère se présentât chez nous, et mon père engageait une armée de charpentiers, de maçons, de domestiques, et même une servante à l'usage exclusif d'Évite.

Et puis il y avait la singulière inconnue qu'il avait installée dans la petite chambre connexe à la mienne. Il n'avait pas requis ma permission : il l'avait prise. Je lui avais dit que j'en comprenais la raison, et je m'attendais à des remerciements de sa part de ne pas lui en vouloir de sa grossièreté ; mais il avait seulement hoché la tête, comme s'il était normal que je me pliasse à toutes ses décisions sans discuter, comme si j'étais sa complice dans quelque intrigue et non sa fille. Il comptait sur moi pour épauler les mensonges qu'il dispensait à Crible et à Évite, et pour lui obéir aveuglément après qu'il avait constaté que je lui avais dit la vérité : la fille au manteau de papillon avait disparu.

Et je lui obéis sans poser de questions ce soir-là. Sans perdre de temps, il prit une couverture dans mon coffre, me remit une brassée des bougies parfumées de ma mère, puis il me fit marcher devant lui et nous nous mîmes ainsi en route pour son bureau personnel. Il me fit presser le pas, mais me retint à deux reprises par l'épaule et m'écarta pour me cacher à la vue d'un domestique qui passait.

Arrivé à destination, il ferma la porte derrière nous, tira le verrou et se dirigea aussitôt vers les fausses charnières. « Que fais-tu ? demandai-je.

— Je te cache », répondit-il. Il s'exprimait sans dureté mais d'un ton catégorique qui interdisait toute question. Il alluma une bougie au feu qui mourait dans l'âtre. « Entre », me dit-il, et il me suivit comme pour s'assurer qu'un espion ne s'était pas introduit dans notre réduit secret. Je le vis hausser les sourcils devant les changements que j'y avais apportés. « Tu n'as pas perdu de temps, fit-il, admiratif malgré lui.

— Tu n'avais apparemment guère de temps à me consacrer, alors j'ai trouvé à m'occuper. » J'avais voulu lui reprocher de ne pas faire attention à moi, mais son sourire devant les transformations que j'avais opérées dans la cachette me réchauffait trop le cœur. Il était fier de moi, et cela me faisait fondre en dépit de moi.

« Tu es astucieuse ; tout ça est bien pensé. » Il enfonça la bougie allumée dans mon bougeoir, et la tension qui l'habitait parut diminuer. « Ici, tu seras en sécurité le temps que je m'assure que tu ne cours pas de danger. Je dois te laisser, mais je reviendrai aussitôt que je pourrai.

— Tu vas devoir fouiller toutes les pièces de Flétribois ? »

Son regard s'assombrit : j'avais compris ce qu'il redoutait, et il s'en était rendu compte. « J'y arriverai. »

Je doutais que ce fût possible. « Mais des gens étrangers à la maison n'ont pas cessé d'entrer et de sortir ces derniers jours ; que crains-tu particulièrement de cette fille ?

— Nous n'avons pas le temps de parler, ma chérie ; plus vite je m'y mettrai, plus vite je pourrai revenir. Mais, si je la crains, c'est parce que je lui ai fait confiance beaucoup trop rapidement, sans réfléchir ; même si elle ne représente pas une menace en elle-même, le danger la suit peut-être. J'ai été négligent ; ça ne se reproduira plus. » Il recula dans l'étroit passage. « Je dois refermer la clenche derrière moi, mais n'aie pas peur, je reviendrai. »

J'eusse eu peur si je n'avais pas préparé une issue de secours dans le garde-manger. Je le regardai sortir, puis appliquai mon œil au judas et l'observai qui rabattait le panneau secret. Cela fait, il se tourna droit vers moi et me fit un signe de la tête avant de quitter son antre.

Eh bien, voilà. J'étais contente d'avoir songé à approvisionner ma cachette. Je m'assis et passai quelque temps à songer aux événements récents. Ils étaient trop nombreux pour si peu de temps. Évite : je ne l'aimais pas. Ma transe : eût-elle dû m'effrayer au lieu de me griser ? Pourquoi ce sentiment d'exaltation ? Je tâchai de trouver une comparaison ; c'était comme une plante qui fleurit pour la première fois. Non ; plutôt comme un petit enfant qui découvre qu'il peut saisir des objets avec la main. Une partie de moi-même avait grandi et, aujourd'hui, elle avait fait ce pour quoi elle était prévue. J'espérais que cela se reproduirait bientôt. Mais pourquoi avais-je dû expliquer le phénomène à mon père ? Tout le monde ne rêvait-il pas et n'entrait-il donc pas en transe ? Je m'efforçai de me rappeler qui m'avait enseigné que les songes étaient importants, qu'il fallait les noter, et que les plus importants s'empareraient de moi et ne me libéreraient qu'une fois accomplis, puis j'éclatai de rire quand la mémoire me revint : je l'avais appris en rêvant.

Je ne tardai pas à regretter de n'avoir pas emporté de quoi m'occuper. Je pris mon journal et y consignai le récit impartial de la journée passée, mais cela fut fait assez vite. Sur une feuille de mon meilleur papier, j'avais rédigé un compte rendu de mon rêve au papillon, beaucoup plus détaillé que tout ce que j'avais écrit jusque-là. Je le rangeai avec mon journal dans ma petite bibliothèque et contemplai la bougie de ma mère qui se consumait ; c'était parfaitement assommant. Je me remémorai ce que père Loup m'avait dit et la promesse que j'avais faite. Que voulait dire mon père en m'ordonnant de rester ici ? Ma foi, seulement que je devais demeurer cachée dans le labyrinthe secret. Je me le répétai à plusieurs reprises.

Enfin, je pris un morceau de craie et, sur le mur, écrivis à mon père qu'il ne devait pas s'inquiéter, que j'étais partie faire un peu d'exploration dans les boyaux, et que j'emportais une bougie de réserve et de la craie pour marquer mon chemin.

Je me rendis d'abord au trou d'observation qui donnait sur ma chambre en espérant encore découvrir une issue dissimulée, mais en vain. Je commençais à connaître les étroits couloirs et les tours et détours qu'ils faisaient dans les murs de la demeure. C'était dans la partie la plus ancienne qu'ils étaient les plus larges, comme si architecte en avait prévu l'existence ; ailleurs, ils n'allaient guère loin et étaient si étranglés ou si bas de plafond que mon père eût dû les parcourir à quatre pattes. J'empruntai celui qui courait le long de ma chambre et constatai avec déception qu'aucun judas ne permettait de surveiller celle qui avait été dévolue provisoirement à Évite. Je plaquai l'oreille contre les planches mais n'entendis pas grand-chose ; il me sembla percevoir des sanglots, mais peut-être était-ce le fruit de mon imagination. Peut-être n'était-elle même pas dans la pièce. J'avais eu un peu peur quand mon père avait parlé d'inviter quelqu'un chez nous ; à présent, je n'avais plus peur : j'étais furieuse. Je n'aimais pas cette fille, je m'en aperçus soudain, et je justifiai ce sentiment en décidant que c'était elle qui ne m'aimait pas et qu'elle cherchait à capter l'attention de mon père. Cela m'inquiétait sans que je pusse dire exactement pourquoi ; j'avais besoin de lui plus que jamais, et elle n'avait pas le droit de s'introduire chez nous pour le détourner de moi.

Localiser la suite jaune fut plus difficile, mais je finis par y arriver. Quand je me jugeai à proximité, je levai ma bougie et eus le plaisir de voir un petit battant : le cache d'un judas. Mais, quand je l'ouvris, je trouvai le trou bouché par du plâtre. On avait replâtré certains murs durant les derniers travaux, et le judas avait été recouvert. Ce n'était pas le moment d'y toucher : les ouvriers risquaient de revenir le lendemain, et je ne souhaitais pas attirer leur attention sur l'ouverture. Je laisserais le matériau sécher et je reviendrai plus tard le découper comme un bouchon.

Je continuai de parcourir le dédale caché. Je fis un détour par l'issue du garde-manger pour m'assurer qu'on n'y avait pas touché, et j'en profitai pour chaparder des pommes et des prunes séchées pour mes réserves. J'avais grimpé sur un tonneau pour accéder aux saucisses au piment quand un des chats des cuisines entra, mais je n'y prêtai pas attention. Il ne s'appelait pas vraiment le Rayé, mais c'était ainsi que tout le monde le désignait. Je me rendis compte qu'il me regardait alors que j'essayais d'escalader les caisses de poisson salé pour atteindre les plus hautes étagères ; du haut de mon perchoir précaire, je remarquai ses yeux jaunes et ronds fixés sur moi, comme si j'étais un rat qu'il avait la tâche de tuer. Je me figeai. C'était un grand chat, massif, aux membres épais, mieux fait pour le sol que pour l'escalade, mais, s'il décidait de sauter sur moi pour m'attaquer, je n'en sortirais pas victorieuse. J'imaginais d'ici ses griffes acérées enfoncées dans mes épaules et ses pattes arrière lacérant mon dos. « Que veux-tu ? » demandai-je à mi-voix.

Ses moustaches se pointèrent vers l'avant et ses oreilles pivotèrent vers moi, puis il tourna les yeux vers un chapelet de filets de poisson fumé rouge vif suspendus à un fil en travers du garde-manger ; je savais pourquoi on les plaçait si haut : pour que les chats ne pussent y accéder.

Mais, moi, je pouvais.

Je dus me dresser sur la pointe des pieds pour en décrocher un. Les morceaux de poisson luisant avaient été enfilés sur la cordelette comme des perles étranges. J'en saisis un et tirai jusqu'à ce qu'il vînt ; mais je perdis alors l'équilibre et tombai du haut des caisses jusque par terre. Je me heurtai brutalement la hanche et le flanc, mais je réussis à ne pas crier. Je restai allongée quelques instants, les mains crispées sur le poisson et la saucisse, tout en exhalant la douleur à petites respirations. Enfin, je m'assis ; j'aurais des bleus, mais rien de plus grave.

Le Rayé avait reculé dans un coin de la pièce mais n'avait pas pris la fuite. Il me regardait, ou, plus exactement, il lorgnait le poisson que je tenais toujours. Je repris mon souffle et dis tout bas : « Pas ici. Suis-moi. »

Je me relevai en étouffant un gémissement de douleur et ramassai mes fruits séchés et ma saucisse au piment ; puis, serrant mon trésor contre ma poitrine, je me mis à quatre pattes et me faufilai sous une caisse pour passer derrière ma barricade et accéder au panneau secret. Une fois dans le labyrinthe, je me plaquai contre le mur et attendis ; au bout d'un long moment, un museau moustachu apparut dans la lumière indistincte. Je levai ma bougie et lui fis signe de m'accompagner.

Certaines personnes parlent aux chats, et certains chats parlent aux gens. Cela ne faisait pas de mal d'essayer. « Si tu acceptes de venir avec moi et de passer la journée à tuer les rats et les souris chez moi, je te donnerai ce filet de poisson tout entier. »

Il leva sa frimousse rayée, ouvrit la gueule et tourna la tête de gauche à droite pour humer les odeurs de ma cachette. Pour moi, cela sentait la souris. Il émit un son grave de la gorge, et je sentis qu'il appréciait la perspective de la chasse autant que celle de la récompense.

« Je vais ranger ce que j'ai pris dans ma tanière ; quand tu auras tué les rats et les souris, viens me prévenir. Je te donnerai le poisson et je te laisserai ressortir. »

Son regard jaune et rond se planta dans le mien, et je ne doutai pas qu'il comprît parfaitement notre marché. Il me frôla, la tête basse, la queue raide ; une fois qu'il fut entré, je tirai la petite porte jusqu'à la fermer presque complètement, repris ma bougie et portai le poisson, la saucisse et les fruits dans ma tanière.

Malgré mes excursions exploratoires, l'après-midi fut long et ennuyeux derrière les murs, et je regrettais de n'avoir pas emporté à lire de vieux parchemins rédigés par mon père. Je notai l'incident du chat dans mon journal, fis une sieste enveloppée dans ma couverture, mangeai des fruits, bus un peu d'eau, et pris mon mal en patience. Ce fut long. Quand enfin mon père revint, j'étais tout ankylosée d'être restée immobile si longtemps. J'avais guetté son apparition, et, dès qu'il ouvrit le panneau, je sortis. « Tout va bien ? demandai-je, et il acquiesça de la tête d'un air las.

— Je pense, dit-il. Il n'y a aucune trace d'elle nulle part, mais, tu le sais, la maison est grande et compte de nombreuses pièces. Personne chez les domestiques ne m'a dit l'avoir vue ; c'est à croire qu'elle a disparu comme par magie. » Il s'éclaircit la gorge. « Les serviteurs ne savent donc rien d'elle, et j'ai expliqué à Évite et à Crible qu'elle était partie. »

Je quittai avec lui le réduit secret et le suivis dans les couloirs de Flétribois. Je me taisais ; je connaissais des centaines de cachettes dans la demeure ; il ne pouvait pas les avoir toutes examinées, et il le savait sûrement. Je marchai un moment près de lui sans rien dire ; je réfléchis soigneusement et déclarai enfin : « J'aimerais avoir un couteau et un fourreau, s'il te plaît ; comme ma mère. »

Il ralentit, et je ne fus plus obligée de presser le pas. « Pourquoi ?

— Pourquoi ma mère portait-elle toujours un couteau ?

— Elle avait l'esprit pratique et avait toujours des choses à faire ; elle s'en servait pour couper de la ficelle, rabattre un buisson, cueillir des fleurs ou découper des fruits.

— Moi aussi, je peux le faire ; enfin, je pourrais, si j'avais un couteau.

— Je m'occuperai de t'en procurer un, ainsi qu'une ceinture à ta taille.

— J'aimerais en avoir un tout de suite. »

Il s'arrêta et me regarda. Je baissai les yeux.

« Abeille, je sais que tu as un peu peur, mais tu n'as rien à craindre avec moi. Il est normal que tu aies un couteau, car, à ton âge, tu t'en serviras avec discernement. Mais… » Il s'interrompit, cherchant ses mots.

« Tu ne veux pas que je poignarde quelqu'un qui me menacerait. Moi non plus ; mais je n'ai pas envie qu'on me menace sans avoir un moyen de me défendre.

— Tu es si petite ! fit-il avec un soupir.

— Raison de plus pour que j'aie un couteau !

— Regarde-moi.

— Je te regarde. » Je levai les yeux vers ses genoux.

— Non, mon visage. »

À contrecœur, j'obéis. Je parcourus ses traits, croisai son regard un instant puis détournai les yeux. « Abeille, dit-il avec douceur, je te procurerai un couteau, un fourreau, et une ceinture à ta taille ; mieux, je t'apprendrai à t'en servir comme d'une arme. Pas ce soir, mais je te le promets.

— Mais tu n'y tiens pas.

— Non, je n'y tiens pas. J'aimerais pouvoir penser que tu n'en as pas besoin, mais ce n'est sans doute pas le cas. Et j'ai peut-être eu tort de ne pas t'enseigner plus tôt à te servir d'une arme ; mais je ne voulais pas de cette existence-là pour toi.

— Ce n'est pas parce que je ne serai pas préparée à me défendre que je ne devrai jamais protéger ma vie.

— Je le sais bien, Abeille. Écoute, je t'ai dit que je le ferais, et je tiendrai parole. Mais, pour le moment, pour ce soir, je t'en prie, fie-toi à moi pour veiller sur toi, et parlons d'autre chose, d'accord ? »

Ma gorge se noua. Les yeux baissés, d'une voix soudain rauque que je ne reconnaissais pas, je dis : « Comment pourras-tu me protéger, moi, alors que tu vas veiller sur elle et la défendre, elle ? »

Il eut l'air choqué, puis vexé et enfin las. Du coin de l'œil, je vis toutes ces expressions passer sur ses traits ; il se reprit et déclara d'un ton calme : « Tu n'as aucune raison d'être jalouse, Abeille, ni inquiète. Évite a besoin de notre aide, et, en effet, je la protégerai. Mais c'est toi ma fille, non Évite. Et maintenant, allons-y ; il faut que tu te recoiffes et que tu te laves les mains et la figure avant d'aller dîner.

— Évite sera à table ?

— Oui, et Crible aussi. » Il ne cherchait pas à m'obliger à trotter, mais, quand il marchait à son allure normale, je devais toujours presser le pas pour rester à sa hauteur. Je remarquai qu'il n'y avait pas de bruit dans la maison ; il avait dû renvoyer les ouvriers chez eux pour la soirée.

« J'aime bien quand la maison retrouve son calme.

— Moi aussi. Les réparations prendront encore du temps, Abeille, et il faudra supporter encore qu'il y ait des étrangers, du bruit et de la poussière. Mais, une fois les travaux terminés, la paix et la tranquillité reviendront. »

Je songeai au dîner. Évite et Crible à table avec nous, et au petit déjeuner le lendemain. Je m'imaginai entrant dans une pièce de ma maison et y trouvant Évite. Envahirait-elle les ateliers de jardinage ? Furèterait-elle dans les manuscrits de la bibliothèque ? À me la représenter se promenant chez moi, j'avais soudain l'impression que je ne pourrais jamais oublier sa présence. « Combien de temps Évite restera-t-elle chez nous ? » La coexistence de l'intruse et d'une atmosphère calme sous le même toit me paraissait difficile.

« Tant qu'il le faudra. » Il s'efforçait de parler avec fermeté, mais je percevais à présent l'inquiétude dans sa voix ; à l'évidence, c'était une question qu'il ne s'était pas posée, et je me réjouis de voir que la réponse ne lui plaisait pas plus qu'à moi. Cela me consola.

Il m'accompagna jusqu'à ma chambre ; je fis mes ablutions, me coiffai, et, quand je sortis pour descendre dîner, il m'attendait dans le couloir. Je levai les yeux vers lui. « Ça te va bien, de t'être rasé la barbe », dis-je. Je l'avais remarqué le matin mais je m'étais abstenue de tout commentaire. Il me regarda, hocha la tête, et nous prîmes ensemble l'escalier. Les domestiques nous avaient installés dans la grande salle à manger mais n'avaient fait du feu que dans l'âtre le plus proche de la table ; l'autre bout de la pièce était une caverne obscure. Crible et Évite étaient déjà attablés et bavardaient, mais le vaste volume de la salle engloutissait leurs échanges. « Et nous voici tous ensemble », annonça mon père en entrant. Il maîtrisait parfaitement sa voix et paraissait ravi de cette réunion.

Il m'assit à sa droite, comme si j'étais ma mère, et tira la chaise avant de la repousser une fois que je m'y fus juchée. Crible était à sa gauche et Évite à ma droite ; elle s'était fait un chignon et avait choisi une robe qui donnait à croire qu'elle s'attendait à croiser la reine en personne. Elle avait fait une toilette, mais l'eau froide n'avait pas effacé le rouge qui bordait ses yeux ; elle avait pleuré. Crible avait l'air sur le point de fondre en larmes lui aussi, mais il se plaquait un sourire sur les lèvres.

Dès que nous fûmes installés et que mon père eut sonné la cloche pour qu'on apportât le repas, Évite demanda : « Vous n'avez pas trouvé trace de l'inconnue ?

— Je vous l'ai dit, Évite, elle est repartie. C'était une voyageuse blessée, rien de plus. Elle ne se sentait manifestement pas en sécurité même ici, et, dès qu'elle a pu se déplacer, elle s'en est allée. »

Deux hommes que je n'avais jamais vus entrèrent avec des plats. Je regardai mon père, et il me sourit. Ils servirent la soupe, posèrent du pain sur la table puis se reculèrent. « Cor et Jet, merci. » À ces mots, ils s'inclinèrent et retournèrent aux cuisines. Je levai des yeux consternés vers lui.

« J'ai embauché du personnel, Abeille. Il est temps de mettre un peu d'ordre dans cette maison. Tu t'habitueras à ces nouvelles présences et tu seras vite à l'aise avec elles. Ce sont des cousins du mari de Tavia qu'on m'a chaudement recommandés. »

Je hochai la tête, nullement ravie. Le repas s'avança, et mon père prit soin de parler à Crible et à Évite, comme s'il devait partager équitablement la conversation avec tous les convives. Il demanda à la fille si sa chambre provisoire lui convenait, à quoi elle répondit avec raideur que cela allait ; il demanda à Crible comment il trouvait la soupe, à quoi ce dernier répliqua qu'elle était aussi bonne que celle qu'on servait au château de Castelcerf. Les deux hommes n'abordèrent que des sujets banals : mon père pensait-il que la neige tomberait le lendemain ? Il espérait qu'elle ne serait pas trop épaisse cette année, et Crible abonda dans ce sens. Évite aimait-elle se promener à cheval ? Il y avait de bonnes piste à Flétribois, et elle disposait d'une monture de qualité, selon mon père. Peut-être lui plairait-il d'explorer un peu le domaine le lendemain ?

Crible s'enquit de la jument grise que montait mon père jadis, et, quand celui-ci répondit qu'il l'avait toujours, il demanda s'ils pourraient aller la voir après le dîner ; il avait dans l'idée de voir si elle pourrait lui donner un poulain d'un certain étalon noir de Castelcerf.

Le prétexte pour parler seul à mon père était si transparent que je faillis exploser. Après le repas, nous passâmes dans un petit salon aux fauteuils accueillants et chauffé par un bon feu dans l'âtre. Crible et mon père s'en allèrent aux écuries, et Évite et moi restâmes à nous regarder en chiens de faïence. Tavia nous apporta des infusions. « Camomille et douce-haleine pour vous aider à dormir après votre long trajet, dit-elle à Évite avec un sourire.

— Merci, Tavia, fis-je comme le silence s'éternisait et que la jeune fille ne réagissait pas.

— Je t'en prie », répondit-elle. Elle nous servit et sortit.

Je pris ma tasse et allai m'asseoir sur le socle de la cheminée. Évite me toisa.

« Il te laisse toujours veiller avec des adultes ? » Le ton était clairement réprobateur.

« Des adultes ? » répétai-je en parcourant le salon du regard. Je souris, l'air perplexe.

« Tu devrais être au lit à cette heure.
— Pourquoi ?
— C'est ce que font les enfants le soir : ils vont se coucher pour que les grandes personnes puissent parler entre elles. »

Je réfléchis puis contemplai le feu. Mon père allait-il commencer à m'envoyer au lit le soir pour pouvoir s'entretenir avec Évite ? Je saisis le tisonnier et en frappai la bûche enflammée, ce qui en fit jaillir une gerbe d'étincelles ; je la frappai de nouveau.

« Cesse ! Tu vas faire fumer la cheminée. »

Je tapai une dernière fois puis reposai le tisonnier, sans regarder Évite.

« Heureusement que tu ne portes pas de jupe ; tu la salirais, sur cette assise. Pourquoi t'asseoir là et non dans un fauteuil ? »

Les fauteuils étaient trop hauts ; mes pieds ne touchaient pas le sol. J'examinai les briques qu'on venait de balayer. « Ce n'est pas sale.
— Pourquoi t'habilles-tu en garçon ? »

Je baissai les yeux sur ma tunique et mes chausses. J'avais une toile d'araignée à la cheville ; je la décrochai. « Je m'habille pour être à mon aise. Ça te plaît de porter ces épaisseurs de jupe et de jupon ? »

Elle les étala fièrement autour d'elle ; l'effet était ravissant, comme celui d'une fleur qui s'épanouit. La robe était d'un bleu un peu plus clair que celui de Castelcerf, le jupon plus clair encore, avec un ourlet de dentelle fait pour dépasser ; il était assorti au bleu pâle du corsage, et la dentelle était la même qu'aux manches et au cou. Cette tenue ne venait pas d'un marché du bord de la route : elle avait sans doute été confectionnée pour elle. Elle lissa le tissu d'un air satisfait. « C'est chaud, et c'est très joli. C'est très cher aussi. » Elle leva la main et effleura ses boucles d'oreilles, comme si j'avais pu ne pas les remarquer. « Ça également. Des perles de Jamaillia ; c'est sire Umbre qui me les a achetées. »

Pour ma part, je portais une chemise en laine à manches longues sous une simple tunique, cousue par ma mère, serrée à la taille par une ceinture en cuir, et qui me descendait pudiquement jusqu'aux genoux. En dessous, j'avais mes chausses de laine et des chaussons. Personne n'avait laissé entendre jusque-là que je me vêtais comme un garçon, mais je revoyais à présent la tenue des employés d'écurie, et, en effet, elle n'était pas très différente de la mienne. Même les filles de cuisine portaient des jupes tous les jours. J'examinai les poignets de mes manches, couverts de toiles d'araignée et de traces de craie à la suite de ma dernière aventure ; les genoux de mes chausses étaient sales eux aussi, et je pris alors conscience que ma mère m'eût demandé de me changer avant de descendre dîner avec des invités ; elle m'eût peut-être fait enfiler ma robe rouge, et mis des rubans dans les cheveux. Je me passai la main dans ce qui me restait de cheveux pour les lisser.

Évite hocha la tête. « C'est un peu mieux ; ils étaient dressés comme les plumes sur la tête d'un oiseau.

— Ils sont trop courts pour les tresser ; je les ai coupés à cause de la mort de ma mère. » Je la regardai un instant dans les yeux.

Elle me retourna mon regard d'un air froid. Puis elle dit : « J'aimerais que ma mère soit morte ; je crois que ça me simplifierait la vie. »

Je baissai les yeux ; ses paroles me faisaient mal et je tâchai d'en saisir la raison. Au bout d'un moment, je compris : elle attachait plus d'importance à sa propre souffrance qu'à la mienne. J'avais entendu que le fait que sa mère cruelle fût vivante était plus tragique que la mort de la mienne, et, en cet instant, je la haïs ; mais je découvris aussi un point essentiel : je pouvais imiter mon père, c'est-à-dire relever les yeux et la regarder en face sans rien laisser paraître de mes pensées.

Cette idée me surprit. J'étudiai Évite sans rien dire, et je m'aperçus qu'elle ne partageait pas ma faculté : toutes ses émotions s'inscrivaient clairement sur son visage. Elle me croyait peut-être trop jeune pour les déchiffrer, ou bien elle s'en moquait ; en tout cas, elle ne me cachait rien. Elle savait que ses mots durs me blesseraient. Elle était malheureuse, n'avait aucune envie d'habiter chez nous, et s'irritait de se retrouver seule avec moi ; et, tout à sa misère, elle s'en prenait à moi parce que j'étais là – et parce qu'elle me croyait incapable de riposter.

Je n'éprouvais nulle pitié pour elle ; elle était trop dangereuse. Misérable et irréfléchie, elle était sans doute capable d'une cruauté telle que je n'en avais jamais connu de la part d'un adulte ; j'eus soudain peur qu'elle ne pût tous nous détruire et réduire à néant le peu de paix que mon père et moi avions trouvée. Avec ses beaux vêtements et ses jolies boucles d'oreilles, elle me regardait, toute petite, très jeune, selon elle, sale et commune. Naturellement ; elle voyait en moi la fille de Tom Blaireau le roturier, non la princesse perdue de la famille Loinvoyant ! Rien que le rejeton du gérant veuf de Flétribois. Mais, moi, j'avais un foyer, un père qui m'aimait et le souvenir d'une mère qui m'adorait, et tout cela lui paraissait injuste.

« Tu ne dis rien », fit-elle, l'air attentif. Elle était comme un chat qui s'ennuie et pousse de la patte une souris pour voir si elle est bien morte.

« Il est tard, pour moi ; je ne suis qu'une enfant, tu sais. Je me couche très tôt, d'habitude. » Je bâillai exagérément sans me couvrir la bouche, puis j'ajoutai d'un ton suave : « Et puis les histoires de gens qui pleurent sur leurs propres malheurs me barbent, et ça m'endort. »

Elle me regarda fixement, le vert de ses yeux prenant de l'éclat. Elle leva la main comme pour remettre de l'ordre dans ses cheveux et en tira une des longues épingles qui fixaient son chignon ; elle la tint entre le pouce et l'index comme pour attirer mon attention sur elle. Cherchait-elle à me menacer ? Elle se leva brusquement, et je me dressai d'un bond. Je pensais courir plus vite qu'elle, mais la contourner pour accéder à la porte risquait d'être difficile. J'entendis des voix dans le couloir, puis Crible ouvrit la porte, mon père derrière lui. « Bonsoir ! leur lançai-je avec entrain, et je passai devant Évite et son regard noir pour me serrer brièvement contre mon père puis m'écarter rapidement. La journée a été longue et pleine d'imprévus, ça m'a fatiguée. Je crois que je vais aller me coucher.

— Ma foi… » Il avait l'air surpris. « Si tu es fatiguée… Veux-tu que je t'accompagne à ta chambre ?

— Oui », intervint Crible d'un ton ferme sans me laisser le temps de répondre. Évite remettait l'épingle dans son chignon avec un sourire. « Elle ne se sentait pas bien tout à l'heure ; veillez à ce qu'elle ait bien chaud dans son lit et qu'un bon feu brûle dans sa cheminée.

— Vous avez raison. » Mon père acquiesça de la tête en souriant, comme s'il était parfaitement normal que je voulusse me coucher aussi tôt. D'ordinaire, nous restions ensemble jusque tard dans la nuit, et je m'endormais souvent près de l'âtre de son bureau. Il pria ses hôtes de l'excuser un moment, leur promit de revenir bientôt puis me prit par la main et sortit. Je ne me dégageai qu'une fois la porte fermée. « Que manigances-tu ? me demanda-t-il alors que nous nous dirigions vers l'escalier.

— Rien ; c'est la nuit, je vais me coucher. Il paraît que c'est ce que font les enfants.

— Évite était toute rouge.

— Elle devait être assise trop près du feu.

— Abeille. » Il n'ajouta rien, mais il y avait de la réprimande dans son ton. Je me tus ; je n'avais pas le sentiment de mériter ses reproches. Devais-je lui parler de l'épingle à cheveux ? Il me jugerait sans doute ridicule.

Devant la porte, je le devançai pour saisir la poignée. « Je veux me coucher, c'est tout. Il faut sûrement que tu te dépêches de retourner parler avec les autres grandes personnes.

— Abeille ! » s'exclama-t-il, et cette fois je le sentis touché, à la fois blessé et un peu en colère. Cela m'était égal ; qu'il aille donc s'apitoyer sur la malheureuse Évite ! C'était elle qui avait besoin de sa compassion, non moi. Son visage perdit toute expression. « Reste ici pendant que je vérifie ta chambre. »

J'attendis près de la porte, et, dès qu'il ressortit, je me glissai à l'intérieur et refermai le battant derrière moi. Je laissai la main sur la poignée pour voir s'il essaierait de rentrer pour me parler.

Mais il n'en fit rien, comme je l'avais prévu. Je traversai la pièce et ajoutai une bûche dans le feu. Je n'avais pas sommeil.

Je me déshabillai, fis un paquet de mes vêtements et les reniflai ; ils n'étaient pas seulement sales : ils dégageaient aussi une odeur de souris, sans doute prise dans les passages secrets. Je songeai au Rayé qui les parcourait en quête de petits rongeurs, et j'eus envie de partir discrètement pour gagner le bureau de mon père et voir si le chat voulait s'en aller ; mais il faudrait que je me revêtisse, et, si mon père me surprenait dans les couloirs, il se mettrait en colère. Je décidai finalement de me lever de bonne heure. Mes deux chemises de nuit d'hiver sentaient un peu le renfermé. Du temps de ma mère, les habits sortaient toujours des coffres imprégnés d'une odeur de cèdre et d'herbes, ou de soleil et de lavande s'ils venaient d'être lavés. Depuis sa disparition, j'avais l'impression qu'il y avait du relâchement de la part des domestiques dans l'exécution des corvées, mais c'était la première fois que je mesurais à quel point cela m'affectait.

J'en voulus d'abord à mon père, puis je pris la responsabilité sur moi. Comment pouvais-je croire qu'il fût au courant de ces choses ? Il ignorait sans doute totalement que je n'avais pas pris un bain ni lavé mes cheveux depuis des semaines. Certes, c'était l'hiver, mais ma mère m'obligeait à me tremper complètement dans un baquet au moins une fois par semaine même en cette saison. Avec le personnel supplémentaire qu'il avait engagé, ces habitudes reviendraient-elles ? J'en doutais ; il faudrait que quelqu'un reprît la maison en main.

Évite, peut-être ? Je me raidis à cette idée. Non : moi. C'était à moi de m'en charger ; j'étais la femme de la propriété, et je remplaçais ma sœur chez elle. Les employés sous les ordres de mon père effectuaient sans doute leur travail comme avant, sous la surveillance d'Allègre, mais ma mère s'occupait du personnel de maison, et, si Allègre était compétent pour la décoration, il ne devait pas s'intéresser de près aux tâches quotidiennes de la lessive, de l'époussetage et du ménage. Ce serait désormais à moi de les superviser.

J'enfilai la chemise de nuit qui sentait le moins. Je regardai mes pieds et me servis de ce qui restait d'eau dans le broc pour les laver, ainsi que mes mains et ma figure. J'ajoutai du bois dans le feu et me glissai dans mon lit. J'avais tant de sujets de réflexion que je crus ne jamais pouvoir trouver le sommeil.

Mais je m'endormis, car je me réveillai et vis la jeune fille pâle debout près de mon lit. Des larmes rubis coulaient sur ses joues et une écume rose moussait à ses lèvres. Elle me regardait fixement. « Le message », dit-elle en postillonnant du sang, et puis elle tomba sur moi.

Avec un hurlement, je me tordis en tous sens pour me dégager. Elle s'accrocha à moi, mais en un clin d'œil je sautai du lit et courus vers la porte. J'essayais de crier, mais nul son ne sortait de ma gorge. Dans mon affolement, mes doigts glissaient sur le loquet ; enfin, il coulissa, j'ouvris la porte à la volée et détalai dans le couloir obscur. Mes pieds nus frappaient les dalles, et je poussais à présent de petits cris étouffés. Et si mon père s'était enfermé dans sa chambre ? S'il n'était pas là, mais dans son bureau ou ailleurs dans la maison ?

« Pa-pa-pa-pa ! » Je bredouillai sans parvenir à donner du volume à ma voix. Sa porte s'ouvrit sous ma main, et, à ma grande stupeur, je n'eus pas le temps d'atteindre son lit qu'il était déjà debout, poignard au clair ; il était pieds nus et sa chemise de nuit était à demi fermée, comme s'il s'apprêtait à dormir. Il me prit sous son bras libre, se contorsionna de façon à me placer quasiment dans son dos, et tendit son arme vers l'entrée. Sans quitter l'ouverture des yeux, il demanda :

« Es-tu blessée ? Que se passe-t-il ? Où ?

— Ma chambre. La fille. » La terreur me faisait claquer si fort des dents que je ne devais pas parler clairement, mais il parut comprendre. Il me laissa tomber sans brutalité et se mit en marche.

« Reste derrière moi ; tout près, Abeille. »

Il ne se retourna pas pour voir si j'obéissais ; il partit au pas de course, poignard à la main, et je dus faire tous les efforts du monde pour le suivre et retourner là où je n'avais aucune envie d'aller. Et sans arme. Si j'en sortais vivante, je me promis que cela ne se reproduirait plus ; je déroberais un couteau aux cuisines et le cacherais sous mon oreiller. Il le fallait.

Quand nous parvînmes à ma chambre, il eut un geste agacé pour m'écarter de la porte. Ses lèvres retroussées dénudaient ses dents, et il avait un regard noir et féroce ; j'y reconnus père Loup, et sa colère était une furie meurtrière contre tout ce qui menaçait son petit. Il s'arrêta sur le seuil et parcourut des yeux la pièce qu'éclairaient seules les flammes mourantes dans la cheminée. Les narines dilatées, il tourna la tête d'un côté puis de l'autre. Soudain il se figea, puis il avança si lentement vers la forme étalée sur mon lit qu'on eût dit que seule une petite partie de lui-même se déplaçait à la fois. Il me jeta un regard par-dessus son épaule. « Tu t'es défendue ? Tu l'as tuée ? »

Je fis signe que non. J'avais encore la gorge desséchée par la terreur mais je parvins à répondre : « Je me suis enfuie. »

Il hocha brièvement la tête. « Tant mieux. » Il s'approcha de mon lit et examina la blessée.

Il se raidit tout à coup et leva son poignard, prêt à frapper, et j'entendis le chuchotement rauque de la jeune femme. « Le message. Vous devez entendre le message. Avant que je meure. »

L'expression de mon père changea brusquement. « Abeille, va chercher de l'eau. »

Il n'en restait qu'à peine dans mon broc. Je me rendis dans la petite chambre adjacente ; le plateau avec la collation intacte ; dans la bouilloire, l'eau pour le thé s'était refroidie, et je l'apportai à mon père. Il avait allongé la jeune femme. « Buvez un peu », lui dit-il en portant le gobelet à ses lèvres. Elle ouvrit la bouche mais parut incapable d'avaler ; l'eau s'écoulait sur son menton, délavant encore davantage l'écume rose à ses commissures. « Où étiez-vous ? demanda-t-il. Nous n'avons pas pu vous trouver. »

Elle avait entrouvert les yeux ; ses paupières paraissaient sèches. « J'étais… ici. Dans le lit. Oh ! » Elle eut tout à coup l'air encore plus abattue. « La cape ! C'était la cape. J'avais froid et je l'ai tirée sur moi. Elle a disparu. »

Je m'étais avancée prudemment à mon tour. Elle ne semblait pas avoir conscience de ma présence, et je songeai qu'elle était peut-être devenue aveugle. Mon père et moi échangeâmes un regard sceptique. La jeune femme eut un geste vague de la main ; j'eus l'impression de voir une feuille de saule dans la brise. « Il prend les couleurs et les ombres. Ne le perdez pas… Très vieux, vous savez. » Sa poitrine monta puis s'affaissa, et elle demeura tellement immobile que je la crus morte. Puis elle s'écria, comme si les mots lui faisaient mal : « Le message !

— Je suis là ; j'écoute. » Mon père prit sa main fine dans la sienne. « Elle est trop chaude, murmura-t-il. Beaucoup trop.

— J'ai du mal à penser. À me concentrer. Il a créé… un rébus. Plus facile à se rappeler. Trop risqué de l'écrire.

— Je comprends. »

Elle inspira par le nez et exhala par la bouche au milieu de petites bulles roses. Je ne voulais pas les voir, mais ne pouvais en détacher mon regard.

« Par quatre choses vous saurez que je viens bien de sa part et me ferez confiance. Ratounet était sur son sceptre ; le nom de votre mère n'a jamais été prononcé ; vous serviez un homme derrière un mur ; il a effacé ses traces de doigts de votre poignet. » Elle se tut pour reprendre son souffle. Nous étions suspendus à ses lèvres. Je la vis avaler sa salive, puis elle tourna la tête vers mon père. « Convaincu ? demanda-t-elle d'une voix sans force. Que je suis une vraie messagère ? » J'avais raison : elle ne le voyait pas.

Il tressaillit comme si on l'avait piqué avec une aiguille. « Oui, oui, bien sûr, je vous fais confiance. Avez-vous faim ? Vous sentez-vous capable de boire du lait chaud ou de manger ? » Il ferma les yeux et devint comme pétrifié l'espace d'un instant. « Nous ne vous aurions jamais négligée à ce point si nous avions su que vous étiez toujours chez nous. Mais nous ne vous retrouvions pas, et nous avons cru que vous vous étiez assez remise pour reprendre votre route. »

Il ne dit pas que nous nous étions demandé si elle ne se cachait pas quelque part dans la maison dans l'espoir de nous éliminer.

Elle avait la respiration sifflante. « Non, rien à manger. Trop tard. » Elle voulut s'éclaircir la gorge, et le sang qui s'écoulait sur ses lèvres devint plus rouge. « Pas le temps de penser à moi. Le message.

— Je peux encore envoyer chercher un guérisseur.

— Le message, répéta-t-elle. Le message, et ensuite vous pourrez faire ce que vous voulez. »

Il capitula.

« Très bien, le message. Je vous écoute. Allez-y ! »

Elle s'étrangla, et un liquide rosâtre coula sur son menton ; mon père l'essuya délicatement avec un coin de ma couverture. Je décidai d'aller coucher dans son lit pour le reste de la nuit. La crise passée, elle reprit son souffle et murmura : « Il vous l'a dit : les anciennes prophéties des rêves prévoyaient le fils inattendu. Celui qui m'envoie croyait jadis qu'il s'agissait de vous, mais aujourd'hui il estime qu'il s'est peut-être trompé. Il croit qu'il peut y en avoir un autre ; un fils que nul ne cherche et que nul n'attendait ; un garçon laissé sur le bord de la route. Il ignore où et quand il est né, et qui lui a donné le jour, mais il espère que vous pourrez le trouver. Avant les chasseurs. » Le souffle lui manqua. Elle toussa et postillonna de la salive et du sang ; puis elle ferma les yeux et prit un moment pour reprendre haleine.

« Le Fou a eu un fils ? » Mon père n'en croyait pas ses oreilles.

Elle eut un bref hochement de tête, puis fit un signe de dénégation. « C'est son fils mais en même temps ce n'est pas le sien. Un Blanc métis. Mais il a peut-être l'apparence d'un Blanc sans mélange. Comme moi. » Sa respiration se calma et je crus qu'elle avait fini ; puis elle inspira plus profondément. « Vous devez le chercher. Quand vous trouverez le fils inattendu, vous devrez le mettre en sécurité. Ne dites à personne que vous l'abritez et ne parlez à personne de votre mission. C'est la seule façon de le protéger.

— Je le trouverai », promit mon père. Elle sourit vaguement, laissant voir des dents roses. « Je vais faire quérir un guérisseur, reprit-il, mais elle agita faiblement la main.

— Non, je n'ai pas fini. À boire, s'il vous plaît. »

Il porta le gobelet à ses lèvres. Elle ne but pas, mais laissa l'eau lui baigner la bouche et couler sur son menton. Il l'essuya de nouveau.

« Des chasseurs viendront. En feignant l'amitié, peut-être. Ou sous un déguisement. Ils vous feront croire que ce sont des amis. » Elle s'exprimait par courtes phrases en reprenant son souffle entre chacune. « Ne confiez à personne le fils inattendu. Même s'ils disent venir pour le conduire là où est sa place. Attendez celui qui m'envoie. Il viendra le chercher s'il le peut. C'est ce qu'il m'a dit à mon départ. Il y a si longtemps… Pourquoi n'est-il pas arrivé avant moi ? Je crains… Non. Je dois croire qu'il est encore en route. Il leur a échappé mais ils le pourchasseront. Quand il le pourra, il viendra. Mais lentement. Il doit les éviter. Ça prendra du temps. Mais il arrivera ici. En attendant, vous devez le trouver et le protéger. » Je n'étais pas convaincue qu'elle crût elle-même à ce qu'elle disait.

« Où dois-je chercher ? » demanda mon père d'un ton pressant.

Elle secoua légèrement la tête. « Je l'ignore. S'il le savait, il ne m'a fourni aucun indice. Ainsi, au cas où ils me captureraient et me tortureraient, je ne pourrais le trahir. » Elle déplaça la tête sur l'oreiller, tâchant de tourner ses yeux aveugles vers lui. « Le trouverez-vous ? »

Il lui prit délicatement la main. « Je trouverai son fils et je le protégerai jusqu'à son arrivée. » Mentait-il pour la rassurer ?

Les paupières de la jeune femme s'abaissèrent jusqu'à ce que seul fût visible entre elles un croissant de lune gris. « Oui. Si précieux… Ils ne reculeront devant rien. Même le meurtre. S'ils le prennent… » Son front se plissa. « Comme on m'a traitée. Comme un outil. Pas de choix. » Ses paupières s'ouvrirent en papillonnant, et son étrange regard sans couleur parut se fixer sur celui de mon père. « J'ai eu trois enfants. Je n'en ai jamais vu un seul, jamais tenu un seul dans mes bras. Ils les prennent. Comme ils m'ont prise.

— Je ne comprends pas », dit mon père. Puis, devant l'expression désespérée de la blessée, il se reprit : « J'en comprends assez. Je le trouverai et je le protégerai, je le promets. Maintenant, nous allons vous installer confortablement et vous allez vous reposer.

— Brûlez ma dépouille, fit-elle d'un ton insistant.

— Si on en arrive là, comptez sur moi. Mais en attendant…

— On en arrivera là. Mon compagnon a sondé mes blessures. Je vous l'ai dit. Ce qui est entré ne peut en sortir.

— Un poison ? »

Elle secoua la tête. « Des œufs. Ils ont éclos maintenant. Ils me dévorent. » Elle fit une grimace de douleur et toussa de nouveau. « Pardon. Brûlez les draps et les couvertures. Avec moi. » Elle ouvrit les yeux et son regard vide parcourut la pièce. « Vous devriez me mettre à l'extérieur. Ils mordent et ils fouissent. Et ils pondent. » Elle toussa encore dans une gerbe de postillons roses. « La punition des traîtres. » Elle battit des paupières et des gouttes rouges suintèrent au coin de ses yeux. « La trahison est impardonnable. Elle est donc châtiée par une mort que rien ne peut arrêter. Lente. Des semaines. » Elle frissonna, puis se tordit soudain. Elle regarda mon père. « La douleur augmente. Encore. Je n'y vois plus. Ils dévorent mes yeux. Y a-t-il du sang dedans ? »

J'entendis mon père avaler sa salive. Il s'agenouilla près du lit pour se mettre à la hauteur de la jeune femme. Son visage était devenu impassible ; j'ignorais s'il éprouvait quoi que ce fût. Il demanda à mi-voix : « Avez-vous fini ? Il n'y a pas d'autre message ? »

Elle hocha la tête puis la tourna vers lui, mais elle ne le voyait pas, je le savais. Des gouttelettes rubis s'accrochaient à ses cils. « C'est la fin, oui. »

Il se redressa en titubant puis pivota comme s'il allait s'enfuir de la chambre ; mais il saisit le broc vide et dit d'un ton grave : « Abeille, il me faut de l'eau fraîche, et un gobelet de vinaigre. Et… » Il réfléchit. « Va dans l'atelier de jardinage de Patience et rapporte-moi deux grosses poignées de la menthe qui pousse au pied de la statue de la jeune fille à l'épée. Va ! »

Je pris le broc, une chandelle dans son bougeoir, et sortis. L'obscurité allongeait les couloirs, et des ombres se cachaient dans les cuisines. Le vinaigre se trouvait dans une grosse cruche en terre, et les gobelets sur les étagères du haut, hors de ma portée ; je dus pousser des bancs pour y accéder. Laissant sur place le lourd broc plein d'eau et la cruche de vinaigre, je parcourus la demeure endormie pour me rendre à l'atelier de jardinage ; je trouvai la menthe et arrachai sans pitié les tiges pour remplir de feuilles odorantes un pli de ma chemise de nuit, puis je repartis au trot, ma bougie dans une main, relevant de l'autre ma chemise de nuit pour empêcher la menthe de tomber. Aux cuisines, j'emballai les feuilles dans un chiffon propre que je nouai aux quatre coins et pris entre les dents ; j'abandonnai ma bougie pour tenir le broc contre ma poitrine à l'aide d'un bras et, de l'autre, porter la cruche de vinaigre, et je me mis en route aussi vite que je le pus en m'efforçant de ne pas m'imaginer dévorée de l'intérieur par des vers. Quand j'arrivai à ma chambre et posai mon chargement pour ouvrir la porte, j'étais hors d'haleine. J'avais l'impression d'avoir couru toute la nuit.

Le spectacle qui m'attendait m'horrifia. Mon père était agenouillé devant mon matelas de plume étendu par terre ; il avait ses bottes aux pieds, et son manteau épais traînait à côté de lui sur le plancher ; il avait donc dû retourner dans sa chambre. Il avait déchiré un de mes couvre-lits en longues lanières dont il se servait pour fermer le paquet qu'il fabriquait. Il se tourna vers moi, le teint gris. « Elle est morte, dit-il. Je l'emporte dehors pour l'incinérer. » Il n'avait pas cessé de l'emballer fébrilement. Mon matelas prenait la forme d'un énorme cocon qui renfermait une jeune femme morte. Mon père poursuivit sa tâche et ajouta : « Déshabille-toi complètement, ici même, puis va chez moi ; tu y prendras une de mes chemises pour la nuit. Laisse ta chemise de nuit ici ; je la brûlerai avec elle. »

Je le regardai un moment sans bouger, puis je posai le broc et la cruche ; les feuilles de menthe tombèrent au sol quand je lâchai le pli du tissu. J'ignore quel médicament il voulait préparer, mais il était trop tard ; elle était morte. Morte comme ma mère. Il glissa une nouvelle lanière sous le cocon et noua fermement les deux extrémités. D'une toute petite voix, je dis : « Pas question que je me promène nue dans les couloirs. Et tu ne peux pas faire ça tout seul. Veux-tu que j'aille chercher Crible ?

— Non. » Il se redressa, toujours accroupi. « Approche, Abeille. » J'obéis. Je croyais qu'il allait me serrer dans ses bras et me dire que tout irait bien ; mais il me fit courber le cou et examina soigneusement mes cheveux coupés ras. Puis il se leva, alla à mon coffre à vêtements, l'ouvrit et en sortit une robe en laine de l'année passée. « Je regrette, fit-il en revenant près de moi, mais je dois te protéger. » Il prit ma chemise de nuit par l'ourlet du bas et me la passa par-dessus la tête. Puis il m'étudia sous toutes les coutures, les aisselles, le derrière et l'espace entre les orteils ; nous étions tous les deux extrêmement gênés quand il en eut fini. Il me tendit la robe de laine et prit ma chemise de nuit pour l'ajouter au paquet. « Mets tes bottes et un manteau d'hiver, me dit-il. Il faudra que tu m'aides, et personne ne doit savoir ce que nous faisons. Personne ne doit savoir quel message elle a délivré, ni même que nous l'avons retrouvée. Si d'autres l'apprennent, l'enfant, le garçon dont elle parlait, courra un risque encore plus grand. Tu comprends ? »

J'acquiesçai de la tête. Jamais ma mère ne m'avait autant manqué.

4
Assassins

S'il faut être tout à fait franc, il n'existe pas de façon miséricordieuse de tuer. Certains ne comptent pas comme un crime de noyer un nouveau-né malformé dans l'eau tiède, comme s'il ne se débattait pas éperdument pour inspirer de l'air dans ses poumons. S'il ne s'efforçait pas de respirer, il ne se noierait pas. Mais, comme ils n'entendent pas les cris et ne ressentent pas l'assombrissement de l'esprit que vit l'enfant, ils font preuve de clémence – envers eux-mêmes. Cela est vrai de la plupart des « meurtres par compassion ». Le mieux que puisse faire un assassin, c'est créer une situation où il n'a pas à être témoin de la souffrance qu'il cause. Ah, direz-vous, mais qu'en est-il des drogues ? Certains poisons plongent la victime dans un sommeil dont elle ne se réveille pas. Peut-être, mais j'en doute ; à mon avis, au fond d'elle-même, elle sait ce qui se passe ; le corps sait qu'on le tue, or il cache peu de secrets à l'esprit. Celui qui étrangle, celui qui étouffe, celui qui saigne à blanc, tous peuvent bien prétendre que leurs victimes ne souffrent pas, ils mentent. Tout ce qu'ils peuvent affirmer avec véracité, c'est que leurs souffrances leur sont invisibles ; et nul ne revient leur dire qu'ils se trompent.

Deux cent soixante-dix-neuf façons de tuer un adulte, par Merjok

Je descendais l'escalier, la dépouille dans les bras, pendant que ma petite chérie trottait devant moi, une bougie au poing, pour éclairer le chemin. L'espace d'un terrible instant, je me réjouis que Molly fût morte et ne pût voir ce que j'exigeais de notre enfant ; au moins, j'avais réussi à créer une diversion assez longue pour qu'elle ne me vît pas tuer la messagère. J'avais employé deux points de sang sur sa gorge ; quand j'avais placé mes mains, elle avait compris ce que je faisais ; son regard aveugle embrumé de sang avait croisé le mien et, le temps d'un battement de cœur, j'y avais lu le soulagement et la permission. Mais, quand j'avais exercé la pression, elle avait saisi mes poignets par réflexe et elle s'était débattue pour vivre encore quelques secondes sa vie de souffrance.

Elle était trop affaiblie pour résister, et elle m'avait seulement égratigné les bras. Il y avait très longtemps que je n'avais plus tué. Je n'avais jamais pris plaisir à l'acte, au contraire de certains assassins ; je n'y avais jamais vu un plaisir, une consécration ni même un but dans ma vie. Quand j'étais jeune, j'acceptais la chose comme un aspect de mon métier, et je l'exécutais froidement, efficacement, en tâchant de ne pas trop y penser. Cette nuit, malgré l'autorisation de la messagère, et même sachant que je lui épargnais une agonie longue et pénible, j'avais sans doute vécu ma pire expérience d'assassin.

Et voici que j'y associais ma petite fille et la contraignais au secret. Drapé dans ma vertu, je m'étais efforcé d'empêcher Umbre et Kettricken de l'inclure dans la lignée Loinvoyant, avec son lourd passé, mais ils ne l'eussent sûrement jamais entraînée dans une pareille situation. Et moi qui m'enorgueillissais de n'avoir tué personne depuis si longtemps ! Joli travail, Fitz ! Pour éviter de placer sur ses frêles épaules le fardeau d'être une Loinvoyant, tu en fais une apprentie assassin.

Dans une propriété comme Flétribois, il y a toujours quelque part un tas de broussailles et de branches qui attendent d'être brûlées ; le nôtre se trouvait au bout des enclos d'agnelage, dans une pâture. La messagère emmaillotée entre les bras, je m'avançai dans l'herbe haute ployée de neige et dans la nuit d'hiver, Abeille derrière moi, ne disant mot. Il n'était pas agréable de marcher ainsi dans le noir et dans l'humidité, et elle suivait la trace que j'ouvrais. Nous arrivâmes devant un amoncellement de ronces et de branchages, de buissons épineux jetés là, et de branches tombées des arbres qui bordaient la pâture et trop minces pour qu'on se donnât la peine de les tronçonner en bois pour le feu. Le combustible suffisait amplement à la tâche.

Je déposai le paquet de guingois sur le tas de bois, ramenai les branches sur lui et tassai l'ensemble. Abeille m'observait. J'envisageai de la renvoyer à la maison avec instruction d'aller dormir dans ma chambre, mais je savais qu'elle refuserait, et peut-être que voir de ses yeux ce que j'avais à faire serait moins horrible que l'imaginer. Nous allâmes ensemble chercher de l'huile et des braises ; j'aspergeai les branchages avec le liquide et le versai généreusement sur le cadavre emballé, puis nous mîmes le feu. Les rameaux de sapin et les ronces étaient résineux ; ils s'enflammèrent promptement, et leur chaleur sécha les branches de plus gros diamètre. Je craignis que tout ne fût consumé avant la crémation complète du corps, mais le matelas de plume imprégné d'huile s'embrasa et brûla avec une odeur âcre.

J'allai chercher d'autre combustible pour notre bûcher, et Abeille me prêta la main. Petite créature pâle, elle devenait crayeuse dans la nuit noire et froide, et l'éclat rouge du feu qui dansait sur son visage et ses cheveux lui donnait l'air d'un étrange petit esprit de la mort sorti d'une ancienne légende.

Le bûcher brûlait bien et les flammes s'élevaient plus haut que moi. Leur lumière refoulait la nuit, et je commençai bientôt à avoir trop chaud à la figure tandis que le froid mordait toujours mon dos. Je fis front à la chaleur pour repousser l'extrémité de certaines branches dans la fournaise et ajouter du combustible. Le feu parlait, crépitant et sifflant quand je lui jetais une branche chargée de neige. Les flammes dévoraient notre secret.

Abeille se tenait près de moi mais ne me touchait pas, et nous regardions la messagère brûler. Il faut longtemps pour consumer un corps. Nous gardâmes un silence presque complet ; Abeille demanda seulement : « Qu'allons-nous dire aux autres ? »

Je réfléchis. « À Évite, rien ; elle croit que la jeune femme est partie. Nous laisserons Crible penser la même chose. Au personnel de maison, j'expliquerai que tu te plaignais de piqûres et de démangeaisons, que j'ai découvert une infestation dans ton lit en t'y couchant et que j'ai décidé de brûler la literie sur-le-champ. » Avec un soupir, je poursuivis : « C'est injuste pour ces domestiques : je vais devoir feindre d'être très mécontent d'eux, exiger qu'on lave à fond chacun de tes vêtements et qu'on apporte de nouveaux draps et de nouvelles couvertures pour ton lit. »

Elle eut un petit hochement de tête et se tourna de nouveau vers le brasier. Je jetai une nouvelle brassée de bois dans le feu ; les branches à demi consumées cédèrent sous son poids et s'affaissèrent sur les restes brasillants de la messagère. Le matelas de plume s'évapora dans un nuage chuchotant de cendres duveteuses. Ces pointes noircies étaient-elles des os ou des morceaux de bois ? Je n'en savais rien. La vague odeur de viande rôtie me retournait l'estomac.

« Tu es très doué pour ça. Tu as pensé à tout. »

Ce n'était pas un compliment que j'avais envie d'entendre dans la bouche de ma petite fille. « Autrefois, je devais accomplir des... missions particulières pour le roi. J'ai appris à songer à beaucoup de choses à la fois.

— Et à mentir à merveille ; et à cacher ce que tu penses aux autres.

— Aussi, oui. Je n'en suis pas fier, Abeille ; mais le secret qu'on nous a révélé cette nuit n'est pas le mien : c'est celui de mon très vieil ami. Tu as entendu la messagère : il a un fils, et ce fils est en danger. » Mon ton trahissait-il à quel point je trouvais cette nouvelle insolite ? Le Fou avait un fils. Je n'avais jamais été complètement sûr de sa masculinité ; mais, si un enfant était né, il avait dû venir du ventre d'une femme. Par conséquent, ce fils avait une mère, une femme que le Fou avait dû aimer. Je croyais l'avoir connu mieux que personne, mais je n'eusse jamais soupçonné pareil tour du destin.

Cette femme serait mon point de départ. Qui était-ce ? Je fouillai dans mes souvenirs, et le nom de Garetha me vint ; elle travaillait aux jardins quand le Fou et moi étions enfants, et déjà elle était éprise de lui. À l'époque, le Fou était un gamin souple et joueur qui exécutait des sauts de main, des sauts arrière et tous les exercices de jonglage propres à son rôle de bouffon. Il avait la langue acérée, et souvent son humour s'en prenait cruellement à ceux qui, selon lui, avaient besoin d'apprendre un peu l'humilité ; avec les très jeunes et ceux que le sort avait mal traités, il se montrait plus gentil et retournait souvent ses plaisanteries contre lui-même.

Garetha n'était pas jolie, et il faisait preuve de bienveillance envers elle ; pour certaines femmes, il n'en faut pas plus. Des années plus tard, elle ne l'avait pas oublié et l'avait reconnu sous son déguisement de sire Doré. Y avait-il eu autre chose entre eux alors ? Était-ce ainsi qu'il l'avait convaincue de garder son secret ? S'ils avaient eu un enfant, il devait avoir un peu plus de vingt ans aujourd'hui.

Mais représentait-elle la seule possibilité ? Il ne manquait pas de prostituées et de dames de plaisir à Bourg-de-Castelcerf, mais je ne voyais pas le Fou les fréquenter. Non, ce devait être Garetha… Mes pensées prirent une autre orientation, et je vis soudain le Fou sous un jour différent. Il avait toujours préservé son quant-à-soi ; peut-être avait-il une amante cachée – ou peut-être pas si cachée que cela. Laurier. La chasseuse du Vif n'avait pas fait mystère de l'attirance qu'elle éprouvait pour lui. Il avait passé des années loin de Cerf, à Terrilville, voire à Jamaillia, et j'ignorais quasiment tout de sa vie là-bas, hormis qu'il s'était fait passer pour une femme.

Et puis l'évidence me sauta aux yeux et je me sentis très bête. Jofron ! Pourquoi lui écrivait-il ? Pourquoi l'avait-il prévenue de protéger son fils ? Peut-être parce qu'il s'agissait de leur fils ! Je réorganisai mes souvenirs d'eux. Il y avait près de trente-cinq ans, quand il m'avait découvert agonisant dans les Montagnes, il m'avait ramené dans la petite maison qu'il partageait avec elle ; il l'avait envoyée habiter ailleurs à mon arrivée, et, quand il était parti avec moi lors de ma quête, il lui avait laissé toutes ses possessions. Je me remémorai la réaction qu'elle avait eue devant moi lorsque je l'avais revue ; fallait-il l'interpréter comme celle d'une amante repoussée en faveur d'un ami ? Elle avait paru ravie de me montrer que le Fou lui écrivait alors qu'il me laissait sans aucune nouvelle.

Je remontai plus loin dans le temps, jusqu'aux jours fiévreux de ma convalescence, et me rappelai sa voix, le ton d'adoration avec lequel elle parlait de son Prophète blanc ; à l'époque, j'y voyais une sorte de ferveur religieuse, mais peut-être s'agissait-il d'une passion d'un autre genre. Mais, si elle lui avait donné un enfant, il l'eût certainement su. Il lui avait envoyé des messages ; lui avait-elle répondu ? S'il avait laissé un enfant derrière lui, le garçon aurait un an de moins qu'Ortie ; il n'avait assurément pas besoin de ma protection. Quant au petit-fils de Jofron, il ne ressemblait en rien au Fou ; s'ils étaient apparentés, son ascendance de Blanc eût été visible. Le petit-fils du Fou… Pendant un long moment, je ne parvins pas à faire tenir ces mots ensemble.

Je réfléchissais pendant que les flammes dévoraient les ossements. Les propos de la messagère n'étaient guère compréhensibles. Si le Fou avait eu un enfant la dernière fois qu'il était passé à Castelcerf, son fils serait un jeune homme, non un petit garçon. Cela ne tenait pas debout. Elle avait parlé d'un enfant ; or, je me rappelai que le Fou grandissait très lentement et qu'il se disait plus vieux que moi de plusieurs dizaines d'années. Beaucoup d'éléments me manquaient, mais, si ceux de son espèce vieillissaient lentement, peut-être son fils avait-il encore l'air d'un enfant. Dans ce cas, ce ne pouvait être celui de Jofron, qui avait lui-même eu un fils. Le Fou avait-il mis en garde Jofron parce qu'il craignait que les chasseurs ne s'en prissent à n'importe quel enfant qui pût être le sien ? Mes pensées tournaient en tous sens en s'efforçant de construire une tour avec trop peu de pierres. Assurément, s'il s'agissait du fils de Jofron, il eût pu me le dire en dissimulant l'information sous des indices connus de moi seul ; s'il l'avait appelé le fils de la fabricante de jouets, je l'eusse identifié. Et c'était vrai de tout autre : le garçon de la jardinière, l'enfant de la veneuse… Nous nous connaissions si bien ! Il n'eût eu aucun mal à me désigner son rejeton. S'il savait avec certitude où était le petit… Me lançait-il dans une chasse au dahu en me demandant de trouver un enfant dont l'existence supposée se fondait sur d'obscures prophéties Blanches ? Non, il ne me ferait pas cela. Ou plutôt si, presque à coup sûr, parce qu'il pouvait me croire capable de découvrir le garçon en question. Était-ce seulement son fils ? Je me remémorai les mots bien insuffisants de la messagère. Un fils inattendu. Il m'avait dit jadis que cette expression s'appliquait à moi. Et aujourd'hui ? Y avait-il quelque part un autre « fils inattendu » ? Pouvais-je avoir la certitude que ce garçon était bien le fils du Fou ? La jeune femme ne maîtrisait pas parfaitement ma langue…

« Papa ? » Abeille avait la voix tremblante, et, quand je me tournai vers elle, je constatai qu'elle serrait ses bras sur sa poitrine et frissonnait de froid. « Avons-nous fini ? » Elle avait le bout du nez rouge.

Je regardai notre bûcher. La dernière brassée de branches que j'y avais jetée s'effondra soudain. Que resterait-il de la messagère ? Le crâne, les os les plus épais, la colonne vertébrale. Je m'avançai pour scruter le brasier ; ils étaient couverts de braises et de cendres. Le lendemain, j'apporterais la literie de la chambre de bonne adjacente à celle d'Abeille et je la brûlerais aussi, mais cela suffisait pour cette nuit ; du moins je l'espérais. Je parcourus les alentours des yeux. La lune était levée, mais des nuages la cachaient, et une brume glacée flottait au-dessus des pâtures humides. Elle absorbait le peu de lumière qui tombait du ciel avant qu'elle ne touchât le sol.

« Rentrons. »

Je tendis la main vers elle. Elle la regarda un instant puis fourra ses petits doigts entre les miens ; ils étaient glacés. D'instinct, je la soulevai dans mes bras, mais elle me repoussa. « J'ai neuf ans, pas trois. »

Je la libérai et la laissai glisser au sol. « Je sais, fis-je d'un ton d'excuse. Mais tu avais l'air d'avoir très froid.

— J'ai très froid. Retournons à la maison. »

Je ne cherchai plus à la toucher et me satisfis de la voir marcher à mes côtés. Je songeais au lendemain, pétri d'angoisse ; la journée serait compliquée, et je devrais en plus négocier avec Évite et Crible. Je redoutais le moment où je devrais signaler une infestation, car je savais le remue-ménage et le nettoyage que cela entraînerait. Allègre serait hors de lui, le personnel tout entier subirait des réprimandes, et les lessives n'en finiraient pas. Je fis la grimace en songeant à ma propre chambre ; je serais obligé de supporter l'invasion des domestiques, sans quoi mes accusations sonneraient faux. Et je ne voulais même pas imaginer l'indignation ni le dégoût d'Évite à l'idée que son lit pût abriter des insectes indésirables. Mais je n'y pouvais rien ; je devais trouver un prétexte convaincant pour avoir brûlé la literie d'Abeille en pleine nuit. Il n'y avait pas moyen d'éviter les mensonges.

Tout comme il n'y avait pas eu moyen d'éviter d'exposer Abeille à la cascade de vestiges de mon ancienne existence. Je secouai la tête, honteux de mon incapacité à la protéger. Je n'avais qu'une envie : rester seul pour réfléchir à la situation. L'idée que le Fou m'avait contacté au bout de tant d'années me laissait pantois ; je tâchai de faire le tri parmi mes émotions et m'étonnai d'y trouver de la colère. Tout ce temps sans un mot de sa part, sans possibilité pour moi de communiquer avec lui, et puis, quand il avait besoin de moi, cette intrusion impérieuse qui bouleversait toute ma vie ! L'agacement le disputait en moi avec le violent désir de le revoir. Le message paraissait indiquer qu'il courait un danger, qu'il était empêché de se déplacer ou qu'on le surveillait ; blessé, peut-être ? Lors de notre dernière entrevue, il était impatient de retourner dans son ancienne école pour narrer à ses pairs la fin de la Femme pâle et tout ce qu'il avait appris pendant ses longs voyages. Clerres : je n'en connaissais que le nom. Était-il entré en conflit avec l'école ? Pour quelle raison ? Qu'était-il advenu de l'Homme noir, son compagnon de route et Prophète blanc comme lui ? La messagère n'avait pas parlé de Prilkop.

Le Fou avait toujours adoré les rébus et les énigmes, et il tenait encore plus à son intimité. Mais cette fois je n'avais pas le sentiment qu'il s'agissait d'une de ses plaisanteries ; j'avais plutôt l'impression qu'il m'avait transmis tous les renseignements qu'il pouvait prendre le risque de me communiquer, même s'ils étaient insuffisants, en espérant que je me débrouillerais pour découvrir le reste. Avait-il raison ? Étais-je encore celui sur lequel il comptait ?

Curieusement, je ne le souhaitais pas. J'avais été un assassin astucieux, ingénieux, capable d'espionner, de courir, de me battre et de tuer, et je ne voulais plus de cette vie-là. J'avais encore sous les pouces la chaleur de la jeune femme, sur les poignets l'étreinte sans force de ses doigts alors qu'elle se débattait, sombrait dans l'inconscience puis dans la mort. Je l'avais tuée rapidement, non sans douleur car nul trépas n'est indolore, mais j'avais écourté la souffrance qu'elle eût subie de toute façon. J'avais agi par compassion.

Et j'avais à nouveau éprouvé cette sensation de puissance qui jaillit en soi lorsqu'on tue, cette sensation qu'Umbre et moi taisions à tous, et même l'un à l'autre, cette affreuse petite bouffée de supériorité à l'idée qu'on continue à vivre alors que l'autre est mort.

Je ne voulais plus l'éprouver, en toute franchise. Je refusais aussi de songer à la vitesse avec laquelle j'avais décidé d'accorder à ma victime une mort rapide et miséricordieuse. Depuis des décennies, j'affirmais que je n'étais plus un assassin, mais, ce soir, je doutais de ma sincérité.

« Papa ? »

Un assassin tressaillit et tourna son œil scrutateur vers une petite fille. L'espace d'un instant, je ne la reconnus pas, et je dus faire un effort pour redevenir son père. « Molly. » Le mot avait jailli de moi, et Abeille pâlit tant que ses joues et son nez rouges eurent l'air d'avoir été éclaboussés de sang. Molly m'avait protégé ; c'était le jalon qui m'indiquait le nouveau chemin que pouvait emprunter ma vie. À présent qu'elle n'était plus, j'avais l'impression de tomber du haut d'une falaise vers mon inéluctable ruine – et d'avoir entraîné mon enfant dans ma chute.

« Elle est morte, dit-elle d'une petite voix, et la situation redevint réelle.

— Je sais », répondis-je, misérable.

Elle me prit la main. « Tu nous emmenais vers la pâture, vers le noir et le brouillard. Viens, c'est par ici. » Elle me détourna, et je m'aperçus que je me dirigeais jusque-là vers une langue boisée et embrumée le long du pacage. Abeille nous fit faire demi-tour vers Flétribois où quelques fenêtres étaient vaguement éclairées.

Ma fille me ramenait chez nous.

Nous parcourûmes sans bruit les tours et les détours obscurs de Flétribois. Nous franchîmes le vestibule dallé, montâmes l'escalier incurvé et suivîmes le couloir à pas feutrés. Je m'arrêtai devant la chambre d'Abeille avant de me rappeler soudain qu'elle ne pouvait pas y coucher. Je la regardai avec un profond dégoût de moi-même. Son nez était un bouton rouge vif ; elle portait un manteau et des bottes d'hiver, et, en dessous, seulement une chemise de nuit en laine, désormais trempée jusqu'aux genoux. Oh, Abeille ! « Allons te chercher une chemise de nuit propre, puis tu dormiras chez moi pour cette nuit. » Je fis la grimace en songeant à la tanière d'ours qu'était devenue ma chambre. Je n'y pouvais rien pour l'instant ; il fallait détruire la literie de ma fille pour éviter toute contamination par les horribles créatures qui infestaient la messagère. Je songeai au terrible châtiment qui lui avait été imposé et réprimai un frisson d'épouvante. C'était une sentence atrocement irrévocable : la traîtrise se soldait par une mort longue et douloureuse, que nulle excuse, nulle explication ne pouvait interrompre. J'ignorais qui étaient les juges, mais déjà je les méprisais.

J'allumai une bougie à la flambée tandis qu'Abeille allait à son coffre à vêtements. Sa chemise de nuit laissait une traînée mouillée derrière elle. Elle souleva le lourd couvercle, le bloqua de l'épaule et se mit à fouiller dans le contenu. Je parcourus la pièce du regard ; le lit dénudé avait un aspect austère et accusateur. J'avais tué une femme dans cette chambre cette nuit ; pouvais-je laisser ma fille y coucher à nouveau ? Mon acte ne la hanterait peut-être pas, car elle en ignorait tout, mais, moi, il me tourmenterait longtemps, et je n'avais pas envie de faire dormir ma fille dans un lit où j'avais commis un meurtre. J'aborderais le lendemain avec elle l'idée de la déménager ailleurs. Pour cette nuit…

« ARRÊTE ! Cesse, par pitié ! Laisse-moi tranquille ! PAR PITIÉ ! » C'était la voix d'Évite, qui avait hurlé les derniers mots d'une voix suraiguë.

« Reste ici ! » ordonnai-je brutalement à Abeille, et je sortis. Le logement provisoire d'Évite se trouvait au bout du couloir, mais je n'eus le temps que de faire quelques pas avant que Crible, en chemise de nuit, poignard à la main et les cheveux en bataille, jaillît de sa propre chambre, et nous courûmes épaule contre épaule. La voix d'Évite éclata de nouveau, montant sous l'effet de la terreur. « Je regrette que tu sois mort. Ce n'était pas ma faute, ce n'était pas ma faute ! Laisse-moi ! »

Sa porte s'ouvrit brusquement et elle apparut en pleurant dans le couloir obscur. Ses cheveux châtains tombaient librement sur ses épaules ; en chemise de nuit, elle avait une dague dans une main, arme fine et de bonne qualité, et, malgré son épouvante, elle la tenait d'une façon qui laissait penser qu'elle savait s'en servir. Elle poussa un grand cri en nous voyant nous précipiter vers elle, puis elle reconnut Crible et, hurlant son nom, elle se jeta dans ses bras en évitant de peu le poignard qu'il brandissait. Elle ne parut rien remarquer quand il lui saisit le poignet et, d'un pincement, lui fit lâcher son arme.

« Qu'y a-t-il ? Que se passe-t-il ? » Nous nous étions exclamés ensemble, mais, pour toute réponse, elle hurla de plus belle en s'accrochant si violemment au cou de Crible que je crus qu'elle allait l'étrangler. Elle avait enfoui son visage contre sa poitrine, et, tenant prudemment son poignard loin d'elle, il lui tapotait le dos de l'autre main, l'air gêné. Elle répétait une phrase que je ne comprenais pas. Je me baissai et ramassai sa dague, dont je reconnus le type, privilégié par les assassins. Manifestement, Évite n'avait pas eu le sentiment que sa formation sommaire la protégerait contre un fantôme. Je glissai l'arme dans ma manche.

« Je vais examiner sa chambre ; veillez sur elle », dis-je à Crible.

Mais, alors que je passais à côté d'elle, elle releva soudain la tête et s'écria : « N'entrez pas ! N'entrez pas ! C'est son fantôme ! Il pleure sans cesse. Il m'accuse : Rono m'accuse ! »

Je fis halte, l'angoisse me retournant l'estomac. Je ne suis pas superstitieux et je ne crois pas aux spectres, pourtant il me semblait entendre la plainte lointaine d'un enfant perdu. Mon cœur se serra, et je remerciai intérieurement Crible quand il lui dit : « Ce n'est qu'un mauvais rêve, Évite. Vous avez vécu des événements difficiles, et vous avez supporté de grandes peurs ces quinze derniers jours avant d'arriver dans une maison que vous ne connaissez pas, sans savoir quelle direction va prendre votre vie. Il est normal que vous fassiez des cauchemars. »

Elle s'écarta violemment de lui et répliqua d'un ton outré : « Ce n'était pas un cauchemar ! Je ne trouvais pas le sommeil ; je réfléchissais dans mon lit quand j'ai commencé à entendre les pleurs. C'est Rono ; ce petit morveux était toujours en train de pleurer, de geindre et de quémander ; chaque fois qu'on me préparait une friandise ou un bon plat, il en voulait aussi, et, quand on lui répondait que c'était pour moi, il insistait encore, ou bien il se servait en douce. Et c'est comme ça qu'il est mort ! » La colère remplaça soudain la terreur. « Il a chapardé ce qui était pour moi, et ça l'a tué ! Est-ce ma faute ?

— Non, répliqua aussitôt Crible ; évidemment. Le responsable, c'est celui ou celle qui cherchait à vous empoisonner. »

Les sanglots d'Évite changèrent soudain de tonalité, et je compris, sans savoir pourquoi, qu'elle se sentait réconfortée. Le visage contre l'épaule de Crible, elle s'agrippait à lui, les bras autour de son cou, serrée contre lui. Il me jeta un regard gêné par-dessus son épaule. J'ignorais ce qu'il y avait exactement entre Ortie et lui, mais, malgré le contexte, je n'aimais pas le voir tenir une autre femme dans ses bras. « Je vais jeter un coup d'œil dans la chambre, lui dis-je, pour m'assurer que tout est normal. »

Elle releva la tête ; les larmes et la morve effaçaient toute beauté de son visage. « Ce n'était pas un rêve :

je ne dormais pas ! Je ne l'ai pas imaginé ! Je l'entendais pleurer !

— Je vais voir ça. »

Comme je passais près de Crible, il me donna son poignard et leva les sourcils avec un discret haussement d'épaules. Dans toute situation, mieux vaut être armé qu'avoir les mains vides. « Je vais installer Évite dans ma chambre pour la nuit, proposa-t-il.

— Ne me laissez pas seule ! » s'écria-t-elle d'une voix plaintive.

C'est avec une profonde résignation qu'il répondit : « Je dormirai sur votre seuil, devant votre porte. Si on vient vous déranger, je serai à deux pas. »

Je m'éloignais dans le couloir et ne compris pas l'objection qu'elle fit d'une voix étranglée. Je m'arrêtai devant sa porte et pris mon temps ; derrière le battant, il pouvait y avoir n'importe quoi, ou bien rien. J'ouvris et balayai la pièce du regard, puis je déployai mon Vif. Rien, ni homme ni bête. Ce n'était pas la preuve absolue qu'Évite avait imaginé un intrus, mais c'était rassurant.

La lueur des braises tapissait les murs d'un éclat de miel ; les draps étaient tombés du lit et s'étalaient jusqu'à la porte. J'entrai à pas de loup, l'oreille tendue. Qu'avait-elle entendu ? Il y avait sûrement un germe de vérité dans ses dires ; le vent avait-il sifflé dans la cheminée ou à sa fenêtre ? Le silence régnait à l'exception des crépitements étouffés du feu.

J'allumai un chandelier et parcourus la pièce, écartai les rideaux, regardai sous le lit et même dans les coffres à vêtements encore vides ; on venait de les nettoyer et ils ne contenaient que des sachets de plantes odorantes ; ils sentaient le cèdre et la lavande. Évite n'avait pas déballé ses affaires : elle les avait déversées dans la chambre ; il y avait des vêtements partout, à demi sortis des bagages, jetés sur le pied du lit et sur les coffres. Son manque d'ordre me fit froncer les sourcils ; dès le lendemain, sa bonne interviendrait, mais il ne me plaisait pas qu'une jeune fille de son âge ne sût pas ranger convenablement. Ses bijoux étaient étalés sur sa table de toilette près d'un sachet rempli de bonbons roses et jaunes.

À l'évidence, Umbre lui avait ouvert sa bourse, et elle en avait largement profité. Quelle formation lui avait-il donnée ? Elle se tenait visiblement en très haute estime, mais je ne décelais pas trace de discipline ni d'ordre dans son attitude. Comment avait-il pu voir en elle une candidate au métier d'espion et encore plus d'assassin ? Où l'avait-il trouvée et pourquoi lui attachait-il tant d'importance ? Il avait bien dissimulé ses origines, mais j'étais désormais décidé à débusquer ses secrets – mais à mes heures perdues, quand je ne serais pas occupé à chercher l'héritier du Fou, à accuser mes domestiques de négliger la literie, ou à réparer le mal que j'avais fait à ma fille. Je n'avais pas bien géré mon ancienne existence jusque-là, et je ne me voyais pas y ajouter la responsabilité d'Évite.

Je continuai à fouiller soigneusement la pièce, veillai à ce que les fenêtres et les volets fussent bien fermés et qu'il ne se cachait nul intrus dans la chambre de bonne. Je ressortis en m'efforçant d'écarter de mes préoccupations toute inquiétude pour Évite ; cette nuit, je ne m'intéresserais qu'à mes soucis les plus immédiats. Il serait temps le lendemain de songer à aider Évite à s'adapter à nos habitudes de simplicité. Le lendemain ? Il était bien plus de minuit. Aujourd'hui.

Je pris les bougies allumées et retournai dans le couloir auprès de Crible, qui se tenait dans une attitude rigide, les bras croisés sur la poitrine ; jamais je ne lui avais vu l'air aussi buté. La mine ensommeillée, une fille de cuisine, nouvellement embauchée au village, se trouvait non loin, vêtue d'une chemise de nuit et d'un châle, une expression effrayée sur le visage ; Douce était là aussi, visiblement mécontente de ce remue-ménage. Et Évite continuait à se plaindre avec vigueur. Je me réjouis qu'on n'eût pas réveillé Allègre ; demain, il serait bien assez tôt pour mettre l'intendant en train.

Évite, les mains sur les hanches, regardait Crible d'un air mauvais. Ses boucles noires dansaient sur ses épaules, et sa poitrine bombée tirait sur sa chemise de nuit. « Non, je ne veux pas qu'elle dorme à côté de moi. Que ferait-elle si le fantôme revenait ? Crible, c'est vous qui devez me protéger. Je veux que vous dormiez dans ma chambre !

— Demoiselle Évite, ce ne serait pas convenable », répliqua l'intéressé d'un ton ferme. J'eus l'impression que ce n'était pas la première fois. « Vous voulez quelqu'un pour la nuit ? Voici Pensée, prête à vous servir ; et je vous assure à toutes les deux que je ne bougerai pas d'ici et que je me coucherai en travers de la porte en cas de nécessité.

— Le fantôme ? » intervint Pensée, sortant de sa somnolence. Elle se tourna vers Crible, effarée et implorante. « Messire, je vous en prie, la demoiselle a raison ! Si un fantôme apparaît, je ne servirai à rien. Je m'évanouirai à coup sûr !

— J'ai vérifié la chambre de demoiselle Évite ; croyez-moi, il n'y a personne et rien à craindre, déclarai-je, catégorique.

— Évidemment, plus maintenant ! protesta Évite. C'était le spectre du petit Rono qui pleurait et qui m'accusait ! On ne trouve pas un fantôme quand le cherche ; il va et vient à sa guise !

— Rono ? » Douce éclata de rire puis dit : « Oh, pardon, demoiselle Évite, mais il n'y a pas de fantôme d'un Rono dans cette chambre ; le seul qu'on connaisse dans cette maison, c'est celui du vieux sire Luque – enfin, c'est comme ça que ses parents l'appelaient, mais toutes les bonnes le surnommaient le vieux sire Reluque, parce qu'il adorait zyeuter les femmes qui se changeaient ou en culottes ! Ma propre mère m'a raconté qu'il se cachait dans le…

— Assez d'histoires pour ce soir ! » coupai-je sèchement. Je savais déjà, à voir l'expression de Pensée, qu'elle rendrait son tablier le lendemain, et la lueur d'amusement qui dansait au fond des yeux de Crible n'arrangeait pas mon humeur. Je n'aspirais qu'à me recoucher. Je repris d'un ton autoritaire : « Douce, veuillez aider Crible à installer une paillasse devant la porte. Demoiselle Évite, si vous tenez à ce que quelqu'un partage votre chambre avec vous, nous vous proposons Pensée ; personne d'autre. Pensée, vous recevrez un supplément pour ce service. C'est tout, mesdames et messieurs ; à présent, je vais me recoucher. La journée a été rude, et nous avons été assez dérangés comme ça.

— Si Rono vient m'étrangler dans la nuit pour se venger de sa mort, j'espère que vous aurez une bonne explication à fournir à sire Umbre pour n'avoir su me protéger ! »

Elle avait jeté ces mots comme une grêle de pierres, mais je continuai de m'éloigner ; je savais que je laissais à Crible le fardeau de mettre bon ordre à la situation ; il en était capable. En outre, il avait déjà dormi et il n'avait assassiné personne ni brûlé aucun cadavre pendant la nuit.

J'ouvris la porte de la chambre d'Abeille : déserte. Elle avait donc eu l'intelligence de se changer puis de se rendre chez moi. Je poursuivis mon chemin mais me figeai en entrant dans ma chambre : je sentais qu'elle n'était pas là. Mon Vif n'indiquait pas sa présence et me renvoyait seulement une impression de froid et de vide. Le feu était presque éteint.

Je levai mon chandelier pour voir si je repérais trace de son passage. Autant que je pusse m'en rendre compte, rien n'avait bougé dans la pièce. Par habitude, j'allai ajouter du bois sur les braises. « Abeille ? fis-je à mi-voix. Tu te caches ? » Je tirai les couvertures froissées pour m'assurer qu'elle ne s'était pas fourrée en dessous et endormie. Les draps raides et l'odeur de sueur d'homme me firent comprendre qu'elle n'eût pas trouvé là une cachette attirante. Non, elle n'était pas venue.

Je retournai dans sa chambre. Il n'y avait pas un bruit dans le couloir. Crible ouvrit les yeux et leva la tête à mon passage. « Je vais jeter un coup d'œil à Abeille », lui dis-je, réticent à lui avouer que je ne retrouvais plus ma propre fille. Je fronçai le nez en songeant à ce qu'il allait rapporter à Ortie du désordre qui régnait sous mon toit : des fantômes, des cheminées qui fument et un personnel à demi formé n'étaient rien à côté de la disparition, même provisoire, de sa petite sœur.

Brandissant mon éclairage, j'entrai chez elle. « Abeille ? » dis-je doucement. Visiblement, elle n'était pas sur le lit. La terreur m'étreignit un instant : s'était-elle couchée dans celui de la bonne ? Pourquoi n'avais-je pas emporté la literie pour la brûler tout de suite ? « Abeille ? » criai-je plus fort, et, en deux enjambées, je me rendis dans la chambre adjacente.

Déserte. Je tâchai de me remémorer à quoi elle ressemblait la dernière fois que j'y étais passé. Les draps ne traînaient-ils pas moins par terre ? Je priai les dieux auxquels je ne croyais guère qu'elle n'y eût pas touché. La pièce était si petite qu'il ne me fallut que quelques instants pour m'assurer qu'elle ne s'y trouvait pas. Je ressortis puis, frappé d'horreur, me précipitai sur son coffre à vêtements d'hiver. Combien de fois n'avais-je songé qu'il fallait un meuble plus petit, avec un couvercle plus léger ? J'étais sûr qu'elle y était tombée, s'était cogné la tête et avait suffoqué dans le noir.

Mais le coffre ne contenait que ses habits entassés. Le soulagement le disputa en moi à l'inquiétude. Elle n'était pas là. Une bouffée d'irritation m'envahit à voir ses affaires si mal rangées ; les domestiques avaient-ils abandonné cette chambre quand je les avais chassés de la mienne ? Par bien des côtés, je n'étais pas un bon père pour elle, et cette nuit en particulier, incapable que j'étais de la retrouver. Je heurtai quelque chose du pied et découvris un tas de vêtements mouillés par terre ; ceux d'Abeille. Elle s'était donc changée là, puis elle était repartie. Où ? Où pouvait-elle aller ? Aux cuisines ? Avait-elle eu faim ? Non, elle était bouleversée, voire terrifiée. Où avait-elle pu se rendre ?

Soudain, je le sus.

Je passai à nouveau devant Crible en feignant le plus grand calme. « Bonne nuit ! » lui lançai-je d'un air mi-figue mi-raisin. Il me suivit des yeux puis se leva d'un mouvement souple.

« Je vais vous aider à la chercher. »

J'accueillis sa perspicacité avec agacement mais aussi avec soulagement. « Prenez les cuisines, alors ; je vais voir dans mon bureau. »

Un hochement de tête et il partit au trot. Abritant les flammes des chandelles, je le suivis, et nous nous séparâmes au bas de l'escalier. Les couloirs étaient silencieux et obscurs. Quand j'arrivai devant la double porte de ma pièce privée, je la trouvai fermée. Rien ne bougeait.

5
Invisibilité

Bien-Aimé,

Il fut un temps où j'ai connu la paix en ta présence, même si, en toute sincérité, ta présence m'a plongé tout aussi souvent dans les dangers les plus mortels ou dans la souffrance, ou la peur. Mais c'est la paix que je me rappelle et à laquelle j'aspire. Si tu étais là, je te prendrais par les épaules et je te secouerais à t'en faire claquer les dents. Que signifie ce message tronqué que tu m'as envoyé ? Craignais-tu d'en dire trop ? Te doutais-tu de l'acharnement avec lequel ta messagère serait pourchassée ou du supplice qu'elle endurerait à sa mort ? Quelle nécessité a pu te pousser à l'exposer en toute connaissance de cause à un tel sort ? Je m'interroge, et la seule réponse qui me vient, c'est que, en restant inactif, tu l'exposais à un sort pire encore. Mais qu'est-ce qui aurait pu être plus cruel ? Je me demande du coup quel danger te menace, toi, pour t'interdire de m'apporter toi-même ce message.

Je n'ai que des questions, et chacune est un tourment en cette période où d'autres problèmes m'accablent. Tu m'as donné une mission mystérieuse sans guère d'indices, et je crains qu'elle ne soit essentielle ; mais celles dont je suis déjà chargé sont tout aussi cruciales.

L'éducation de ma fille... Dois-je abandonner mon propre enfant, encore une fois, pour me mettre en quête du tien ? Les détails sont insuffisants, mon ami, et le sacrifice trop grand.

Lettre inachevée trouvée
sur le bureau de mon père

Seule dans ma chambre, j'écoutais Évite crier dans le couloir, et je me sentais amère. Après tout ce que j'avais enduré cette nuit avec lui, tout ce que j'avais fait pour l'aider, un appel de la demoiselle en détresse et mon père courait à son secours en me laissant dans la demi-obscurité, les vêtements trempés. Relevant davantage le couvercle, je m'efforçai de toucher le fond du coffre et, à tâtons, de découvrir quelque chose de sec et de confortable à mettre avant de me coucher. J'écartai les chaussettes d'hiver et les chemises en laine qui grattaient, perçus un tissu du bout des doigts, l'accrochai et le tirai à moi.

C'était une robe de chambre chaude en feutre. Rouge, ma couleur préférée. Je me rapprochai du feu pour l'examiner ; elle était neuve et n'avait jamais été portée. Je retournai le col et reconnus le point de couture : c'était le travail de ma mère. Elle l'avait faite pour moi puis mise de côté, comme souvent, en attendant que la précédente devînt trop petite pour moi.

J'ôtai ma chemise de nuit mouillée et enfilai la nouvelle robe de chambre ; elle m'allait bien, quoique un peu longue. Je soulevai l'ourlet pour marcher un peu, avec une impression d'élégance dans ce mouvement, même s'il ne s'agissait que d'une robe de chambre.

Au loin, le fantôme poussa un long cri qui me fit dresser les cheveux sur la tête. Je me figeai. La plainte se fit entendre à nouveau, plus près et plus nette. À cet instant, deux révélations me vinrent : je n'eusse jamais dû laisser un chat dans le labyrinthe secret, et j'en déduisis brusquement que ma chambre possédait bel et bien une entrée dans le dédale. Elle ne se trouvait pas là où je m'y attendais, tout simplement.

Je poussai la porte de la chambre de bonne, maigrement éclairée par la lueur du feu, et retournai me munir d'une bougie. Le lit de l'inconnue pâle était tel qu'elle l'avait laissé, draps et couvertures tout froissés. Je me gardai d'y toucher. Comme je le contournai, je me pris les pieds dans quelque chose et faillis tomber ; je poussai un cri de peur en songeant à la literie infectée, et le fantôme cria à son tour.

« Une minute ! fis-je d'une voix sifflante. J'arrive. Tais-toi et je t'apporterai un gros bout de poisson. »

De l'eau. Le chat voulait boire. J'eusse dû y penser : il avait déjà trouvé et dévoré son poisson salé, et maintenant il avait soif. « D'accord, de l'eau, et en prime une saucisse du garde-manger. Mais ne fais pas de bruit en m'attendant, je t'en prie. »

Un miaulement rauque d'agrément et de mise en garde. Si sa récompense tardait à venir, il chanterait à en faire trembler les pierres de la maison.

Le cœur tonnant, je baissai les yeux en redoutant de voir une marée d'insectes piqueurs me grimper sur les jambes, mais je ne distinguai que le bas de ma robe de chambre et, en le soulevant, mes pieds nus sur le plancher. Tenant l'ourlet haut, je me baissai avec ma bougie et scrutai le sol ; je sentais que j'avais le pied posé sur quelque chose qui n'était pas du bois mais je ne voyais rien.

Je tirai ma robe plus haut pour la coincer entre mes dents puis crispai les orteils ; ils accrochèrent du tissu, doux et léger. Je tendis la main, le saisis entre le pouce et l'index, et un rabat retomba, révélant à nouveau le motif en aile de papillon du dessous. Je lâchai le manteau, surprise, et, encore une fois, mon pied parut posé sur le plancher, mais à présent la moitié de mes orteils avait disparu. Un coin de la cape, retourné, laissait voir les délicats panneaux de couleur. Le tissu s'affaissant, mes doigts de pieds réapparurent lentement sous mes yeux ébahis ; je sentais qu'il les couvrait encore, mais je les voyais à présent.

Je pris le pan aile-de-papillon entre mes doigts et me redressai. Je pouvais désormais distinguer le vêtement aux couleurs vives et au poids infime. Voilà donc pourquoi nous n'avions pas détecté la jeune fille sur le lit ; ses propos insolites me revinrent : « Il prend les couleurs et les ombres. » Pas étonnant qu'elle nous eût conseillé de ne pas le jeter : c'était un trésor digne d'une légende d'autrefois ! Ma peur de la contamination s'évanouit tout à coup pour laisser la place à la conviction que mon père m'arracherait la cape des mains et la détruirait sans doute pour me protéger.

Je posai ma bougie par terre et, me gardant de toucher le lit, je secouai le manteau puis le pliai, le côté papillon au-dehors. Il formait un paquet étonnamment léger, et je songeai qu'un tissu aussi fin devait être délicat et constituer une barrière peu efficace contre le vent ou la pluie. Je décidai d'en prendre grand soin.

Le Rayé miaula derechef. « Chut ! lui lançai-je avant de poursuivre : Creuse ou gratte là où tu vois ma lumière ; j'essaie de trouver l'issue. »

Le faible bruit des griffes me parvint de sous le lit. Malgré ma répugnance, je pris le meuble pesant à deux mains et l'écartai du mur non sans mal. Il me parut beaucoup plus lourd que nécessaire, et je soupçonne qu'il eût été conçu ainsi pour décourager les domestiques de le déplacer.

Ramassant ma bougie, je fis le tour du châlit pour examiner et ausculter les panneaux de bois du mur. Le chat s'activait diligemment, voire frénétiquement. Je ne repérai ni ouverture ni clenche, mais, en posant la main là d'où venaient les grattements, je perçus un courant d'air, et le bruit me parut beaucoup plus fort qu'il n'eût dû l'être. « Patience », dis-je au chat, et je songeai soudain à la porte du bureau. Je fermai celle de la chambrette et regardai de près ses charnières : pas de faux gond, mais une des planches derrière le battant était plus étroite que ses voisines. J'en saisis l'arête par les ongles et tirai jusqu'à ce qu'elle pivotât ; derrière apparut un levier couvert de toiles d'araignée et piqueté de rouille. Je le fis jouer et il obéit en grinçant ; sa course s'arrêta rapidement, mais un pan du mur derrière le lit se décala tout à coup. Les miaulements excités du chat me parvinrent plus fort.

« Chut ! » répétai-je. Je disposais sans doute de peu de temps avant le retour de mon père ; il me fallait cacher ma cape, faire sortir le chat, le récompenser, et regagner ma chambre avant qu'on ne s'aperçût de mon absence. Je remis la planche en place et, serrant les dents, contournai le lit contaminé, puis je poussai le panneau mural entrebâillé qui s'ouvrit vers l'intérieur. J'entrai en refoulant le chat du pied. « Ne sors pas ! Il n'y a pas d'eau là », lui dis-je. Il gronda mais battit en retraite. Je fourrai la cape sous mon bras, posai ma bougie et tirai de toutes mes forces sur le lit pour le remettre en place. Cela fait, je reculai dans le boyau et refermai la trappe derrière moi.

Le chat d'abord, fis-je, et ma décision le ravit. « Conduis-nous au garde-manger, murmurai-je. Au poisson ! » Le Rayé se mit en route et je le suivis. Par deux fois, il s'arrêta si brusquement que je faillis lui marcher dessus ; mais il connaissait le chemin et nous finîmes par émerger par la porte dérobée de notre destination. Je dus empiler des caisses pour atteindre un chapelet de saucisses pendu au plafond, et je regrettai à nouveau de n'avoir pas de couteau, car je dus me servir de mes dents pour en détacher deux de leurs compagnes. Le chat poussa un miaulement piteux pour me rappeler que c'était d'eau qu'il avait le plus besoin.

Prudemment, nous passâmes dans la cuisine, où je lui donnai à boire, et, pendant qu'il se désaltérait longuement, j'examinai ma cape au motif de papillon. Le tissu paraissait beaucoup plus résistant que son poids ne le laissait supposer. Quand le Rayé eut fini, je lui offris une saucisse, et il s'en alla vers la cour. Alors qu'il s'enfonçait dans la nuit, je lui lançai : « Et les rats ? Tu en as tué ? »

Il en avait tué plusieurs, et il avait aussi découvert et détruit deux nids qui abritaient des petits. « Tu reviendras demain ? »

C'était peu probable. Il n'avait pas aimé rester enfermé sans rien à boire ; il avait l'habitude d'aller et venir à sa guise. La queue dressée, il s'éloigna en trottant dans la nuit froide. Je ne lui en voulais pas : je l'avais laissé des heures emprisonné dans le dédale et privé d'eau. Mais les deux nids qu'il avait repérés m'inquiétaient ; il me fallait trouver un allié félin, et vite.

Un bruit lointain me parvint et me rappela soudain que je devais me dépêcher. Je retournai vivement dans le garde-manger à l'instant où quelqu'un pénétrait dans la cuisine. Je mouchai ma bougie, retrouvai à tâtons l'entrée du couloir secret et refermai la porte derrière moi. L'obscurité devint totale, mais je me persuadai que je connaissais assez bien le chemin pour me passer d'éclairage, et je m'efforçai de ne pas songer aux rats qui eussent pu échapper au Rayé.

Il me fallut un moment, mais je parvins finalement au réduit qui donnait sur le bureau de mon père. Un petit rai de lumière pénétrait par le trou d'observation ; j'y collai l'œil et vis mon père qui s'apprêtait à fermer la double porte ; dans quelques instants, il allait ouvrir l'accès au labyrinthe.

Dans le noir, je secouai ma cape puis la repliai, la face invisible à l'extérieur. Je ne voyais pas ce que je faisais, et j'espérais que je n'avais pas laissé dépasser une bordure colorée. J'entendis le panneau pivoter alors que je cachais le vêtement sur une étagère, derrière ma réserve de bougies.

La danse de la flamme de sa chandelle le précédait. Lumière et ombres liquides coulaient en s'étendant ; elles passèrent l'angle du couloir comme une vague et m'engloutirent. Je restai assise sans rien dire, ma bougie éteinte à la main, en attendant qu'il arrivât jusqu'à moi ; quand il me vit, il poussa un soupir de soulagement audible.

« Je pensais bien te trouver ici », dit-il avec douceur. Puis il s'exclama : « Oh, ma pauvre ! Ta bougie s'est éteinte, en plus ? Quelle nuit tu as passée, mon petit louveteau ! »

Il devait se tenir accroupi dans ma cachette. Je me levai, et il se courba pour m'embrasser sur la raie des cheveux ; il s'immobilisa un instant, comme s'il me reniflait. « Tu vas bien ? »

J'acquiesçai de la tête.

« C'est ici que tu te réfugies quand tu as peur ? »

Cette question-là, je pouvais y répondre sincèrement. « Oui. Je me sens ici chez moi, plus que partout ailleurs à Flétribois. »

Il se redressa un peu et hocha la tête. « Très bien. » Il voulut faire rouler ses épaules, mais l'exiguïté du réduit le lui interdit. « Allons, viens ; il faut que nous dormions un peu avant l'aube. »

Je le suivis par les couloirs secrets et nous sortîmes dans son antre ; je le regardai refermer le panneau puis ouvrir les hautes portes, et, à la suite de sa bougie, je le raccompagnai dans le corps principal de la demeure. Au pied du grand escalier, il fit halte et se retourna vers moi. « Ta chambre devra être nettoyée à fond avant que tu puisses t'y réinstaller, et la mienne est trop mal tenue. Je propose que nous dormions dans le salon de ta mère, là où tu es née. »

Sans me laisser le temps de répondre, il m'emmena dans l'agréable pièce qui m'avait jadis servi de chambre d'enfant. Il y faisait froid et noir ; mon père alluma un chandelier et me laissa pour aller chercher des braises dans une autre cheminée. Pendant son absence, je débarrassai ma nouvelle robe de chambre rouge des toiles d'araignée qui s'y étaient collées, puis, dans la pénombre, je parcourus des yeux la salle de ma mère. Nous n'y avions guère passé de temps depuis sa disparition ; sa présence était partout, des bougies prêtes à servir dans leur bobèche aux vases de fleurs vides. Non, pas sa présence : c'était son absence que je percevais. L'hiver précédent, nous nous réunissions tous les trois dans ce salon presque tous les soirs. Son panier à ouvrage se trouvait encore près de son fauteuil ; je m'assis, le pris sur mes genoux, ramenai mes pieds sous ma chemise de nuit et le serrai contre moi.

6

Roué de coups

Et, en une époque que nul n'a prévue, alors que l'espoir est mort et que les Prophètes blancs ont fui, en un lieu où il ne peut être trouvé, le fils inattendu sera découvert. Son père ne le connaîtra pas et il grandira sans mère ; il sera le caillou sur la piste qui dévoie la roue de son chemin. La mort aura faim de lui, mais cette faim demeurera toujours inassouvie ; enterré, exhumé, oublié, sans nom, dans l'isolement et le déshonneur, il vaincra pourtant entre les mains du Prophète blanc qui l'utilisera, sans compassion ni pitié pour l'outil destiné à s'émousser et à s'ébrécher pour façonner un monde meilleur.

Je mis le parchemin de côté en me demandant pourquoi je l'avais sorti. Je l'avais pris dans ma tanière pour l'apporter dans la salle de Molly où Abeille dormait ; c'était le seul texte connu de moi où fût fait mention de la prophétie du fils inattendu, et ce n'était qu'un fragment. Il ne renfermait nulle réponse à la question qui me taraudait. *Pourquoi, après tant d'années ? Pourquoi un tel message et un tel messager ?*

Je retournai le document et l'examinai pour la millième fois. C'était une vieille feuille de… ni de vélin, ni de papier ; ni Umbre ni moi ne reconnaissions cette matière. L'encre était très noire, les contours des lettres nets. Le matériau sur lequel elles étaient tracées était souple, couleur de miel ; je distinguais la lueur du feu par transparence. Pas plus qu'Umbre, je n'étais capable de déchiffrer le texte, mais il était accompagné d'une traduction fidèle, selon le vieil assassin. À l'époque où il me l'avait remis, il avait grommelé : « À ce prix-là, elle a intérêt à être exacte. »

Je l'avais vu pour la première fois enfant, et il était perdu parmi la collection de manuscrits qu'Umbre rassemblait sur le sujet des Prophètes blancs et de leurs prédictions ; je n'y avais pas prêté plus d'attention qu'à son intérêt pour la propagation des sureaux et la concoction de poison à partir de feuilles de rhubarbe. Il avait de nombreuses obsessions en ces années-là, et je pense qu'elles seules lui avaient permis de conserver sa raison pendant les décennies d'isolement qu'imposait son rôle d'espion. En tout cas, jamais je n'avais fait le rapprochement entre sa passion pour les Prophètes blancs et le singulier bouffon du roi Subtil. À cette époque, le Fou n'était pour moi que le fou, gamin maigre au teint terreux, aux yeux pâles et à la langue acérée, et je m'efforçais de l'éviter. Je l'avais vu exécuter des acrobaties qui arrachaient des exclamations de surprise à la cour, mais je ne l'avais pas encore entendu mettre en pièces l'orgueil de personne par ses sarcasmes cinglants et des jeux de mots astucieux.

Même après que le destin nous eut présentés l'un à l'autre, d'abord en tant que simples connaissances puis comme amis, le rapport entre lui et les manuscrits d'Umbre continua de m'échapper, et des années s'écoulèrent avant qu'il me confiât que, selon lui, les prophéties sur le fils inattendu annonçaient ma naissance. C'était une prédiction parmi la cinquantaine qu'il avait reconstituée bribe par bribe, et il s'était alors mis en quête de moi, son Catalyseur, fils bâtard d'un roi qui avait abdiqué dans un lointain pays du Nord. Il m'avait affirmé qu'ensemble nous changerions l'avenir du monde.

Il croyait que j'étais le fils inattendu, et, par moments, sa conviction emportait la mienne. De fait, la mort avait eu faim de moi, et souvent il était intervenu pour m'arracher à ses mâchoires au dernier instant ; pour finir, j'avais fait de même pour lui, et nous avions atteint son but, réintroduire les dragons dans le monde. Ce faisant, nous avions mis un terme à son rôle de Prophète blanc.

Alors il m'avait quitté ; il avait tranché des décennies d'amitié pour retourner là d'où il était venu. Clerres. Une ville loin dans le Sud, à moins que ce ne fût le nom de l'école où il avait grandi. Malgré tout le temps que nous avions passé ensemble, j'ignorais quasiment tout de sa vie avant notre rencontre, et, quand il avait jugé le moment venu de nous séparer, il était parti ; il ne m'avait laissé aucun choix et avait catégoriquement refusé ma proposition de l'escorter, craignant, disait-il, que je ne poursuivisse mon action de Catalyseur et qu'ensemble nous ne détruisions involontairement tout ce que nous avions accompli. Il s'en était allé, et je n'avais jamais eu l'occasion de lui faire de vrais adieux. Je n'avais compris que petit à petit, au cours des années, qu'il n'avait pas l'intention de revenir un jour ; et, chaque fois, cette prise de conscience graduelle s'accompagnait de douleur.

Durant les mois qui avaient suivi mon retour à Castelcerf, je m'étais aperçu qu'enfin, soudain, j'avais une existence à moi ; c'était une sensation enivrante. Il m'avait souhaité de trouver mon propre destin, et je n'avais jamais douté de sa sincérité, mais il m'avait fallu des années pour accepter le fait que son absence était définitive et volontaire, que c'était un acte délibéré de sa part, un épisode terminé alors même qu'une partie de mon âme y demeurait suspendue dans l'attente de son retour. C'est ce qui fait, je pense, la souffrance de toute relation qui s'achève : se rendre compte que, si elle se poursuit pour l'un, elle est révolue pour l'autre. Pendant quelques années, je l'avais attendu, comme un chien fidèle à qui on a ordonné de rester assis. Je n'avais aucune raison de croire que le Fou eût perdu toute affection ou toute estime pour moi, mais son silence assourdissant et son absence constante avaient, avec le temps, commencé à ressembler à de l'aversion ou, pire, à de l'indifférence.

J'y avais songé à de multiples reprises, en tâchant de lui trouver des excuses. Je n'étais pas là quand il était passé par Bourg-de-Castelcerf. Beaucoup me croyaient mort ; en était-il ? Au fil des ans, la réponse avait varié. Il m'avait laissé un présent, la statuette où il s'était représenté avec Œil-de-Nuit et moi. Eût-il laissé un cadeau que le destinataire ne devait jamais recevoir ? Mais qu'eût-il pu en faire d'autre ? Il y avait des mots enfermés dans la pierre de mémoire sculptée ; une seule phrase : « Je n'ai jamais été raisonnable. » Voulait-il dire qu'il serait assez fou pour renouer notre amitié malgré le risque d'anéantir notre œuvre ? Ou bien que, dans sa folie, il se lancerait dans une mission dangereuse sans moi ? Ou encore qu'il avait commis une erreur en s'attachant à moi au-delà de mon rôle de Catalyseur ? S'excusait-il de m'avoir donné l'impression qu'il tenait à moi et de m'avoir laissé m'appuyer si fort sur notre amitié ? Et, cette amitié, y avait-il jamais prêté quelque importance ?

On rumine toujours ces sombres pensées, j'imagine, quand une grande amitié s'achève aussi brutalement. Pourtant toute blessure finit par cicatriser ; celle-ci restait sensible, mais j'avais appris à m'en accommoder, et elle me laissait tranquille la plupart du temps. J'avais une maison, une famille, une femme aimante, et un enfant à élever avec elle. Et, bien que la mort de Molly eût réveillé des échos de douleur et d'abandon, il ne me semblait pas m'y être complu.

Et puis la messagère était arrivée avec un message si mal délivré ou construit qu'il en était quasi incompréhensible ; elle avait laissé entendre qu'il y en avait d'autres comme elle, mais qui n'étaient pas parvenus jusqu'à moi. Un souvenir me revint : des années plus tôt, une autre messagère et trois inconnus ; du sang par terre, et une empreinte sanglante de doigt sur le visage du Fou. Ce cri…

Je me sentis pris de vertige, l'estomac retourné, et j'eus l'impression qu'on me broyait le cœur. Quelle missive avais-je manquée alors ? Quelle mort la jeune fille avait-elle subie cette nuit-là ?

Le Fou ne m'avait pas repoussé ni tourné le dos. Il avait cherché à me contacter – pour me mettre en garde ou demander mon aide ? Je n'avais pas reçu son message et je n'avais pas pu y répondre ; cela me causait une souffrance pire que celle de toutes ces années où j'avais cru qu'il m'avait abandonné. L'idée qu'il eût attendu en vain une réponse de ma part me lacérait comme un rasoir.

Mais je ne savais pas comment le contacter ni par où commencer la mission qu'il m'avait confiée ; j'ignorais aussi où chercher son fils et à quoi il ressemblait.

Je chassai ces réflexions : j'avais besoin de dormir au moins un peu avant l'aube.

Mais j'avais tué. Quelle ironie que celui-là même qui savait ma répulsion pour ma carrière d'assassin m'eût contraint à y retourner ! Je ne regrettais pas ma décision, convaincu que c'était la bonne ; mais j'acceptais mal d'avoir dû la prendre, et j'étais profondément troublé que ma fille m'eût vu me débarrasser d'un cadavre et qu'elle dût porter le poids de ce secret.

Une fois qu'Évite s'était calmée et que j'avais transporté mon enfant endormie du fauteuil de Molly pour l'allonger sur un canapé, j'étais allé chercher une couverture dans ma chambre dans l'intention d'étudier encore le bout de texte, mais c'était une tâche sans espoir. Je le cachai sous des vêtements à raccommoder oubliés dans le panier à couture de Molly et parcourus des yeux la pièce apaisée. Il ne restait plus que des braises dans la cheminée, et j'y ajoutai quelques bûches, puis j'ôtai un ravissant coussin du fauteuil et le déposai par terre avec un sentiment de culpabilité ; je m'allongeai devant le feu puis tirai la couverture sur moi en l'ajustant avec quelques mouvements des jambes et des pieds. Ma joue reposait sur les points que Molly avait brodés sur le coussin. Je chassai résolument toute question et toute crainte de mon esprit, bien décidé à dormir ; pour le moment, aucune menace ne pesait sur moi ni sur les miens, j'ignorais comment réagir à l'étrange message, et je ne voyais pas quoi faire pour mettre un terme aux effrois d'Évite. Je fermai les yeux et fis le vide dans ma tête. La neige tombait sur un coteau boisé ; j'inspirai profondément pour m'apaiser et perçus une vague odeur de cerf dans l'air vif. Je souris ; ne te ronge pas pour hier, ne t'inquiète pas de demain. Laisse ton cœur chasser, repose-toi dans la neige. Je remplis lentement mes poumons et les vidai sans hâte. Je flottai, dormant mais éveillé. J'étais un loup sur un versant couvert de neige, humant le fumet d'un cerf et vivant dans l'instant.

Fitz ?

Non.

Fitz ? Tu es réveillé, je le sais.

Pas vraiment. Mon esprit frottait contre celui d'Umbre comme un bateau amarré contre un quai. Je n'avais pas seulement envie de dormir : j'avais besoin de dormir, de m'en aller librement au gré du courant.

Je sentis son soupir d'agacement. *Très bien ; mais, demain, ne confonds pas ce que je vais te dire avec un rêve : je t'envoie le gamin. Il a été roué de coups, et, si la garde municipale n'était pas arrivée par hasard et n'avait pas mis ses agresseurs en fuite, ils l'auraient sans doute achevé. Mais il est assez remis pour monter à cheval, du moins dans quelques jours, et je pense que le mieux est de l'éloigner de Castelcerf le plus vite possible.*

La forêt balayée par la bise avait disparu. J'ouvris les yeux ; mes mains et ma chemise sentaient la fumée et la chair brûlée. J'eusse dû me laver, et aussi prendre une chemise de nuit au lieu de me coucher tout habillé. J'étais trop fatigué, trop las de tout pour rien faire comme il fallait. *Si je vous avais fait un tel compte rendu quand j'avais douze ans, vous m'auriez traité d'imbécile et flanqué une taloche.*

Tu as sans doute raison, mais il y a des heures que j'essaie de te contacter. Pourquoi avoir renforcé tes murailles à ce point ? Je commençais à croire que tu avais suivi mon conseil et t'étais fermé à l'Art chaque fois que tu dormais.

Je devrais y penser. Je n'avais pas eu conscience d'avoir dressé mes remparts, mais je sus tout à coup quand je les avais mis en place ; en présence d'Abeille, c'était devenu une habitude, mais je laissais toujours une petite brèche pour artiser de mon propre chef. Cette fois, c'était probablement un vieil instinct qui m'avait poussé à les fermer totalement lorsque j'avais tué la messagère ; je ne voulais aucun témoin du meurtre, même fortuit. Le sommeil dans lequel j'avais commencé à sombrer avait dû les abaisser. Je révélai la moitié de la vérité à Umbre. *J'étais préoccupé par Évite ; elle croit aux fantômes et s'imaginait que sa chambre était hantée par un petit garçon surgi de son passé, manifestement mort d'avoir ingéré le poison qui lui était destiné. Ce n'était pas sa faute, mais, quand elle entend des bruits bizarres la nuit, c'est difficile de l'en convaincre.*

Va-t-elle bien ? Son Art vibrait d'inquiétude.

Beaucoup mieux que le gamin roué de coups, dont j'ignore toujours l'identité.

C'est FitzVigilant. Qui d'autre pourrais-je t'envoyer pour éviter qu'il ne se fasse tuer ?

Je ne sais pas ; n'importe qui qu'il vous prendrait la fantaisie d'abriter sous mon toit. La fatigue me rendait hargneux, d'autant que je me rendais compte que j'allais avoir un nouvel orphelin sur les bras, un nouveau résident chez moi que j'aurais dans les jambes, non pendant quelques jours ou quelques mois, mais pendant des années ; une nouvelle chambre à préparer, un nouveau cheval dans l'écurie, une nouvelle assiette à ma table, un nouvel intrus qui s'adresserait à moi quand j'aurais envie d'être seul. Je m'efforçai d'éprouver un peu de sympathie pour le malheureux. *Ses frères légitimes sont donc arrivés à la cour, et sa mère souhaite se débarrasser du bâtard de leur père ?*

Pas exactement. C'est apparemment une femme qui mûrit ses plans à l'avance. Ses fils ne viendront à la cour que le printemps prochain, et je pensais donc pouvoir garder le petit en sécurité ici encore quelque temps, mais à l'évidence elle a décidé de l'éliminer sans attendre, et de s'y prendre d'une façon qui mette ses fils hors de cause : les hommes qu'elle a engagés sont des voyous de bas étage, natifs de Bourg-de-Castelcerf. Ils s'en sont pris à lui au sortir d'une taverne.

Êtes-vous sûr qu'il ne s'agissait pas d'un simple vol ?

Certain. Ils l'ont battu trop consciencieusement et avec une violence excessive. Ils auraient pu aisément prendre sa bourse et s'enfuir après l'avoir jeté à terre, mais ils ont continué à le frapper bien après qu'il a cessé de se défendre. C'est à lui qu'ils en voulaient, Fitz.

Un froid glacial transparaissait dans ses paroles. La dame l'avait atteint personnellement en attentant à la vie d'un garçon sous sa protection ; elle ne s'en tirerait assurément pas comme cela, mais je préférai ne pas demander quelle forme prendrait sa revanche ni qui s'en chargerait. Entrerait-elle un jour dans ses appartements pour les trouver mis à sac et ses bijoux les plus précieux disparus ? Ou s'agirait-il d'une vengeance plus cruelle ? Elle ferait bien de surveiller étroitement ses fils, sans quoi elle risquait de connaître à son tour les affres de voir un de ses protégés roué de coups. Umbre était capable d'une telle dureté ; moi non. Les événements de cette nuit avaient réveillé toute mon aversion pour le meurtre. Vengeance ou justice, peu importait le nom, je n'en voulais plus, plus jamais.

Je me sentis envahi d'une sympathie, vague mais sincère, pour FitzVigilant. Battu au point de ne plus pouvoir se défendre… Je n'aimais pas songer à cela, trop pétri de souvenirs de situations semblables. *Quelqu'un l'accompagne-t-il pour l'amener à bon port ?*

Il n'est pas encore parti. Je le cache, et, quand je te l'enverrai, il devra voyager seul. Mais je n'aurais pas décidé son départ si je ne le jugeais pas en état de monter à cheval. Il a eu trois jours de convalescence loin des yeux de ceux qui pourraient lui vouloir du mal. Je l'ai fait disparaître dans l'espoir de convaincre la femme de son père que, terrorisé, il a fui Castelcerf ; elle s'en satisfera peut-être, mais je dois le garder dissimulé jusqu'à ce qu'elle ordonne à ses agents de cesser de le surveiller.

Et si elle ne donne pas cet ordre ? Si elle a toujours des guetteurs et qu'ils le suivent ?

Ils devront d'abord le repérer, et ils risquent de ne pas trouver ce qu'ils espèrent. Ses pensées se turent un instant, et je perçus un léger ronronnement de plaisir.

Je terminai à sa place : *Et, si elle découvre où vous l'avez envoyé, c'est à moi qu'elle aura affaire.*

Exactement. Quel contentement ! J'étais si las que même le picotement de fierté qui me parcourut devant la confiance qu'il plaçait en moi m'agaça. *Êtes-vous sûr de ne pas surestimer ma capacité à m'occuper de ces agneaux égarés ?*

Pas du tout. Tes talents ne le cèdent qu'aux miens.

Pourtant, c'est sous sa protection qu'Évite avait failli mourir empoisonnée et que FitzVigilant avait été roué de coups ; je gardai cette pensée pour moi. Mes talents ne le cédaient qu'aux siens ; ouiche ! Je bâillai si fort que ma mâchoire craqua, puis je tâchai de ne pas laisser mon esprit vagabonder. *Et que pense sire Vigilant de la situation, de son épouse qui cherche à éliminer son fils bâtard ?*

Une infime hésitation. *Cet homme n'a pas d'honneur ; il n'est pas aussi attaché au petit que celui-ci le mérite, et sa disparition le soulagerait, je pense. S'il n'est pas au courant des intrigues de son épouse, je ferai en sorte qu'il le soit, et je l'obligerai à s'intéresser à la sécurité du gamin avant d'en avoir fini avec eux.*

Umbre tenait donc bien en main cette partie du problème ; au moins, il ne s'en était pas déchargé sur moi sournoisement. *Je vous préviendrai quand il arrivera. Et maintenant, il faut que je dorme.*

Vas-tu bien, Fitz ? L'Art transmet les émotions aussi bien que la pensée quand on n'y prend pas garde, et j'avais perçu une sollicitude sincère. Il lisait ma douleur.

Je le repoussai délicatement. Je n'avais aucune envie de répondre à sa question ; je n'allais assurément pas bien, et il était le dernier avec qui je souhaitais en parler. *Je suis exténué ; nous avons des invités, il y a des travaux en cours dans la maison, et ce n'est pas la saison pour effectuer ces réparations. J'aurais dû m'en occuper l'été dernier.*

Ma foi, ça t'apprendra à remettre tes devoirs au lendemain. Et la petite ? Comment s'adapte-t-elle ?

Abeille va bien, Umbre ; très bien. Et maintenant, je vais dormir.

Je l'écartai fermement de mon esprit et reformai mes remparts derrière lui.

Mais le sommeil me fuyait et je ne retrouvais pas ma tranquillité ; je regardais les ombres du feu danser au plafond et je tâchais de songer à Molly sans tristesse, mais la blessure était encore trop récente. Je refusais de penser à la messagère et de m'interroger davantage sur son message.

Mais c'était le meilleur moyen de les ancrer plus profondément dans mon esprit, et j'orientai mes pensées vers le Fou en m'efforçant de ne pas lui en vouloir de m'avoir envoyé un message aussi incompréhensible. Comme je n'y parvenais pas, je chassai son image.

Je roulai sur le flanc et regardai ma petite fille. Ses cheveux pointaient en épis en tous sens, et elle dormait en boule comme un bébé animal ; sa couverture avait glissé, et je vis que même ses orteils étaient crispés. Elle se faisait la plus petite possible dans l'espoir de n'être pas vue. Ah, ma fille ! Si menue, mais non aussi jeune que tout le monde l'imaginait, surtout après cette nuit ! C'était ma faute ; sans réfléchir, j'avais fait d'elle ma complice, comme Umbre avec moi. Dans des années, la contacterais-je par l'Art comme le vieil assassin le faisait avec moi ? Étais-je en train d'initier un nouveau cycle, de former un apprenti assassin ? Était-ce la seule éducation que j'étais capable de donner à un enfant ?

Le Fou avait toujours affirmé que le temps se déplace en décrivant un cercle, mais un cercle qui se dégrade, où, à chaque révolution, l'humanité répète ses erreurs et les aggrave ; il croyait pouvoir se servir de moi comme Catalyseur pour orienter cette grande roue sur une voie meilleure. Il avait la vision d'avenirs multiples, et, parmi eux, il en voyait un où je survivais et où, ensemble, nous changions le monde.

Et voilà que je repensais au Fou. Je me tournai et me retournai, et finis par me lever. J'ajoutai du bois sur le feu, bordai Abeille dans sa couverture puis sortis sans plus de bruit qu'un assassin. Incroyable, comme j'étais doué pour cela !

Je parcourus Flétribois, un chandelier au poing, examinai les travaux effectués dans l'appartement jaune, et m'étonnai derechef qu'on pût avoir le front de chercher protection chez quelqu'un et se répandre ensuite en plaintes incessantes sur les conditions d'hébergement. Mais cette suite plairait sûrement à Évite. La veille, un feu de bois de pommier et de cèdre avait été allumé dans l'âtre pour assainir les pièces, et son parfum persistait. À la lumière des bougies, les murs jaunes prenaient une douce teinte d'or ; quand les tentures récemment aérées seraient raccrochées au lit et les rideaux remis à leur place, l'appartement ferait une retraite accueillante pour une jeune femme, et elle n'irait sûrement pas imaginer un fantôme dans cette chambre chaude et douillette. Je refermai la lourde porte derrière moi, convaincu que ce problème-là au moins serait résolu pour demain. Non, pour aujourd'hui : l'aube n'était plus qu'à un rêve brisé de là.

Après les appartements jaunes venaient les verts ; je ne me rappelais plus depuis combien de temps je n'y avais pas pénétré. Je poussai la porte et scrutai l'obscurité. Le mobilier recouvert de draps respirait la poussière, les volets étaient clos, le foyer débarrassé de toute cendre était froid depuis des années. Le lit n'était qu'un squelette, ses rideaux rangés dans un coffre en cèdre à son pied. On sentait que les pièces n'avaient pas servi depuis longtemps, mais je ne repérai nulle crotte de rongeur. Je demanderais aux domestiques de rendre la suite habitable, et, à l'arrivée de FitzVigilant, elle se serait réchauffée. Elle n'était pas aussi spacieuse que la jaune ; il y avait un petit bureau attenant à la chambre à coucher et une pièce de dimension réduite pour y loger un serviteur. En aurait-il besoin ? Devais-je lui en fournir un ? Il y avait tant de choses que j'ignorais sur le traitement d'un scribe ! J'interrogerais Allègre ; il en saurait peut-être plus que moi. En tout cas, cet appartement conviendrait à FitzVigilant. Encore une question de réglée.

Je me rendis ensuite chez Abeille, et là je trouvai une tâche à remplir : au matin, je devrais feindre la colère d'avoir découvert des punaises dans la literie de ma fille, exiger qu'on brûlât draps et couvertures et qu'on fourbît sa chambre à fond. Cela signifiait que je devais récupérer cette nuit même les affaires auxquelles elle tenait pour les mettre à l'abri d'un nettoyage trop approfondi ; il y avait des bougies, son pantin articulé, sa toupie, et d'autres bricoles que j'imaginais précieuses à ses yeux. Je les pris et les dissimulai dans ma propre chambre, au fond d'un coffre qui fermait à clé.

Désœuvré, le sommeil me fuyant toujours, je descendis aux cuisines. Elles étaient beaucoup plus petites et moins animées que celles du château de Castelcerf, mais l'odeur de la pâte à pain en train de lever et de la soupe qui mijotait dans une marmite couverte au fond de la cheminée avait un effet réconfortant sur moi. Je déballai le pain qui restait de la semaine passée, m'en coupai un morceau puis me rendis dans le garde-manger trancher un bout de la roue de fromage piquant. Enfin, je tirai une chope de bière et m'assis à la table. C'était sans doute la pièce la mieux chauffée de Flétribois ; le grand âtre de l'angle ne s'éteignait jamais, et la chaleur du four dans l'autre mur restait imprégnée dans la salle. Je mangeai et bus en songeant aux cuisines et aux cuisinières que j'avais connues.

Puis je renonçai. Je croisai les bras sur la table, posai la tête sur eux et contemplai le feu. Pourquoi, Fou ? Pourquoi, après toutes ces années de vide ? Pourquoi n'être pas venu en personne ? Es-tu en danger, comme la messagère l'a laissé entendre ? Et, dans ce cas, pourquoi ne pas me faire parvenir une carte ou des instructions pour te trouver ? Croyais-tu que je ne viendrais pas à ton secours ?

Je fus réveillé par des chocs sourds qui se réverbéraient dans mon crâne. Muscade avait déposé un énorme tas de pâte à pain sur la table et le pétrissait ; par moments, elle le soulevait par un bord qu'elle rabattait sur la masse puis frappait énergiquement du plat des mains. Je pris une longue inspiration et me redressai ; l'espace d'un instant, je fus à nouveau un jeune garçon occupé à observer l'activité de la grande cuisine de Castelcerf avant le lever du jour. Mais j'étais à Flétribois, et, au lieu d'une vingtaine d'employés, il n'y en avait que six. Tavia, qui remuait le gruau du matin, se tourna vers moi, les sourcils haussés. « La bière était plus forte que prévu ?

— Je ne trouvais pas le sommeil, alors je suis descendu ici. Et on dirait que j'ai fini par le trouver. »

Elle hocha la tête puis annonça d'un ton respectueux mais ferme : « Vous nous gênez. »

J'acquiesçai. « Je m'en vais. » Je me levai en étouffant un bâillement. « Ça sent bien bon, ici, remarquai-je, et les cuisinières me gratifièrent d'un sourire.

— Ça sentira encore meilleur quand on apportera le repas sur la table, répondit Tavia. Comme demoiselle Évite avait l'air un peu déçue de nos mets rustiques d'hier, j'ai dit aux aides qu'il fallait briller aujourd'hui. Si ça vous convient, messire.

— Briller ?

— Faire honneur à notre dame Molly. Il est temps de redresser la tête et de remettre la maison en ordre. Allègre se ronge les ongles de voir tout s'en aller à vau-l'eau, et on est tous contents que vous recommenciez à vous intéresser à la maison, messire. Et puis ça fait du bien qu'il y ait plus de monde autour de nous, des ouvriers et des invités ; ça redonne de la vie. »

De la vie. Après la mort de Molly. Je hochai de nouveau la tête sans être sûr de partager son avis, mais pour lui indiquer que ses propos me touchaient. Elle me rendit mon geste avec fermeté, affirmant qu'elle avait raison. « Le petit déjeuner ne sera pas prêt avant une heure, messire, mais je peux vous apporter du thé, si vous voulez.

— Oui, merci. » Je sortis. J'avais mal à la tête, mon dos me faisait souffrir et mes vêtements étaient toujours imprégnés d'une odeur de fumée. Je me frottai la figure et sentis des poils rêches sous mes doigts ; c'était un des risques de se vouloir présentable pour sa fille : j'allais devoir me raser tous les matins désormais. « Tavia ! lançai-je. Attendez un peu pour le thé. Je sonnerai quand je serai prêt. »

Je trouvai une des jeunes filles de cuisine et, lâchement, l'envoyai annoncer à mon intendant que j'avais découvert des parasites dans le lit de ma fille et brûlé sa literie pendant la nuit ; je conclus en disant que je lui laissais toute latitude pour s'en occuper, et je m'enfuis aux étuves.

C'était ce qui me manquait le plus de mon enfance à Castelcerf. On y trouvait du réconfort toute l'année ; elles réchauffaient les corps jusqu'au plus profond au cœur de l'hiver et leur faisaient exsuder leurs humeurs malignes en toute saison. C'était un vestige de l'époque où le château avait une vocation purement militaire, avec de multiples salles et de nombreux bancs, certaines pièces réservées aux gardes, qui avaient tendance à chahuter et à se battre après avoir passé la soirée à boire, d'autres aux domestiques, et d'autres encore à la noblesse.

Les étuves des hommes de Flétribois ne tenaient pas la comparaison : il n'y avait qu'une seule salle, guère plus spacieuse que ma chambre, avec des bancs le long des murs ; le vaste four de briques qui la chauffait se situait à une extrémité, et un bassin plein d'eau, bordé de briques lui aussi, occupait le centre. Il ne s'en dégageait jamais une chaleur aussi intense qu'à Castelcerf, mais, si l'on y était décidé, on pouvait s'y nettoyer à fond. Tous les résidents du domaine, nobles ou roturiers, s'en servaient, et, ce matin-là, Lin le berger s'y trouvait en compagnie de deux de ses grands fils.

Je les saluai de la tête, peu enclin à bavarder, mais Lin voulut aussitôt savoir si j'avais donné mon autorisation pour qu'on brûlât le tas de branchages pendant la nuit ; je dus lui expliquer que j'avais découvert des insectes dans la literie de ma fille, et que j'avais tenu à en débarrasser sa chambre et à tout réduire en cendres.

Il hocha gravement la tête et confirma qu'il ne fallait pas laisser traîner ce genre de situation, mais je vis le regard qu'échangèrent ses garçons. Lin se tut un moment puis me demanda si j'avais permis à des gens de camper dans les pâtures des moutons ; à ma réponse négative, il secoua la tête.

« Ma foi, c'étaient peut-être des voyageurs, et il n'y a pas de quoi s'inquiéter si c'est vous qui avez allumé le feu. Ce matin, j'ai trouvé la barre du haut d'une des clôtures arrachée et les empreintes d'au moins trois chevaux qui s'enfonçaient dans le pré. Les dégâts ne sont pas graves et rien n'a disparu ; on dirait que les intrus sont repartis comme ils sont venus. Les bêtes vont bien, et je n'ai même pas entendu Pâquerette ni aucun autre chien aboyer. C'était peut-être des gens qui ont fait une halte pour se reposer.

— Ils ont installé un bivouac ? Dans une pâture couverte de neige ? »

Il secoua de nouveau la tête.

« J'irai jeter un coup d'œil plus tard », dis-je.

Il haussa les épaules. « Il n'y a rien à voir, que des empreintes de sabots. J'ai refixé la barre de la clôture. »

Je hochai la tête en m'interrogeant : s'agissait-il de simples voyageurs ou bien de ceux qui pourchassaient ma messagère ? Probablement pas ces derniers : des individus qui avaient tué une messagère et en avaient condamné une autre à une mort horrible n'interrompraient sans doute pas leur poursuite pour se reposer dans un pré. J'irais examiner les traces, mais je ne découvrirais vraisemblablement rien de plus que Lin.

7

Le lendemain

Il y a un moment où un assassin doit tuer puis disparaître. Il y a un temps pour le meurtre public et un temps pour éliminer en secret. À titre didactique, un assassinat peut être accompli aux yeux de tous, et le soin de se débarrasser du corps laissé à d'autres ; parfois, il vaut mieux tuer en privé puis exhiber le cadavre d'une façon qui choque, terrifie ou donne un avertissement. Le plus ardu, peut-être, est le meurtre où tout doit rester dissimulé, non seulement l'acte lui-même mais aussi la dépouille ; le but est quelquefois de susciter l'incertitude, d'éviter le reproche, ou de faire croire que le sujet s'est enfui ou a quitté son poste.

Il est donc clair que former un assassin à seulement tuer de manière efficace ne suffit pas. Il faut instiller le sens du discernement, de la discipline et de l'effacement pour créer un instrument utile.

Singal : L'apprentissage du meurtre,
traduit du chalcédien

Quand je m'éveillai, une lumière grise pénétrait par les fenêtres. J'étais couchée sur le canapé où ma mère m'avait donné le jour, une couverture sur moi ; une autre était proprement pliée sur le fauteuil de mon père près de l'âtre. On avait récemment rajouté du bois sur le feu. Je demeurai allongée et passai en revue tous les changements qu'avait subis mon existence en une seule journée : Évite était arrivée, et puis la messagère au teint pâle. J'avais aidé mon père à l'amener chez nous, il avait constaté que je savais me rendre utile et faire preuve d'intelligence, et il avait compté sur moi pour suivre ses instructions. Mais alors Évite l'avait détourné par ses plaintes ridicules, et nous avions raté l'occasion d'entendre le message complet. Quand mon père avait décidé de cacher la mort de la jeune femme, j'avais été choquée, mais j'avais aussi perçu que je lui étais précieuse. Cependant, dès qu'Évite avait fait son accès de terreur, il m'avait quittée et complètement oubliée pour courir apaiser ses effrois mélodramatiques.

Je rejetai la couverture et la laissai glisser au sol en fixant un regard noir sur le fauteuil vide près de la cheminée. Tout le monde avait besoin de lui : Évite pour s'occuper d'elle et la protéger, la jeune femme pâle pour aller chercher un fils perdu ; mais quelqu'un songeait-il à lui dire de prêter attention à sa propre fille, parce qu'elle n'avait personne d'autre que lui au monde ? Non.

Sauf Ortie, peut-être ; et elle me prenait pour une simple d'esprit. Enfin, peut-être pas une simple d'esprit, et j'y avais sans doute ma part de responsabilité en n'ayant jamais exprimé ma pensée devant elle, mais mon avenir s'annonçait quand même sombre si je devais aller vivre avec elle. À moins que Crible ne retournât à Castelcerf et ne lui expliquât que je n'étais pas aussi demeurée qu'elle le croyait ? Encore faudrait-il qu'il regagnât la citadelle ; il paraissait tenir beaucoup à protéger Évite, et elle paraissait beaucoup tenir à le garder près d'elle. Cette idée m'assombrit ; j'ignorais pourquoi, mais j'avais la conviction que Crible appartenait à ma sœur aînée. À cet instant, Évite ne fut plus seulement l'étrangère, mais l'ennemie.

Et mon père absent ne valait guère mieux.

Je bâtis rapidement ma rancune et me persuadai de son bien-fondé, puis, bouillant de colère contre tous ceux qui m'entouraient, je retournai dans ma chambre. C'est sans aucun plaisir que je la découvris pleine de gens occupés à nettoyer sols et murs ; une odeur âcre de vinaigre flottait dans l'air. On avait enlevé toute la literie du châlit de la chambre de domestique, et, quand j'eus réussi à me faufiler parmi les serviteurs inconnus, je constatai que mon coffre à vêtements avait été vidé à moitié. Si la perspective qu'on me rendît mes affaires propres et fraîches m'enchantait, je n'étais guère ravie qu'on me laissât si peu de choix pour m'habiller ; je n'appréciai pas non plus que les quatre nouvelles domestiques et le grand costaud qui les aidait à déplacer les gros meubles s'interrompissent pour me dévisager. C'étaient eux les intrus, non moi !

Mais ils me regardaient, et aucun ne me proposa son aide quand je soulevai avec peine le couvercle pesant de mon coffre. Je me contentai d'attraper les premiers vêtements que je touchai du bout des doigts et les emportai dans l'intimité relative qu'offrait le salon de ma mère.

Je me changeai promptement, accroupie derrière le paravent qui cachait un angle de la pièce. La tunique datait de l'été précédent ; elle était un peu trop petite et plus courte que ce que ma mère eût toléré ; les chausses faisaient des poches aux genoux et aux fesses. Je m'examinai dans les éclats de miroir sertis dans un abat-jour décoratif : mes cheveux ras se dressaient sur ma tête comme le chaume d'un champ moissonné ;

j'avais plus l'air d'un garçon d'écurie que nos propres garçons d'écurie. Je respirai profondément en évitant soigneusement de songer à Évite et à ses beaux habits, à ses peignes, à ses anneaux et à ses étoles.

Ma nouvelle robe de chambre rouge gisait par terre ; je la ramassai, la secouai, puis la reniflai ; l'odeur de ma mère se dissipait mais elle demeurait perceptible. Je la pliai et la dissimulai derrière un tabouret ; je me chargerais moi-même de la laver et de la parfumer avec un des sachets de pétales de rose que maman confectionnait. Je me mis en quête de mon père.

Je le trouvai en compagnie d'Évite et de Crible, en train de prendre le petit déjeuner dans la salle à manger. Je m'étonnai de voir la table aussi bien dressée, les plats couverts et deux théières en train d'infuser. Un siège vide m'attendait. Ce cérémonial allait-il se répéter tous les jours maintenant qu'Évite habitait chez nous ? Ils achevaient leur repas. Je me glissai discrètement dans la salle et m'installai à la place libre.

Évite expliquait je ne sais quelle absurdité sur la façon de se protéger des fantômes à l'aide de tasses de thé vert. Je la laissai finir puis, sans donner à mon père le temps de réagir, je lui lançai : « Tu as pris le petit déjeuner sans moi. » J'en étais profondément meurtrie et je ne cherchais pas à le cacher. C'était un petit rituel que nous partagions depuis que la mort de ma mère nous avait laissés seuls ; qu'il plût ou qu'il ventât, il me réveillait le matin et nous mangions ensemble.

Il avait l'air las et négligé bien qu'il se fût rasé et portât une chemise propre, mais c'est sans compassion que je l'écoutai répondre : « La nuit a été courte pour tout le monde ; j'ai pensé que tu aurais envie de dormir un peu plus.

— Tu aurais dû me réveiller pour me demander si je voulais me joindre à vous.

— Sans doute », murmura-t-il. Son ton me disait qu'il lui déplaisait d'avoir cette conversation devant Évite et Crible, et j'en éprouvai soudain du regret.

« Les enfants ont besoin davantage de sommeil que les adultes, tout le monde le sait », m'expliqua Évite. Elle prit sa tasse de thé et but en m'observant par-dessus le bord. Elle avait le regard d'un félin mal intentionné.

Je ne me laissai pas impressionner. « Et tout le monde sait que les fantômes sont liés au lieu de leur mort. Votre Rono se trouve là où vous l'avez laissé ; un spectre ne suit pas les gens partout. »

Elle retroussa les lèvres comme un chat prêt à feuler ; mais, si elle avait été un chat, elle eût compris que les bruits dans les murs étaient produits par un de ses congénères. Sans la quitter des yeux, je demandai à mon père : « Il reste quelque chose à manger ? »

Il me regarda sans répondre puis agita une clochette. Un domestique que je ne connaissais pas accourut, et il reçut l'ordre de m'apporter un petit déjeuner. Crible voulait sans doute apaiser la tension quand il intervint. « Eh bien, Abeille, quels sont tes projets pour la journée ? »

Les yeux d'Évite s'étrécirent quand il s'adressa à moi, et je sus aussitôt comment j'allais occuper les heures à venir : je donnerais tant à faire à Crible qu'il n'aurait plus de temps à consacrer à la jeune fille. Je levai le menton et lui souris. « Puisque vous êtes là et que mon père est tellement pris par les préparatifs pour les invités et par les travaux de la maison qu'il n'a plus guère de temps pour moi, peut-être pourriez-vous m'apprendre à monter à cheval ? »

Ses yeux s'agrandirent d'un plaisir non feint. « Avec la permission de ton père, j'en serais ravi ! »

L'intéressé eut l'air abasourdi, et mon cœur se serra. J'eusse dû me douter que demander à Crible de m'enseigner à monter le blesserait ; j'avais visé Évite mais c'était lui que j'avais touché. Toutefois, je n'avais pas manqué ma cible ; ses yeux plissés accentuaient sa ressemblance avec un chat qui est tombé dans l'eau. Mon père prit la parole : « Je croyais t'avoir entendu déclarer que tu ne voulais pas apprendre l'équitation, que l'idée de t'asseoir sur une créature et de lui dire où aller te gênait. »

J'avais effectivement tenu ce discours quand j'étais plus petite, et je m'y reconnaissais toujours, mais il n'était pas question de l'avouer devant Évite. Je sentis mes joues devenir brûlantes.

« Quelle idée bizarre ! » s'exclama Évite en éclatant d'un rire ravi.

Je regardai mon père, atterrée. Comment avait-il pu faire une telle révélation devant une quasi inconnue ? Était-ce volontaire, parce que je l'avais blessé ? Je répondis d'une voix tendue : « Je continue d'estimer injuste que, sous prétexte que nous sommes des hommes et avons les moyens de forcer les animaux à nous obéir, nous leur imposions notre volonté ; mais, si je dois rendre visite à ma sœur au château de Castelcerf, c'est un art que je dois apprendre. »

Crible, qui ne paraissait pas sensible aux courants d'humeur, sourit en disant : « Rien ne ferait plus plaisir à ta sœur qu'une visite de ta part, à mon avis ; surtout si tu lui montres comme tu parles bien.

— Pourquoi ? Elle bégayait ? Elle zozotait ? » Si Évite voulait dissimuler le dédain que je lui inspirais, elle s'y prenait mal.

Crible se tourna vers elle, l'air solennel et la voix grave. « Elle ne parlait pas beaucoup, c'est tout.

— Si Abeille souhaite que vous lui appreniez à monter à cheval, j'en suis ravi, intervint mon père. Il y a une monture dans l'écurie, non un poney, mais une petite jument ; je la lui ai choisie quand Abeille avait cinq ans, alors que je pensais pouvoir la persuader d'essayer, mais elle a refusé. La jument est gris pommelé, avec un sabot blanc. »

Je le regardai, mais ses yeux n'exprimaient rien. Il m'avait réservé une monture il y avait plusieurs années, et, quand il avait voulu me mettre en selle, il avait renoncé à son projet sans me réprimander devant la violence de ma réaction. Pourquoi avait-il conservé la jument ? Parce qu'il avait gardé espoir. Je n'avais pas voulu lui faire de peine. « Un sabot blanc, tu le prends, fis-je à mi-voix. Je regrette de ne pas l'avoir essayée à l'époque. Mais je suis prête aujourd'hui. »

Il acquiesça mais sans sourire. « Je serai content de te voir apprendre, Abeille, quel que soit ton professeur ; mais il n'est pas question que tu ailles à Castelcerf pour le moment. Très tôt ce matin, j'ai été prévenu que ton nouveau précepteur va bientôt se mettre en route pour venir chez nous ; il serait malvenu qu'ayant quitté le château de Castelcerf il découvre en arrivant ici que tu es toi-même partie là-bas.

— Mon nouveau précepteur ? D'où sort-il ? Quand cela a-t-il été décidé ? » J'avais l'impression que la salle penchait soudain.

« Il y a plusieurs années. » Mon père avait pris un ton austère. « Il s'appelle FitzVigilant ; sa venue est prévue depuis quelque temps, et il arrivera dans les dix jours. » Il eut soudain une expression peinée. « Et il faut aussi lui préparer des appartements.

— FitzVigilant… » répéta Crible à mi-voix. Il ne lança pas un regard entendu à mon père, il ne haussa pas les sourcils, mais je perçus une note affirmative dans son ton : il faisait comprendre à mon père qu'il en savait plus long qu'il n'en disait. « Sire Vigilant, paraît-il, estime ses plus jeunes fils assez âgés pour se rendre à la cour.

— C'est exact, répondit mon père, même si la décision provient de son épouse plus que de lui, dit-on ; sire Vigilant en aurait même été assez surpris. »

Le regard d'Évite allait de l'un à l'autre. Se doutait-elle qu'ils échangeaient plus d'informations qu'ils n'en laissaient paraître ? Mais, en cet instant, cela m'était égal ; je me sentais comme en transe.

Les souvenirs de ma prime enfance, comme ceux de l'époque où ma mère me portait en son sein, sont flottants : ils existent mais ne sont pas ancrés dans ma vie quotidienne. C'est seulement quand un parfum, un bruit ou un goût les réveillent qu'ils jaillissent à mon esprit. En l'occurrence, c'était un nom.

FitzVigilant.

Il avait sonné à mes oreilles comme une cloche, et une réminiscence m'envahit, accompagnée de l'odeur du lait maternel et des senteurs d'un feu de pommier et de cèdre, et, un long moment, je redevins un nourrisson au berceau, et j'entendis ce nom prononcé de la voix maussade d'un jeune garçon. C'est une chose d'avoir un souvenir vague de son enfance, c'en est une autre de le placer tout à coup dans son contexte. Le garçon s'était introduit dans ma chambre où je dormais dans mon berceau ; mon père l'avait empêché de me toucher, il avait parlé de poison et menacé de le tuer s'il s'approchait encore de moi.

Et aujourd'hui il devait être mon précepteur ?

Les questions se bousculaient dans ma tête. Le nouveau domestique revint sans bruit et déposa devant moi un bol de gruau, deux œufs durs et un petit plat de pommes à l'étouffée, dont la pincée de cannelle embauma la salle. Tavia les avait-elle préparées spécialement pour moi ou bien était-ce le même plat pour tout le monde ? Je levai les yeux : tous me regardaient. Je ne savais que dire. Mon père avait-il oublié le nom de l'enfant qui s'était glissé jusqu'à mon berceau jadis ? Croyait-il qu'il avait changé ? Pourquoi en faire mon précepteur ? Je pris une cuillerée de pommes et réfléchis un moment avant de demander : « Et tu penses que FitzVigilant sera bon professeur ? »

Évite qui avait porté sa tasse à ses lèvres la reposa brutalement sur sa soucoupe, et elle regarda Crible d'un air atterré en secouant la tête. D'un ton de conspirateur, comme si elle ne voulait pas être entendue de mon père ni de moi, elle dit : « Je n'ai jamais vu un enfant remettre en question les décisions de ses aînés ! Si j'avais eu l'audace de m'opposer à un seul des projets de ma grand-mère pour moi, elle m'aurait flanqué une taloche et envoyée dans ma chambre ! »

C'était joué finement. Je ne pouvais me défendre sans paraître encore plus gâtée et impudente qu'elle ne me dépeignait. Je bus un peu de lait en observant mon père par-dessus le bord de ma tasse ; il était furieux. Son expression n'avait pas changé, et j'étais peut-être la seule à me rendre compte que la colère l'étreignait. Contre Évite ou contre moi ? D'une voix parfaitement normale, il répondit : « J'ai manifestement avec Abeille une relation différente de celle que vous aviez avec vos grands-parents. Je l'ai toujours encouragée à penser par elle-même et à discuter avec moi de nos projets pour elle. » Il but une gorgée de thé et ajouta : « Je n'imagine pas lui donner une gifle. Jamais. »

Son regard effleura le mien, et des larmes me piquèrent les yeux. Moi qui étais si jalouse, certaine qu'il préférait Évite ! Son bref coup d'œil le plaçait au-delà de son rôle de père : c'était mon allié. Il posa sa tasse, m'adressa un signe de tête de connivence et reprit : « Depuis quelques années, sire Umbre prépare FitzVigilant à devenir ton précepteur, Abeille. » Il me fit un clin d'œil que nul ne vit à part moi. « Prends-le.

— C'est promis », dis-je. Je le lui devais bien. Je fis un effort pour sourire. « J'ai hâte d'apprendre de nouvelles choses.

— Je suis très heureux de l'entendre », répondit-il.

Évite intervint : « Un message annonçant sa venue est arrivé cette nuit ? De la part de sire Umbre ? Mais je n'ai rien entendu, et je vous assure que je ne dormais pas ! Je n'ai pas fermé l'œil. Le messager a-t-il parlé de moi ? Y avait-il quelque chose pour moi ?

— Tout s'est passé dans la plus grande discrétion, et il n'était question que du précepteur », expliqua mon père. Le ton qu'il avait employé disait qu'elle se mêlait de ce qui ne la regardait pas. Pour ma part, je compris que sire Umbre lui avait transmis le renseignement par le biais de l'Art ; de fait, il avait eu une nuit agitée, et il avait de bonnes raisons d'avoir l'air exténué. Je réprimai un sourire supérieur quand je pris conscience que j'en savais davantage qu'Évite : j'étais au courant que mon père et sire Umbre partageaient la magie de l'Art.

Satisfaite, je décidai de me taire pour le moment. Tout à mon repas, j'écoutai parler les deux hommes, interrompus par les questions d'Évite qui ne portaient que sur elle-même. Les ouvriers devaient revenir vers midi pour reprendre les travaux de restauration ; Évite espérait qu'ils ne commenceraient pas trop tôt : elle n'aimait pas être réveillée en sursaut. Mon père avait donné pour instruction à Allègre de préparer un appartement pour le scribe FitzVigilant ; Évite se demandait lequel on lui attribuerait. La conversation dévia sur les parasites imaginaires qui infestaient mon lit, sur quoi Évite exprima son horreur et exigea qu'on changeât sur-le-champ toute sa literie. Mon père lui assura que l'installation d'un nouveau lit, avec de nouvelles couvertures et de nouveaux draps, faisait partie de la rénovation prévue de l'appartement jaune, et elle demanda alors s'il fallait obligatoirement que la suite demeurât jaune, car elle préférait de loin le mauve ou le lavande.

Je levai les yeux de mon assiette et vis les deux hommes échanger un regard consterné. Mon père plissa le front. « Mais l'appartement jaune a toujours été jaune, dit-il, comme si cela expliquait tout.

— Il y a l'appartement violet, à l'autre bout de la même aile, si je me rappelle bien, intervint Crible.

— Vous seriez assez loin du reste de la maison, mais, si vous le désirez... » fit mon père.

Tâchant de ne pas sourire, je terminai mon gruau qui refroidissait alors qu'Évite s'exclamait : « Mais j'aime la vue qu'on a des fenêtres ! Ne peut-on repeindre les murs et changer les tapisseries pour en installer d'une teinte plus reposante ? Ce n'est pas parce que cet appartement a toujours été jaune qu'il doit le rester.

— Mais... c'est l'appartement jaune... »

Mon père était abasourdi par l'incapacité d'Évite à comprendre ses objections ; elle continuait à insister qu'on pouvait parfaitement peindre en mauve des murs jaunes. Profitant de leur distraction, je m'éclipsai ; les deux hommes se rendirent sans doute vaguement compte de mon mouvement, mais ils ne m'arrêtèrent pas.

Ma chambre était si nue que j'eusse pu la peindre de n'importe quelle couleur sans m'inquiéter de l'harmonie avec les meubles, les tapisseries ou les tapis. Un produit destiné à éliminer les parasites brasillait dans la cheminée en émettant une fumée épaisse. Les squelettes de bois des lits avaient gardé leur place, mais mes coffres à vêtements avaient été transportés dans le couloir ; je me rendis auprès d'eux et les fouillai à nouveau pour trouver une tenue plus chaude avant de me risquer dehors.

La pluie s'était calmée et un vent tiède pour la saison balayait le pays. J'allai tout d'abord dans la pâture où nous avions allumé le brasier la nuit précédente ; la chaleur avait été intense, car il ne restait qu'une cendre blanche au milieu d'un cercle de branches en partie consumées. Je me saisis d'un bout de bois pour fouiller dans les cendres ; en dessous, des morceaux de charbon ouvrirent des yeux rouges quand je les réveillai. Je ne vis pas d'os ni même l'arrondi du crâne que je m'attendais à découvrir ; mon père était-il passé avant moi, à la pointe de l'aube ? Du pied, je repoussai quelques brandons sur les braises ; peu après, une fine volute de fumée s'éleva, puis des flammes jaillirent. Je contemplai le feu en me remémorant les paroles de notre étrange visiteuse, et je me demandai si mon père allait en tenir compte ou les oublier, maintenant qu'elle était morte. Une prophétie annonçait un fils inattendu, et quelqu'un avait cru jadis que mon père incarnait cette prédiction ; à l'évidence, je ne connaissais pas tout de son passé. Pouvais-je me montrer plus audacieuse et subtiliser davantage de ses papiers pour les lire pendant qu'il était pris par les réparations de la résidence ? Oui, il le fallait.

Je longeai les enclos à moutons en revenant à la maison. Juché sur un rocher couvert de lichen au milieu de la pâture rase, un chaton noir et efflanqué observait l'herbe. Il avait deux pattes blanches, autant que je pusse voir, et la queue cassée. Il chassait, et je m'arrêtai pour le regarder sans bruit. Ses muscles se raidirent puis, comme une flèche décochée d'un arc, il plongea ; ses pattes avant heurtèrent brutalement sa proie, et il tendit brusquement la tête pour la tuer d'un coup de croc rapide. Alors il leva les yeux vers moi, et je compris que ma présence ne lui avait pas échappé. Entre ses mâchoires, la souris gris foncé pendait, inerte.

« Je sais où il y a des souris en quantité, de grosses souris nourries au fromage et aux saucisses », lui dis-je. Il me regarda sans répondre, comme s'il réfléchissait à mes propos, puis il se détourna et s'en alla en trottant, sa proie dans la gueule. Je songeai qu'il avait vite grandi.

Comme tous les chats. Une fois qu'un chat sait chasser, il peut se procurer tout ce qui lui faut. Alors sa vie lui appartient.

La pensée apparut si clairement dans mon esprit que je crus en être l'auteur.

« J'ai besoin d'un chasseur comme toi ! » lançai-je. Il continua de s'éloigner sans marquer de pause.

Je le regardai disparaître en songeant que mes besoins n'intéressaient pas grand-monde à part moi. Je devrais me débrouiller seule.

8

La recherche du fils

La première tâche d'une dame dans son nouveau logis est d'imposer le respect. C'est une entreprise qui peut être plus difficile qu'on ne l'imagine, surtout si l'on s'installe dans une nouvelle résidence après le mariage et que la mère de l'époux est encore maîtresse de la maison. Mais, aussi surprenant que cela paraisse, l'affaire peut être encore plus délicate pour la dame qui prend en charge le domaine de son mari, jusque-là célibataire ; dans le cas où les domestiques ont l'habitude de n'avoir qu'un maître, la récente épousée risque d'avoir des difficultés à s'emparer de l'autorité, voire à obtenir le respect des serviteurs de rang élevé ; intendants et cuisinières sont connus pour poser des problèmes à cet égard. La nouvelle maîtresse de la maison se lassera vite des : « Mais on a toujours fait ainsi. » Pire encore est de s'entendre dire par un domestique : « C'est ainsi que notre maître préfère qu'on fasse. » Si elle n'y met pas promptement bon ordre, la nouvelle dame du domaine se retrouvera reléguée au même statut qu'un ménestrel de passage.

Le mieux est souvent de simplement renvoyer les domestiques en chef et de recommencer avec un personnel choisi par la dame. Mais, au cas où le maître est attaché à ses vieux serviteurs, elle doit imposer sa mainmise franchement et avec fermeté. Accepter ce qui existe est une erreur : il faut récuser sans tarder les menus, les arrangements floraux, la tenue du personnel – en d'autres termes, prendre la maîtrise du domaine domestique dès le seuil franchi.

Guide des bonnes manières, dame Célestia

Je trouvai Allègre en compagnie des ouvriers ; devant la porte du futur appartement d'Évite, il leur reprochait d'avoir sali le couloir avec leurs chaussures boueuses. J'attendis qu'il eût fini puis lui annonçai que demoiselle Évite souhaiterait peut-être une autre couleur aux murs et lui demandai si l'appartement jaune pouvait être repeint selon ses goûts.

Il me regarda comme si j'étais fou. « Mais, dans ce cas, l'arc-en-ciel serait désorganisé.

— Je vous demande pardon ?

— Par décret de dame Patience, il y a des années, les sept appartements ont été peints pour suivre l'ordre des couleurs de l'arc-en-ciel. Le premier est rouge, le second orange, le jaune est suivi par le vert, puis le bleu, et…

— Le violet. L'appartement violet est-il en bon état ? »

Son front se creusa encore. « Autant que j'ai pu le maintenir étant donné le budget que vous m'allouez. » Il me considéra en tâchant de dissimuler la réprobation que lui inspirait le peu d'intérêt que j'avais montré pour le domaine depuis des années.

Je pris une décision. « Envoyez chercher demoiselle Évite, qu'elle choisisse l'appartement de la couleur qui lui convient ; et préparez aussi l'appartement vert. Non, attendez ; vous avez raison, Allègre. Faites-moi une liste des rénovations que vous jugez nécessaires dans chacune des suites du corps principal. Commençons par les remettre en état l'une après l'autre, comme nous aurions dû nous y employer depuis longtemps. Ah, et puis un autre hôte viendra séjourner chez nous ; il arrivera dans une dizaine de jours. FitzVigilant officiera comme précepteur de demoiselle Abeille, et peut-être d'autres enfants de la propriété. »

Cette dernière idée m'était venue brusquement. Le roi Subtil avait toujours exigé que chaque enfant de Castelcerf eût la possibilité d'apprendre à lire et à calculer ; tous les parents n'en profitaient pas et beaucoup d'enfants imploraient d'y échapper, mais chacun avait l'occasion d'étudier au château. Il était temps de redonner vie à cet héritage.

Allègre eut un soupir agacé. Pour un homme au nom aussi joyeux, c'est d'un air fort morose qu'il demanda : « Alors il faut également remettre en état la salle de classe, messire ? Et l'appartement annexe du scribe ? »

La salle de classe… Il me revint brusquement qu'en effet Flétribois en possédait une. J'avais commencé mon instruction près d'un des petits âtres de la grand-salle de Castelcerf ; quant aux garçons de Molly, ils avaient reçu de Burrich de bonnes bases en lecture et en calcul, et c'était surtout moi et les autres occupants de Flétribois qui leur avaient fourni leur instruction ; ils avaient appris de l'arboriste, du responsable des vergers, du berger… Je ne leur avais jamais imposé de parler une autre langue, et ils avaient puisé leur connaissance de l'histoire et de la géographie des Six-Duchés dans les longues conversations du soir ou dans les ballades des ménestrels lors des fêtes. Avais-je bâclé leur éducation ? Ni Molly ni aucun d'entre eux ne m'en avait jamais demandé plus. Un sentiment de culpabilité m'étreignit.

« Messire ? » L'intervention d'Allègre me ramena brutalement au présent. Je le regardai sans répondre, incapable de me rappeler de quoi nous parlions.

Devant mon air interrogateur, il répéta : « La salle de classe, dotaire Blaireau ; c'était une création de dame Patience, il y a bien des années, à l'époque où elle espérait encore avoir des enfants qui grandiraient dans le domaine. Il y a une salle de classe, une salle destinée à l'enseignement. » Il s'exprimait comme s'il craignait que le concept ne me fût étranger.

Évidemment. « Très bien, Allègre ; rafraîchissez la salle de classe, l'appartement du scribe, et faites-moi une liste des éventuelles réparations nécessaires. Ah, et aussi une liste des enfants qui pourraient vouloir apprendre à lire et à calculer, je vous prie. »

Le regard d'Allègre recelait toute la résolution du martyr qui veut faire de son mieux. « Y a-t-il autre chose, messire ? »

Je rendis les armes. « Je ne vois rien pour l'instant. S'il vous vient une idée, veuillez me la soumettre.

— Ce sera fait, messire. » Je crus l'entendre ajouter intérieurement : *Comme cela aurait dû être fait depuis le début.*

Le soir même, une fois les ouvriers partis et Abeille endormie dans le salon de couture de Molly, j'artisai ma fille aînée.

Elle accueillit mon contact par ces mots : *Je m'apprêtais à me coucher.*

Je m'excusai : *Je n'avais pas conscience qu'il était si tard. Je souhaitais te tenir au courant des dernières rénovations que j'ai décidées à Flétribois. Je les pense nécessaires, comme Allègre, mais je crains qu'elles n'attaquent les réserves mises de côté pour les revenus.*

Je la sentis soupirer. *Laissons là les cérémonies. Tu n'es pas vraiment mon dotaire en train de me faire son compte rendu ; tu sais aussi bien que moi que Flétribois aurait dû te revenir. Ta façon de soutenir que cette propriété m'appartient et de justifier tout ce que tu y fais me fatigue.*

Mais c'est ton hérit…

Et c'est blessant. Crois-tu franchement que je m'opposerais à tes décisions si elles profitent à Abeille ? Ou à toi ? Tu ne me juges pas égoïste à ce point, je le sais bien. Alors, cesse, je t'en prie. Fais ce qu'il faut pour que la maison reste debout et en bon état, et dépense les revenus des terres comme ils doivent l'être, ou comme tu en as envie. Un silence. *Tu sais que FitzVigilant va bientôt se mettre en route pour te rejoindre ?*

On m'en a prévenu, oui. Je m'efforçai de ne pas laisser transparaître mes réserves quant à cet arrangement.

Eh bien, je ne pense pas qu'il soit encore assez remis pour voyager, et j'ai pressé Umbre de le garder quelque temps. Quand il arrivera, fais-le examiner par un guérisseur ; c'est un garçon têtu, et il soutiendra qu'il va très bien, mais insiste. Il a été battu très violemment, et je suppose qu'Umbre veut l'éloigner pour assurer sa sécurité. Il aurait dû te le confier il y a des années, comme je le lui ai dit à de nombreuses reprises ; il aurait dû se préoccuper de l'intérêt de ce garçon au lieu de céder à son envie de le garder près de lui.

Je veillerai à son bien-être ; j'avais envisagé de l'installer dans l'appartement vert, mais Allègre m'a appris que Patience avait établi une salle de classe dans l'aile est et qu'elle comprend un logement annexe pour le professeur.

Vraiment ? Ah, oui ! Je m'en souviens. C'est un vieil appartement biscornu, n'est-ce pas ? Mais ça devrait convenir à Lant ; c'est quelqu'un de réservé, encore plus depuis la correction qu'il a reçue, dirait-on.

Ça peut être l'effet de la violence physique, c'est exact, me dis-je. Je n'avais nulle envie de partager ce souvenir avec Ortie, mais je n'avais pas oublié le traumatisme des tortures que Royal m'avait infligées ni le repli sur lui-même dont le Fou avait souffert après avoir subi les brutalités de la Femme pâle. Nous habitons notre corps, et un assaut contre cette forteresse de l'esprit laisse des cicatrices qui ne se voient peut-être pas, mais ne guérissent jamais. Je lui laisserais son intimité, et, s'il voulait parler, ce qu'il me dirait resterait entre nous.

Tu es toujours éveillé ? L'idée que j'eusse dérangé son repos pour m'endormir moi-même paraissait l'agacer.

Oui. Je réfléchissais aux arrangements que je dois prendre pour FitzVigilant.

Traite-le avec douceur.

Tu as de l'affection pour lui, dirait-on. À nouveau cette impression que le garçon avait plus d'importance qu'Umbre ne le laissait paraître.

Oui. Traite-le bien et accueille-le avec hospitalité. Et Ortie n'était pas disposée à m'en dire davantage. *Et maintenant je vais dormir*, poursuivit-elle. *Nous ne sommes pas tous des loups qui sortent la nuit, Tom ; certains d'entre nous préfèrent se reposer.*

Alors, bonne nuit, ma chérie.

Bonne nuit.

Et elle disparut de ma conscience comme un parfum chassé par une brise vagabonde.

Ce n'était pas la seule de mes filles à posséder un talent pour m'éviter. Pendant les jours suivants, Abeille s'arrangea toujours pour sortir d'une pièce quand j'y pénétrais ; je la voyais aux repas mais elle était rentrée dans son mutisme alors qu'Évite caquetait comme une poule qui vient de pondre un œuf et souhaite l'annoncer à toute la basse-cour. Après de multiples hésitations, elle avait fini par choisir l'appartement violet, qu'elle appelait la suite lavande. Mais, si je croyais avoir ainsi obtenu un répit à ses exigences et à ses plaintes, cet espoir fut bientôt réduit à néant ; elle trouvait le motif des tentures « trop chargé » et les rideaux de lit passés ; le miroir était « piqué et beaucoup trop petit pour servir à quelque chose » ; les chandeliers ne lui convenaient pas : elle voulait des lampes pour sa coiffeuse. Je n'osai pas l'adresser à Allègre, car je craignais que non seulement il ne cédât à toutes ses demandes, mais y ajoutât encore. La mine solennelle et l'œil pétillant de Crible me convainquirent qu'il avait bien mérité le compromis auquel j'étais arrivé, qui consistait à l'envoyer, avec Évite et une lettre de crédit, au grand marché de Bout-du-Lac, déplacement qui les obligerait à passer la nuit à l'auberge locale et me permettrait de jouir d'au moins une soirée calme. Quand Allègre eut vent de leur trajet, il me remit une liste d'articles à acheter, si longue que je réquisitionnai un chariot attelé pour les accompagner ; Tavia vint ensuite présenter ses doléances pour ses casseroles abîmées et ses couteaux usés par la pierre à aiguiser ; je joignis sa liste à celle de mon intendant, puis je songeai moi-même à quelques objets personnels qui avaient besoin d'être remplacés. Ils finirent par se mettre en route avec deux chariots et leurs attelages. Crible faisait grise mine, mais j'avais le sourire aux lèvres : avec les listes supplémentaires, j'avais gagné un jour, voire deux, avant leur retour.

En plus des courses qu'ils avaient à faire, je confiai une mission à Crible : tendre l'oreille en route et se tenir à l'affût de on-dit sur des inconnus cherchant une jeune fille au teint pâle, semblable à celle qui était passée chez nous ; je lui expliquai que j'étais curieux de savoir pourquoi elle s'était éclipsée aussi brusquement, ce qu'elle craignait, et si ses persécuteurs devaient être à leur tour pourchassés par la garde royale. Il se doutait, je ne l'ignorais pas, que je ne lui racontais pas toute l'histoire, loin de là, mais cela l'inciterait probablement à redoubler d'efforts pour recueillir divers bruits. Et Évite serait absente de chez moi pendant au moins plusieurs jours ; j'en éprouvais un soulagement d'une intensité surprenante.

Je ne pouvais forcer Abeille à se rapprocher de moi ; peut-être, après ce dont elle avait été témoin cette nuit fatidique, avait-elle besoin de prendre ses distances avec moi. Mais, discrètement et de loin, je me tenais informé de ses déplacements et de ses activités ; elle passait beaucoup de temps dans sa cachette, et je découvris bientôt ce qu'elle lisait. Je fus horrifié, autant par ma négligence que par ce qu'elle avait dû apprendre sur moi, mais c'était ma faute, et je savais comment y remédier : à la façon d'Umbre quand il s'était rendu compte que mes lectures ne se limitaient pas à ce qu'il me soumettait. Au cours des cinq jours qui suivirent, je pris mon travail à bras-le-corps. Allègre ne pouvait pas tout faire ; il était bon gérant, il savait dénicher les employés compétents, les embaucher et leur indiquer leurs tâches, mais ce n'était pas le meilleur pour veiller à ce qu'un ouvrage fût effectué selon les règles. Burrich m'avait enseigné l'art délicat de passer d'un air dégagé devant les fainéants et de les motiver d'un seul regard, et je n'hésitais pas à l'employer. Je ne pouvais prétendre à une connaissance approfondie de la maçonnerie ni de la menuiserie, mais je savais repérer les ouvriers qui faisaient semblant de travailler ; il était aussi fascinant de regarder une maîtresse comme Fourmi réfléchir avant de poser ses pierres pour obtenir le meilleur résultat et de la laisser aller à son propre rythme.

Outre les réparations et le nettoyage, les tâches habituelles du domaine se poursuivaient. Je sentais bien qu'Abeille m'évitait, mais je ne pouvais lui en vouloir : comme moi, elle ne manquait pas de sujets de réflexion ; et peut-être l'évitais-je moi aussi, inquiet d'avoir placé sur ses frêles épaules un fardeau trop pesant. Si je l'appelais auprès de moi pour en parler, la charge gagnerait-elle en poids et en importance dans son esprit ? Pouvais-je répondre avec franchise aux questions qu'elle poserait ? Pendant quelques jours, je chassai de mes pensées la messagère et sa mission en me répétant que, si le fils inattendu du Fou était resté caché tant d'années, quelques jours de plus ne changeraient rien. Je m'étais rendu dans la pâture aux moutons et j'avais examiné les traces de sabots qui commençaient à s'effacer dans la neige ; Lin avait raison : trois chevaux y étaient entrés et en étaient ressortis la nuit où j'avais incinéré la jeune fille. Je trouvai aussi les empreintes d'un homme qui avait mis pied à terre, au moins pour se dérouiller les jambes ; il n'y avait pas trace d'un feu de camp ni d'une occupation prolongée de la zone. Je me retournai vers Flétribois ; la demeure n'était guère visible de là, dissimulée par les murs du parc et les arbres ; en revanche, les inconnus avaient pu distinguer mon bûcher funéraire, et nous observer, Abeille et moi, alors que nous faisions brûler des draps et des couvertures. Ils n'avaient sans doute rien vu d'autre. Les traces ne m'en apprirent pas plus, et je les chassai de mes pensées comme sans intérêt ; c'étaient peut-être des voyageurs, des braconniers ou des voleurs de passage.

Ou ceux qui poursuivaient la messagère ? Je repensai à ce qu'elle m'avait dit d'eux et jugeai que non ; ils eussent poussé l'acharnement jusqu'à la pourchasser au seuil de ma porte, où ils eussent été sûrs de sa mort, mais je ne les imaginais pas observant de loin la maison où elle avait peut-être cherché refuge puis tournant bride. Non, c'était une coïncidence, rien de plus. Les poursuivants pistaient peut-être encore la jeune fille ; s'ils étaient dans la région, Crible entendrait parler d'eux. Il avait un talent pour capter ce genre de bruits.

Pour ma part, je resterais sur mes gardes, et je me promis d'entreprendre cette recherche du « fils inattendu » dès que possible. Pour le présent, j'assurerais la sécurité de ma maison et du pupille qu'on m'avait confié avant de me lancer dans d'autres tâches ; mieux valait tout nettoyer et consolider avant de partir. L'idée de me rendre dans les Montagnes en hiver m'effrayait, mais je devrais peut-être m'y résoudre ; Jofron ne répondrait sûrement pas à mes messages. Si la piste menait là-bas, je devrais y aller en personne.

La nuit, avant de dormir, je songeais à l'étrange mission du Fou. Comment pourrais-je abandonner Abeille pour me lancer dans une telle entreprise ? C'était impossible. L'emmener ? L'exposer au danger ? C'était impossible aussi. L'envoyer à Ortie ? Le précepteur lui servirait-il de garde du corps comme l'avait laissé entendre Umbre ? Comment Lant le pourrait-il ? La rossée qu'il avait reçue ne parlait pas en faveur de sa capacité à se défendre, encore moins à défendre ma fille.

Quant à Évite dans ce rôle, c'était une mauvaise plaisanterie. Elle n'aimait pas ma fille et avait peur des bruits la nuit ; ce n'était pas la protectrice que je choisirais pour Abeille. Non, je devrais trouver quelqu'un de confiance. En attendant, je ne pouvais pas m'occuper de la mission du Fou, mais je ne pouvais pas non plus faire comme si elle n'existait pas. L'angoisse le disputait en moi à la colère : je craignais que mon vieil ami ne fût en grand danger, voire qu'il ne fût déjà mort, et j'étais furieux qu'il m'eût fait parvenir un message incompréhensible. Je savais qu'il n'avait plus qu'une appréhension vague de l'avenir, mais il eût quand même pu m'exposer un peu sa situation ! Mais peut-être que, si sa messagère avait survécu plus longtemps, elle eût clarifié ses propos. Certains soirs, je redoutais d'avoir été trop pressé de lui accorder une mort miséricordieuse ; alors je me morigénais et me répétais qu'il était trop tard pour y penser, puis je m'efforçais de trouver une position plus confortable dans mon lit, fermais les yeux et me reprochais le mal que j'avais fait à mes filles ; mais je m'en voulais surtout de laisser Umbre se décharger sur moi de ses problèmes. Pourtant, comment eussé-je pu refuser ?

Je rassemblai mon courage et me convainquis que je devais au moins commencer ma mission. Je reconnais qu'il était un peu mesquin de ma part d'attendre le milieu de la nuit pour artiser Umbre ; mais, si j'espérais interrompre son sommeil, j'en fus pour mes frais : il s'ouvrit aussitôt à moi, et exprima même du plaisir à m'entendre. Je pris alors conscience que je ne prenais pas souvent l'initiative de nos contacts, et j'eus d'autant plus de mal à garder mes secrets par-devers moi.

J'ai un service à vous demander qui va vous paraître singulier ; et, encore plus insolite, je ne peux vous dire pourquoi pour le moment.

Que voilà une introduction intrigante ! Eh bien, demande, mais ne me fais pas de reproche si je devine tes intentions avant que tu ne me les révèles. Je le sentis s'installer confortablement dans le fauteuil de sa retraite et tendre les jambes devant le feu.

La possibilité de se montrer plus astucieux que moi paraissait le ravir. Très bien, qu'il s'amuse ; il fouirait comme un blaireau pour trouver mon secret et en découvrir peut-être d'autres au passage.

Je n'en attends pas moins de vous. Mais, pour l'instant, ne me posez pas de questions, je vous en prie. Voici ce que j'ai besoin de savoir : je cherche un garçon qui pourrait être le fils de trois femmes possibles, peut-être bâtard. J'avais bien réfléchi à la façon de présenter ma question ; nombre de femmes se mariaient en hâte pour couvrir une grossesse illégitime.

Trois femmes, hein ? Eh bien, de qui s'agit-il ?

Vous en connaissez sans doute une, une autre peut-être, et il est peu probable que vous ayez entendu parler de la troisième.

De mieux en mieux. Bon, je ne te promets rien, mais demande toujours.

Vous vous rappelez sûrement Laurier, la veneuse qui nous a aidés lorsque Devoir était en délicatesse avec les Pie ; par la suite, elle nous a été très utile dans nos négociations avec le Lignage.

Il y eut un bref silence. Me barrait-il l'accès à un renseignement ? Puis il répondit d'un ton enjoué : *Naturellement, je me la rappelle !*

Savez-vous si elle s'est mariée ? Si elle a eu des enfants ?

À nouveau, un court silence, comme une hésitation. *En tout cas, je puis le découvrir. La suivante ?*

Garetha. Elle travaillait aux jardins quand j'étais enfant à Castelcerf, et elle y était toujours employée quand je vivais au château, comme domestique de sire Doré.

Ce nom ne me dit rien, mais je n'aurai pas de mal à trouver quelqu'un qui aura entendu parler d'elle et saura ce qu'elle est devenue. Et la dernière ?

Il m'évoquait un écureuil ramassant des noisettes, si pressé de s'emparer de la suivante qu'il fourrait les faits en vrac dans son esprit, attendant pour les trier d'avoir obtenu de moi tous les renseignements. Je savais qu'il repérerait sans tarder le fil qui les reliait ; mais il n'aurait que plus de plaisir à la découverte s'il devait se donner un peu de mal pour y parvenir. J'hésitai pour la troisième femme : si elle avait eu un rejeton du

Fou, ce devait être un homme fait aujourd'hui ; mais je devais examiner toutes les possibilités.

Jofron. Elle habitait dans le royaume des Montagnes et a participé aux soins qu'on m'a prodigués lorsque j'ai été gravement blessé. Elle est ébéniste et fabrique de petites armoires et des jouets superbes. Je sais qu'elle a un fils, car j'ai rencontré son petit-fils, mais j'ai besoin de savoir qui est son père et quand il est né ; j'aimerais aussi une description physique.

Je me souviens de Jofron. Il ne cachait pas sa surprise devant ma requête. *Ça remonte à quelques années et c'est assez loin d'ici, mais on peut toujours mener des enquêtes. J'ai des agents à Jhaampe.*

Je n'en doute pas. Vous avez des agents partout, y compris ici, à Flétribois. Ma réflexion mêlait l'accusation et le compliment.

C'est bien possible. Et tu n'ignores pas l'utilité d'un réseau étendu d'yeux et d'oreilles aux aguets. Alors, nous disons Jofron, Garetha et Laurier la veneuse. Et tu cherches un enfant ; un garçon ou une fille ?

Un garçon, mais qui n'est peut-être plus du tout un enfant aujourd'hui. Dans le cas de Jofron, son fils a au moins trente-six ans – je pense. Comment savoir si le Fou n'était pas passé chez elle depuis lors ? Je n'étais sûr de rien. *Enfin, n'importe quel enfant de n'importe quel âge à qui ces femmes ont pu donner le jour. Si vous pouvez me fournir ces renseignements, je les traiterai moi-même et j'aurai une dette envers vous.*

Assurément. Et il interrompit notre lien d'Art sans me laisser le temps de lui en dire ni de lui en demander davantage.

Je demeurai un moment dans le courant d'Art en me laissant attirer par son charme. On met sévèrement en garde les apprentis artiseurs contre l'attrait qu'il exerce et l'assuétude qu'il crée, mais c'est une sensation difficile à décrire. Dans l'Art, je me sentais complet, je n'étais plus seul ; même dans l'amour le plus profond, on est séparé de son partenaire par la peau, même lorsqu'on est lié par l'acte qui unit deux personnes. Il n'y a que dans l'Art que ce sentiment de séparation s'estompe ; il n'y a que dans l'Art que j'aie jamais éprouvé cette impression de ne faire qu'un avec le monde entier. Depuis la mort de Molly, je me sentais plus seul que jamais, et je me soumis donc à la tentation de cette houle de complétude, en songeant à lâcher prise et à me dissoudre dans le grand tout – non comme une partie se joignant à d'autres, non : dans l'Art, toute limite s'efface, tout sentiment d'individualité disparaît.

À la surface de l'Art, on peut se laisser flotter et entendre des bribes de vie d'autres personnes. Beaucoup de gens possèdent cette magie sous une forme modérée, insuffisante pour l'employer activement, mais qui leur permet d'étendre leur esprit inconsciemment. Je captai une mère qui pensait à son fils parti en mer et dont elle n'avait aucune nouvelle depuis six mois ; elle espérait qu'il allait bien, et son cœur le cherchait sans qu'elle s'en rendît compte. Un jeune homme s'apprêtait à se marier, mais il songeait à une jeune fille qu'il avait connue quand il était adolescent ; il avait cru que c'était l'amour de sa vie, mais ils s'étaient séparés et il avait désormais une autre femme qu'il chérissait. Ils seraient unis le lendemain, mais il se demandait ce que devenait l'autre d'il y avait si longtemps, et, alors même qu'il se réjouissait du bonheur que lui apporterait la journée à venir, ses pensées se tendaient vers cet autre amour perdu. Je flottais dans le courant et percevais les envies de dizaines de gens en quête d'amour dont les pensées s'élançaient dans le monde ; certains rêvaient d'amour et d'unité, mais d'autres, victimes de torts et d'affronts, nourrissaient des désirs de vengeance et souhaitaient du mal à leur prochain.

Non, ce n'était pas ce que je voulais. Je m'enfonçai davantage pour atteindre le courant plus fort où ces pensées se mêlaient en un vaste ensemble ; j'y voyais parfois l'espace où naissaient les rêves et les intuitions ; à d'autres moments, je le considérais comme le réceptacle de tous ceux qui nous avaient précédés, et peut-être même de ceux qui nous succéderaient. C'était un lieu où chagrins et joies étaient égaux, où vie et mort n'étaient que les ourlets de part et d'autre d'un même couvre-lit. C'était la source qui éteint la douleur.

Je flottais là, me retenant tout juste de m'effilocher. Je ne pouvais me permettre de lâcher prise, mais je pouvais imaginer le bonheur que j'en éprouverais : plus de chagrin, plus de devoir, plus de solitude, plus de souffrance. Ceux que j'abandonnerais devraient payer ces tributs, mais je serais au-delà d'eux et je ne ressentirais ni remords ni regret. Je pensai à Molly, perçus la douleur qui accompagnait son image, et, tout en me morigénant, en laissai un fil s'échapper dans l'Art ; la magie l'aspira comme un bon onguent aspire la purulence d'une plaie. La pression décrut et…

Fitz.

Je fis semblant de n'avoir rien entendu.

Loup du rêve !

Je ne pouvais plus me boucher les oreilles. *Ortie*, répondis-je. J'avais honte d'avoir été surpris à me laisser aller. *J'artisais Umbre.*

C'est faux ! Tu étais en train de te défaire ! C'est un comportement digne d'un étudiant d'Art de première année, pas de toi. Qu'est-ce qui te prend ?

Elle m'avait appelé par le nom qu'elle me donnait enfant, mais c'était à la maîtresse d'Art que j'avais affaire, non à Ortie qui artisait en rêvant, et elle était furieuse.

Ce qui me prend, c'est que ta mère me manque. Je m'efforçai de donner à ma réponse l'aspect d'une raison plutôt que d'une excuse pour une conduite inappropriée. J'étais parti trop loin, je m'étais trop laissé aller ; repris brutalement, je me rendais compte soudain que j'avais été bien près de tout lâcher. J'eusse abandonné Abeille et condamné la personne qui m'aurait en charge à s'occuper d'un cadavre vivant, vautré dans sa bave, ses excréments et son idiotie jusqu'à sa mort.

Moi, dit Ortie. Elle avait suivi mes réflexions d'un bout à l'autre. *C'est sur moi que cette tâche retomberait. Eh bien, je la refuserais, et j'interdirais à quiconque de s'en charger. Je me rendrais à Flétribois, je fermerais le domaine, j'emmènerais Abeille et je te laisserais baver dans un coin. Ne va pas t'imaginer un seul instant pouvoir nous faire ça, à ma sœur et à moi !*

Jamais, Ortie, jamais ! J'étais seulement… Ma pensée mourut.

Debout sur un tabouret, un nœud coulant autour du cou ? En train d'affûter une lame sur ta gorge ? De faire infuser une bonne tasse de tisane de carrimé ?

Je n'ai pas envie de me suicider, Ortie, je te le promets ; je n'y pensais même pas. Mais je me sens si seul par moments… J'ai parfois besoin que la douleur cesse.

Eh bien, elle ne cesse pas. Une violente fureur vibrait dans sa réplique. *La douleur ne cesse pas, alors supporte-la, parce que tu n'es pas le seul à l'éprouver. Et Abeille n'a vraiment pas besoin d'une double dose.*

Jamais je ne ferais ça ! Je commençais à m'énerver ; me croyait-elle donc capable d'un tel geste ?

C'est un mauvais exemple à donner aux apprentis ; et puis tu n'es pas le seul à avoir été tenté de s'échapper par ce moyen.

J'en restai pantois ; un doigt glacé me parcourut l'échine. *Toi ?*

Je ne sais pas ce qu'elle fit, mais je me retrouvai brutalement dans mon corps. J'étais assis dans mon fauteuil, devant un feu mourant ; je me redressai en sursaut, puis dus me radosser, pris de vertige et le cœur tonnant comme si elle m'avait projeté au sol. J'eus la grâce d'avoir honte de moi ; elle avait raison : je m'étais approché du bord et j'avais plongé le regard dans l'abîme en me mettant au défi de sauter. Si j'avais faibli ne fût-ce qu'un instant, l'issue eût été irrévocable, et c'est Abeille qui en eût payé le prix.

Je fermai les yeux et enfouis mon visage dans mes mains.

Et encore un détail !

Douce Eda, quelle puissance elle avait acquise ! Ortie s'imposait à mon esprit avec autant de présence que si elle avait ouvert la porte brusquement et s'était campée devant moi. Elle ne me laissa pas le temps de réagir.

Prête plus d'attention à Abeille. Crible dit qu'elle est très seule, qu'elle n'est guère surveillée, qu'on ne lui donne rien à faire, qu'on n'exige rien d'elle, et qu'elle a l'air négligée. Ses vêtements, ses cheveux… D'après lui, tu t'intéresses à ce qui se passe dans sa tête, mais pour le reste… Bref. Ne la laisse pas vagabonder comme un chat errant ; tu dois la reprendre en main. Veux-tu qu'elle soit inutile et ignorante quand elle sera grande ? Mal tenue et sans instruction ? Il faut l'occuper, tant intellectuellement que manuellement ! Crible affirme que nous avons gravement sous-estimé son intelligence, et qu'en conséquence elle n'a pas reçu toute l'éducation souhaitée. Abeille est jalouse d'Évite et de la considération qu'elle réclame ; n'en rajoute pas. Tu n'as qu'une enfant à ta charge, Fitz ; fais attention à elle.

Je te le promets, répondis-je, mais elle était déjà repartie. Je restai assis dans mon fauteuil, avec une migraine d'Art comme je n'en avais pas eu depuis des années. Mon oncle Vérité avait déclaré un jour qu'être artisé par mon père, c'était comme se faire piétiner par un cheval ; doué d'une grande puissance, il pénétrait brusquement dans l'esprit de son frère, larguait ses informations et disparaissait comme il était venu. Je comprenais à présent ce que Vérité voulait dire, et mes bougies se réduisirent à des moignons avant que je ne me sentisse de nouveau complètement moi-même. Ortie avait semé dans ma tête une idée qui m'était étrangère : Abeille était jalouse ? Je passai un long moment à essayer de comprendre pourquoi elle pourrait être jalouse d'Évite, puis, quand je pensai avoir la réponse, je décidai d'appeler Allègre de bonne heure le lendemain et d'y remédier.

9
Persévérance

Bien arrivé à Flétribois avec ma protégée. Sire Umbre ne m'a peut-être jamais confié de mission aussi ingrate que celle d'accompagner cette demoiselle Évite, et je me réjouis chaque jour que tu ne lui ressembles pas. Comme tu m'en avais prévenu, Abeille est une petite fille singulière. Rien ne me laisse penser que son père la néglige ; de fait, ils ont l'air remarquablement proches et (segment illisible). *J'ouvrirai l'œil, comme je te l'ai promis, et je te dirai sincèrement ce qui, à mon avis, est* (effacé par une tache). *J'aurais encore tant de choses à te raconter, ma chérie, mais l'espace m'est compté sur un message par pigeon voyageur ; et, à la vérité, tu sais déjà tout ce que je voudrais ajouter.*

Message jeté à la poubelle

À cause des plaintes d'Évite qui voulait constamment changer ceci ou cela, mon père et Crible étaient occupés du matin au soir, et les leçons d'équitation promises ne se réalisèrent jamais. Quand je revins de ma promenade ce matin-là, Crible avait emmené demoiselle Évite en ville dans la calèche à deux roues afin qu'elle vît les tissus disponibles au marché et achetât de nouvelles couvertures. Savoir que le véhicule cahotait dans les ornières glacées de la route et qu'Évite serait déçue par les marchandises ne me fut qu'une maigre consolation : elle avait réussi à accaparer Crible. Je pris conscience que j'étais jalouse d'elle, non pour moi, mais pour ma sœur ; je savais, que, d'une certaine façon, Crible appartenait à Ortie, et je n'aimais pas voir Évite profiter de son temps. Si quelqu'un se rappela qu'on m'avait promis de m'apprendre à monter à cheval, nul ne le mentionna. Et, quand Crible et Évite revinrent, on les renvoya presque aussitôt pour un trajet beaucoup plus long, avec une liste d'achats si considérable que mon père les fit accompagner de deux chariots ; nul n'eut l'idée de me demander si j'aimerais me joindre à eux ni si je souhaitais qu'on me rapportât quelque chose du marché.

Les jours suivants furent pleins de bruit et de désordre. Une nouvelle vague d'ouvriers était arrivée à Flétribois, et de lourds chariots tirés par d'énormes chevaux allaient et venaient dans l'allée ; des hommes déchargeaient des poutres et des pierres et les transportaient à l'arrière de la maison en traversant le bâtiment. On avait découvert de la pourriture dans un mur, et ce qui avait commencé comme une simple réparation était devenu un véritable chantier. Toute la demeure résonnait des coups de marteau, du bruit des scies, des pas des ouvriers et des conversations qu'ils tenaient à tue-tête. J'avais promis à mon père de ne pas les gêner, et j'avais tenu parole : je continuais à dormir dans le salon de ma mère, et on y avait déménagé mes coffres à vêtements, remplis de mon linge lavé et repassé. J'avais l'impression qu'il s'y trouvait beaucoup moins d'habits que naguère : Allègre avait dû décidé d'en brûler certains.

De mon côté, j'avais entrepris de visiter les écuries. Je connaissais mal ce bâtiment ; à cause de ma petite taille, j'éprouvais une crainte inversement proportionnelle des grands animaux ; même les chiens du berger me paraissaient immenses, et j'eusse pu passer sous la plupart des chevaux sans même baisser la tête. Néanmoins, non seulement je m'y rendis, mais je repérai la jument que mon père avait choisie pour moi il y avait bien longtemps ; comme il l'avait dit, elle était gris pommelé avec un sabot blanc. Je me munis d'un tabouret que je traînai jusqu'à son box puis sur lequel je grimpai pour m'asseoir sur la mangeoire et contempler ma monture. Sans aucune timidité, elle vint aussitôt renifler ma chaussure, puis happer des lèvres le bord de ma tunique. Je tendis la main, et elle se mit à me lécher la paume. Sans bouger, je la laissai faire, car ainsi elle gardait la tête immobile, ce qui me permit de mieux l'examiner.

Mais une voix intervint : « Vous devriez pas la laisser faire ça, mademoiselle. Tout ce qui l'intéresse, c'est le sel qu'y a sur votre peau, et elle risque d'apprendre à mordre.

— Mais non », affirmai-je, alors que je n'en savais rien. Le garçon qui me regardait n'avait sans doute que quelques années de plus que moi, même s'il me dépassait de la tête et des épaules, et j'appréciai de me trouver en position dominante. Des fétus de paille pointaient de sa tignasse noire, et les lavages avaient feutré le tissu grossier de sa chemise ; la morsure du vent et de la pluie rougissait son nez et ses pommettes, et les mains qu'il posait sur la paroi du box étaient durcies par le travail. Il avait le nez droit et long, et des dents qui paraissaient trop grandes pour sa bouche. Il avait plissé les yeux à ma réponse provocatrice.

J'écartai ma main de la langue de la jument. « C'est mon cheval », dis-je en voulant me justifier, et le sous-entendu de mes propres mots me fit horreur. L'expression du garçon devint plus austère.

« Ouais, je m'en doutais. Alors, vous êtes m'oiselle Abeille. »

Ce fut mon tour d'étrécir les yeux. « Abeille, dis-je. C'est tout. »

Il me regarda d'un air méfiant. « Moi, c'est Per ; c'est moi qui soigne Tache et qui lui fais faire de l'exercice.

— Tache », répétai-je. Je ne savais même pas le nom de ma propre jument. Pourquoi en éprouvai-je de la honte ?

« Ouais. Complètement idiot, comme nom, hein ? »

J'acquiesçai de la tête. « Ça pourrait être celui de n'importe quel cheval pommelé. Qui l'a aussi mal baptisée ? »

Il haussa les épaules. « Personne. » Il se gratta la tête, et un bout de paille tomba sur son épaule ; il ne le remarqua pas. « Quand elle est arrivée, on l'a simplement appelée la tachetée, et ensuite ç'a été Tache. »

C'était sans doute ma faute. Mon père avait dû croire que j'apprendrais à la connaître et lui donnerais un nom, mais je n'en avais rien fait : la taille des chevaux me faisait bien trop peur. J'imaginais avec épouvante comment ils réagiraient s'ils ne voulaient pas de moi sur leur dos.

« Per aussi, c'est curieux, comme nom. »

Il me jeta un regard du coin de l'œil. « C'est Persévérance, m'oiselle. Comme c'est un peu trop long quand on m'enguirlande, on l'a raccourci en Per. » Il se tourna soudain vers moi et poursuivit sur le ton de la confidence : « Mais un jour, je serai Le-plus-grand. On appelait mon grand-père Grand, et, quand mon père l'a dépassé, tous les palefreniers se sont mis à l'appeler Plus-grand, et c'est comme ça qu'on le connaît aujourd'hui. » Il se redressa. « Je suis un peu petit pour le moment, mais je pense que je vais pousser, et, quand je dépasserai mon papa, je serai Le-plus-grand, et plus Persévérance. » Il se tut, lèvres serrées, et réfléchit une minute. Sa révélation était un pont qu'il attendait que je franchisse ; c'était à moi de parler.

« Il y a longtemps que tu t'occupes d'elle ?

— Ça fait deux ans. »

Je regardai la jument. « Comment l'appellerais-tu, toi ? » J'étais sûre qu'il lui avait déjà donné un autre nom.

« Mignarde, parce qu'elle fait des histoires pour certains trucs. Elle aime pas avoir les sabots crottés, il faut que sa selle soit installée d'une certaine façon, le tapis bien lisse, sans un pli. Elle fait des chichis comme ça.

— Mignarde », répétai-je, et les oreilles grises pivotèrent vers moi ; elle savait que je parlais d'elle. « C'est bien. Beaucoup mieux que Tache.

— C'est sûr », fit-il d'un ton dégagé. Il se gratta de nouveau la tête puis fronça les sourcils et se passa les doigts dans les cheveux pour en ôter les pailles. « Vous voulez que je vous la prépare ? »

Je ne sais pas monter à cheval ; j'ai peur des chevaux ; je ne sais même pas comment grimper sur un cheval. « Oui, s'il te plaît », répondis-je sans savoir pourquoi.

Assise sur le muret du box, je le regardai s'activer. Il travaillait vite mais avec méthode, et j'avais l'impression que Mignarde savait à l'avance ce qu'il allait faire. Quand il posa la selle sur son dos, l'odeur de la jument me parvint : cheval, cuir huilé et vieille sueur. Je réprimai le frisson inquiet qui me parcourut. Je pouvais y arriver ; elle était douce, elle ne bronchait pas sous la selle et acceptait le mors et la bride sans histoire.

Je descendis du muret pendant que Per la faisait sortir, et je la contemplai. Qu'elle était grande ! « Il y a un billot à l'entrée de l'écurie pour vous aider à monter. Venez près de moi, ne marchez pas derrière elle.

— Elle rue ? demandai-je, mes craintes grandissant.

— Elle sera plus contente si elle vous voit », dit-il, et je décidai de prendre sa réponse comme un acquiescement.

J'eus du mal à grimper sur le billot, et, même de là, Mignarde me parut grande. J'observai le ciel. « On dirait qu'il va pleuvoir.

— Non, pas avant ce soir. » Il me regarda. « Vous voulez un coup de main ? »

Je hochai la tête avec raideur.

Il me rejoignit sur le billot. « Je vous soulève, et vous passez la jambe par-dessus la selle », me dit-il. Il hésita puis me prit par la taille et me hissa, et j'éprouvai une sorte d'agacement qu'il fît cela sans effort. Mais je lançai ma jambe par-dessus la jument, et il me déposa sur elle. Je retins mon souffle en la sentant s'agiter, puis elle tourna la tête pour m'examiner avec curiosité.

« Elle est habituée à moi, expliqua Per. Vous êtes beaucoup plus légère, et elle se demande sans doute s'il y a quelqu'un sur la selle. »

Je me mordis la lèvre et me tus. « Vous atteignez les étriers ? » fit-il. Je ne perçus nulle malice dans sa question, nulle moquerie. Je tâtonnai du pied ; il me saisit la cheville, me guida vers l'étrier. « Trop long, dit-il. Je vais arranger ça ; relevez le pied. »

J'obéis, les yeux fixés entre les oreilles du cheval pendant qu'il s'activait sur l'étrier puis sur l'autre. « Essayez, maintenant », reprit-il, et je me sentis soudain plus en sécurité en sentant le métal sous mon pied.

Il s'éclaircit la gorge. « Attrapez les rênes. »

Je fis ce qu'il me disait avec le brusque sentiment d'être seule et loin de tout recours. J'étais désormais soumise à Mignarde, et, si l'envie lui prenait de s'en aller au galop, de me jeter à terre et de me piétiner, rien ne l'en empêcherait. Per interrompit mes cogitations : « Je vais la mener ; empoignez les rênes mais essayez pas de la guider ; restez assise dans la selle et sentez comment elle bouge. Tenez-vous droite ; il faut toujours être assis droit sur un cheval. »

Et ce fut tout ce que nous fîmes ce premier jour : je montai Mignarde, et Per la conduisit. Il ne parlait guère. « Le dos droit. » « Les pouces sur les rênes. » « Faites-lui sentir que vous êtes là. » Le temps ne fut ni long ni bref. Je me rappelle le moment où je me détendis enfin et relâchai l'air que je retenais dans mes poumons. « Ça suffit », dit-il, et ce fut tout.

Il ne m'aida pas à descendre ; il ramena seulement la jument près du billot et attendit que je misse pied à terre. Cela fait, il déclara : « Demain, ça ira mieux si vous portez des bottes.

— D'accord », répondis-je. Pas merci, parce que j'avais l'impression, non qu'il m'avait rendu un service, mais que nous avions accompli une tâche tous les trois ensemble. « Demain », répétai-je, et je quittai les écuries en me faisant toute petite.

Je me rendis dans ma cachette pour repenser à ce que je venais de vivre ; j'avais besoin d'être seule et de voir mon bien le plus précieux. Je n'y entrais plus par le bureau de mon père mais par la porte dérobée du garde-manger. Je redoutais toujours les rats, mais le vacarme des réparations semblait les avoir écartés, du moins pour quelque temps. J'avais fait une habitude d'aller jouer avec ma cape ; chaque matin, j'avalais mon petit déjeuner puis m'éclipsais dès que j'en avais l'occasion pour l'utiliser.

J'avais vite découvert ses limites : je ne pouvais pas la jeter sur moi et me promener dans les couloirs sans être vue ; il lui fallait du temps pour imiter les couleurs et les ombres de son environnement. Je menais mes expériences avec prudence, car je craignais de la laisser tomber côté motif de papillon face au sol et de ne plus la retrouver ; je l'avais essayée sur une souche d'arbre dans les bois, sur une statue du salon de jardin de Patience et même à plat, par terre, dans la salle de ma mère. La souche s'était muée en une plaque de mousse au milieu des arbres ; au toucher, elle était toujours là, mais je n'arrivais pas à en convaincre mes yeux. Pareillement, la statue avait disparu, et la cape avait copié à la perfection les motifs du tapis sur lequel je l'avais étalée. Pliée, elle formait un tout petit paquet que je pouvais glisser sous ma ceinture. Je l'emportai ainsi dissimulée au bosquet de bouleaux au-dessus de l'allée qui conduisait à la maison ; je grimpai dans un des arbres et me trouvai un poste d'observation qui dominait l'allée.

Enveloppée dans la cape dans laquelle j'avais laissé une ouverture pour y voir d'un œil, j'étais sûre de ne pas être repérée. De ma cachette, je pouvais observer les allées et venues de tous les artisans qui travaillaient dans la maison ; ce n'était pas la première fois que je me livrais à cette surveillance. La cape était étonnamment chaude malgré sa finesse, si bien que je n'avais pas besoin de m'emmitoufler dans de multiples épaisseurs de laine pour me protéger du froid de l'hiver. Quand un nouvel arrivant attirait particulièrement mon attention, je pouvais descendre rapidement de mon juchoir, rentrer discrètement dans la maison, cacher ma cape et reparaître aussitôt, vêtue comme si je n'étais jamais sortie.

J'étais à mon poste d'observation quand je vis un jeune homme à la mine morose remonter l'allée sur un cheval noir au poil luisant ; une mule bâtée de deux fontes le suivait à la longe. Le cavalier était chaudement vêtu, des bottes noires lui enserraient les mollets jusqu'aux genoux, ses chausses de laine étaient vert foncé et assorties à son manteau épais bordé de fourrure de loup. Ses cheveux sombres ne formaient pas une queue de guerrier mais tombaient en boucles sur ses épaules. Il portait deux anneaux d'oreilles en argent à un lobe, et une pierre rouge scintillante pendait à l'autre. Il passa juste en dessous de moi, si près que je sentis son odeur, ou plutôt son parfum. De la violette. Je n'avais jamais imaginé un homme sentant la violette. À sa tenue élégante, je jugeai qu'il s'agissait de mon précepteur, et je l'étudiai attentivement en m'efforçant de concilier le souvenir lointain d'un petit garçon qui me menaçait avec l'image de l'homme que j'avais sous les yeux. Je me demandai ce qui lui était arrivé pendant son trajet, car il avait les yeux tuméfiés et tout le côté gauche du visage couvert d'une ecchymose violet verdâtre.

Malgré ces marques, c'était le plus bel homme que j'eusse jamais vu ; il avait les épaules larges et le dos droit. Ses meurtrissures ne cachaient pas son nez aquilin et sa mâchoire carrée.

Je le regardai se diriger vers l'entrée, le maintien raide. Mes instincts s'empoignaient en moi : jusque-là prête à le détester et à le craindre, je ne savais plus que penser de lui. Il n'avait pas de serviteur pour l'annoncer, et il n'appela pas pour qu'on vînt s'occuper de son cheval ; il descendit de sa monture avec des mouvements empesés, poussa un petit gémissement de douleur en posant le pied au sol, puis appuya le front contre sa selle en reprenant son souffle. Enfin, il se redressa et resta un moment à caresser l'encolure de son cheval, en parcourant les alentours du regard avec ce qui me parut de l'inquiétude. Il ne venait pas comme un homme chargé de l'instruction d'une petite fille, mais comme quelqu'un chassé d'une existence et qui en affronte une nouvelle. Était-il là de son propre chef ? Je me rappelai une phrase d'un document de mon père. « Umbre, vieille araignée », murmurai-je, et je tressaillis quand le jeune homme sursauta et jeta un regard dans ma direction. Je me figeai, les jambes repliées contre la poitrine, et l'observai par l'étroite ouverture de ma cape. Ses yeux passèrent sur moi sans s'arrêter, mais je continuai de retenir mon souffle, immobile. Enfin, il se tourna vers la porte d'entrée, mais resta aux prises avec ses hésitations.

Un domestique sortit soudain pour lui demander courtoisement : « Puis-je vous servir, messire ? »

FitzVigilant avait encore une voix d'adolescent. « Je suis le nouveau scribe, répondit-il d'un ton incertain, comme s'il n'y croyait pas vraiment lui-même. Je viens donner des cours d'instruction à demoiselle Abeille.

— Naturellement. Nous vous attendions ; veuillez entrer. Je vais appeler un garçon pour emmener votre monture et votre mule, et s'occuper de porter vos affaires dans votre appartement. » Le domestique s'écarta et tendit le bras vers la porte ouverte. Avec la dignité prudente d'un homme qui souffre, mon précepteur gravit précautionneusement les marches.

La porte se referma derrière lui. Je restai le regard fixé sur les degrés où il se tenait avec le sentiment qu'un événement immense venait de se produire dans ma vie ; dans un petit recoin de mon esprit, j'avais conscience que je devais rentrer vite et me vêtir correctement : mon père ne tarderait sans doute pas à m'appeler pour me présenter à mon nouveau précepteur. Je sentis mon estomac se contracter. Peur ou impatience ? Il allait probablement faire partie de mon existence pendant de longues années.

Sauf s'il m'assassinait.

Mon bon sens revenu, je descendis de mon arbre, pliai soigneusement ma cape, la fourrai sous ma tunique et filai vers l'entrée de service. Je passai devant la porte des cuisines sur la pointe des pieds puis parcourus le couloir à toute allure et me glissai dans le garde-manger.

On m'y attendait. Je m'arrêtai net, les yeux écarquillés.

Les souris ? Il était assis au milieu de la pièce, sa queue cassée proprement rabattue sur ses pattes aux couleurs différentes.

« Comment as-tu su que tu me trouverais ici ? » chuchotai-je.

Il me regarda, des souris dansant au fond de ses yeux verts.

« Par ici », dis-je. Je me mis à quatre pattes et me faufilai derrière les caisses de poisson. Il me suivit, mais, quand je me retournai pour refermer le panneau d'accès derrière nous, il ressortit au galop. « Non, rentre », fis-je, et il m'obéit. Je tendis la main pour clore la porte, et il détala de nouveau. « Je ne peux pas la laisser grande ouverte. »

Il s'assit à l'extérieur et me regarda avec une patience têtue. Je ne bougeai pas, mais il avait l'air parfaitement satisfait d'exister sans rien faire en attendant que la lassitude me gagnât. Finalement, je déclarai : « Pour cette fois, je la laisserai un peu plus qu'entrouverte, le temps que tu apprennes à me faire confiance. » Je retournai dans le passage secret, il me suivit, et je laissai le panneau entrebâillé ; de toute façon, je le refermais rarement complètement, car je n'avais jamais découvert comment l'ouvrir depuis le garde-manger. Je m'en éloignai lentement, et je sentis plus que je ne vis le chat qui m'emboîtait le pas.

Malgré mon désir de débarrasser mon domaine des souris et des rats, je regrettais qu'il fût venu ce jour-là ; j'avais à faire. Mon ombre noire et blanche sur les talons, je parcourus le dédale qui s'insinuait entre les murs ; j'avançais, guidée par le contact de la pierre sous mes doigts et par mes souvenirs, et il n'avait pas l'air inquiet de me suivre dans le noir.

Arrivée dans ma tanière, je glissai ma cape dans sa cachette ; j'avais rangé des biscuits emballés de tissu dans un saladier sur l'étagère ; je les sortis et remplis le récipient avec de l'eau de la bouteille que je conservais là. « Voici de quoi boire, lui dis-je. Quoi qu'il arrive, tu ne dois jamais miauler ni faire trop de bruit ; j'ai laissé la porte du garde-manger entrouverte, tu pourras donc ressortir si tu le souhaites ; mais ne te fais pas surprendre par la cuisinière ni aucune des filles dans la resserre à viande, sans quoi tu auras du balai ! »

Il ne bougeait pas plus qu'une statue, au point que je me demandai s'il m'avait vraiment suivie et s'il n'était pas déjà là à mon arrivée ; et puis je sentis une tête me heurter doucement, et il se faufila entre mes jambes. Je tendis la main, et sa fourrure lisse glissa sous ma paume. Je m'accroupis et, à son second passage, il me laissa lui caresser les flancs. C'était un chat de grange pas encore adulte, long et fin, avec la peau sur les os. Il se tourna, appuya ses dents dénudées contre ma main. « Je t'apporterai aussi du poisson et de la viande, promis-je, pour que tu ne te lasses pas des souris. »

D'un nouveau coup de tête, il acquiesça à ma proposition, et j'eus soudain l'impression qu'il m'avait fait un grand honneur. Je restai accroupie dans le noir et réfléchis. « Il va te falloir un nom », lui déclarai-je.

Pas vraiment.

Je hochai la tête : si un jour il voulait un nom, il me le dirait. Très délicatement, il posa une patte sur mon genou, et, comme s'il se risquait sur un arbre dont il n'était pas sûr qu'il pût supporter son poids, il monta sur mes cuisses. Je ne bougeai pas. Il prit appui sur ma poitrine et me renifla le visage en insistant sur la bouche. Je trouvai son attitude grossière mais ne le repoussai pas. À mon grand soulagement, il redescendit au bout de quelques instants, se coucha en rond par terre et s'endormit peu à peu en ronronnant.

10

Le précepteur

Je n'étais qu'un enfant quand je connus Umbre Tombétoile. Au milieu de la nuit, une lumière me réveilla, et je vis près de mon lit un vieillard au visage grêlé par la petite vérole, et vêtu d'une robe en laine grise couverte de toiles d'araignée ; une porte, jusque-là dissimulée dans un angle de ma chambre, était à présent ouverte, béante, sombre et inquiétante, avec des fils arachnéens qui dansaient le long de l'encadrement. La scène ressemblait tant à un cauchemar que, pendant quelque temps, je restai incapable de réagir ; cependant, quand il m'ordonna de sortir de mon lit et de le suivre, j'obéis.

Je repense parfois aux moments qui ont marqué ma vie, la rencontre de Vérité, puis celle de Burrich ; le jour où j'ai découvert que le Fou n'était pas le bouffon insipide que je croyais, mais qu'il possédait une intelligence aiguë et le désir profond d'influer sur la politique du château de Castelcerf. Il y a ainsi des instants qui changent une existence, et souvent nous n'en mesurons l'importance qu'après le passage des ans.

Extrait de journal

Mon scribe arriva comme prévu, mais, l'esprit trop occupé, je ne l'attendais pas ce jour-là, et, quand un des domestiques nouvellement embauchés accourut pour m'annoncer qu'un voyageur mal en point frappait à ma porte, ma première réaction fut de l'envoyer se restaurer aux cuisines avant de lui souhaiter bonne route. C'est seulement quand Bulen ajouta après réflexion que l'homme se prétendait le nouveau scribe que j'abandonnai la médiation entre un peintre et un charpentier pour me rendre dans le vestibule.

FitzVigilant s'y tenait. Il avait grandi et acquis la mâchoire et les épaules d'un homme adulte, mais c'est son visage meurtri qui capta mon attention.

Umbre et Ortie avaient parlé de correction, et je m'attendais à quelques bleus, voire à un œil au beurre noir ; mais, devant la réalité, je me rendis compte que les coups avaient dû lui déchausser des dents et peut-être en faire tomber quelques-unes. Son nez était encore enflé, et une de ses pommettes était toujours ouverte. Sa posture trop rigide indiquait qu'on lui avait bandé les côtes, et sa façon précautionneuse de se déplacer trahissait sa douleur. Umbre et Ortie avaient raison d'être inquiets pour lui : voyager à cheval n'est pas le meilleur moyen de guérir des fractures. Il avait manifestement quitté Castelcerf précipitamment, juste à temps peut-être. L'agression dont il avait été victime n'était pas une mise en garde mais une tentative d'assassinat.

J'en voulais à Umbre de me l'envoyer, et j'avais décidé de me défendre fermement contre toute manipulation de sa part de ceux qui m'entouraient, ou contre les intentions du jeune homme lui-même. Mais en le voyant, avec son teint terreux et sa démarche de vieillard, ma résolution s'effrita et je dus combattre la compassion qui montait en moi. Alors que je le regardais, j'eus l'étrange impression qu'il me rappelait quelqu'un ; je m'efforçai d'oublier enflures et ecchymoses, et je dus prendre une expression consternée, car il devint aussitôt méfiant ; il jeta un coup d'œil au domestique avant de parler.

Il décida de feindre que nous ne nous étions jamais croisés. J'entendis sa respiration siffler quand il s'inclina avec raideur avant de se présenter. « FitzVigilant, envoyé par dame Ortie comme précepteur pour sa sœur, demoiselle Abeille, et comme scribe selon les nécessités du domaine. »

J'accueillis son salut avec gravité. « Nous vous attendions. La maison est un peu en désordre à cause de réparations trop longtemps remises à plus tard, mais je pense que vous trouverez votre appartement confortable. Bulen va vous y conduire ; si vous souhaitez un bain chaud pour vous remettre de votre voyage, prévenez-le, et il fera remplir un baquet pour vous aux étuves. Vous êtes invité à vous joindre à nous pour le dîner, mais, si vous vous sentez trop las, nous vous ferons monter un repas.

— Je... »

Je gardai le silence.

« Je vous remercie », dit-il enfin, et je sentis qu'il taisait une autre réponse. L'avais-je insulté en lui proposant de se baigner puis de se reposer ? J'avais pourtant appris depuis longtemps qu'un bain chaud et un bon sommeil guérissent mieux que tous les onguents et breuvages roboratifs.

Il désigna la porte d'un geste vague. « Mes affaires sont sur la mule, ainsi que des parchemins et des fournitures pour l'enseignement de demoiselle Abeille.

— Bulen les portera dans votre appartement et dans la salle de classe, et il demandera à un garçon d'écurie de soigner vos bêtes. » Je jetai un regard au nouveau domestique ; il avait à peu près le même âge que FitzVigilant et il ne cachait pas l'effarement et la sympathie que le jeune homme lui inspirait. Le fils de fermier arborait une ancienne livrée d'Allègre remise à sa taille ; il avait toujours l'air rustique malgré les efforts de l'intendant, mais il avait un visage ouvert et franc, prompt à sourire. Je hochai la tête. « Précepteur FitzVigilant, considérez Bulen comme votre valet dans notre maison. Bulen, désormais, vous êtes à la disposition de notre nouveau précepteur. » Voilà qui les occuperait tous les deux et me laisserait le temps d'inspecter discrètement ce que FitzVigilant transportait sur sa mule.

« Bien, messire, répondit Bulen, et il s'adressa à son nouveau maître : Si vous voulez bien me suivre, messire ? »

J'intervins : « Un instant. Scribe FitzVigilant, si ce surcroît de travail ne vous dérange pas, j'aimerais savoir si vous accepteriez d'enseigner les autres enfants du domaine de Flétribois ; ils ne sont pas nombreux pour le moment, à peine six, peut-être…

— Six ? » répéta-t-il d'une voix défaillante ; il avait l'air atterré. Puis il se redressa encore, si c'était possible, et hocha sèchement la tête. « Naturellement ; je suis là pour ça. Enseigner les enfants.

— Parfait. Évidemment, il vous faudra un jour ou deux pour vous installer. Prévenez-moi quand vous vous jugerez prêt à commencer ; et, s'il manque quoi que ce soit à la salle de classe, informez-en Bulen, et il me fera part de vos requêtes.

— La salle de classe, messire ?

— Elle est adjacente à votre appartement et renferme déjà une collection de parchemins, de cartes et peut-être de graphiques qui vous seront utiles. Ces fournitures ont été placées là par dame Patience il y a presque quarante ans, si bien que vous les trouverez peut-être un peu désuètes, mais je ne pense pas que la géographie des Six-Duchés ait beaucoup changé depuis l'époque. »

Il hocha la tête. « Merci. J'examinerai tout le matériel avant de vous en demander davantage. »

C'est ainsi que FitzVigilant entra chez nous. En moins de quinze jours, le personnel de Flétribois avait triplé et le nombre d'occupants doublé. J'allai chercher Allègre et l'informai que j'avais alloué Bulen au précepteur ; il me regarda de tout son haut d'un air lugubre, et je dus ajouter que, s'il fallait remplacer Bulen, il pouvait embaucher un nouveau domestique.

« Peut-être deux », répondit-il gravement.

Je ne voulus pas en connaître la raison. « Très bien : deux. Il a une mule, devant la maison, chargée de ses affaires personnelles et de travail ; si on peut les apporter sur-le-champ dans son appartement, il en sera sûrement très satisfait, et moi aussi.

— Tout de suite », dit Allègre, et je poursuivis mon chemin d'un pas rapide.

Une fois certain que Bulen avait accompagné FitzVigilant aux étuves, j'allai visiter le logement du jeune homme. Les fontes de la mule étaient là, dans l'attente des attentions du domestique. Fouiller des affaires personnelles sans laisser aucune trace est tout un art ; il faut prendre son temps et se rappeler avec précision où et de quelle façon chaque objet était rangé. L'appartement de FitzVigilant jouxtait la salle de classe ; je verrouillai les portes et menai consciencieusement l'opération. Ses possessions étaient pour la plupart celles, classiques, d'un jeune homme, mais en bien plus grande quantité que je n'en avais besoin à son âge ; ses nombreuses chemises étaient d'excellente qualité, il avait des boucles d'oreilles en argent et en or, certaines serties de petites pierres précieuses, toutes soigneusement protégées dans un rouleau de cuir souple. J'observai qu'aucun habit ne portait de trace d'usure associée au travail physique ; de fait, il n'y en avait guère qui parussent adaptés à une journée ordinaire à Flétribois, occupée à enseigner les enfants ou à tenir les comptes ; je m'attendais à trouver au moins un pantalon solide et pratique, mais non, tous étaient dans des tissus qui m'eussent paru mieux convenir à des robes de dames. La cour de Castelcerf avait-elle changé à ce point ?

Apparemment, Umbre avait interrompu sa formation d'assassin, car je ne découvris aucune poche supplémentaire dans ses vêtements, aucune fiole dissimulée de poison ou de somnifère ; il possédait néanmoins plus de dagues que n'en porte ordinairement un jeune aristocrate. Un moment, je crus avoir mis la main sur une réserve de poisons, pour m'apercevoir finalement qu'il s'agissait des concoctions habituelles d'Umbre pour soulager la douleur et traiter les blessures ; je reconnus son écriture sur plusieurs étiquettes ; les autres produits avaient dû être préparés par Romarin. Je trouvai intéressant que FitzVigilant ne composât même pas lui-même ses propres remèdes ; que faisait donc ce jeune homme de son temps ?

Son matériel d'enseignement dépassait tout ce à quoi je m'attendais : il avait des cartes d'excellente qualité, de chaque duché, y compris le royaume des Montagnes, un exemplaire de l'*Histoire de Cerf* de Courtepatte, un ouvrage sur les simples très joliment illustré, des tailles pour le calcul, des craies en quantité, une solide réserve de papier et d'encre, et un autre rouleau de cuir souple, contenant celui-là des plumes à pointe de cuivre. Bref, je ne découvris rien qui laissât supposer qu'il fût autre chose qu'un précepteur et un scribe ; rien non plus qui permît de penser qu'il ferait un garde du corps efficace pour Abeille.

À cette idée, je pris conscience que je l'espérais relativement compétent dans ce domaine. La messagère au teint pâle nous avait avertis qu'elle était peut-être poursuivie ; jusque-là, nul étranger n'avait été signalé, mais je n'avais pas baissé ma garde. Son compagnon avait été pourchassé jusqu'à la mort, et elle-même avait été condamnée à un long supplice ; ces gens-là n'abandonneraient pas facilement la partie.

Mais j'étais là, moi ; je m'interposerais entre ma fille et tout danger qui la menacerait.

Je parcourus rapidement la pièce du regard, m'assurai que tout était tel que Bulen et FitzVigilant l'avaient laissé, puis sortis discrètement.

Il était temps de parler avec ma fille de son nouveau professeur.

11
Installation

Une des premières compétences qu'un étudiant en Art doit maîtriser est la capacité de se contenir. Il doit prendre conscience qu'un récipient non seulement retient ce qui se trouve à l'intérieur, mais empêche ce qui est à l'extérieur d'y pénétrer ; pour être plus claire, une outre contient du vin mais retient la pluie et la poussière au-dehors. Il en va de même avec l'esprit de l'étudiant en Art : il doit apprendre à garder ses pensées pour lui-même et aussi à empêcher celles des autres de s'introduire dans son esprit. S'il ne maîtrise pas ce double mur de protection, il tombera bientôt victime des songes des autres, qu'ils soient sans intérêt, lubriques ou stupides. Voici un exercice qui enseignera à l'étudiant non seulement à conserver ses pensées pour lui-même mais aussi à écarter de son centre muet les pensées des autres.

Extrait de *L'instruction des étudiants en Art*
par la maîtresse d'Art Sollicité

Je demeurais parfaitement immobile en me demandant s'il savait que j'étais là. Mon père était entré dans sa tanière et regardait fixement mon trou d'observation. Mais, comme il était au courant de son existence, son attitude était normale s'il pensait que je me trouvais dans ma cachette. Je ne bougeai pas ; s'il s'en allait, cela voudrait dire qu'il ignorait ma présence.

Il dit sur le ton de la conversation : « Je te cherchais, Abeille. Si tu dois faire semblant de disparaître, mieux vaudrait que tu me préviennes. Sors, je te prie ; je dois parler avec toi. »

Je demeurai immobile. Le chat dormait contre moi.

« Abeille… » fit-il d'un ton menaçant. Il se tourna et ferma la porte du bureau avec ces mots : « Quand j'ouvrirai le panneau, tu auras intérêt à être derrière, prête à sortir. »

Il ne plaisantait pas.

Délaissant le chat endormi, j'enfilai l'étroit passage en courant, et, quand il ouvrit, j'apparus devant lui, occupée à me débarrasser des toiles d'araignée dont j'étais couverte. « Tu m'emmènes pour me présenter mon précepteur ? »

Il m'examina de haut en bas. « Non, mais je viens te parler de lui. Il est arrivé, mais sa santé laisse à désirer ; il s'en faudra peut-être de plusieurs jours avant qu'il puisse commencer les cours.

— Ce n'est pas grave », murmurai-je. Le soulagement que j'éprouvais clarifia les sentiments qui se disputaient en moi. Observer le jeune homme du haut de mon arbre m'avait amusée ; je m'étais sentie plus maîtresse de la situation de l'avoir vu avant d'être repérée. Mais je m'apercevais que j'avais besoin de temps pour m'habituer à l'idée d'avoir un précepteur. Tant que je n'en saurais pas plus sur lui, je l'éviterais autant que possible.

Mon père pencha la tête et m'évalua du regard, puis il demanda : « As-tu peur de faire la connaissance de ton professeur ? »

Comment le savait-il ? Mais c'est une autre question que je posai : « Crois-tu qu'il soit venu m'assassiner ? »

Les traits de mon père perdirent toute expression ; il se reprit aussitôt, se plaqua une expression de feint effroi sur le visage et dit d'un ton sec : « D'où tires-tu une idée pareille ? »

Que répondre ? Je m'approchai de la vérité autant que je le pus sans lui donner à penser que j'étais un phénomène de foire. « J'ai rêvé qu'il venait me tuer ; qu'on l'avait envoyé m'éliminer et que tu l'en avais empêché ; et qu'il revenait aujourd'hui pour réessayer. »

Nouveau silence. Il maîtrisait si bien son Art que je le sentais aussi absent que Muscade, la cuisinière. J'avais lu un manuscrit sur ce sujet, et je savais maintenant comment on appelait ce phénomène ; s'il contenait son Art ou dressait ses murailles, je ne me sentais pas oppressée quand il était avec moi. Cela signifiait aussi qu'il cherchait à me cacher quelque chose.

« Il est envoyé par ta sœur et sire Umbre pour t'instruire. Crois-tu qu'il engagerait quelqu'un pour te tuer ?

— Ortie aurait pu l'embaucher si elle ignorait que c'était un assassin. » Je laissai sire Umbre de côté.

Il se laissa tomber dans le fauteuil près de son bureau. « Abeille, pourquoi voudrait-on te tuer ? »

Je levai les yeux vers l'épée pendue au mur, au-dessus de sa tête. Par la vérité, j'obtiendrais peut-être la vérité. « Parce que je suis une Loinvoyant, dis-je d'une voix lente ; une Loinvoyant dont on n'a pas besoin, ou dont on ne veut pas. »

Il se détourna, puis il pivota calmement dans son fauteuil et regarda l'épée à son tour. Dans la maison, des bruits lointains résonnaient ; un marteau cognait ; une porte s'ouvrait et se fermait.

« Je ne pensais pas que nous en parlerions aussi vite. » Il tambourina des doigts sur le bureau puis reporta son attention sur moi. Qu'il était triste ! Qu'il se sentait coupable de m'imposer cela ! « Que sais-tu déjà ? » demanda-t-il avec douceur.

Je m'approchai et posai les doigts sur le bord du bureau. « Je sais qui tu es, de qui tu es le fils, et je sais que je suis ta fille. »

Il ferma les yeux et poussa un petit soupir. « Qui te l'a dit ? Pas ta mère.

— Non, pas ma mère ; je l'ai compris toute seule à partir d'informations disparates. Tu ne m'as jamais vraiment rien caché. Quand j'étais petite, avant que je parle, maman et toi discutiez souvent devant moi de divers sujets : des anecdotes sur Patience, son envie d'avoir un enfant et sa volonté que tu hérites de Flétribois. Il y a des bouts de l'histoire de ma famille partout dans la maison ; le portrait de mon grand-père orne un mur de l'étage. »

Ses doigts s'agitèrent plus lentement sur le bureau ; il rouvrit les yeux, et son regard alla se perdre derrière moi. Je compris que j'allais devoir m'expliquer plus clairement.

« Maman t'appelait parfois Fitz, et Ortie aussi. Tu ressembles à Chevalerie. Et puis il y a le vieux portrait du roi Subtil en compagnie de sa première reine, mon arrière-grand-mère ; je suppose qu'on l'a relégué ici quand il a épousé la reine Désir, parce qu'elle ne voulait rien qui lui rappelle sa première femme. J'ai un peu de la reine Constance, je crois.

— Vraiment ? fit-il dans un souffle.

— Il me semble ; le nez, en particulier.

— Viens ici », dit-il, et il me prit sur ses genoux quand je m'approchai. Je pus m'asseoir, et j'eus l'impression de m'installer sur un meuble tant il contenait son Art. Il me serra dans ses bras ; j'éprouvais un sentiment étrange à être si coupée de lui tout en étant si proche. Je me rendis compte soudain que c'était comme avec maman : elle aussi savait me tenir ainsi tout contre elle. Je posai le front sur son épaule ; je sentais son bras autour de moi, un bras aux muscles durs, capable de me défendre. Il murmura à mon oreille : « Quel que soit le nom qu'on nous donne, tu seras toujours à moi, et moi à toi, Abeille. Et je ferai toujours tout pour te protéger. Tu comprends ? »

Je hochai la tête.

« J'aurai toujours besoin de toi ; j'aurai toujours envie que tu fasses partie de ma vie. Tu comprends ? »

Je hochai de nouveau la tête.

« Parlons maintenant de ce scribe qui vient habiter chez nous, FitzVigilant. Umbre nous l'envoie parce qu'il a besoin lui aussi de ma protection. C'est un bâtard, comme moi, mais, au contraire de toi, ses parents veulent se débarrasser de lui ; ils n'ont pas besoin de lui et ne veulent pas de lui. Alors, pour assurer sa sécurité, Umbre me le confie.

— Comme Évite », fis-je à mi-voix.

J'écoutai battre le cœur de mon père. « Ça aussi, tu l'as compris ? Oui, comme Évite, exactement ; mais, à la différence d'Évite, il a reçu une certaine formation comme… euh, protecteur et comme précepteur. Umbre avait dans l'idée qu'il pourrait te servir de garde autant que de professeur ; et Ortie était d'accord.

— Et il est illégitime ?

— Oui ; c'est pourquoi on a adjoint “Fitz” à son nom de famille. Son père l'a reconnu.

— Mais ne le protège pas.

— Non. J'ignore s'il ne peut pas ou s'il ne veut pas ; ça ne change rien, d'ailleurs : la femme de son père et ses frères ne l'aiment pas et ne veulent pas de lui. Ça arrive dans certaines familles – mais pas dans la nôtre. Et FitzVigilant ne représente aucun danger pour toi, surtout pour le moment.

— Pour le moment ?

— Il a été violemment battu par des gens engagés par sa propre famille, sans doute par sa belle-mère. Il s'est réfugié ici pour qu'on ne le retrouve pas et qu'on ne le tue pas, et il faudra du temps avant qu'il se remette assez pour donner des cours.

— Je vois ; je n'ai donc rien à craindre pour l'instant.

— Abeille, tant que je serai là, tu n'auras jamais rien à craindre. Il n'est pas venu te tuer mais contribuer à ta sécurité, et t'enseigner. Ortie le connaît et dit du bien de lui ; Crible aussi. »

Il se tut. Assise sur ses genoux, je m'appuyais contre sa poitrine tiède et l'écoutais respirer ; je sentais au fond de lui une immobilité profonde et songeuse. Je pensais qu'il allait me demander ce que j'avais appris d'autre ou comment je l'avais découvert, mais il n'en fit rien. J'avais l'impression très étrange qu'il le savait déjà. Pourtant, j'étais très soigneuse lorsque j'empruntais ses papiers et je m'efforçais toujours de les replacer exactement tels que je les avais trouvés. Avait-il remarqué des anomalies ? Je ne pouvais lui poser la question sans passer aux aveux. Je me sentis soudain honteuse de l'espionnage auquel je m'étais livrée chez lui ; était-ce mentir que fourrer mon nez dans ses affaires et feindre de n'être au courant de rien ? Cruel dilemme. Je commençais à somnoler, assise sur ses genoux – peut-être parce que je me croyais en sécurité. Protégée.

Il poussa tout à coup un petit soupir et me remit debout avant de m'examiner à nouveau de la tête aux pieds. « Je te néglige, dit-il.

— Comment ça ?

— Regarde-toi : tu as l'air d'un va-nu-pieds, ou peu s'en faut. Tes vêtements sont trop petits pour toi ; et quand t'es-tu peignée pour la dernière fois ? »

Je me touchai les cheveux ; ils étaient trop courts pour les aplatir et trop longs pour avoir l'air entretenus. « Hier, peut-être », fis-je, parfaitement consciente que je mentais. Il ne récusa pas ma réponse.

« Il ne s'agit pas seulement de ta coiffure ni de tes habits, Abeille ; c'est tout l'ensemble. J'ai été aveugle ; nous devons faire mieux, ma petite. Toi et moi, nous devons faire mieux. »

Je ne comprenais pas ce qu'il disait, mais je me rendais compte qu'il s'adressait surtout à lui-même. « Je me peignerai tous les jours », promis-je ; je cachai mes mains derrière mon dos, car je savais qu'elles n'étaient pas très propres.

« Très bien, dit-il ; très bien. »

Il me regardait sans me voir. « Je vais aller me coiffer », annonçai-je.

Il acquiesça de la tête et, cette fois, ses yeux se fixèrent sur moi. « Et moi je vais faire dès maintenant ce que j'aurais dû faire depuis longtemps », répondit-il.

Je me rendis dans le salon de ma mère ; je n'avais pas encore réemménagé dans ma chambre. Un petit coffre renfermait une sélection limitée de vêtements et d'affaires personnelles. Je pris ma brosse, m'aplatis les cheveux, puis me servis de l'eau du broc pour me laver la figure et les mains, et enfin j'enfilai des chausses et une tunique propres. Quand je descendis pour le dîner, je me retrouvai seule avec mon père ; ce fut la meilleure soirée que je passai depuis longtemps.

Crible et Évite revinrent de leur expédition avec deux chariots pleins. Certaines marchandises étaient destinées à Allègre, mais la plus grande partie était pour la jeune fille ; elle avait commandé de nouveaux rideaux pour son lit et ses fenêtres, et ils seraient livrés dès qu'ils seraient prêts. En attendant, elle devrait « faire avec » ce qui existait dans l'appartement violet. Elle avait acheté deux fauteuils, un pied de lampe, un tapis, un broc avec sa bassine, et un portemanteau ; aucun de ces objets ne me parut très différent de ceux qui se trouvaient déjà dans son appartement. Elle avait aussi augmenté sa garde-robe de vêtements chauds en laine, de manteaux bordés de fourrure et de chaussons en poil ; un coffre en cèdre sculpté permettait de tout y ranger. J'observai mon père tandis qu'il regardait le déchargement de ces affaires et leur transport dans l'appartement remis à neuf ; quand il me vit tournée vers lui, il fit à mi-voix : « J'ai l'impression qu'il y a là plus de vêtements que ta mère ne m'en a demandé pendant toutes nos années de mariage. » Et il n'entendait pas par là, je pense, que ma mère eût manqué de quoi que ce fût.

Deux jours après leur retour, comme mon précepteur ne se joignait à aucun de nos repas, Crible et Évite s'enquirent de lui. Mon père répondit seulement que certaines personnes se remettent plus lentement que d'autres des fatigues d'un voyage. Évite remarqua-t-elle le regard qu'échangèrent les deux hommes ? J'eus la certitude que Crible irait voir le scribe FitzVigilant avant le soir, et, malgré l'envie de l'accompagner qui me taraudait, cela ne me fut pas permis, naturellement.

Je consacrai donc les jours suivants aux activités que je m'étais données. Chaque matin, je me rendais aux écuries pour retrouver Persévérance et Mignarde ; je ne l'appelais pas Per, j'ignore pourquoi : je n'aimais pas ce nom pour lui. J'appréciais que nous n'eussions demandé la permission à personne pour mes cours d'équitation ; j'avais l'impression de prendre ma vie en main et de m'être choisi un bon professeur. Persévérance me plaisait parce qu'il ne lui avait pas paru nécessaire de solliciter une autorisation à quiconque de m'enseigner. Depuis quelque temps, tout le monde prenait des décisions à ma place ; cette fois, c'était moi qui l'avais prise.

Mais, à la fin d'une promenade, j'eus la surprise d'entendre Persévérance me dire : « On pourra peut-être pas continuer à faire ça à la même heure. »

Je plissai le front en mettant pied à terre ; je descendis de la jument sur le billot sans aucune aide, exploit que j'accomplissais à présent facilement et dont je m'enorgueillissais. « Pourquoi donc ? » demandai-je sèchement.

Il me regarda, l'air étonné. « Ben, vous savez bien : le scribe est là, et il va tous nous prendre en cours.

— C'est à moi qu'il va donner des cours », le repris-je sans douceur.

Il haussa les sourcils. « Et à moi, Lukor, Prêt et Avoinil des écuries, et à Orme et Léa des cuisines. Et peut-être aussi à Caramel, même s'il dit en rigolant que personne l'obligera à y aller ; il y aura aussi les gosses de la gardeuse d'oies, et peut-être certains du berger. Le dotaire Tom Blaireau a annoncé que tous ceux qui sont nés dans le domaine de Flétribois peuvent venir apprendre. Y en a beaucoup qui ont pas envie, moi le premier ; mais papa dit que, quand on a l'occasion d'apprendre quelque chose de nouveau, il faut pas la rater, et que c'est bien de savoir signer de son nom au lieu de faire une croix, et que c'est encore mieux de savoir ce qu'on signe au lieu d'aller faire chercher le scribe au village. Alors je suis obligé d'y aller, au moins jusqu'à ce que je sache écrire mon nom ; il croit qu'à ce moment-là j'aurai envie de continuer, j'ai l'impression, mais moi ça m'étonnerait. »

Pour ma part, je n'avais pas envie qu'il y allât du tout ; j'appréciais qu'il ne me connût que dans ce cadre, simplement comme Abeille, et l'idée que Caramel fût là aussi me glaçait. Il ne m'avait plus donné la chasse depuis la dernière fois, mais c'était peut-être parce que je n'avais pas osé moi-même les suivre, lui et ses amis, depuis lors. Je voyais d'ici Orme et Léa riant sous cape et se moquant de moi ; alors Persévérance se rendrait compte de l'erreur qu'il avait commise en se liant d'amitié avec moi. Non ! Ils ne devaient pas partager mes cours. Je pinçai les lèvres. « J'en parlerai à mon père », dis-je à Persévérance.

Le ton froid que j'avais employé me valut un regard réprobateur. « Ça m'arrangerait. S'asseoir en rond et se mettre de l'encre plein les doigts, ça m'amuse pas. Mon père, il prétend que ça prouve que votre père est généreux, et qu'il l'a toujours dit, mais tout le monde est pas d'accord. Il y en a qui disent que le dotaire, il a un regard noir parfois, même quand il parle gentiment. Il a jamais maltraité personne ni été injuste, à ce qu'on se rappelle, mais il y en a beaucoup qui disent que c'est l'influence de votre mère qui le calmait, et ils s'attendaient à ce que ça tourne mal quand elle est morte. Quand il a fait venir l'autre femme, certains ont dit qu'elle avait l'air d'être de sa famille, d'autres qu'elle avait l'air de quelqu'un prêt à mener la belle vie avec un homme qui a de la fortune. »

Je demeurai figée, bouche bée, le cœur glacé ; il prit mon expression pour la manifestation d'un ardent intérêt au lieu d'un refus absolu d'en entendre davantage. Il hocha la tête. « C'est comme ça ; il y en a qui parlent de cette façon. La nuit où cette femme hurlait parce qu'elle avait peur des fantômes, la moitié des domestiques sont restés debout jusqu'au matin, et ensuite Allègre leur est tombé dessus comme une avalanche, furieux et humilié parce qu'il y avait des parasites dans votre lit, et votre père était tellement en pétard qu'il a jeté vos draps et vos couvertures au feu en pleine nuit. “Comme s’il s’intéressait à elle, vu comme elle se promène avec des vêtements qui iraient mieux au gamin d’un cordonnier.” » Il se tut devant mon air outré. Il se rappela peut-être à qui il s’adressait, car il ajouta aussitôt : « C’est eux qui le disent, pas moi ! »

Je ne cherchai pas à dissimuler ma colère. « QUI dit cela ? Qui sont ceux qui répandent des mensonges aussi affreux sur mon père et se moquent de moi ? »

J’avais soudain devant moi un serviteur et non plus un ami. Il ôta son bonnet, le tint devant ses genoux, et baissa la tête et les yeux. Il avait les oreilles rouge vif, et ce n’était pas dû au froid. D’un ton circonspect, il dit : « Pardon, maîtresse Abeille. J’ai oublié mon rang et ce que j’ai dit était déplacé ; c’est que des commérages qui conviennent pas à une dame, et j’ai honte de les avoir répétés. Je vais retourner au travail. »

Mon seul ami se détourna de moi, prit Mignarde par la têtière et s’éloigna. « Persévérance ! lançai-je de ma voix la plus royale.

— Il faut que je m’occupe de votre cheval, maîtresse », s’excusa-t-il par-dessus son épaule. Il marchait vite, la tête courbée, et la jument paraissait surprise de cette hâte. Je restai sur mon billot, en proie à un conflit intérieur : devais-je élever la voix et lui commander de revenir, me sauver et ne jamais, plus jamais remettre les pieds dans les écuries, ou me rouler en boule et éclater en larmes ?

Je m’immobilisai, pétrifiée par l’indécision. Quand il disparut avec ma jument dans l’écurie, je sautai de mon billot et m’enfuis ; je me rendis sur la tombe de ma mère et m’assis un petit moment sur un banc de pierre glacial non loin de là, en me répétant que je n’étais pas bête au point de croire que ma mère se trouvait dans les parages ; j’avais seulement besoin de m’isoler. Jamais je n’avais ressenti une telle douleur, et j'ignorais si elle provenait de ce que Persévérance avait dit ou de ma réaction à ses révélations. Quel imbécile, ce garçon ! Évidemment, j'allais me mettre en colère et exiger de savoir qui avait proféré de pareilles horreurs ! Pourquoi me les rapporter s'il ne voulait pas en dévoiler les auteurs ? Et les autres enfants de Flétribois allaient partager mes leçons ? La présence de Persévérance ne m'eût pas dérangée, mais, si Caramel, Orme et Léa étaient là aussi, leur opinion sur moi se répandrait comme un poison ; Persévérance préférerait sûrement l'amitié d'un grand comme Caramel à celle de quelqu'un comme moi. Orme et Léa participaient parfois au service de table, et il m'était déjà pénible de les apercevoir pendant les repas et de les voir se pencher vivement l'une vers l'autre, leur langue acérée s'agitant comme une lame sur une pierre à affûter. Elles se moqueraient de moi, comme d'autres, apparemment, se moquaient de mon aspect.

Je regardai mes pieds. Je portais des bottes qui dataient de l'année précédente, et le cuir cédait aux coutures ; mes chausses étaient couvertes de bourres de plantes récoltées pendant ma traversée du jardin, j'avais les genoux sales et une feuille morte accrochée à un tibia ; j'avais dû m'agenouiller quelque part. Je me levai et tirai le devant de ma tunique ; elle n'était pas sale, mais elle présentait des traces de taches. Depuis le nettoyage à fond de ma chambre, ma garde-robe s'était réduite, et je redoutais vaguement qu'on en eût brûlé une partie ; peut-être devrais-je vérifier dans quel état étaient mes affaires. Je fis sauter un peu de boue séchée de l'ourlet de ma tunique ; il n'y avait qu'un jour ou deux que je la portais. La tache sur la poitrine était ancienne. « Sale » et « taché », ce n'est pas la même chose – sauf si on ignore que les taches en question ne sont pas récentes mais incrustées dans le tissu. Je me plongeai un long moment dans mes réflexions, et elles n'avaient rien de réjouissant : j'allais devoir suivre des cours en compagnie de gamins qui me détestaient, qui me donneraient des coups en douce, me pinceraient et se moqueraient de moi à la première occasion ; quant à mon père, on tenait, sur lui et moi, des propos qui ne me plaisaient pas. Les gens croyaient à des mensonges parce qu'ils avaient l'apparence de la vérité, et un étranger pouvait se persuader que mon père ne s'occupait pas de moi. Quand ma mère était vivante, elle faisait le nécessaire pour que je fusse toujours propre et bien habillée ; je n'y prêtais guère attention : cela faisait partie des nombreuses choses qu'elle faisait pour moi et pour nous tous. Mais elle était morte, et mon père n'avait pas repris le flambeau parce que (la compréhension me venait peu à peu) ces détails ne comptaient pas pour lui. Il me voyait, moi, non mes bottes qui bâillaient aux coutures ni mes tuniques tachées. Il avait dit qu'il fallait « faire mieux », mais l'intention était restée sans suite.

Et j'étais comme lui : ces détails n'avaient eu aucune importance à mes yeux, jusqu'au moment où on m'avait fait comprendre qu'ils pouvaient en avoir. Je me levai et époussetai le devant de ma tunique ; avec le sentiment d'être très adulte, je conclus que la solution n'était pas de me morfondre ni de rejeter la responsabilité sur mon père. Je passai ma main dans mes cheveux hirsutes. Je lui dirais simplement ce dont j'avais besoin, et il me le fournirait ; c'est ce qu'il faisait pour Évite, après tout.

J'allai le chercher aussitôt. Il me fallut un peu de temps, mais je finis par le trouver dans l'appartement jaune, en train de parler avec Allègre. Non loin d'eux, sur un tabouret, un domestique fixait les rideaux de lit qu'on venait de laver ; une nouvelle servante, du nom de Soigneuse, se tenait près de lui, les bras chargés de linges. Le matelas de plume avait été glissé dans une nouvelle taie et paraissait épais et moelleux. Si j'avais été seule, je l'eusse essayé sans tarder.

Mais j'attendis que mon père se tournât, me vît et sourît. « Eh bien, Abeille, qu'en penses-tu ? Vois-tu autre chose que tu aimerais changer dans ton appartement ? »

J'en restai pantoise. Allègre eut un petit rire satisfait, et mon père pencha la tête. « Tu arrives un peu tôt, mais nous avons presque terminé. Je savais que ça te surprendrait, mais je n'imaginais pas te voir sans voix.

— Mais j'aime bien ma chambre », fis-je, le souffle court. Et son panneau qui donnait dans le labyrinthe ; mais je gardai cette réflexion pour moi. Je parcourus les alentours du regard et remarquai quelque chose que je n'avais pas vu au premier abord : le coffre au pied de mon lit avait été fabriqué à taille réduite pour m'en faciliter l'accès. Une armoire vide, ouverte, occupait un angle de la pièce, et un tabouret mettait les étagères supérieures à ma portée. Les crochets étaient placés de façon à ce que je pusse aisément m'en servir. C'était la preuve que mon père pensait bien à moi, et je ne pouvais rejeter ce cadeau malencontreux. « Tu as fait tout ça pour moi ? demandai-je sans lui laisser le temps de poursuivre.

— Avec quelques conseils d'Allègre », répondit-il. Le grand intendant eut un léger hochement de tête.

Je balayai lentement la chambre des yeux. Je reconnus le petit fauteuil près de la cheminée ; je l'avais déjà vu quelque part dans la maison ; on l'avait rafraîchi d'une couche de vernis et d'une garniture jaune. Je ne reconnus pas le repose-pieds ; il n'était pas exactement assorti, mais il se rapprochait du siège, tendu du même tissu. Sous la fenêtre se trouvait un coffre qui servait de siège, auquel on avait adjoint une marche pour m'en faciliter l'accès, et où des coussins de tailles variées et de couleurs vives invitaient à se détendre. Je me tournai vers mon père.

« Avec beaucoup de conseils d'Allègre, se reprit-il d'un air penaud, et l'intendant arbora un air radieux. Tu sais que je n'y connais rien en rideaux, coussins et autres. Je lui ai annoncé qu'après la découverte de parasites je ne voulais pas que tu restes dans ta chambre ; il a répondu qu'on savait parmi les domestiques que tu appréciais cet appartement, et il a donc proposé que, puisqu'on avait commencé à le remettre en état, on l'apprête spécialement pour toi. Et te voilà, juste à temps pour nous dire si ça te plaît. »

Je retrouvai ma voix. « C'est très bien ; très joli. » Mon père garda le silence, et je dus ajouter : « Mais j'adore ma chambre actuelle. » Je ne pouvais lui avouer devant les domestiques que je tenais à mon accès au labyrinthe ; je n'étais même pas sûre d'avoir envie de lui en parler : il me plaisait d'être la seule à en connaître l'existence. Je tâchai de faire la part entre la possibilité de me rendre discrètement et vite à mon trou d'observation et l'occasion de mettre un terme à certains ragots. Et s'il décidait de rénover mon ancienne chambre ? On risquait de découvrir le panneau secret ! Je m'éclaircis la gorge. « Mais c'était une chambre pour un nourrisson, n'est-ce pas ? C'est beaucoup mieux maintenant. Merci, papa ; c'est ravissant. »

C'était un peu maladroit, mais je m'approchai de lui et levai le visage pour qu'il m'embrassât. J'étais sans doute la seule qui le savait surpris, et seuls lui et moi savions que ce genre de contact était très rare entre nous. Mais il se pencha et déposa un baiser sur ma joue comme s'il s'agissait d'un geste parfaitement naturel. Je compris alors que nous étions alliés et que nous dressions nos murailles contre un monde hostile.

Allègre ne se tenait plus de joie. Dès que je m'écartai de mon père, il s'inclina et dit : « Maîtresse Abeille, si vous avez un moment, je me ferais un plaisir de vous montrer les astucieux tiroirs de votre armoire et la façon dont le miroir se ferme. » J'eus à peine le temps d'acquiescer de la tête qu'il tendit ses longues jambes et se rendit en deux foulées devant la nouvelle armoire. « Voyez, il y a des crochets pour les colliers et de minuscules tiroirs pour les autres bijoux. Voici une étagère étroite pour les parfums ; et, pour vous distraire, j'en ai déjà ajouté quelques-uns ! Cette charmante fiole contient de l'essence de rose, et celle-ci, la bleue, du chèvrefeuille, tous deux parfaitement appropriés pour une jeune demoiselle de votre âge ! J'ai ajouté un ingénieux petit escabeau pour vous permettre d'accéder à toutes les étagères et au miroir ; voyez comme il se plie et se déplie ! Et ici, ce compartiment pour suspendre des vêtements plus grands – ah, quel parfum délicieux ! – et garni de cèdre pour éloigner ces saletés de mites ! » Tout en parlant, il ouvrait les tiroirs et tapotait les crochets avec un enthousiasme que je n'eusse jamais éprouvé pour une armoire. Je souris tant bien que mal et continuai de sourire quand il m'assura que la chambre de bonne attenante à la mienne serait bientôt prête pour une nouvelle occupante. Il me recommanda Soigneuse comme une candidate possible, et je dus garder mon atterrement pour moi quand elle se présenta à moi ; elle devait avoir quinze ans, voire plus ; elle rougit en faisant la révérence, les bras toujours chargés de linges, et je ne sus quoi lui dire. Une servante ! Que lui donnerais-je à faire ? Me suivrait-elle partout, toujours sur mes talons ? Je me réjouis alors d'avoir accepté de bonne grâce mon nouvel appartement ; si j'avais insisté pour garder mon ancienne chambre et qu'on l'y eût installée, je n'eusse plus eu la possibilité de me servir de l'entrée secrète. Si elle dormait dans la chambre voisine de la mienne, pourrais-je m'éclipser sans qu'elle s'en rendît compte ?

Je m'adressai à Allègre. Doucement, doucement ! « Cet appartement est ravissant et l'armoire merveilleuse. Tout a été très soigneusement pensé ; et je vous remercie de me permettre d'accéder à tout facilement. J'ai souvent des difficultés à cause de cela, et vous venez de les résoudre. »

Je n'avais jamais vu Allègre rosir de plaisir. Ses yeux bruns se mirent à scintiller, et, à ma vive surprise, je compris que je m'en étais fait un ami. Je me tournai vers mon père ; j'étais venue le trouver pour lui demander de nouvelles bottes d'hiver et des tuniques plus grandes, mais je me rendais compte à présent qu'il valait mieux me taire devant les domestiques. Je les regardai tour à tour, Soigneuse, Allègre et l'homme qui fixait les rideaux du lit ; il avait quasiment fini, et Soigneuse alla les ajuster afin qu'ils tombassent droit. Je connaissais Allègre depuis ma naissance, mais j'avais vécu comme un chat à demi sauvage et je l'avais toujours contourné sans un mot ; quel intérêt pouvais-je présenter pour un adulte aussi important et empreint de dignité ? Et pourtant, il avait manifestement pris un plaisir immense à créer cet appartement pour moi.

Et Soigneuse allait désormais faire partie de mon univers. Tous ces gens, toujours plus nombreux, qui venaient peupler Flétribois, je devrais les croiser et leur parler tous les jours ; et il y aurait d'autres enfants, plus grands que moi mais d'âge égal, dans la salle de classe avec moi tous les jours. Ils étaient si nombreux ! Comment faire face à tant de gens ?

Ils faisaient désormais partie de mon monde, mais non de ma famille. Ma famille, c'était mon père, et lui et moi devions nous tenir dos à dos, toujours, pour nous défendre contre les ragots et suppositions infondés.

Je me demandai pourquoi il en était ainsi, et la réponse me vint soudain : on avait beau m'appeler Abeille Blaireau, je savais qu'en vérité j'étais Abeille Loinvoyant. Ce fut comme une brique qui vient combler une brèche dans un mur ; j'étais une Loinvoyant, comme mon père. Alors je souris et pris soin de parler clairement pour déclarer : « Je venais demander quand le précepteur serait prêt à débuter mes leçons, papa. Je suis impatiente de m'y mettre. »

Je lus dans ses yeux qu'il avait compris, et il endossa son rôle pour notre public. « Il pense pouvoir commencer dans deux jours ; il se sent enfin remis de son voyage. »

De son agression, songeai-je. Quelle comédie polie nous jouions, alors que nous avions tous vu ses traits meurtris à son arrivée et savions parfaitement pourquoi il gardait la chambre !

« C'est magnifique. » Je parcourus lentement ma nouvelle chambre des yeux en souriant largement afin que tous fussent témoins de mon plaisir. « Mon appartement est terminé ? Puis-je y coucher cette nuit ? »

Allègre prit un air radieux. « Dès que le lit aura été fait, maîtresse.

— Merci. Je crois que je vais me plaire ici. Il y a quelques affaires que j'aimerais rapporter de mon ancienne chambre ; je vais aller les chercher.

— Oh, c'est inutile, demoiselle Abeille, je vous assure ! » Allègre s'approcha du coffre au pied de mon nouveau lit, l'ouvrit à la volée, planta un genou en terre et me fit signe de le rejoindre tandis que ses longs doigts effleuraient les empilements de tissus pliés. « Une couverture supplémentaire jaune et crème, pour les nuits les plus froides ; et ici, un plaid pour vous tenir chaud quand vous vous asseyez devant votre fenêtre, un nouveau châle rouge avec une capuche.

Et, comme nous avons dû éliminer une bonne partie de votre garde-robe, j'ai demandé à Lis, la couturière, de vous fabriquer quelques tuniques. En vous voyant, je crains que nous ne les ayons faites trop grandes, mais elles feront l'affaire en attendant d'avoir le temps pour un essayage. Voyez, en voici une marron bordée de jaune, et une autre verte ; elle manque un peu d'ornementation ; voulez-vous de la broderie le long des ourlets ? Oui, naturellement ! Je vais l'envoyer à la couturière. »

J'avais cessé de l'écouter savourer son bonheur ; ses propos glissaient sur moi. J'ignorais ce que je devais éprouver. Tous ces nouveaux vêtements, d'un seul coup, et dont aucun n'était des mains de ma mère ; on ne les avait pas mesurés sur moi pour vérifier la taille, on ne m'avait pas demandé si je préférais des fleurs ou des volutes le long des ourlets. Je plissai le front et m'efforçai une fois encore de comprendre la mort de ma mère ; chaque fois que je croyais l'avoir résolue, une nouvelle manifestation de sa disparition me terrassait.

Allègre avait fini, et je souriais à m'en faire mal aux joues. Aux abois, je regardai mon père et dis en bredouillant : « Tout est ravissant. Mais il y a quelques affaires que je vais rapporter de mon autre chambre. Merci beaucoup à tous ! »

Et je m'enfuis. J'espère que ma sortie ne manqua pas trop de grâce, mais, une fois dans le couloir, je pris mes jambes à mon cou ; je croisai deux domestiques qui portaient un tapis roulé, virai dans le vestibule et arrivai enfin à la porte de mon ancienne chambre. J'entrai en trombe et fermai derrière moi.

L'âtre avait été nettoyé, et il était vide et froid. Le lit privé de tous ses éléments n'était plus qu'un squelette. Non sans inquiétude, j'allai jeter un coup d'œil dans la chambre de bonne ; je la trouvai aussi déserte que la mienne : le lourd châlit n'avait pas quitté son angle, et le panneau de tête cachait toujours les joints discrets du lambris qui dissimulait l'entrée de mon repaire. Ce secret-là au moins restait préservé.

Je retournai dans ma chambre à pas lents. Plus rien sur le manteau de la cheminée, plus de bougeoir en terre cuite bleue, plus de petite sculpture de chouette que ma mère et moi avions achetée au marché de Chênes-lès-Eau. J'ouvris mon coffre à vêtements. Vide. Et l'autre, plus grand, au pied du lit ? Vide, hormis une vague odeur de cèdre et de lavande ; même les sachets avaient disparu. La couverture de laine bleue, usée jusqu'à la transparence, n'était plus là ; aucune de mes vieilles chemises de nuit et de mes tuniques ne subsistait. Tous ces points que ma mère avait faits, transformés en cendre pour soutenir la comédie de mon père, pour que nul ne sût que nous avions incinéré un cadavre dans la nuit. Les seuls habits d'autrefois qui me restaient étaient ceux que j'avais emportés dans le salon de ma mère, où je dormais, et la chemise de nuit que j'y avais cachée – à moins qu'on ne les eût déjà découverts et jetés, eux aussi !

Je croisai les bras sur la poitrine, raide comme un piquet, et fis l'inventaire de tout ce qui manquait. Le « livre » de simples gravé que je gardais toujours près de mon lit, le bougeoir de ma table de nuit… Une peur terrible m'étreignit ; je me jetai à genoux et ouvris la petite porte du meuble. Elles avaient toutes disparu, les grosses bougies parfumées que ma mère avait fabriquées. Je n'avais jamais couché dans cette pièce sans que l'une d'elles brûlât tandis que je m'endormais, et je ne pouvais m'imaginer m'installant dans une nouvelle chambre sans leur senteur rassurante. Les yeux fixés dans l'absence obscure du petit cabinet, je serrai davantage les bras sur moi, les ongles enfoncés dans la chair pour m'empêcher de voler en pièces. Je fermai les yeux, les paupières serrées. En respirant lentement par le nez, je percevais l'essence vague des bougies qui n'étaient plus là.

Je n'eus conscience de la présence de mon père qu'au moment où il s'assit par terre derrière moi et passa les bras autour de moi. Il dit à mon oreille : « Je les ai sauvées, Abeille. Je suis revenu pendant cette fameuse nuit et j'ai pris les bougies et d'autres objets auxquels je savais que tu tenais ; je te les ai mis de côté. »

J'ouvris les yeux mais restai tendue. « Tu aurais dû me prévenir », fis-je violemment, soudain furieuse contre lui. Comment avait-il pu me laisser éprouver une telle douleur, fût-ce quelques minutes ? « Tu aurais dû me laisser venir ici récupérer mes affaires avant qu'on les brûle !

— C'est vrai, reconnut-il avant de poursuivre, comme un coup de poignard : je n'y ai pas pensé alors. Il fallait agir sans attendre ; tout se précipitait. »

Je rétorquai d'une voix glaciale : « Qu'as-tu sauvé ? Mes bougies ? Mon livre de simples ? Ma statuette de chouette, mon bougeoir ? As-tu pris ma couverture bleue ? La tunique avec des pâquerettes brodées aux ourlets ?

— Pas la couverture, avoua-t-il, la voix rauque. J'ignorais qu'elle était importante.

— Tu aurais dû me demander ! Tu aurais dû me DEMANDER ! » Avec horreur, je sentis les larmes me noyer les yeux et ma gorge se nouer. Je ne voulais pas être triste : je voulais être en colère. La colère est moins douloureuse. Je me retournai et fis ce que je n'avais jamais fait : je frappai mon père aussi violemment que je le pus, et mon poing donna sur les muscles tendus de sa poitrine. Ce n'était pas un coup de petite fille ; je frappai de toutes mes forces avec la volonté de lui faire mal, et je continuai jusqu'au moment où je m'aperçus qu'il me laissait faire, qu'il eût pu me saisir les poignets et m'arrêter quand il le voulait. Peut-être même désirait-il que je lui fisse mal. À cette prise de conscience, mes efforts me parurent inutiles et pis que vains. Je les cessai et levai les yeux vers lui ; impassible, il me regardait, ouvert, sans chercher à se protéger de ma fureur. Il l'estimait juste et l'acceptait.

Je n'en éprouvai nulle sympathie ; au contraire, ma rage s'accrut. Cette douleur était à moi ; on m'avait dépouillée d'affaires que je chérissais. Comment osait-il me regarder comme si c'était lui la victime ? Je croisai à nouveau les bras sur la poitrine, cette fois pour le rejeter, et je baissai la tête pour ne pas le voir. Il posa une main sur ma joue et l'autre sur ma tête, mais je raidis les muscles et me courbai encore davantage.

Il soupira. « Je fais mon possible, Abeille, même si c'est parfois insuffisant. J'ai sauvé ce que je croyais important à tes yeux. Quand tu voudras, fais-moi signe et nous irons chercher tes affaires pour les mettre dans ton nouveau logement. Je voulais t'en faire la surprise ; je pensais que tu serais contente d'avoir l'appartement jaune, mais je me trompais. Je t'ai imposé de trop grands changements trop vite, et tu aurais dû avoir davantage voix au chapitre. »

Je ne me détendis pas, mais j'écoutais.

« Donc, il n'y aura pas de surprise. Dans cinq jours, nous allons à Chênes-lès-Eau, toi et moi ; Allègre a eu l'intelligence de songer que tu aimerais peut-être choisir des tissus chez les tisserands pour tes tuniques d'hiver ; et nous irons chez le cordonnier au lieu d'attendre sa tournée d'hiver. Je crois que tu as grandi des pieds depuis l'année dernière ; Allègre m'a dit que tu avais besoin de nouvelles chaussures, et aussi de nouvelles bottes – pour monter à cheval. »

Sous le choc, je levai les yeux vers lui. Il avait le regard empreint de peine, mais il dit avec douceur : « Ça a été une surprise pour moi ; une très bonne surprise. »

Je baissai à nouveau la tête. Ce n'était pas pour lui que j'apprenais à monter à cheval – encore que, en y songeant, je me fusse réjouie à l'avance de lui montrer mes nouveaux talents, même si ni lui ni Crible n'avait estimé important de me les enseigner. Je me rendis compte alors que je leur en voulais profondément à tous les deux de passer toujours plus de temps avec Évite qu'avec moi ; je tenais à m'accrocher à cette colère et à la renforcer, mais, plus encore, je tenais à disposer des objets de ma mère dans la chambre où je coucherais cette nuit.

Sans lever les yeux, je dis d'une voix étranglée qui me fit horreur : « J'aimerais aller récupérer mes affaires, s'il te plaît, et les mettre à l'abri chez moi.

— Eh bien, allons-y », répondit-il, et il se redressa. Je ne lui tendis pas la main, et il ne chercha pas à me la prendre, mais je sortis à ses côtés de la chambre qui avait été la mienne, la chambre où la messagère était morte.

12

Des affaires à garder

C'est sous le règne de la reine Adroite que fut confié au premier scribe du château de Castelcerf le devoir additionnel d'enseigner l'art des lettres à tout enfant « qui le souhaite ». On a dit qu'elle avait émis ce décret à cause de sa profonde antipathie pour le scribe Martin ; ce qui est certain, c'est que nombre de ceux qui succédèrent à Martin à Castelcerf parurent regarder cette tâche comme une punition plus que comme un honneur.

Des devoirs des scribes, scribe Geairepu

J'avais donc commis une bourde, encore une fois ; et une grosse. Je suivais lentement le couloir, ma petite fille à côté de moi. Elle ne me tenait pas la main ; elle marchait légèrement à l'écart, et je savais que ce n'était pas fortuit. Si la douleur irradie comme la chaleur d'un feu, c'était le froid que je sentais émaner de tout son petit corps tendu. Et moi qui croyais bien faire ! Je pensais qu'elle serait ravie de son nouvel appartement et des meubles adaptés à sa taille. Mais, dans ma hâte à tromper le personnel sur le sort de notre « hôte » disparue, j'avais détruit de précieux souvenirs, des morceaux irremplaçables de son enfance.

Je l'emmenai dans ma chambre ; la pièce avait changé depuis la dernière fois où elle y était venue. J'avais réuni tous mes vêtements et toute la literie et envoyé chercher le lavandier ; il avait effectué deux voyages avec un énorme panier, les traits empreints de réprobation. Ce soir-là, en revenant chez moi, j'avais trouvé mon matelas de plume aéré et retourné, tous les meubles époussetés et tout en ordre. Comme cela s'était fait sans mon autorisation, je soupçonnai Allègre. J'avais dormi dans des draps débarrassés de la transpiration du chagrin, sur des oreillers que mes larmes n'avaient pas trempés. Les chandelles dans les bougeoirs étaient blanches, sans parfum, et la chemise de nuit moelleuse et propre. J'avais eu l'impression d'être un voyageur arrivé dans une auberge anonyme après un trajet long et ardu.

Je ne m'étonnai pas quand Abeille s'arrêta net à peine la porte franchie et parcourut la pièce d'un air consterné : c'eût pu être la chambre de n'importe qui, ou de personne. Elle finit par me regarder.

« Je veux mes affaires. » Elle s'exprimait clairement, sans trace d'un voile dans la voix, sans larmes retenues. Je la conduisis à un coffre sous la fenêtre, le déverrouillai et l'ouvris. Elle examina le contenu et se figea.

Il renfermait non seulement les objets que j'avais prélevés dans sa chambre lors de cette nuit de frénésie morbide, mais de nombreux autres souvenirs aussi. J'avais le premier habit qu'elle avait porté, un ruban dérobé bien des années plus tôt dans les cheveux de Molly, la brosse et le miroir de sa mère, et sa ceinture préférée, en cuir teinté en bleu, avec des pochettes cousues dessus ; c'était Burrich qui la lui avait fabriquée, et la boucle était usée à force d'avoir servi. Il y avait aussi un coffret qui contenait les bijoux de Molly et toutes les dents de lait d'Abeille.

Celle-ci s'empara de ses livres et de ses chemises de nuit. « Les bougies sont dans mon bureau, à ta disposition », lui rappelai-je. Elle prit plusieurs figurines sans rien dire, mais à ses lèvres pincées, je compris qu'il manquait d'autres objets auxquels elle tenait.

« Je suis navré, murmurai-je alors qu'elle se détournait du coffre, les bras chargés. J'aurais dû te demander. J'aimerais pouvoir te rendre toutes ces affaires. »

Ses yeux croisèrent les miens un bref instant ; la colère et la douleur y brasillaient comme dans les cendres d'un feu. Elle déposa brusquement son chargement sur mon lit. « Je veux le couteau de ma mère », déclara-t-elle.

J'examinai l'intérieur du coffre. Le petit couteau était fixé à la ceinture, comme depuis des années ; il avait un manche en os que Molly, ou peut-être Burrich, avait emmailloté d'une lanière de cuir pour le rendre moins glissant, et un fourreau bleu assorti à la ceinture. « Elle ne t'ira pas avant plusieurs années », dis-je ; c'était une observation, non un refus. J'avais toujours imaginé que ce serait elle et personne d'autre qui en hériterait.

« J'ai seulement besoin du couteau et du fourreau pour le moment », répondit-elle. Son regard glissa de nouveau sur le mien. « Pour me défendre. »

Avec un grand soupir, je sortis la ceinture du coffre, et je dus en ôter plusieurs pochettes coulissantes avant de pouvoir retirer l'arme avec sa gaine. Je la tendis à Abeille, manche en avant, mais, alors qu'elle allait la prendre, je la ramenai à moi. « Te défendre de quoi ? demandai-je.

— Des assassins. » Elle s'exprimait à mi-voix. « Et des gens qui ne m'aiment pas. »

J'eus l'impression de recevoir une pierre en pleine poitrine. « Mais tout le monde t'aime ! m'exclamai-je.

— Non. Les enfants qui prendront des leçons en plus de moi, comme tu l'as décidé, il y en a au moins trois qui me détestent ; peut-être plus. »

Je m'assis au bord du lit, le couteau de Molly au creux des mains. « Abeille, fis-je d'un ton raisonnable, ils te connaissent à peine ; comment pourraient-ils te détester ? Et, même si c'est le cas, ça m'étonnerait que les enfants du domaine osent…

— Ils m'ont jeté des pierres ; ils m'ont pourchassée ; il m'a giflée si violemment que j'avais la bouche pleine de sang. »

Une colère terrible monta en moi. « Qui a fait ça ? Et quand ? »

Elle se détourna, et son regard se perdit dans l'angle de la chambre. Elle devait refouler ses larmes. Tout bas, elle répondit : « C'était il y a des années, et, de toute manière, je ne te le révélerai pas. Ça ne ferait qu'aggraver les choses.

— J'en doute, répliquai-je durement. Dis-moi qui t'a pourchassée, qui a osé te jeter des pierres, et ils quitteront Flétribois dès ce soir ; eux et leurs parents. »

Son regard bleu m'effleura comme un engoulevent effleure une falaise. « Et, du coup, les autres domestiques m'adoreraient, c'est ça ? Quelle belle existence j'aurais, avec les autres enfants qui me craindraient et leurs parents qui ne pourraient pas me voir ! »

Elle avait raison ; je sentis mon estomac se nouer. Ma petite fille avait été pourchassée, lapidée, et je n'en avais rien su ! Et, maintenant que je le savais, j'ignorais comment la protéger. Elle avait raison : mon intervention ne ferait qu'aggraver les choses. Sans réfléchir, je lui tendis le couteau ; elle le prit, et je pense qu'elle fut déçue, l'espace d'un instant, de me voir lui céder. Comprenait-elle que j'avouais être incapable de la défendre dans certains cas ? Alors qu'elle tirait la petite arme de son fourreau, je me demandai comment Molly eût réagi à ma place. Le couteau était simple, la lame usée par de nombreux affûtages ; elle s'en servait pour tout : couper des tiges de fleurs résistantes, extraire un trou de ver d'une carotte ou sortir une écharde de mon pouce. Je regardai ma main et revis Molly qui la tenait serrée tout en taillant impitoyablement dans la chair pour en extirper une pointe de cèdre.

Abeille avait changé de prise sur le couteau et le tenait à présent comme si elle voulait le planter dans le plancher. Elle effectua plusieurs mouvements d'attaque, les dents serrées.

« Pas comme ça », fis-je involontairement. Elle fronça les sourcils, la tête toujours baissée. Je m'apprêtai à lui prendre l'arme des mains, puis me rendis compte que cela ne servirait à rien. Je dégainai mon propre couteau ; il ressemblait à celui de Molly, doté d'une lame courte et solide destinée à la dizaine de petits travaux quotidiens où ce genre d'outil peut se révéler nécessaire. Je le posai dans ma paume, main ouverte, et trouvai le point d'équilibre. « Essaie. »

À contrecœur, elle inversa sa prise, équilibra le couteau sur sa paume puis referma les doigts sur le manche. Elle frappa l'air puis secoua la tête. « J'ai plus de force dans l'autre sens.

— Peut-être, à condition d'avoir un adversaire obligeant qui ne bouge pas pendant que tu l'attaques. Mais tu devras te trouver à proximité de lui ; si je manie mon couteau ainsi, je peux empêcher la personne en face de s'approcher de moi, ou bien tendre le bras, la toucher avant qu'elle ne soit trop près de moi, ou encore donner un large coup de taille. » Je lui fis la démonstration. « La façon dont tu empoignais ton arme t'interdisait d'exécuter ce mouvement avec efficacité, et de tenir en respect plus d'un assaillant. »

La tension de ses épaules disait à quel point elle voulait avoir raison ; elle devait reconnaître qu'elle se trompait, et cela l'irritait. D'un ton brusque, à mi-voix, elle dit : « Montre-moi. » Puis, avec encore plus de réticence : « S'il te plaît.

— Très bien. » Je m'écartai et me mis en position. « Le premier point, ce sont les pieds ; tu dois être bien campée, parée, ton poids bien centré de manière à pouvoir faire rapidement un mouvement de côté, un pas en avant ou en arrière sans perdre l'équilibre. Il faut plier un peu les genoux. Tu vois comme je me déplace facilement d'un côté à l'autre ? »

Elle se plaça en face de moi et m'imita. Elle était souple, ma petite fille, et fine comme un serpent.

Je posai mon couteau et m'armai de sa gaine. « À présent, voici notre premier jeu. Nous n'avons pas le droit de bouger les pieds, d'avancer ni de reculer. Je vais tenter de te frapper avec le bout de ce fourreau ; tu devras t'écarter sans te faire toucher. »

Elle regarda le couteau à nu dans sa main puis leva les yeux vers moi.

« Pour le moment, laisse-le de côté. Commence par éviter mes attaques. »

Et je dansai donc avec ma fille, chacun en contrepoint de l'autre. Tout d'abord, je l'atteignis sans difficulté au bras, à la poitrine, au ventre, à l'épaule. « Ne surveille pas l'arme, lui dis-je. Surveille-moi tout entier. Quand le couteau se dirige vers toi, il est déjà presque trop tard. Observe-moi et vois si tu arrives à savoir quand je vais frapper, et où. »

Je n'étais pas aussi brutal avec elle qu'Umbre l'avait été avec moi ; ses coups me laissaient des bleus, et il éclatait de rire chaque fois qu'il me touchait. Mais je n'étais pas Umbre, et elle n'était pas moi ; lui infliger des ecchymoses ou me moquer d'elle ne la pousserait pas à faire davantage d'efforts. Dans mon souvenir, ce traitement avait provoqué ma colère, qui avait conduit à des erreurs et à des défaites rapides. Je devais me rappeler que je n'étais pas en train de former ma fille à devenir un assassin ; je cherchais seulement à lui montrer comment éviter un coup de dague.

Elle s'améliorait vite, et ce fut bientôt mon tour de me faire effleurer par son fourreau. La première fois, je la laissai faire, et elle s'immobilisa aussitôt. « Si tu ne veux pas m'enseigner, dis-le tout de suite, fit-elle d'un ton froid ; mais ne me fais pas croire que j'ai appris ce que je n'ai pas appris. »

Je tâchai d'excuser mon subterfuge. « Je ne voulais pas que tu te décourages, c'est tout.

— Et moi, je ne veux pas m'imaginer savoir ce que je ne sais pas. Si quelqu'un cherche à me tuer, je dois être capable de le tuer aussi. »

Immobile, je réprimai le sourire qui menaçait d'apparaître sur mes lèvres et dans mon regard ; elle ne l'eût pas bien pris. « D'accord », dis-je, et je jouai franc-jeu après cela. Elle ne me toucha plus de l'après-midi, mais j'avais le dos en feu et j'étais en nage quand elle déclara enfin qu'elle en avait assez appris pour la journée. Sa courte tignasse était trempée et se dressait en épis quand elle s'assit par terre pour renfiler la gaine du couteau sur sa ceinture ; lorsqu'elle se redressa, l'arme pesait visiblement lourd pour sa frêle stature. Je la regardai alors qu'elle avait les yeux baissés, et j'eus soudain l'impression d'avoir devant moi un chiot délaissé. Molly ne l'avait jamais tant négligée.

Avec le sentiment d'arracher un bout de mon cœur, je sortis la brosse à dos d'argent et le peigne en corne de Molly de mon coffre aux trésors et les plaçai parmi les affaires d'Abeille. Je dus m'éclaircir la gorge avant de parler. « Emportons tout ceci dans ton nouvel appartement, et ensuite tu te serviras de la brosse de ta mère pour t'aplatir les cheveux ; ils sont encore trop courts pour les attacher en arrière, mais tu peux enfiler une de tes nouvelles tuniques. » Elle hocha sa tête hirsute. Je repris : « Je pense que nos leçons de combat devront rester privées, d'accord ?

— J'aurais aimé que toutes mes leçons restent privées, fit-elle d'un ton maussade.

— Tiens-tu vraiment à parler de ça ?

— Tu prends des décisions sans m'en informer. »

Je croisai les bras sur ma poitrine et la regardai de mon haut. « Je suis ton père ; je n'ai pas à demander ta permission pour faire ce que j'estime nécessaire.

— Ce n'est pas la question ! Ce qui me chiffonne, c'est de ne rien savoir à l'avance. Ce qui me chiffonne... » Sa voix mourut. Puis elle leva les yeux vers moi et s'efforça de me regarder en face en déclarant gravement : « Je te jure qu'ils vont me faire du mal.

— Je suis sûr que ton précepteur maintiendra l'ordre parmi ses élèves. »

Elle secoua violemment la tête avec un bruit aigu semblable à celui d'un rat acculé. « Ils ne sont pas obligés de me frapper pour me faire mal. Les filles savent... » Ses poings serrés s'ouvrirent soudain, et elle porta à sa tête ses mains aux doigts crispés comme des serres, les yeux fermés, les paupières plissées. « Non, laisse tomber ; je m'en occuperai moi-même.

— Abeille... » fis-je d'un ton menaçant.

Elle m'interrompit : « Je te l'ai dit : les filles n'ont pas besoin de frapper pour faire mal. »

Je refusai d'abandonner le sujet. « Je veux que tu comprennes pourquoi j'ai invité les autres enfants à participer aux leçons.

— Je comprends.

— Alors explique-moi.

— C'est pour montrer à tous que tu es généreux et sensible.

— Pardon ?

— Persé... Le garçon d'écurie, d'après lui, certains disent qu'il y a de la noirceur en toi, et qu'après la mort de maman ils craignaient que tu ne deviennes dur avec les domestiques. Ce n'est pas le cas, mais cette invitation à partager mes cours montrera que tu as bon cœur.

— Je n'ai rien à montrer à personne, Abeille. Au château de Castelcerf, tout enfant qui souhaite apprendre a le droit d'assister aux leçons au grand âtre. Bien que bâtard, j'ai eu ce droit ; à mon tour, je veux le donner aux enfants qui le désirent. »

Elle ne me regardait pas. Je faillis ajouter d'autres arguments, mais me contentai de soupirer. Si elle n'avait pas déjà compris, je ne ferais que la fatiguer en parlant davantage. Elle détourna le regard.

« C'est ce qu'il faut faire. »

Comme je ne répondais pas, elle poursuivit : « Ma mère aurait aimé avoir des leçons ; et, si elle était encore ici, elle aurait exigé que chaque enfant en ait l'occasion, j'en suis sûre. Tu as raison. » Elle ramassa ses trésors et en eut bientôt les bras chargés ; sans demander mon aide, elle bloqua sa cargaison avec le menton, et fit à voix très basse : « Mais je le regrette, et je regrette de devoir apprendre au milieu d'eux. » Je lui ouvris la porte et la suivis dans le couloir.

Nous arrivions à son appartement quand j'entendis le claquement de chaussons à semelle dure ; je vis par-dessus mon épaule Évite qui fonçait sur moi toutes voiles dehors. « Dotaire Blaireau ! » me héla-t-elle d'un ton impérieux. Abeille accéléra le pas ; je m'arrêtai et me tournai vers la jeune fille pour donner à mon enfant le temps de s'éclipser.

« Bonjour, demoiselle Évite, dis-je avec un sourire de pure composition.

— Je dois vous parler », lança-t-elle, le souffle court, bien avant d'arriver à distance de conversation. Quand elle fit enfin halte, elle déclara sans préambule ni salut : « Quand doivent commencer mes leçons de musique ? Et il me faut un maître de danse du château de Castelcerf, sinon de Jamaillia ; je veux être sûre que vous en avez conscience. Je ne veux pas me mettre dans l'embarras en ne connaissant que des pas surannés. »

Je conservai mon sourire avec difficulté. « Des leçons de musique ? Je ne sais pas si le scribe FitzVigilant est capable d'enseigner... »

Elle secoua impatiemment la tête, ses boucles châtaines virevoltant ; une bouffée de parfum parvint à mes narines. Molly avait toujours porté des senteurs de fleurs et de simples : gingembre, cannelle, rose et lis. Celle qui me parvint d'Évite n'évoquait en rien un jardin, et la migraine m'assaillit aussitôt. Je reculai, mais elle me suivit et dit : « Je lui en ai déjà parlé il y a trois jours ; il reconnaît qu'il n'est pas qualifié pour m'enseigner à jouer d'un instrument ou à chanter, et il a déclaré que, si le domaine accueillait des ménestrels pour l'hiver, ils se font souvent un plaisir de donner des cours de musique aux jeunes dames contre une modeste rétribution. Je lui ai alors demandé pour des leçons de danse, et...

— Le scribe FitzVigilant est encore en convalescence. Quand vous êtes-vous entretenue avec lui ?

— Lorsque je suis allée chez lui, lui souhaiter prompt rétablissement, naturellement. Le malheureux, envoyé loin de Castelcerf et des plaisirs de la cour pour se retrouver dans ce trou perdu ! J'ai songé qu'il devait s'ennuyer, tout seul, aussi lui ai-je rendu visite et fait un brin de causette ; il n'est pas très doué pour la conversation, hélas, mais je sais poser les bonnes questions pour obliger un timide à sortir de sa coquille, et, quand je lui ai demandé s'il savait danser et qu'il m'a répondu par l'affirmative, j'ai voulu savoir s'il pourrait m'enseigner quelques nouveaux pas, et il a répondu que son état de santé lui interdirait de se mouvoir gracieusement pendant quelque temps. C'est alors qu'il a suggéré un maître de danse ; du coup, j'en ai parlé à Crible, et... Il ne vous a rien dit, n'est-ce pas ? Quelle négligence, pour un domestique ! Il ne sert vraiment à rien. Je ne comprends pas que vous le gardiez ! »

Je me remémorais mes derniers échanges avec Crible en tâchant d'y repérer des indices sur ce dont elle parlait, mais le fait qu'elle eût dérangé le pauvre FitzVigilant par ses bavardages m'empêchait de réfléchir clairement. « Crible est en réalité au service de dame Ortie, qui l'a prêté à sire Umbre pour vous protéger et pour veiller sur demoiselle Abeille, sa sœur.

— Sa “sœur”. » Évite sourit, pencha la tête et me considéra avec une vague compassion. « J'ai du respect pour vous, dotaire Blaireau, vraiment. Vivre dans la maison de votre belle-fille, l'entretenir avec tant de diligence, et offrir refuge aux bâtards de Castelcerf, FitzVigilant, Abeille et moi... Dites-moi, quel noble a-t-il engendré la petite, qu'elle doive se cacher auprès de vous ? À mon avis, il était de Bauge ; il paraît que les cheveux blonds et les yeux bleus sont courants là-bas. »

Une tempête d'émotions s'était soudain levée en moi, et, sans les années d'entraînement dont j'avais bénéficié auprès d'Umbre, je crois que, pour la première fois de ma vie, j'eusse frappé une femme sans défense. Je la regardai en dissimulant ce que je ressentais par un sourire vide. Mais était-il vraiment vide ? Cherchait-elle à me blesser ? Abeille avait raison : une femme n'a pas besoin de contact physique pour faire mal. J'ignorais si le coup qu'elle m'avait porté était volontaire ou non ; elle penchait la tête avec un sourire de confidence, comme si elle attendait un commérage de ma part. À mi-voix, en détachant les mots, je dis : « Abeille est ma fille, l'enfant que ma femme aimée m'a donnée ; elle n'a rien d'une bâtarde. »

Elle prit une expression plus compatissante. « Oh, Eda ! Je vous demande pardon ; je pensais, comme elle ne vous ressemble pas du tout… Mais, si quelqu'un connaît la vérité, c'est vous, évidemment. Il n'y a donc que trois bâtards réfugiés à Flétribois : moi-même, FitzVigilant, et, bien sûr, vous. »

Je reproduisis fidèlement son ton. « Bien sûr. »

J'entendis un pas léger et vis Crible approcher derrière elle. Ses mouvements étaient aussi lents que ceux d'un lynx ou d'un serpent prêt à frapper ; sur ses traits, l'indécision fit place à l'inquiétude : il allait peut-être devoir tenter de défendre Évite contre moi. Depuis quand me connaissait-il si bien ? Je m'écartai de la jeune fille pour la mettre hors de ma portée, et je vis les épaules de Crible se détendre, pour se raidir à nouveau quand Évite suivit mon mouvement et s'exposa encore une fois au danger. Il lui toucha l'épaule, et elle sursauta ; elle avait été complètement inconsciente de sa présence.

« J'ai demandé à Allègre de vous voir, fit-il en mentant. Je pense que c'est par lui que nous trouverons le plus facilement un professeur de musique qui vous convienne, et peut-être aussi un maître de danse. »

Elle se hérissa, peut-être offusquée qu'il la touchât, et, profitant de sa distraction, je m'éloignai en laissant à Crible le soin de se débrouiller. C'était peut-être injuste, mais plus sûr pour tout le monde.

En sécurité dans mon bureau, la porte close, je me laissai enfin aller au torrent d'émotions qu'elle avait déclenché en moi. La principale était la fureur. Comment osait-elle, invitée sous mon toit, parler ainsi de ma fille ? L'injure faite à Molly était tout aussi impardonnable. Mais à la colère succéda l'incompréhension. Pourquoi ? Pourquoi dire de telles horreurs alors qu'elle dépendait entièrement de moi ? Ignorait-elle toute règle de courtoisie au point de regarder ce genre de questions comme acceptable ? Avait-elle essayé de m'insulter ou de me blesser volontairement, et, si oui, pourquoi ?

Pensait-elle vraiment que Molly m'avait trompé ? D'autres me croyaient-ils cornu en voyant les cheveux blonds et les yeux bleus d'Abeille ?

Je me forçai à regarder mon bureau en m'asseyant et ne jetai qu'un bref coup d'œil au mur au-dessus de mon atelier. En travers du trou d'observation, j'avais tendu un fil de toile d'araignée auquel j'avais fixé un petit bout de duvet ; la plume demeurait immobile sauf quand Abeille occupait sa tanière. Or, elle avait bougé quand j'avais traversé la pièce ; donc, ma fille était là. M'avait-elle précédé ou bien était-elle entrée par l'issue mal dissimulée du garde-manger ? J'espérai qu'elle ne pleurait pas à cause de la bêtise de son père qui avait jeté ses trésors ; sa colère était difficile à supporter, mais ses larmes eussent été pires.

Je contemplai le manuscrit posé devant moi. Pour le moment, il ne m'intéressait guère : écrit dans un style archaïque, l'encre pâlissant, il m'avait été envoyé par Umbre pour recopiage. Il exposait un exercice à pratiquer par les étudiants d'Art et ne piquerait sans doute pas la curiosité de ma fille. D'ailleurs, le cheveu que j'avais disposé sur un des coins n'avait pas bougé ; elle n'avait donc pas fouillé dans mes papiers aujourd'hui. Je restai toutefois certain qu'elle l'avait fait par le passé. J'ignorais depuis quand elle lisait les documents qui traînaient dans mon bureau, et je ne savais donc pas exactement ce qu'elle avait lu de mes écrits personnels. Je soupirai. Chaque fois que je pensais m'être amélioré dans mon rôle de père, je découvrais un nouvel échec. Je ne lui avais pas reproché ses recherches sur moi ; elle savait lire, et j'avais été négligent. Moi-même, dans ma jeunesse, j'avais lu plus d'une missive ou d'un parchemin qu'Umbre avait laissé dans son antre sans qu'il se doutât de rien.

Du moins le croyais-je. Faisait-il alors comme moi aujourd'hui, c'est-à-dire disposer bien en vue certains documents propres à m'intriguer ou à m'instruire ? Quant à mes pensées intimes, je les notais dans un journal dans lequel je n'écrivais désormais qu'enfermé dans ma chambre. Même si Abeille avait connu l'existence du compartiment secret au fond du grand coffre au pied de mon lit, elle n'eût pas été capable de l'atteindre.

L'appellerais-je à sortir de sa cachette ? Non ; mieux valait qu'elle gardât un coin où bouder ou pleurer à son aise.

On frappa à la porte. « Crible », dis-je, et il entrouvrit le battant, jeta un coup d'œil dans la pièce, prudent comme un renard, puis entra en biais et referma doucement la porte derrière lui.

« Je regrette, fit-il.

— Il n'y a pas de mal », répondis-je ; j'ignorais s'il s'excusait d'avoir laissé Évite m'accoster à propos des leçons de musique, ou s'il avait surpris ses réflexions sur les bâtards et m'offrait sa sympathie. Quoi qu'il en fût, j'ajoutai : « Je n'ai pas envie d'en parler pour le moment.

— Hélas, il le faut. Allègre est ravi de la requête de demoiselle Évite ; il pense que réintroduire danse et musique à Flétribois vous ferait le plus grand bien. Il dit qu'il y a un vieux musicien à Chênes-lès-Eau qui n'est plus capable de chanter mais qui saurait enseigner à demoiselle Évite à jouer un air à la harpe ; et il s'est proposé lui-même comme maître de danse, “en attendant de trouver un professeur plus approprié à une demoiselle de son rang”. J'ajouterai qu'Évite n'a pas eu l'air très heureuse quand il a proposé qu'Abeille profite elle aussi des leçons de danse et de musique. »

Je remarquai le pétillement au fond de ses yeux. « Mais vous avez accepté en son nom.

— Je n'ai pas pu résister, j'avoue », dit-il, et je vis bouger la toile d'araignée devant le trou d'observation, comme si, derrière, on avait soupiré. Petite espionne ! Mais ce n'était pas en frappant la chair qu'on chassait ce qui était inscrit dans la moelle.

« Ma foi, ça ne lui fera sûrement pas de mal, répondis-je sans pitié, et la toile d'araignée s'agita de nouveau. Il est plus que temps que ma fille reçoive l'éducation d'une dame. » Mieux valait des cours de musique et de danse que d'assassinat par les points de sang et le poison ; peut-être, en l'écartant de moi, pourrais-je éviter de l'élever comme j'avais moi-même été élevé. Brûler des cadavres au clair de lune et combattre au couteau… *Bravo, Fitz ! Bien joué.* Et pourtant, dans un recoin obscur de mon esprit, un vieux loup sage était d'avis que le louveteau le plus frêle est celui qui a besoin des crocs les plus acérés.

Crible me regardait toujours sans faire mine de s'en aller. « Il n'y a pas que ça, n'est-ce pas ? » fis-je à contrecœur.

Il hocha la tête avec raideur. « Non, mais il s'agit d'autre chose. J'ai un message d'Umbre. »

Cela piqua mon intérêt. « Vraiment ? Comment vous est-il parvenu ? » Et devais-je le laisser me le transmettre alors qu'Abeille nous écoutait ?

Il haussa les épaules. « Par pigeon voyageur. » Il me tendit un parchemin minuscule. « Vous pouvez le lire, si vous le souhaitez.

— C'était vous le destinataire ; voudrait-il que je sache ce qu'il renferme ?

— Ma foi, c'est un billet étrange, surtout de la part d'Umbre. Il me propose un baril d'eau-de-vie de Bord-des-Sables, de l'eau-de-vie d'abricot, si j'arrive à apprendre comment vous vous y êtes pris exactement pour déduire la lignée maternelle de FitzVigilant. »

Le frisson d'une découverte proche me parcourut. « Franchement, je ne vois pas ce que ça veut dire. » Je me demandai un instant si je ne devais pas le faire taire, inquiet de partager avec ma fille un secret qu'elle n'avait pas à connaître.

Crible haussa de nouveau les épaules et déroula le petit parchemin. Il le leva devant son visage puis l'éloigna jusqu'à pouvoir accommoder sur l'écriture minuscule ; enfin, il lut tout haut : « Il supposait une veneuse ou une jardinière, et c'était la veneuse. Un baril d'eau-de-vie d'abricot de Bord-des-Sables si vous découvrez comment il en est arrivé à ces deux femmes… »

Sa voix mourut, et je souris. « Le reste ne concerne que vous, sans doute ? »

Il leva les sourcils. « C'était peut-être son intention, mais j'ignore comment je pourrais vous le cacher. Il souhaite ardemment savoir pourquoi ce renseignement a tant d'importance pour vous. »

Je m'appuyai sur mes coudes, les doigts joints, et me tapotai les lèvres de l'index en réfléchissant. « Il n'en a sans doute pas tant que ça », déclarai-je sans ambages. La petite observatrice derrière le mur aurait-elle assemblé les pièces aussi vite que moi ? Probablement ; l'énigme n'était pas compliquée à résoudre. « Je cherchais un enfant né d'une de ces femmes, mais non de sire Vigilant. Sauf si... » Ce fut à mon tour de m'interrompre alors qu'une idée curieuse me venait. De nombreux bâtards avaient eu la chance d'avoir une mère assez ingénieuse pour les proclamer fruits du lit conjugal ; dans le cas présent, avais-je affaire à une mère qui avait trouvé une illégitimité acceptable pour son fils ? Laurier eût-elle pu concevoir du Fou puis prétendre que l'enfant était le produit d'une autre aventure ? Non ; j'étais persuadé que la veneuse eût chéri tout enfant que sire Doré lui eût donné, et, en outre, l'âge ne cadrait pas ; FitzVigilant était peut-être le rejeton de Laurier, mais non celui du Fou ; et, connaissant Laurier, elle n'eût sûrement pas laissé un bébé conçu amoureusement, fût-il bâtard, aux seuls soins de son père. Il y avait des détails dissimulés dans cette histoire ; un viol ? Un amour insincère ? Laurier avait laissé un enfant à un homme qui l'avait reconnu mais n'avait pas la capacité ou la volonté de le protéger. Pourquoi ? Et pourquoi Umbre et Ortie lui portaient-ils un tel intérêt ?

Je croisai le regard interrogateur de Crible. « À vrai dire, c'est une pure coïncidence. Je cherchais quelqu'un d'autre, un rejeton beaucoup plus âgé, mais Umbre n'y croit pas, et c'est pourquoi il refusera de payer son enjeu. Dommage : on ne trouve pas facilement de l'eau-de-vie d'abricot de Bord-des-Sables, et il y a des années que je n'en ai pas goûté. » Je voulus retenir mes pensées de suivre ce souvenir, mais il était trop tard ; je l'avais associé à la mission que m'avait confiée le Fou. FitzVigilant pouvait-il être le fils inattendu qu'il m'avait demandé de retrouver ? Oui, à la seule condition, sans qu'Umbre ou moi fussions au courant, que sire Doré fût revenu dans les Six-Duchés, eût eu une affaire avec la veneuse Laurier puis l'eût abandonnée. Et elle eût accusé sire Vigilant de lui avoir fait un enfant ? Non, ce n'était pas logique.

Crible me regardait toujours, songeur. Autant me servir de sa curiosité. « Vous vous rappelez cette visiteuse qui est partie sans dire adieu ? Eh bien, elle m'apportait un message d'un vieil ami ; sire Doré, pour être précis. »

Il haussa légèrement les sourcils, mais, s'il était surpris qu'il s'agît d'une messagère, il le dissimula bien. « Sire Doré et vous étiez très proches, si j'ai bon souvenir. »

Le ton neutre qu'il avait employé ne sous-entendait rien – ou laissait tout supposer, peut-être. « Oui, nous étions proches », fis-je à mi-voix.

Il y eut un long silence. Sans perdre de vue la présence de la petite espionne derrière le mur, je m'éclaircis la gorge. « Ce n'est pas tout ; la messagère a dit qu'on la pourchassait, et que ses poursuivants n'étaient pas loin.

— Elle aurait été plus en sécurité en restant ici.

— Possible, mais ce n'était peut-être pas son avis. Elle craignait, je le sais, d'attirer le danger chez moi ; elle m'a révélé aussi que sire Doré s'efforçait de revenir, mais que lui aussi devait échapper à ceux qui le traquaient. » Je pris un risque calculé ; quand le vin est tiré, il faut le boire. « Sire Doré a peut-être eu un enfant quand il résidait dans les Six-Duchés ; la messagère venait me prévenir qu'il se pouvait que son fils coure un grand danger, et que sire Doré souhaitait que je le retrouve et le protège. »

Crible se tut, occupé à organiser ces informations, puis il dit d'un ton circonspect : « Vous pensez que FitzVigilant pourrait être le fils de sire Doré ? »

Je secouai la tête. « Il n'a pas l'âge qui convient ; la veneuse Laurier faisait partie des femmes qui, selon moi, pouvaient avoir donné le jour à ce fameux "fils inattendu".

— Mais, plus important, il n'a pas le père qui convient. Laurier est sa mère, selon les renseignements d'Umbre, mais Vigilant l'a reconnu ; alors, à moins qu'il n'ait deux pères…

— Ou qu'il n'ait été reconnu par un homme qui ne l'a pas engendré », fis-je. Je soupirai.

« Mais il est quand même trop jeune, sauf si sire Doré est repassé en Cerf plus tard. »

Nous nous tûmes. Eût-il pu revenir en Cerf sans me contacter ? Je ne le pensais pas. Pourquoi fût-il revenu ?

« Que savez-vous de sire Vigilant ? demandai-je à Crible.

— Pas grand-chose ; il est un peu rustaud, et ses domaines ont été mal gérés pendant quelques années. Quand j'ai appris l'existence de FitzVigilant, j'ai été étonné que sire Vigilant ait réussi à persuader une femme de coucher avec lui, et encore plus qu'il reconnaisse un bâtard en étant célibataire. Mais c'est peut-être logique s'il voyait dans le gamin sa seule possibilité d'avoir un héritier. En tout cas, il s'est repris, il a engagé un superviseur efficace pour l'aider à diriger ses propriétés, et, la prospérité venue, il s'est marié ; c'est alors que ses ennuis ont commencé, à mon avis. Quelle dame accepterait qu'un bâtard ait préséance sur ses enfants légitimes ? Peu après, FitzVigilant a été envoyé à Castelcerf et s'est retrouvé à la garde d'Umbre. » Il resta pensif un moment. « Je ne vois aucun rapport entre lui et un éventuel enfant conçu par la même dame de nombreuses années plus tôt. »

Je secouai la tête. « Non ; rien qu'une coïncidence curieuse. J'ai ouvert une poche en pensant y trouver un chat, et j'ai trouvé un chien. Mais ça ne met pas un terme à ma recherche de ce fils ; il serait peut-être avisé de se renseigner auprès de la veneuse Laurier elle-même. »

Il prit un air dubitatif. « Ça risque d'être difficile ; elle est partie il y a des années, Fitz. Je me rappelle le jour où elle a quitté le château, à la grande déception de la reine Kettricken ; elle était jusque-là la cheville ouvrière des négociations avec le Lignage. Son départ a été si soudain qu'on a dit qu'elle s'était querellée avec quelqu'un de haut rang, mais, si c'est le cas, l'affaire a été bien étouffée. Et, avant la fin de l'année, nous avons appris sa mort. »

Je réfléchis. Laurier s'était-elle enfuie de Castelcerf pour dissimuler sa grossesse et donner discrètement le jour à un enfant ? C'était un mystère ancien, et qui ne me concernait pas. Néanmoins, sa disparition m'attristait ; elle avait été bonne pour moi. Je secouai la tête et l'écartai de mes pensées. « Crible, puisque vous allez et venez souvent, pouvez-vous vous tenir à l'affût de bruits sur ma messagère ?

— Naturellement. Je n'ai pas entendu parler de ses poursuivants, vous le savez, mais j'aurai peut-être plus de succès à la retrouver. Où pensez-vous qu'elle se soit réfugiée ? »

Dans un tas de cendres au milieu des pâtures à moutons. « Je l'ignore ; mais j'aimerais mieux savoir d'où elle venait et qui la pourchassait. Ce que vous pourrez découvrir sur elle et ses ennemis avant qu'elle passe par ici m'intéresse autant que ce qui s'est produit après.

— Je laisserai traîner mes oreilles. À mon avis, elle a dû remonter la Cerf ; je mènerai l'enquête en retournant à Castelcerf.

— J'en déduis que vous voulez repartir sans tarder.

— Ma tâche est achevée, et plus qu'achevée. Je vous ai livré mon paquet comme on me l'avait ordonné ; ça ne m'a pas dérangé de vous donner un coup de main, mais j'ai à faire au château. »

Je hochai lentement la tête avec une impression de vide en moi. Je ne m'étais pas rendu compte que je me reposais de plus en plus sur lui ; il connaissait l'homme que j'avais été, et je pouvais lui parler ouvertement ; c'était un réconfort. Il me manquerait, mais je n'en laissai rien percer dans ma voix. « Dans combien de temps devez-vous vous mettre en route ?

— Dans trois jours. »

J'acquiesçai à nouveau, sachant qu'il me laissait un répit pour m'adapter à son absence. « D'ici là, Lant devrait être remis ; vous devriez donc avoir au moins quelqu'un pour surveiller vos arrières.

— Étant donné qu'il n'a pas très bien surveillé les siens, je ne pense pas lui confier ma protection ni celle d'Abeille. »

Il concéda : « Il n'est pas aussi affûté que vous et moi, c'est vrai, mais il n'est pas complètement incompétent pour autant. Il est encore jeune ; apprenez à le connaître.

— C'est promis, dès qu'il ira mieux ; j'ai préféré le laisser tranquille pendant sa convalescence. »

Il pencha légèrement la tête. « Tout le monde n'est pas aussi solitaire que vous, Tom. Lant est très sociable, et il aura du mal à supporter d'être loin du château de Castelcerf. Sachez qu'il a apprécié la visite d'Évite, et qu'une fois guéri, si elle a besoin d'un cavalier pour s'exercer, il est excellent danseur. Il est très spirituel, parfaitement instruit et aimable ; il jouissait d'une grande popularité auprès des dames de la cour malgré sa basse extraction.

— Il faudra que j'aille le voir.

— Oui. Vous l'impressionnez un peu ; j'ignore ce que vous lui avez fait lors de votre première rencontre, mais il ne l'a pas oublié, et il lui a fallu beaucoup de courage pour venir ici, non seulement pour vous demander la permission d'enseigner à votre fille, mais aussi pour espérer votre protection. C'était un peu…

humiliant pour lui ; mais Umbre lui a dit qu'il n'avait pas le choix. »

Je n'avais pas vu la situation sous cet angle ; et il n'était pas inintéressant d'apprendre que Crible était au courant de ma première rencontre avec FitzVigilant. Par certains côtés, il restait l'homme d'Umbre. Je gardai ces réflexions pour moi et dis : « Il croit que je lui en veux encore. »

Il acquiesça de la tête. « Il est assez remis pour venir à table et se déplacer dans la propriété, mais il se conduit comme si vous l'aviez confiné dans son appartement.

— Je vois. Je m'en occuperai cet après-midi.

— Tom, c'est encore un gamin, mais ce n'est pas pour ça que vous ne pouvez pas être amis. Apprenez à le connaître ; je suis certain que vous l'apprécierez.

— Sûrement », mentis-je. Il était temps de terminer cette conversation ; Abeille en avait assez entendu.

La capacité de Crible à percevoir ce que je n'avais pas dit me mettait parfois mal à l'aise. Avec une expression proche de la tristesse, il fit à mi-voix : « Vous avez besoin d'un ami, Tom. Lant est jeune, je le sais, et votre première rencontre était… malavisée. Reprenez à zéro ; donnez-lui une chance. »

L'après-midi même, je frappai à la porte de FitzVigilant. Bulen vint ouvrir aussitôt, et je reconnus la main d'Allègre dans l'ajustement de sa livrée et ses cheveux bien coiffés. J'examinai discrètement du regard la chambre du précepteur et découvris un homme rangé, mais pas à l'excès ; les onguents qu'Umbre lui avait fournis étaient soigneusement alignés sur le manteau de l'âtre, et l'odeur de l'huile d'arnica embaumait l'air. FitzVigilant écrivait une lettre, assis à un bureau ; il avait sorti deux plumes, ainsi qu'un encrier et un petit buvard. Plus loin était étendu un damier en tissu avec des Pierres disposées en énigme à résoudre. Je me demandai qui lui avait enseigné ce jeu, puis je maîtrisai mes pensées et gardai mon attention fixée sur ma cible.

Il se leva sur-le-champ, s'inclina puis demeura sans rien dire, à me regarder d'un air inquiet. On prend une posture particulière quand on ne souhaite pas paraître agressif, mais qu'on est prêt à se défendre ; FitzVigilant l'avait adoptée, mais, associée à sa mine défaite, elle donnait l'impression qu'il se recroquevillait de peur. J'en eus l'estomac noué ; je me rappelais ce qu'on ressent lorsqu'on perd toute confiance dans ses moyens physiques. J'avais devant moi un homme brisé ; mais jusqu'à quel point ? S'en remettrait-il un jour assez pour pouvoir se battre ? Je m'efforçai d'effacer toute pitié de mon expression. « Scribe FitzVigilant, je me réjouis de vous voir debout. Je venais vous demander si vous vous sentiez assez bien pour vous joindre à nos repas. »

Il hocha la tête en évitant mon regard. « Si cela vous fait plaisir, messire, j'y participerai.

— Nous serons ravis de votre compagnie ; Abeille et toute la maison auront ainsi l'occasion de mieux faire connaissance avec vous. »

Il s'inclina de nouveau : « Si cela vous fait plaisir, messire.

— C'est le cas, le coupai-je, mais seulement si cela ne vous dérange pas. »

Nos yeux se croisèrent un instant, et je revis le jeune garçon nu près d'une cheminée dont un assassin aguerri fouillait les vêtements. Oui, notre relation avait débuté de façon un peu gênante, qu'il nous faudrait surmonter. Le silence dura, puis une résolution nouvelle apparut sur ses traits.

« Oui, je serai là, dotaire Blaireau. »

13

Leçons

Rêve d'une nuit d'hiver que j'ai fait à six ans.

Sur une place de marché, un mendiant aveugle en haillons était assis ; nul ne lui donnait rien, car il était plus effrayant que pitoyable avec ses terribles balafres et ses mains déformées. Il sortit une petite marionnette de ses vêtements en lambeaux ; ce n'était que des bouts de bois fixés par de la ficelle, avec un gland pour la tête, mais il la fit danser comme si elle était vivante. Dans la foule, un petit garçon le regardait, l'air morose, et il s'avança lentement pour observer la danse du pantin. Alors le mendiant tourna son regard nébuleux vers lui ; la taie qui couvrait ses yeux commença de se dissiper, semblable à du limon qui se dépose au fond d'une mare, et soudain il lâcha son jouet.

Le rêve s'achève dans le sang, et j'ai peur de m'en rappeler la fin. Le garçon devient-il la marionnette, des fils attachés aux poignets, aux chevilles, aux genoux, aux coudes, la tête ballante ? Ou le mendiant s'empare-t-il de lui de ses mains dures et osseuses ? Les deux, peut-être. Tout se termine dans le sang et les hurlements. C'est celui que je déteste le plus de tous mes songes. Pour moi, c'est le rêve final, ou peut-être initial. Je sais qu'après cet événement le monde que je connais n'est plus le même.

Journal de mes rêves, Abeille

Mon premier dîner avec mon précepteur fut le pire repas de toute mon existence. Je portais une de mes nouvelles tuniques, et le tissu me démangeait ; on ne l'avait pas encore mise à ma taille, si bien que j'avais l'impression de me promener avec une petite tente en laine sur le dos. Mes nouvelles chausses n'étaient pas encore prêtes, et je devais donc me contenter des anciennes, qui étaient trop courtes et faisaient des poches aux genoux. Je me voyais comme un échassier bizarre, avec les pattes qui pointaient en dessous de mes vêtements trop amples. Je m'étais dit qu'à table nul n'y verrait rien, mais j'échouai à m'asseoir la première.

Évite m'avait précédée dans la salle à manger comme une reine entrant dans la salle du trône. Un chignon la couronnait ; sa nouvelle bonne était douée pour la coiffure ; chacune de ses boucles châtaines brillait, et des épingles d'argent scintillaient sur ce fond d'acajou comme des étoiles dans le ciel nocturne. Elle était plus que belle : elle était saisissante ; même moi, je devais le reconnaître. Elle portait une robe verte qui, par une coupe ingénieuse, soulevait sa poitrine comme pour l'offrir, pour exiger qu'on la regardât. Elle s'était peint les lèvres et avait appliqué sur son visage une poudre claire, si bien que ses cils noirs et ses yeux verts semblaient implantés dans un masque ; une touche de rouge sur les pommettes lui conférait un aspect vif et animé. Je ne pouvais que la honnir encore davantage à cause de sa beauté. J'entrai à sa suite dans la salle, et, avant que je parvinsse à ma place, elle se tourna vers moi et m'adressa un sourire de chat.

Le pire restait à venir. Mon précepteur me suivait.

Son visage avait retrouvé sa beauté, débarrassé de son enflure et de ses ecchymoses bleu-violet. Il n'avait pas le teint hâlé comme mon père ou Crible, mais clair comme un gentilhomme de la cour. Il s'était rasé, et ses joues aux pommettes hautes et son menton carré étaient parfaitement lisses, mais l'ombre de ce qui serait sans doute une magnifique moustache apparaissait sur sa lèvre supérieure. M'étais-je inquiétée qu'il se moquât de mes vêtements mal ajustés ? Mes craintes étaient vaines : il s'arrêta au seuil de la porte et ses yeux s'écarquillèrent à la vue d'Évite ; comme elle, je le vis rester le souffle court, puis il se dirigea lentement vers la table. Il pria mon père de l'excuser de son retard, mais c'est Évite qu'il dévisageait.

À cet instant, en entendant ses mots courtois et soigneusement choisis et son accent de la cour, je tombai amoureuse.

On se gausse souvent d'un premier amour en n'y voyant qu'un entichement enfantin, mais pourquoi quelqu'un de jeune ne pourrait-il pas aimer avec autant de violence et de profondeur que n'importe qui ? Je regardai mon précepteur en sachant qu'il devait me voir comme une enfant, petite pour son âge et provinciale, à peine digne de son attention, mais je ne mentirai pas sur mes émotions : je brûlais de me distinguer, de prononcer des propos charmants ou de le faire rire. Quel événement pourrait me faire exister à ses yeux ?

Mais je n'avais rien pour moi ; j'étais une petite fille, vêtue très ordinairement, sans rien de passionnant à raconter. Je n'étais même pas capable de participer à la conversation qu'Évite avait engagée et ramenée adroitement à elle-même et à son éducation raffinée. Elle parlait de son enfance chez ses grands-parents, et narrait des anecdotes sur les ménestrels célèbres qui s'y étaient donnés en spectacle et sur les aristocrates qui y venaient en visite. Souvent, FitzVigilant s'exclamait qu'il avait lui aussi entendu jouer tel ou tel musicien ou qu'il connaissait dame Unetelle qui était passée au château de Castelcerf. Quand il mentionna un ménéstrel du nom de Heur, elle posa sa fourchette et déclara qu'elle avait ouï dire que c'était le plus drôle de tous et qu'il connaissait toutes les chansons humoristiques du répertoire. Je mourais d'envie d'intervenir pour le présenter comme un quasi grand frère, qui m'avait même offert une poupée un jour, mais ils parlaient entre eux et ne s'adressaient pas à moi, et j'eusse donné l'impression de les écouter à leur insu. Mais que j'eusse aimé que Heur arrivât à cet instant pour une de ses visites impromptue et m'embrassât comme une sœur !

Comme si cela eût grandi mon prestige auprès du scribe FitzVigilant ! Non, il n'avait d'attention que pour Évite. Elle penchait coquettement la tête, lui souriait en buvant une gorgée de vin, et il lui rendait son sourire en levant son verre. Mon père s'entretenait avec Crible de son retour à Castelcerf, de la date de son départ et des messages qu'il emporterait à destination de sire Umbre, de demoiselle Ortie et même du roi Devoir. Les vignes de Flétribois avaient bien donné, et il y avait des conserves qu'il souhaitait faire parvenir à dame Kettricken ainsi qu'un échantillon d'un vin de cinq ans, tiré des caves de la propriété et qu'il jugeait très prometteur.

Et, muette au milieu de leurs échanges, je découpais ma viande, la mangeais, beurrais mon pain, et détournais le regard chaque fois qu'Orme entrait pour apporter un plat ou débarrasser les assiettes. Elle était assez grande désormais pour servir à table, et son tablier aux couleurs de Flétribois, vert et jaune, lui seyait parfaitement. Ses cheveux étaient aplatis sur sa tête et s'achevaient en une natte enroulée sur sa nuque. J'avais envie de toucher le chaume blond qui me coiffait pour voir s'il était toujours bien peigné ou s'il se dressait comme des barbes de maïs, mais je plaçai les mains sous la table et les serrai l'une contre l'autre.

Quand le dîner s'acheva, mon précepteur alla promptement tirer la chaise d'Évite, à qui il présenta ensuite son bras ; elle l'accepta avec empressement et remercia « Lant » avec grâce. Ainsi, pour elle, c'était « Lant », et pour moi « scribe FitzVigilant ». Mon père m'offrit son bras, et, comme je le regardais avec surprise, il jeta un coup d'œil pétillant d'amusement au jeune couple ; je me tournai vers Crible, qui leva les yeux au ciel mais parut aussi charmé par leur conduite. Pour ma part, je n'y voyais rien de drôle.

« Je crois que je vais aller me coucher, murmurai-je.

— Tu vas bien ? demanda aussitôt mon père, l'air inquiet.

— Très ; la journée a été longue, c'est tout.

— D'accord ; je viendrai frapper à ta porte plus tard pour te souhaiter bonne nuit. »

J'acquiesçai de la tête. Me prévenait-il de me trouver là où je l'avais dit ? Eh bien, j'y serais – à ce moment-là. Je pris une chandelle dans un bougeoir pour m'éclairer.

Demoiselle Évite et le scribe FitzVigilant n'avaient même pas remarqué notre halte et avaient quitté la salle à manger pour se diriger vers un des petits salons, plus accueillants. Je n'avais aucune envie de les voir s'installer là et bavarder ensemble, aussi leur tournai-je le dos et m'en allai-je à grands pas, en protégeant de ma main la flamme de ma bougie.

De fait, la journée avait été longue, mais pas à cause de mes activités ; c'était plutôt l'inactivité qui avait étiré les heures à l'infini. Je n'étais pas allée aux écuries, j'étais restée coincée dans ma cachette pendant que mon père et Crible discutaient jusqu'au moment où je m'étais éclipsée par le passage secret pour sortir discrètement par les cuisines ; mais je n'avais pas osé y demeurer pour regarder Douce pétrir le pain ou tourner la broche : Léa était toujours présente désormais, occupée à nettoyer les traces de farine ou à remuer de la semoule de maïs qui mijotait à feu doux. Ses yeux noirs étaient comme des dagues, sa bouche pincée comme une enclume sur laquelle elle me frappait de ses mots lapidaires. J'avais donc passé le plus clair de mon temps dans un des ateliers de jardin de Patience avec un exemplaire des *Contes du Lignage de Blaireau.* Chaque fois que mon père m'avait vue avec ce livre entre les mains, il m'en avait proposé un autre, ce qui m'avait porté à croire que l'ouvrage renfermait des détails qu'il préférait me cacher ; néanmoins, il ne me l'avait jamais pris, et je l'avais donc lu avec attention, même les passages sans intérêt. Je l'avais terminé, et je ne voyais toujours pas quelle partie il redoutait que je lusse. Par la suite, je m'étais promenée dans la salle en pinçant les extrémités mortes des plantes ; comme la plupart étaient plongées dans leur repos hivernal, ce n'était pas aussi intéressant qu'en d'autres saisons.

Je ralentis dans le couloir qui menait à mon appartement, et, arrivée devant la porte de mon ancienne chambre, je regardai derrière moi. Personne ; j'ouvris et me glissai à l'intérieur.

Il faisait sombre ; il n'y avait pas de feu dans la cheminée et les rideaux étaient tirés sur la fenêtre. Je laissai la porte se refermer derrière moi puis restai immobile et respirai sans bruit en attendant que ma vue s'accommodât à la pénombre. Ma bougie peinait à repousser l'obscurité. J'avançai lentement, la main tendue devant moi, et trouvai la colonne de mon lit ; à tâtons, je me dirigeai vers le coffre vide situé à son pied. Quelques pas, et je sentis sous ma paume la pierre froide de l'âtre.

La porte de la chambre de bonne était close, et la peur me saisit soudain, accompagnée d'un picotement le long de l'échine : c'était là que la messagère était morte. Non, en réalité, elle était morte sur mon lit. Derrière moi. L'espace d'un instant, je ne pus contraindre mes muscles à me faire pivoter, puis je ne pus m'en empêcher. Je savais ma réaction ridicule, et cela n'arrangeait rien ; mais l'était-elle vraiment ? J'avais dit à Évite que, de notoriété publique, les fantômes ne hantent que les lieux où la personne qu'ils étaient a péri. Or, c'était là que la messagère avait succombé. Je me retournai lentement ; la flamme de ma bougie dansait entre mes mains tremblantes et jetait des ombres bondissantes dans la pièce.

Il n'y avait personne sur le lit dénudé. J'avais été stupide ; je devais cesser de le regarder fixement. Il le fallait ! Je fis demi-tour pour me placer face à la porte fermée. Rassemblant mon courage, je m'en approchai et posai la main sur la poignée. Elle était glacée. Plus qu'il n'était normal ? Le spectre de la jeune femme demeurait-il là où nous l'avions abandonnée sans nous en rendre compte ? J'appuyai sur la clenche et tirai la porte. Le courant d'air qui s'échappa de la chambrette faillit aspirer la flamme de ma bougie. Je ne bougeai pas, le temps qu'elle se rétablît, et examinai la pièce.

Elle était encore plus vide que la dernière fois ; seuls subsistaient le vieux porte-cuvette et son broc, et le lit pesant était toujours poussé contre mon entrée secrète. Je m'adressai au fantôme. « Si j'avais su que tu étais toujours là, j'aurais mieux pris soin de toi ; mais je te croyais partie. » Je ne perçus aucun changement dans l'obscurité dansante, mais je me sentis un peu plus courageuse de lui avoir parlé directement.

J'eus du mal à déplacer le lit tout en tenant mon bougeoir, mais j'y parvins, et je grimpai dessus pour déclencher le levier, puis en redescendis pour me glisser dans l'ouverture. Je fis couler de la cire sur le sol du boyau et y plantai ma chandelle avant de remettre le lit en place et de refermer le panneau derrière moi. Enfermée dans mon labyrinthe, je me sentis aussitôt mieux. Tenant fermement ma bougie, je suivis les marques dont je n'avais pratiquement plus besoin pour regagner ma petite tanière. Alors que j'allais y pénétrer, je m'arrêtai soudain, perplexe ; quelque chose avait changé. Une odeur ? L'air légèrement plus chaud ? J'examinai avec soin le réduit mais ne vis rien d'anormal. Circonspecte, je m'avançai, trébuchai et m'étalai de tout mon long ; ma bougie m'échappa, roula sur un demi-cercle et ne demeura allumée que par le plus grand des hasards. Par malchance, elle s'immobilisa contre un parchemin roulé que j'avais laissé traîner par terre. La bordure commençait à brasiller en dégageant un relent de cuir brûlé quand je me mis à quatre pattes et saisis la chandelle ; je la fixai dans son bougeoir et me retournai pour voir ce qui m'avait entravée. Au contact, j'avais eu la sensation d'un tissu, d'un tissu tiède.

Le vertige me prit quand je vis le sol onduler, et puis une petite tête de chat, l'air mécontent, apparut du néant. Il sortit lentement de la pierre, s'étira puis m'adressa un grave miaulement de reproche. Seul un repli orné d'un motif en aile de papillon trahissait la présence de la cape en tas par terre. Je bondis et m'en emparai pour la serrer contre ma poitrine. Elle était tiède et sentait le chat noir. « Que faisais-tu avec ça ? » demandai-je sévèrement.

Je dormais. C'était chaud.

« C'est à moi ; tu ne dois rien prendre sur l'étagère. » Je constatai alors que l'assiette que j'avais posée sur mon bol avait été écartée. La cape sous le bras, j'effectuai une rapide inspection de mes provisions : le pain avait été mâché sur la tranche et rejeté ; de la demi-saucisse, il ne restait que des lambeaux de boyau. « Tu as mangé mes réserves ! Et tu as dormi dans ma cape. »

Pas à toi. À elle.

Je demeurai le souffle court. « Eh bien, elle à moi maintenant. Elle est morte. »

Oui. Alors elle est à moi. On me l'avait promise.

Je le regardai, abasourdie. Mes souvenirs de cette journée étaient enveloppés de brume, non ceux des événements du soir, mais ceux du matin ; je ne me rappelais pas pourquoi j'étais allée me promener dans cette zone de la propriété, ombreuse, froide et inhospitalière les jours gris et humides. J'avais à peine le souvenir d'avoir vu l'aile de papillon par terre, et j'étais incapable de savoir s'il s'agissait d'une image réelle ou d'une réminiscence d'un rêve. Mais je n'avais pas oublié qu'en arrivant, mon père avait poussé une exclamation de surprise, et un animal s'était enfui dans les fourrés ; un animal au pelage noir.

Oui. J'étais là.

« Ce n'est pas pour autant que la cape t'appartient. »

Il s'assit très droit et rabattit proprement sa queue noire sur ses pattes blanches. Je remarquai qu'il avait les yeux jaunes, et la lumière de la bougie dansait au fond d'eux quand il déclara : *Elle me l'a donnée. C'était un échange équitable.*

« Contre quoi ? Que peut avoir un chat à échanger ? »

Une lueur d'or naquit dans ses yeux jaunes, et je compris que je venais de l'insulter. J'avais insulté un chat, rien qu'un chat ; alors, pourquoi ce frisson de peur dans mon dos ? Je me rappelai que ma mère m'avait appris à ne jamais craindre de m'excuser quand j'avais tort, en disant que cela leur eût évité bien des ennuis, à mon père et à elle, s'ils avaient suivi cette règle ; puis elle avait soupiré et ajouté que je ne devais jamais croire que des excuses pouvaient effacer complètement une faute. Néanmoins, cela valait la peine d'essayer.

« Je te demande pardon, fis-je avec sincérité. Je ne connais pas bien les chats, car je n'en ai jamais eu un à moi. Je pense que j'ai dit une bêtise. »

Oui. Par deux fois. L'idée qu'une humaine puisse avoir un chat « à elle » est tout aussi insultante. Soudain, il tendit une patte de derrière vers le plafond et entreprit de se lécher l'arrière-train. Me sachant insultée à mon tour, je décidai de me taire. Il poursuivit sa toilette pendant un temps ridiculement long, et je commençai à avoir froid. Discrètement, je saisis un coin de la cape et me la tirai sur les épaules.

Quand il eut enfin terminé, il braqua de nouveau sur moi ses yeux ronds qui ne cillaient pas. *Je lui ai donné des rêves ; je me suis couché contre elle et j'ai ronronné pendant la longue nuit froide. Elle était gravement blessée, et elle mourait. Elle le savait. Ses songes étaient sombres et pleins de bords coupants, emplis des images de ceux dont elle avait trahi la confiance. Elle rêvait des créatures qui étaient en elle et qui lui dévoraient les entrailles. Je suis entré dans ses rêves, et, là, j'étais le Chat des Chats, doué d'un pouvoir inimaginable. J'ai chassé et tué ceux qui lui avaient fait du mal ; je les ai saisis de mes griffes et les ai éventrés. Vers l'aube, alors que le gel était le plus fort, j'ai promis que je t'amènerais à elle, qu'on la découvrirait et que son message serait délivré. Elle m'a remercié, et je lui ai dit que j'avais bien aimé la chaleur de la cape. Elle a dit alors que je pourrais l'avoir quand elle serait morte.*

Son histoire avait l'accent de la vérité, du moins jusqu'à la dernière phrase ; là, je sus qu'il mentait, et il comprit que je le savais. Il eut un sourire désinvolte sans changer d'expression ; cela tenait peut-être à la position de ses oreilles. Il me mettait au défi de récuser son argument. Tout au fond de mon cœur, père Loup émit un grondement sourd ; il n'aimait pas ce chat, mais sa mise en garde s'adressait autant à lui qu'à moi.

« Très bien. Je laisserai la cape ici la nuit pour toi. »

Échange, proposa-t-il.

Aha ! Je me penchai vers lui. « Qu'ai-je qui puisse intéresser un chat ? »

Ses yeux s'étrécirent. *Le chat qui a le droit de dormir près de la cheminée de la cuisine a un panier avec une couverture moelleuse ; et des herbes…*

« De l'herbe à chat, et de la vergerette chasse-puces. » Je les connaissais : c'était ma mère qui avait initié cette tradition.

Je veux la même chose ; et si tu vois les humains me poursuivre avec un balai, tu dois crier, faire du tapage et les battre pour qu'ils ne recommencent plus.

« C'est d'accord. »

Et tu dois m'apporter des plats délicieux, dans une assiette propre, tous les jours.

Il s'était rapproché de moi sans que je m'en rendisse compte. Lentement, il monta sur mes genoux et s'installa. « C'est d'accord. »

Et, quand j'ai envie d'être caressé, tu dois me caresser. Mais seulement quand j'en ai envie. C'était devenu un rond noir de chat sur mes cuisses. Il leva une patte, fit jaillir de longues griffes blanches et très pointues, et entreprit de les nettoyer et de tirer dessus.

« Très bien. » Avec précaution, je posai les mains sur lui ; mes doigts s'enfoncèrent dans son épaisse fourrure noire. Qu'il était chaud ! Je lui caressai délicatement le flanc, et trouvai deux petites bourres végétales et des épines ; je les ôtai. Le bout de sa queue s'agita soudain et s'enroula sur mon poignet. C'était absolument adorable. Je plaçai mes doigts sous son menton et le grattai doucement ; il leva la tête, et une curieuse paupière semi-transparente couvrit ses yeux mi-clos. Je déplaçai la main pour lui caresser les oreilles ; son ronronnement devint plus grave et il ferma les yeux. Nous restâmes ainsi un moment, puis il s'étendit mollement sur le côté. Du plat de la main, je retirai des bourres végétales de la fourrure de son ventre.

Aussi brusquement qu'un serpent qui frappe, il m'agrippa l'avant-bras, m'infligea trois méchants coups de griffes des pattes de derrière, puis détala dans l'obscurité sans laisser même le spectre d'une pensée pour expliquer son geste. Je serrai mon poignet sanguinolent contre ma poitrine et me balançai d'avant en arrière en supportant la douleur en silence. Les larmes me piquaient les yeux. Dans mon cœur, père Loup acquiesça dans un grondement. *Les chats sont des créatures maudites auxquelles on ne peut se fier, qui parlent à tout le monde et à n'importe qui. J'espère que tu as retenu la leçon.*

J'avais retenu une leçon, mais je ne savais pas exactement laquelle. Je me relevai lentement, soudain inquiète du temps écoulé. Je repris ma cape, la pliai hâtivement, la remis à sa place sur mon étagère et reposai le couvercle sur mon bol à pain. Petit voleur sournois !

Je pouvais apprendre de lui.

Le lendemain matin, sans que je l'en eusse priée, Soigneuse vint m'aider à me lever, à me laver, à coiffer mes cheveux récalcitrants puis à m'habiller. Ce fut extrêmement pénible ; seule ma mère m'avait ainsi manipulée, et toujours en bavardant gaiement de nos projets pour la journée. Soigneuse eût plutôt dû s'appeler Hâtive, ou peut-être Acide, car elle pinçait les lèvres comme si chacun de mes vêtements lui mettait un goût aigre dans la bouche. Elle me passa sans ménagement ma blouse par-dessus la tête, puis tout de suite après ma tunique ; elle tira sur mes manches, puis, sans s'excuser, glissa la main sous ma tunique et ajusta la blouse. Elle me demanda des affaires que je n'avais jamais possédées, comme des épingles pour mes cheveux, ou au moins une pommade pour les aplatir ; elle voulut savoir où étaient rangées mes boucles d'oreilles, eut l'air sidérée que je n'eusse même pas les lobes percés, puis elle s'exclama hautement, consternée par l'état de mes bas, en découvrit une paire plus épaisse et déclara que mes chaussures faisaient honte à ma maison.

Elle entendait peut-être exprimer un sentiment d'outrage qu'elle croyait partagé, mais ses interjections me donnaient l'impression d'être mal fagotée et renforçaient ma timidité, et je ne trouvais pas les mots pour me défendre, moi ou ma garde-robe. Pour m'encourager, j'accrochai ma ceinture, avec le couteau de ma mère dans sa gaine. Soigneuse eut un soupir réprobateur et s'agenouilla devant moi. « Ce n'est pas comme ça que ça se porte », dit-elle. Je me tus tandis qu'elle défaisait ma ceinture, y pratiquait un nouveau trou avec son propre couteau, puis me la remettait de façon qu'elle demeurât fixée à ma taille au lieu de reposer sur mes hanches.

Quand elle eut fini de me démêler les cheveux et de rajuster ma tunique, elle me poussa vers le miroir, et nous regardâmes notre reflet. À ma grande surprise, je n'avais pas l'air aussi inélégante que je le craignais. Je souris à mon image et dis : « Je crois que je n'ai pas été aussi bien mise depuis des mois. Merci, maîtresse Soigneuse. »

Ces mots la laissèrent visiblement pantoise. Accroupie près de moi, elle leva le visage vers moi, ses grands yeux bruns écarquillés. « Attendez, fit-elle soudain. Ne bougez pas. »

J'obéis, et, avant que j'eusse le temps de m'étonner de me plier aux ordres d'une domestique, elle revint. « Il faudra que vous me les rendiez quand vous n'en aurez plus besoin. Ils m'ont coûté cher et je ne les ai pas portés dix fois ; alors n'approchez pas vos mains de trucs collants. Vous croyez que vous pourrez ? »

Sans attendre ma réponse ni ma permission, elle fixa des manchettes de dentelle crème aux poignets de ma blouse, et ajouta un col assorti. C'était un peu grand pour moi, mais elle tira une aiguille munie d'un fil de sous le col de son chemisier et reprit rapidement les accessoires ; quand elle eut fini, elle m'examina, le front plissé, puis poussa un petit soupir. « J'aimerais bien que la fille de la maison dont j'ai la charge soit plus élégante que les filles de cuisine, mais ça ira pour le moment, et, avant une heure, Allègre saura le fond de ma pensée ! Allons, au petit déjeuner, ma chérie. Je vais sûrement devoir passer une heure à ranger chez demoiselle Évite ; tous les matins, c'est la même chose, une dizaine de robes jetées n'importe où dans la chambre et autant de jolis corsages. Avec vous, par contre, tout est parfaitement net ; je crois que je n'ai jamais passé plus de quelques secondes à mettre de l'ordre chez vous. »

J'ignorais qu'elle devait faire le ménage dans mon appartement, mais je me tus ; j'avais accepté sans y penser que quelqu'un s'occupât de ma bassine, de mon broc et de mon pot de chambre, tout comme il allait de soi que mes draps fussent lavés une fois par mois. « Merci de prendre soin de moi », dis-je en me rendant compte que ces corvées n'avaient rien de particulièrement agréable.

Elle rosit à nouveau. « Je vous en prie, demoiselle Abeille. Et maintenant, du balai ! J'espère que vos leçons se passeront bien. »

Le plaisir le disputait en moi à la crainte : j'avais envie de me rendre aussitôt à la salle de classe mais également de courir me cacher dans ma retraite. Je descendis à la salle à manger ; mon père était là et m'attendait ; il allait et venait dans la pièce, comme si lui aussi était inquiet. Il se retourna à mon entrée, et ses yeux s'agrandirent, puis il sourit. « Eh bien, tu as l'air tout à fait prête à commencer tes nouvelles études !

— Soigneuse m'a aidée. » Je touchai la dentelle à mon cou. « Le col et les manchettes lui appartiennent ; elle a été surprise que je n'aie pas de boucles d'oreilles, et puis elle a dit qu'elle ne voulait pas que je sois moins jolie que les filles de cuisine.

— Ce ne serait pas possible, même si tu étais en haillons et couverte de crasse. »

Je le regardai en silence.

« Je ne veux pas dire que tu es mal habillée ou sale ! reprit-il. Non, non ! Simplement, peu importe ce que… » Il s'interrompit avec un air penaud si comique que je ne pus m'empêcher d'éclater de rire.

« Ce n'est pas grave, papa ; de toute manière, on me voit tous les jours avec mes vêtements ordinaires. Je ne tromperai personne. »

Il parut vaguement inquiet. « Notre but n'est pas de tromper quiconque, Abeille, mais de t'habiller d'une façon qui indique ton respect pour le scribe qui t'enseigne. » Il ajouta plus lentement : « Et pour signaler ton propre statut dans la maison. » Il se tut, et je me rendis compte qu'il réfléchissait à toute allure. Je le laissai faire, car mes pensées étaient tout aussi occupées.

Une idée effrayante m'était venue soudain : les leçons occupaient quatre sur cinq de mes journées ; allais-je devoir me vêtir ainsi tous les jours ? Chaque matin, Soigneuse allait-elle envahir mon appartement pour m'apprêter ? Je compris peu à peu qu'il me faudrait attendre quatre jours complets avant de pouvoir faire ce que je voulais de ma matinée. Finies, les promenades à cheval – je n'en avais plus fait depuis ma brouille avec Persévérance, cependant j'imaginais que je finirais par me rabibocher avec lui. Mais mes matinées prises changeaient tout, et définitivement ; presque tous les jours, je devrais côtoyer des gens que je n'aimais pas dans la salle de classe ; et, même à la table du petit déjeuner…

« Mais quelle surprise, Abeille ! Vous vous êtes peignée. Vous avez presque l'air d'une petite fille ce matin. »

Je me retournai à ce salut d'Évite ; Crible était entré à sa suite. Elle me souriait. Mon père paraissait indécis, tandis que les sourcils de Crible escaladaient son front. Je rendis son sourire à la jeune fille et fis une révérence précautionneuse. « Merci, Évite ; vous-même avez presque l'air d'une dame bien élevée aujourd'hui. » Je m'exprimais d'un ton suave comme de la crème au sucre. L'expression de mon père passant de la perplexité à l'effroi eût été comique si le scribe FitzVigilant n'était pas arrivé à l'instant où je prononçais ces mots. Il m'adressa le regard que mérite un enfant méchant et irrespectueux, puis salua chaleureusement Évite et l'escorta jusqu'à sa place à table comme s'il la protégeait d'un petit animal hargneux.

Je m'assis et remarquai qu'elle n'entamait pas tout de suite son repas, mais attendait que FitzVigilant se fût installé à côté d'elle. Très avenants, ils saluèrent mon père et Crible, mais n'eurent pas un regard ni un mot pour moi ; ils se passèrent les plats, et Évite lui resservit du thé. Pour ma part, je ne levai quasiment pas le nez de mon assiette ; quand je les regardais discrètement, leur beauté partagée me déchirait le cœur à coups de griffe jaloux. On les eût dit sortis du même moule, créés pour s'assortir l'un à l'autre ; tous deux arboraient les mêmes boucles brillantes, le même menton volontaire et le même nez fin. Ils s'admiraient mutuellement comme en un miroir. Je ramenais mon regard sur mon assiette en feignant un intérêt passionné pour la saucisse qu'elle contenait.

Mon père proposait à Crible une longe de bon lard, des vins de la cave et du poisson de rivière fumé à rapporter à Castelcerf ; si l'autre avait dit oui à tout, il eût pu en charger un plein chariot, mais il insistait pour voyager léger et répétait qu'il reviendrait bientôt.

Je surpris tout à coup une bribe des propos d'Évite : « … semblant que cela ne me dérange pas ; mais je suis ravie de vous voir en état de donner des cours. Des journées remplies d'études utiles, voilà le mieux pour les enfants, à mon avis, ainsi que de la discipline. Serez-vous strict avec vos élèves ? »

FitzVigilant avait la voix grave et douce, semblable au grondement d'un grand félin. « Très strict au début, je pense. Il est préférable de commencer avec une main ferme que de s'évertuer à imposer son autorité plus tard. »

Mon cœur se serra.

Le petit déjeuner achevé, notre scribe souhaita une bonne matinée à mon père, puis il me regarda sans sourire. « Je vous retrouverai très bientôt dans la salle de classe, demoiselle Abeille. »

Peut-être la courtoisie le ferait-il changer d'avis sur moi ? « Je vais vous y suivre, scribe FitzVigilant. »

Il se tourna vers mon père. « Je propose que mes élèves m'appellent scribe Lant ; ce sera moins difficile à mémoriser et à prononcer pour des enfants.

— Comme vous voulez », répondit mon père, qui partageait ma pensée, j'en suis sûre : le diminutif ne le désignait pas comme bâtard.

J'attendis sans mot dire que mon professeur saluât Crible, puis je lui emboîtai le pas en direction de la salle de classe. Il claudiquait toujours un peu mais s'efforçait de marcher vivement, et je le suivais aussi vite que possible sans courir. Il ne m'adressa pas la parole et ne regarda même pas derrière lui pour voir si je restais à sa hauteur. Aussi ridicule que cela paraisse, mon cœur se brisait tandis que mon aversion pour Évite atteignait le point d'ébullition. Je cacherais des rats morts dans sa penderie. Non, cela ne ferait qu'attirer des ennuis à Allègre, qui me traitait avec bonté. Je m'efforçai en vain d'imaginer quelque mauvais tour qui ne retomberait pas sur quelqu'un d'autre. Quelle injustice que, par la seule vertu de sa beauté et de son âge, elle pût capter l'attention de tous les hommes de la maison ! Ces hommes, c'étaient mon père à moi, le compagnon de ma sœur à moi, et le précepteur venu m'enseigner, moi, mais Évite pouvait s'emparer d'eux d'un simple signe de la tête. Et je n'y pouvais rien.

Je m'étais laissé distancer par la longue foulée de FitzVigilant. Parvenu à la porte de la salle de classe, il s'arrêta et se retourna vers moi d'un air vaguement agacé. Il m'attendit sans rien dire et s'écarta pour me permettre d'entrer dans la pièce.

Je me figeai sur le seuil, ahurie. Je n'avais jamais vu autant d'enfants réunis, et ils s'étaient tous levés à mon apparition ; j'éprouvai une étrange impression de danger, comme lorsque des corbeaux s'abattent en croassant par dizaines sur un arbre ou que des abeilles se regroupent en essaim avant de quitter la ruche. Je demeurai pétrifiée, sans savoir où aller, et je regardai mes compagnons ; j'en connaissais certains, que j'avais fréquentés ou rencontrés par le passé, et deux m'étaient inconnus. Orme et Léa étaient là, tirées à quatre épingles, vêtues du vert et jaune de Flétribois et débarrassées provisoirement de leur tablier de cuisine. Caramel était présent, en pourpoint et pantalon, la mine sombre, les bras croisés sur la poitrine, manifestement mécontent de sa situation. J'aperçus Persévérance dans le fond, la figure si bien nettoyée que sa peau avait l'air à vif, et les cheveux tirés en queue-de-cheval ; ses habits étaient propres mais avaient visiblement eu plus d'un propriétaire. Ses voisins devaient être les autres palefreniers, Lukor, Prêt et Avoinil ; j'en avais vu un autre travailler dans les jardins, et deux, un garçon et une fille, s'occuper des oies. Qu'ils étaient nombreux ! Plus d'une dizaine de paires d'yeux me regardaient figée à la porte.

Derrière moi, une voix dit d'un ton réprobateur : « Demoiselle Abeille, auriez-vous la bonté d'avancer afin que je puisse entrer ? »

Je m'écartai et compris brusquement que c'était pour lui que les enfants s'étaient levés, non pour moi ; je me sentis un peu moins gênée et m'aventurai un peu plus loin dans la salle en rasant le mur pendant que les regards se portaient vers FitzVigilant.

« Je suis ravi de votre ponctualité », dit-il en guise de salut. Il me sembla déceler une note déconcertée dans sa voix ; était-il surpris du nombre d'enfants ? Il reprit son souffle. « Vous m'appellerez scribe Lant ; je suis votre professeur. Demoiselle Ortie a eu l'extrême générosité d'envoyer un précepteur pour instruire les enfants de son domaine, et je veux que vous ayez tous bien conscience de la rareté d'un tel geste. J'espère que vous manifesterez la gratitude qui s'impose en ayant une conduite exemplaire et en vous appliquant à vos études avec assiduité. Nous allons commencer tout de suite. Que chacun trouve une place et s'assoie ; ma première tâche sera de déterminer ce que vous savez déjà. »

Un banc pouvait accueillir quatre élèves ; Orme et Léa l'accaparèrent aussitôt, imitées par les deux gardeurs d'oies. Caramel, un autre costaud et Persévérance s'assirent sur la dalle de la cheminée, dos au feu. Les autres jetèrent des regards autour d'eux puis s'assirent en tailleur sur le tapis. Après un instant d'hésitation, je m'installai auprès d'eux ; le garçon qui travaillait aux jardins m'adressa un sourire timide puis détourna les yeux, tandis que deux des autres se déplaçaient pour s'éloigner de moi ; il émanait d'eux une vague odeur de mouton. Le scribe FitzVigilant avait pris un siège à son bureau. « Il faudra que je me fasse envoyer davantage de tablettes, dit-il en se parlant en partie à lui-même, et que je demande à Allègre d'apporter de quoi s'asseoir. »

Puis il désigna les enfants du banc. « Je vais commencer par vous. Veuillez vous approcher l'un après l'autre et me dire ce que vous avez comme instruction. » Il balaya la salle du regard. « Je suis sûr que les autres sauront patienter sans faire de bruit. »

Les enfants échangèrent des regards perplexes. Il ne s'était pas adressé à moi d'abord ; en déduisaient-ils qu'il savait déjà tout de moi, ou bien, ce dont j'étais sûre, que je lui avais déjà déplu ? J'avais noté qu'il rendait hommage à la générosité de demoiselle Ortie, non à celle de mon père, et qu'il prétendait avoir été envoyé faire la classe aux enfants du domaine, sans préciser que je partageais en réalité mon précepteur avec eux : il m'avait confondue avec tous ses autres élèves. Tout comme moi, j'en pris soudain conscience, quand je m'étais assise par terre avec les autres. C'était une erreur ; comment la corriger ? Et le souhaitais-je ?

Certains enfants adoptèrent promptement des positions plus confortables : la séance allait être longue. Caramel, renfrogné, sortit son couteau et entreprit de se tailler les ongles et de les nettoyer. Les enfants du jardin parcouraient la salle d'un regard étonné ; Persévérance était aussi attentif qu'un chien assis près d'une table.

Le scribe Lant appela d'abord Orme. Je croisai mes mains sur mes genoux, baissai les yeux et tendis l'oreille. Elle savait compter, naturellement, et effectuer des additions simples, mais guère au-delà de son nombre de doigts ; elle ne savait ni lire ni écrire hormis son nom ; elle était capable de nommer tous les duchés de Cerf et savait que Chalcède nous menaçait, mais le reste de sa géographie était flou. Ma foi, j'en savais plus qu'elle, mais pas au point de me sentir parfaitement assurée.

Léa possédait à peu près le même degré d'instruction qu'Orme, à ceci près qu'elle savait reconnaître le nom de certaines épices à force d'aller chercher les récipients qui les contenaient dans les placards. La gardeuse d'oies s'appelait Lierre ; elle ne savait ni lire ni écrire, mais son frère et elle se distrayaient à des jeux d'arithmétique pour passer le temps. Son frère, Sapin, avait une taille correspondant à son nom ; lui non plus ne savait pas lire, mais la perspective d'apprendre l'enchantait visiblement ; il était aussi doué que sa sœur pour le calcul, et il le démontra quand notre scribe lui soumit des problèmes comme : « Douze oies sont sur l'eau ; dix-sept autres se posent à côté d'elles pendant que cinq s'envolent ; puis vingt-deux oisons sortent des ajoncs, et une grenouille-taureau en dévore un. Combien d'oies et d'oisons reste-t-il ? » Sapin donna aussitôt la réponse puis ajouta, rougissant légèrement, qu'il n'était pas nécessaire d'employer toujours des oies pour les calculs. FitzVigilant le félicita de sa vivacité d'esprit et de son envie d'apprendre, puis appela Persévérance.

Le garçon se leva, la tête courbée, et déclara d'un ton respectueux qu'il ne savait ni lire ni écrire ; il était capable de compter « assez pour faire mon travail » ; il expliqua que c'était le souhait de son père qu'il s'instruisît et qu'il respectait la volonté de son père, qui savait où était son intérêt. « Moi aussi », fit le scribe, et il posa au garçon d'écurie des problèmes d'arithmétique simples ; je vis Persévérance bouger les doigts pour parvenir à la réponse. Il avait les joues et les oreilles plus rouges que sous l'effet de la bise, et, une fois, quand il se trompa, il jeta un regard vers moi. Je fis semblant d'être occupée à ajuster ma tunique.

La scène se répéta à quelques détails près avec les autres élèves. J'observai que, pour la plupart, ils avaient hérité du même niveau d'instruction que leurs parents. Avoinil, lui aussi des écuries, aidait parfois à rentrer les réserves et à en tenir le compte ; il savait un peu lire, et sa mère voulait qu'il apprît également à écrire afin qu'il participât davantage aux tâches. À ma grande surprise, je découvris que l'employé aux jardins était capable d'écrire son nom et de déchiffrer des mots simples ; toutefois, il n'était guère doué avec les chiffres. « Mais j'ai envie d'apprendre », affirma-t-il, et notre précepteur répondit avec un sourire : « Dans ce cas, tu apprendras. »

Lorsque Caramel fut appelé au bureau, il se leva lentement et s'avança, les épaules voûtées. Son demi-sourire n'échappa pas à FitzVigilant, qui le regarda et ordonna : « Redressez-vous, je vous prie. Votre nom ? » Sa plume était prête à écrire.

« Caramel. Mon père, il travaille aux vignes, et ma mère, elle lui donne quelquefois un coup de main pour l'agnelage quand elle est pas en train de mettre bas elle-même. » Il parcourut les élèves d'un regard narquois et ajouta : « Mon père, il dit qu'elle est jamais aussi contente qu'avec un gros ventre ou un gamin au néné.

— Vraiment ? » Notre précepteur ne se laissa pas démonter. Comme Caramel s'était adressé à la cantonade, il demanda bien fort : « Savez-vous lire ou écrire, jeune homme ?

— Non.

— Je suppose que vous vouliez dire "Non, scribe Lant". Vous ferez certainement mieux la prochaine fois que je vous poserai une question. Savez-vous compter ? À l'écrit ou de tête ? »

Caramel se passa la langue sur les lèvres. « En tout cas, je compte pas rester ici.

— Mais vous y êtes, et, comme votre père le souhaite, je vais vous instruire. Retournez à votre place. »

Caramel obéit d'un pas nonchalant. C'était à moi ; j'étais la dernière. Je me levai et allai devant le bureau du scribe, toujours occupé à prendre des notes sur mon prédécesseur. Ses boucles noires tombaient en spirales parfaites. J'observai son écriture : nette et forte, même à l'envers. « Insolent et réticent », avait-il noté en face du nom de Caramel.

Il leva le visage, et je détournai mon attention de son papier pour le regarder. Il avait les yeux marron clair, avec de très longs cils. Je baissai précipitamment le nez. « Eh bien, demoiselle Abeille, c'est votre tour. » Il poursuivit d'une voix douce : « Demoiselle Ortie souhaite vivement que vous appreniez à lire et à écrire, au moins un peu, dans la mesure de vos capacités. Croyez-vous pouvoir faire cela, pour elle ? » Son sourire se voulait empreint de bonté, mais c'était une sollicitude feinte.

Sa condescendance me choqua et me blessa à la fois ; le dédain qu'il avait manifesté plus tôt envers mes mauvaises manières était moins insupportable. Je le regardai puis baissai les yeux à nouveau, et, sans parler trop fort, je pris soin de m'exprimer le plus clairement possible, je savais que mon élocution demeurait parfois embarrassée et ma voix sourde. Je ferais en sorte que cela n'arrivât pas aujourd'hui. « Je sais déjà lire et écrire, messire, et je sais calculer mentalement jusqu'à vingt ; au-delà, avec une taille, je suis capable de parvenir à la bonne réponse – le plus souvent, mais il me faut du temps. Je connais la géographie de la région et je sais placer les duchés sur une carte. Je sais les *Douze simples guérisseurs* et autres comptines d'apprentissage. » Ces dernières me venaient de ma mère. J'avais remarqué qu'aucun autre enfant n'avait parlé de ces comptines.

Le scribe Lant m'adressa un regard méfiant. « Des comptines d'apprentissage ? »

Je m'éclaircis la gorge. « Oui, messire. Par exemple, pour l'herbe à chat, elle commence ainsi : "Plante-la et le chat l'aura ; sème-la et il passera." Donc, la première chose à savoir sur cette herbe, c'est que, si on la repique dans le jardin, le chat mangera les pousses ; mais si on la sème, elle lèvera, le chat ne s'en rendra pas trop compte, et la plante pourra grandir. »

Il toussota. « C'est ingénieux, mais cela ne peut compter comme de l'instruction dans le cadre de cette classe. »

Quelqu'un pouffa, et le sang me monta aux joues ; comme je détestais cette peau claire qui laissait voir si facilement mon humiliation ! Je regrettais aussi d'avoir choisi la comptine la plus simple. « J'en connais d'autres, messire, qui sont peut-être plus utiles. »

Il eut un petit soupir et ferma un instant les yeux. « Je n'en doute pas, demoiselle Abeille, dit-il, comme s'il s'efforçait de ne pas me vexer en soulignant mon ignorance. Mais c'est votre écriture qu'il m'intéresserait de voir à présent. Pouvez-vous me tracer quelques lettres là-dessus ? » Il poussa une feuille de papier vers moi et me tendit un morceau de craie. Croyait-il que je n'avais jamais vu de plume ?

L'humiliation se mua en colère. Je passai la main par-dessus la sienne pour prendre sa plume fine, et, d'une écriture soignée, j'inscrivis : « Je m'appelle Abeille Blaireau. J'habite le domaine de Flétribois. Ma sœur est demoiselle Ortie, maîtresse d'Art de sa majesté le roi Devoir des Six-Duchés. » Je levai la main, examinai mon texte d'un œil critique puis tournai le papier pour le soumettre au précepteur.

Il m'avait regardée écrire avec une surprise non dissimulée ; il scruta la feuille, l'air de ne pas en croire ses yeux. Puis il me la rendit. « Écrivez ceci : "Aujourd'hui, je commence les leçons avec le scribe Lant." »

J'obéis avec lenteur, car je n'étais pas sûre de l'orthographe de « Lant », puis je retournai à nouveau la feuille. Il me remit alors une tablette de cire noire sur laquelle il avait inscrit des mots ; je n'avais jamais vu pareil système, et j'effleurai du doigt l'épaisse couche de cire qui recouvrait le bois. À l'aide d'un stylet, FitzVigilant avait écrit dans la cire d'une main vive et gracieuse.

« Eh bien ? Pouvez-vous lire ou non ? » Il y avait du défi dans sa question. « Tout haut, je vous prie », ajouta-t-il.

Je regardai fixement le texte puis le lus lentement. « C'est une tromperie que de feindre l'ignorance et l'incapacité. » Je levai les yeux vers lui, perplexe.

« Êtes-vous d'accord ? »

Je relus les mots. « Je ne sais pas. » Que voulaient-ils dire ?

« Eh bien, moi, je serais d'accord. Demoiselle Abeille, vous devriez avoir honte. Demoiselle Ortie vous croit simple d'esprit et quasi muette, et elle se ronge les sangs pour vous ; elle se tourmente pour votre avenir et se demande qui s'occupera de vous pendant votre vie. Et voici que j'arrive ici, pensant que j'aurai pour tâche de vous donner une instruction élémentaire sur les sujets les plus simples, et que je vous découvre parfaitement capable de lire et d'écrire – et tout à fait impertinente vis-à-vis d'une demoiselle qui mérite votre respect. Alors, que dois-je penser, demoiselle Abeille ? »

J'avais trouvé un petit nœud dans le bois du bureau ; les yeux fixés sur le tourbillon noir dans le grain, je n'avais qu'une envie : disparaître. C'était trop compliqué à expliquer ; tout ce que je désirais naguère, c'était ne pas avoir l'air bizarre aux yeux des autres, mais il y avait peu de chances que j'y parvinsse : j'étais trop petite et trop intelligente pour mon âge. L'un eût dû être évident, et l'autre, si je l'énonçais tout haut, me ferait passer à ses yeux pour aussi prétentieuse que mal élevée. Je me sentis rougir. Quelqu'un prit la parole dans mon dos.

« Ouais, elle fait semblant d'être bête pour pouvoir espionner les autres. Moi, elle me suivait tout le temps, et j'ai eu des ennuis à cause d'elle. Tout le monde le sait : elle aime faire des problèmes. »

Le sang quitta soudain mon visage, et le vertige me saisit. J'eus du mal à prendre mon souffle. Je me tournai vers Caramel, les yeux écarquillés. « Ce n'est pas vrai ! » J'avais voulu crier, mais seul un murmure haché avait franchi mes lèvres. Le garçon affichait un sourire moqueur ; Orme et Léa acquiesçaient de la tête, les yeux brillants ; les gardeurs d'oies observaient la scène d'un air effaré. Le regard de Persévérance glissa sur moi pour se fixer sur le ciel gris encadré par la fenêtre. Les autres me dévisageaient. Je n'avais aucun allié dans cette salle. Sans me laisser le temps de me retourner, FitzVigilant me dit d'un ton sévère : « Asseyez-vous. Je sais à présent par où commencer les leçons. » Je regagnai ma place, et mes voisins s'écartèrent de moi, comme contaminés par la réprobation du précepteur. Il poursuivit : « Je n'attendais pas autant d'élèves ni des niveaux d'instruction aussi disparates, aussi n'ai-je pas apporté assez de fournitures. J'ai six tablettes de cire et six stylets ; il faudra les partager. J'ai du papier, et je pense que nous trouverons une réserve de bonnes plumes d'oie. » Les gardeurs d'oies sourirent en s'agitant, ravis. « Mais nous ne nous servirons de plumes, d'encre et de papier que quand nous les aurons mérités. J'ai écrit les lettres en gros sur des feuilles, et chacun d'entre vous en emportera une ; chaque soir, je veux que vous suiviez le tracé des lettres du bout du doigt. Aujourd'hui, nous nous entraînerons à les former toutes et à répéter le son des cinq premières. » Il adressa un regard au fils du jardinier et ajouta : « Comme tu te débrouilles déjà bien, Pied-d'Alouette, je ne t'ennuierai pas avec ces exercices ; il y a ici des manuscrits et des livres d'excellente qualité en relation avec le jardinage et les plantes. Peut-être aimerais-tu les étudier pendant que je m'occupe des autres. »

Pied-d'Alouette, rayonnant, se leva promptement pour prendre un document sur les roses. Je le reconnus : je l'avais lu plusieurs fois, et il venait d'une des bibliothèques de Patience. Je pinçai les lèvres ; peut-être mon père l'avait-il autorisé à se servir des ouvrages de Flétribois. Quand le précepteur me tendit la feuille avec les lettres, je ne protestai pas que je les connaissais déjà : c'était une punition, je le savais, et il me contraignait à des exercices monotones et inutiles pour souligner son mépris pour ma prétendue « duplicité ».

Déambulant parmi nous, il nomma chaque lettre, puis nous les répétâmes et suivîmes son tracé du doigt ; les trente-trois faites, nous revînmes aux cinq premières, et le scribe s'enquit de savoir qui se souvenait de leur nom. Comme je ne levais pas le doigt, il me demanda si je continuais à feindre l'ignorance. Ce n'était pas mon intention : j'avais décidé d'accepter mon châtiment en silence. Je me tus et baissai le nez ; il émit du fond de la gorge un bruit empreint d'impatience et de dégoût. Je ne levai pas les yeux. Il désigna Sapin, qui s'en rappelait deux ; Léa en savait une, et un des bergers une autre. Quand il pointa le doigt sur Caramel, celui-ci regarda la feuille, fronça les sourcils et dit « Pet ! » d'un ton mi-sérieux, mi-narquois. Notre professeur soupira. Nous recommençâmes à répéter chaque lettre telle qu'il la prononçait, et cette fois les résultats furent meilleurs quand il pria un des gardeurs d'oies de les réciter.

Ce fut, je pense, la plus longue matinée de ma vie. Quand il nous libéra enfin juste avant midi, j'avais mal au dos et aux genoux d'être restée assise si longtemps ; j'avais perdu des heures et je n'avais rien appris. Non ; je me repris en me redressant, les jambes ankylosées, et en roulant ma feuille ; j'avais appris que Caramel, Léa et Orme me détesteraient toujours ; j'avais appris que mon professeur me méprisait et cherchait plus à me punir qu'à m'instruire ; et enfin j'avais appris que mes sentiments pouvaient varier très vite. L'entichement pour FitzVigilant que j'avais nourri depuis son arrivée avait brusquement cédé la place à autre chose. Ce n'était pas de la haine ; c'était trop mêlé de tristesse pour être de la haine. Je n'avais pas de mot pour décrire ce que j'éprouvais. Comment désigner un sentiment qui me faisait rejeter toute envie de revoir une personne, en aucune circonstance ? Je m'aperçus que je n'avais nul appétit pour un déjeuner à la même table que lui.

L'entrée de mon antre située dans le garde-manger était trop proche des cuisines ; Orme et Léa s'y trouveraient sûrement, occupées à répandre des commérages sur la leçon du matin, prêtes à servir à table ; et le scribe FitzVigilant participerait sans doute au repas. Non. Je me rendis dans ma chambre et me défis précautionneusement des parures de Soigneuse ; en rangeant les dentelles, je songeai qu'elle avait fait preuve de bonté envers moi, tout comme Allègre, et je me demandai soudain comment leur manifester ma gratitude. Mon père avait promis de m'emmener au marché quelques jours plus tard, et je savais que Soigneuse admirait mes petites fioles de parfum ; je lui en achèterais une. Et Allègre ? Je ne savais pas trop ; peut-être mon père aurait-il une idée.

J'ôtai ma tunique neuve et mes bas épais pour renfiler mes vieux vêtements ; redevenue moi-même, je me glissai dans mon ancienne chambre puis dans le dédale de passages secrets ; je m'y déplaçais désormais au toucher, sans avoir besoin de lumière. Parvenue à ma tanière, je perçus la chaleur du chat qui dormait, et je sentis sous ma main sa forme détendue, encore une fois enroulée dans ma cape. Je l'enjambai et me rendis dans le bureau personnel de mon père ; là, je pris une bougie, l'allumai au feu de la cheminée et choisis un manuscrit sur Preneur Loinvoyant, premier souverain des Six-Duchés. Il était rédigé de la main de mon père, copie probable d'un texte plus ancien. Pourquoi traînait-il sur son bureau ? De retour dans mon antre, je m'installai avec mes coussins, la chandelle, ma couverture, la cape et un chat bien chaud. Je n'avais eu l'intention que de profiter de la chaleur de la cape, car j'ignorais jusque-là celle que dégageait un chat. Nous étions bien, là, et, quand le chat se réveilla, il me parut juste de le faire profiter du pain dur et de la saucisse qui constituaient mon déjeuner.

Fromage ?

« Je n'en ai pas, mais j'en rapporterai. Je ne m'attendais pas à te trouver ici ; j'avais fermé le panneau du garde-manger la dernière fois que tu es sorti. »

Ce terrier est plein de trous ; là où un rat passe, un chat peut le suivre.

« Vraiment ? »

En général. Il y a beaucoup de petits accès, et la chasse est bonne. Des souris, des rats, des oiseaux sous les toits.

Il se tut et se mussa de nouveau sous la cape, collé contre moi. Je repris ma lecture et m'amusai à tâcher de faire la part entre flatterie et réalité dans cette vieille description de mon ancêtre. À son arrivée, Preneur avait éliminé les malheureux sauvages qui avaient tenté de les repousser, lui et ses hommes, et il avait transformé Castelcerf, de fortification grossière en bois, en forteresse de pierre ; il avait fallu de nombreuses années pour édifier le château proprement dit, construit en grande partie avec les pierres quadrangulaires fréquentes dans la région, et pour la plupart utilisables directement comme blocs parfaitement taillés.

Mon père avait écrit des notes entre les lignes de ce passage. Il paraissait intéressé par le fait que le château de Castelcerf avait manifestement été bâti, d'abord sous la forme d'une citadelle en bois, sur les fondations en pierre d'un fort plus ancien. Il avait été rebâti en pierre, lui aussi, mais, dans la marge du texte, il y avait plusieurs questions sur les auteurs de la fortification originale et sur ce qu'ils étaient devenus, et, dans un coin, un croquis censé représenter les murailles au moment du débarquement de Preneur. Je l'étudiai ; à l'évidence, mon père pensait qu'il existait déjà à l'époque un fort considérable, et que Preneur avait seulement rebâti ce qu'un autre avait détruit.

Le chat se dressa un instant avant que je m'aperçusse que mon père avait pénétré dans son bureau. Comme il fermait les portes derrière lui puis ouvrait le faux gond, le chat disparut comme une flèche de fourrure. Je m'emparai de la cape, en fis une boule et la fourrai au fond de mon armoire. Je n'avais pas le temps de cacher le manuscrit : il arriva par le boyau, courbé en deux, une bougie à la main. Je levai les yeux vers lui, et il me sourit. « Ah, tu es là !

— Oui », répondis-je.

Sans attendre mon invitation, il s'assit en tailleur sur mon tapis. Comme je me taisais, il finit par dire : « Tu m'as manqué à midi ; tu n'es pas venue déjeuner avec nous.

— Je n'avais pas faim.

— Je vois.

— Et, après une longue matinée au milieu de tant de monde, j'avais envie d'être seule un moment. »

Il hocha la tête, et le pli de sa bouche me dit qu'il comprenait ce besoin. De l'index, il tapota le manuscrit. « Et qu'est-ce donc que tu lis ? »

Autant l'avouer sans détour. « Je l'ai pris dans ta bibliothèque ; ça parle de Preneur Loinvoyant et de la fortification qu'il a bâtie sur les falaises qui dominent Bourg-de-Castelcerf.

— Hum ! Bien avant que Bourg-de-Castelcerf existe.

— Alors, à qui appartenaient les ruines ? »

Il plissa le front. « Mon hypothèse, c'est qu'il s'agissait d'une forteresse Ancienne ; la pierre est la même qui a servi à créer les pierres dressées non loin de là, les Pierres Témoins.

— Mais les Anciens disposaient de toutes sortes de magies puissantes ; pourquoi auraient-ils eu besoin d'un fort ? Qui étaient leurs ennemis ? Et qui a détruit leur citadelle ?

— C'est une très bonne question ; peu de gens la posent, et, autant que je le sache, nul ne peut y répondre. »

La conversation s'éteignit, et, pour combler le silence, je déclarai sans réfléchir : « Un jour, j'aimerais bien visiter le château de Castelcerf.

— Vraiment ? Eh bien, d'accord. » Il se tut, puis reprit, comme si les mots lui faisaient mal : « A table, ton précepteur a parlé de la leçon de ce matin. »

Je ne dis rien. Le regret me vint, absurde, que le chat ne fût pas là.

Mon père soupira. « Il a fait l'éloge des gardeurs d'oies pour leur don en arithmétique, et il a été ravi de constater que Pied-d'Alouette savait lire et écrire. »

J'attendis la suite. Il toussota et poursuivit : « Demoiselle Évite a alors demandé à quoi pouvait servir de savoir compter pour des enfants qui garderaient plus tard les oies, et ce qu'un jardinier lirait dans la terre ou dans les feuilles des arbres. Elle ne voit aucun intérêt à éduquer les enfants des domestiques.

— Allègre sait lire, écrire et compter, fis-je. Maman lui confiait des listes, il emportait de l'argent, achetait ce qu'elle désirait au marché et rapportait le compte exact. Même une gardeuse d'oies a besoin de savoir calculer pour savoir combien il y a d'œufs dans un nid ! Et Pied-d'Alouette en apprendra beaucoup en lisant les manuscrits de Patience sur les plantes et le jardinage. Muscade, la cuisinière, sait lire et écrire, et elle est capable de calculer combien de sacs de farine ou de poisson en saumure il lui faut pour l'hiver.

— Tes arguments sont excellents, et ce sont les mêmes que j'ai présentés à Évite. Et puis j'ai demandé à Lant comment tu t'étais débrouillée. »

Lant ! Mon père l'appelait Lant, maintenant, comme si c'était mon cousin ! Je baissai les yeux sur la couverture qui me couvrait les pieds ; j'avais plus chaud quand le chat y dormait. Et je me sentais vaguement mal, comme si j'avais absorbé un aliment néfaste que je ne pouvais rejeter.

« Ce que j'ai entendu ne m'a pas plu », reprit-il à mi-voix.

Personne ne m'aimait. J'avalai péniblement ma salive, et je dis, le souffle court : « Je n'ai pas pu m'expliquer. » Je secouai violemment la tête en projetant des larmes autour de moi. « Non, il ne voulait pas que je m'explique. Il était persuadé de détenir la vérité, et il refusait que je la démentisse. »

Je ramenai mes genoux contre ma poitrine et les serrai fort en regrettant de ne pouvoir briser mes propres jambes, de ne pouvoir me détruire moi-même pour échapper à ces émotions terribles.

« Je t'ai défendue, naturellement, poursuivit-il. Je lui ai reproché de ne pas s'être renseigné auprès de moi sur ton intelligence réelle et de ne pas avoir parlé avec toi avant le début des leçons. Je lui ai dit qu'il s'était abusé tout seul sur ton compte ; j'ai ajouté que je lui laissais une chance de te donner une instruction qui convienne à ton niveau, et que, s'il n'y arrivait pas, il continuerait peut-être à prodiguer des cours aux autres enfants, mais que je ne permettrais pas que tu perdes ton temps et que je me ferais un plaisir de t'enseigner moi-même ce que j'estime nécessaire. »

Il s'exprimait d'un ton parfaitement calme. Je le regardais, le souffle coupé. Il se pencha vers moi avec un sourire tremblant. « Croyais-tu que je pouvais réagir autrement, Abeille ? »

Je toussai puis me jetai contre lui ; il me prit et me serra dans ses bras. Il contenait si bien son Art que je n'en souffris pas ; néanmoins, je perçus la colère qui bouillonnait en lui comme de l'huile brûlante dans une poêle couverte, et sa voix était un grondement tel que je crus entendre père Loup parler en moi. « Je prendrai toujours ton parti, Abeille, que tu aies tort ou raison. C'est pourquoi tu dois toujours faire attention d'avoir raison, pour ne pas pousser ton père à se ridiculiser. »

Je me laissai glisser à bas de ses genoux et levai les yeux vers lui en me demandant s'il cherchait à plaisanter, mais son expression était sérieuse. Il lut mes doutes. « Abeille, c'est toujours toi que je croirai d'abord ; par conséquent, tu portes la grave responsabilité d'agir avec droiture. C'est le contrat qui doit exister entre nous. »

J'étais incapable de soutenir longtemps son regard, et je détournai le visage en réfléchissant à ses propos, en songeant que je l'avais déjà trompé : la cape, le chat, l'exploration du dédale dans les murs, les manuscrits que je lui dérobais. Mais lui-même ne me mentait-il pas déjà ? Je murmurai : « Est-ce que c'est réciproque ? Si je prends toujours ton parti, je ne me ridiculiserai pas non plus ? »

Il ne répondit pas tout de suite. Bizarrement, cela me rassura car cela voulait dire qu'il pesait ses termes. Pouvait-il me promettre de toujours se conduire droitement ? Il s'éclaircit la gorge. « Je ferai de mon mieux, Abeille.

— Alors, moi aussi.

— Dans ce cas, viendras-tu manger avec nous ?

— Le temps venu, répondis-je d'une voix lente.

— Ma fille, tu es là depuis des heures ; à mon avis, on garde le dîner en suspens en attendant notre arrivée. »

C'était trop rapide. Je serrai les dents un moment puis demandai avec franchise : « Je suis obligée ? Je ne me sens pas encore prête à les affronter. »

Il baissa les yeux, et un gouffre d'angoisse s'ouvrit dans mon ventre. « Il le faut, Abeille, murmura-t-il. Songe aux nouvelles que Crible doit rapporter à ta sœur ; et je ne veux pas qu'Évite ni FitzVigilant te voient comme retardée ou maladroite. Aussi, malgré ton jeune âge, tu dois te maîtriser et venir à table ce soir. Je comprends beaucoup mieux que tu ne peux l'imaginer ce que tu éprouves à l'endroit d'un homme qui s'est moqué de toi et t'a punie au lieu de t'instruire. Tu auras du mal à le croire, mais je ne l'estime pas intrinsèquement cruel ; je pense qu'il est seulement très jeune et qu'il a tendance à écouter les autres avant de chercher à découvrir la vérité par lui-même. J'ose même espérer qu'il se montrera digne de ton estime et que vous finirez par vous apprécier. Je dois toutefois ajouter que, pour le moment, j'ai peine à supporter sa compagnie, et il s'en rend sans doute compte. »

Sa voix devint un grondement grave sur ces derniers mots, et je compris que mon père ressentait une profonde colère envers FitzVigilant. Il observerait les règles de la courtoisie, mais cela n'ôterait rien à l'aversion que le scribe avait éveillée chez lui. Je regardai mes mains jointes sur mes genoux. S'il y arrivait, s'il était capable de contenir son courroux et de traiter FitzVigilant de façon civile, je pouvais peut-être y parvenir aussi. Je tâchai de m'imaginer à table ; je n'étais pas obligée de me tenir la tête courbée comme si j'étais coupable ni de lui laisser voir à quel point il m'avait blessée. Je pouvais être la fille de mon père, insensible aux coups, certaine de ma valeur. Je levai le menton. « Finalement, j'ai peut-être un peu faim. »

Le dîner n'eut rien d'agréable. Je savais qu'Évite et Lant avaient les yeux fixés sur moi, or, je n'avais jamais été capable de soutenir le regard de quiconque ; aussi gardai-je le nez baissé sur mon assiette ou observai-je un point imaginaire situé derrière mon père ou Crible. Je ne me raidissais pas quand Léa ou Orme passait derrière ma chaise, mais je ne prenais rien dans les plats qu'elles apportaient. Je les vis une fois échanger un regard en se croisant derrière Crible ; Orme rougit, et je pris soudain conscience que Crible, malgré son âge, était encore bel homme, et elle se tenait très près de lui en lui tendant les plats. Lui, comme je l'observai avec un sourire triomphant, ne la remarquait pas plus qu'une mouche au mur.

Au début du repas, je me tus pendant que mon père et Crible parlaient à nouveau du départ de ce dernier pour Castelcerf et qu'Évite et Lant se plongeaient dans leur conversation à mi-voix, souvent ponctuée d'éclats de rire de la jeune fille. J'avais lu jadis un poème sur une demoiselle au « rire argentin », mais celui d'Évite m'évoquait la chute d'une panière remplie de casseroles dans un long escalier. Après s'être entretenu avec son voisin, papa se tourna vers moi et dit : « Alors, que penses-tu de Preneur Loinvoyant et de son invasion de notre terre ?

— Je n'y avais pas songé sous cet aspect », répondis-je. Je ne mentais pas, et je demandai aussitôt : « Mais qui occupait la région de l'embouchure de la Cerf avant que Preneur et ses hommes arrivent et s'en emparent ? D'après le manuscrit, l'ancien fort en ruine était désert ; les gens qui habitaient là étaient-ils les mêmes qui l'avaient érigé ? Tu disais qu'il avait peut-être été bâti par des Anciens, à l'origine. Ce seraient des Anciens contre qui Preneur se serait battu pour mettre la main sur le pays ?

— Ma foi, c'étaient surtout des pêcheurs, des fermiers et des gardiens de chèvres, je pense. Sire Umbre s'efforce de dénicher d'autres documents sur ces gens, mais ils n'ont apparemment pas inscrit leur savoir sur le papier ni le parchemin. Certains bardes affirment que nos ballades les plus anciennes ont leurs racines dans les leurs ; mais on ne peut pas vraiment parler d'eux comme d'étrangers, parce que nous sommes en réalité tous issus de Preneur, de ses envahisseurs et des gens qui occupaient cette terre. »

Savait-il ? Me procurait-il exprès cette ouverture ? « Alors, à cette époque, les gens apprenaient par les chansons ou les poèmes ?

— Naturellement ; aujourd'hui encore, les meilleurs ménestrels récitent les généalogies les plus longues de mémoire. On les écrit, évidemment, maintenant que le papier est plus abondant, mais un ménestrel les apprend de la bouche de son maître, non d'un parchemin. »

Crible l'écoutait aussi attentivement que moi, et, quand mon père s'interrompit, il en profita. « Alors, cette chanson dont Heur nous a régalés la dernière fois que je l'ai vu, une très vieille chanson sur Eld Peau-d'Argent, l'ami du dragon ? »

Les vers me vinrent à l'esprit et m'échappèrent sans que j'eusse le temps de réfléchir. « Les objets précieux abondent chez lui ; pierre qui parle, tambour qui luit, le baiser des becqueteux est sur lui.

— Qu'est-ce que "le baiser des becqueteux" ? » demanda Crible, alors que mon père s'exclamait : « Heur sera fier d'apprendre que tu te rappelles sa chanson si fidèlement ! » Il s'adressa à Crible : « Avoir le baiser des becqueteux, c'est avoir de la chance, loin en Bauge. Mais j'ignore si Peau-d'Argent est de Heur ou s'il s'agit d'une ballade beaucoup plus ancienne. »

Évite le coupa brutalement : « Vous connaissez Heur Cœurcontent ? Vous l'avez entendu chanter ? » Elle avait l'air scandalisée – ou furieusement jalouse.

Mon père sourit. « Bien sûr : je l'ai adopté alors qu'il était orphelin ; et je n'ai jamais été aussi ravi qu'en apprenant qu'il avait pris ce nom, Cœurcontent. » Il se tourna vers Crible. « Mais nous nous éloignons de la question d'Abeille. À votre avis, qui a construit le premier un fort sur la falaise ? »

Nous échangeâmes bientôt des hypothèses, Crible interjetant des détails qu'il avait observés sur les fondations du château de Castelcerf ; il avait vu ce qui pouvait être des runes très érodées sur le mur d'un des cachots. Mon père évoqua les Pierres Témoins et la tradition cervienne d'y tenir des duels ainsi que des mariages. Maintenant que nous savions qu'il s'agissait de portes que les artiseurs extrêmement exercés pouvaient emprunter pour couvrir d'immenses distances d'une seule enjambée, il était intéressant de se demander d'où elles tenaient leur nom de Pierres Témoins.

C'est seulement quand le repas s'acheva que je compris que mon père avait conduit la discussion avec autant de soin qu'une contre-attaque sur une forteresse. En m'entretenant avec Crible et lui, j'avais complètement oublié mes sentiments malmenés. Je m'aperçus que la conversation de FitzVigilant avec Évite avait cessé et qu'il écoutait la nôtre ; sa voisine mettait un morceau de pain en miettes avec une moue de déplaisir. Je ne pris conscience de tout cela qu'au moment où mon père changea de position sur sa chaise et dit d'un ton désinvolte : « Eh bien, scribe Lant, que pensez-vous de la théorie de Crible ? Êtes-vous jamais descendu voir les fondations du château de Castelcerf ? »

Il sursauta légèrement, comme mortifié d'être surpris à écouter une conversation sans y avoir été invité ; mais il se reprit et déclara que, plus jeune, il s'était aventuré dans les entrailles de la citadelle avec plusieurs amis. C'était à la suite d'un pari, et, quand ils s'étaient un peu trop approchés des cachots, un garde les avait obligés à faire demi-tour avec un avertissement sévère, et il n'y était jamais retourné. « C'était triste à pleurer, froid, sombre et humide ; j'ai eu la plus grande peur de ma jeune existence quand le garde a menacé de nous enfermer dans une cellule et de nous y laisser jusqu'à ce qu'on vienne nous chercher. Nous avons tous détalé. Certes, il y a des gens qui méritent ce genre d'emprisonnement, mais je n'ai jamais eu envie d'y remettre les pieds !

— Je n'en doute pas », fit mon père d'un ton affable, mais père Loup apparut un instant dans ses yeux, et il y avait une profonde lueur de noire fureur dans son regard. Je le dévisageai, bouche bée : père Loup vivait dans mon propre père ? Ce fut une révélation pour moi, et je n'intervins plus guère du reste de la soirée, perdue dans mes pensées.

À la fin du repas, il m'offrit son bras ; je le pris en tâchant de ne pas avoir l'air trop déconcertée, et il me conduisit au salon où les hommes se servirent en eau-de-vie et Évite en vin rouge ; à ma grande surprise, je vis qu'une chope de cidre chaud m'attendait sur le plateau. Mon père relança la conversation sur les Anciens, et le scribe Lant s'y joignit. Son affabilité m'étonna ; je m'attendais à le voir maussade ou ironique, car mon père lui avait infligé une rebuffade sèche, mais il paraissait avoir accepté la réprimande, et il s'adressa même à moi par deux fois d'une façon qui n'était ni condescendante ni moqueuse. Très, très lentement, je jugeai qu'il avait reconnu s'être trompé sur moi et m'avoir mal traitée et qu'il souhaitait à présent réparer son erreur.

Je remarquai qu'il regardait mon père avec une sorte d'inquiétude, comme s'il attachait une extrême importance à son approbation. « Il a peur de lui », me dis-je, et puis je me traitais d'idiote : comment avais-je pu ne pas me rendre compte que le scribe Lant était très vulnérable, non seulement parce qu'il avait vu de quoi mon père était capable quand il était enfant mais aussi parce qu'il dépendait de son hospitalité pour demeurer caché et en sécurité ? Mis à la porte, où irait-il ? Combien de temps tiendrait-il avant qu'on ne le découvrît et qu'on ne le tuât ? Mes sentiments devinrent de plus en plus confus ; l'agacement et la jalousie d'Évite devant l'attention qu'il portait à mon père et à sa conversation plutôt qu'à elle étaient extrêmement satisfaisants, mais, en même temps, le voir soumis comme un chiot à mon père à cause de sa dureté envers moi me mettait mal à l'aise. Je gardai le silence, attentive, puis finis par prétexter la fatigue pour prier qu'on m'excusât.

J'allai me coucher dans mon agréable nouvelle chambre. Mes pensées étaient compliquées et troublantes ; le sommeil tarda à venir, et, le matin, Soigneuse me tirailla en tous sens et s'affaira sur mes cheveux. Je la remerciai pour ses accessoires de dentelle mais déclinai de les porter ce jour-là en disant craindre les taches d'encre et de craie. Sans doute soulagée d'éviter cette catastrophe à son col et à ses manchettes, elle proposa que, lorsque mon père m'emmènerait au marché, je fisse l'emplette de dentelle à mon goût et que la couturière m'en fabriquât. J'acquiesçai mais sans savoir si je suivrais son conseil ; je m'apercevais que je n'étais pas du genre à porter des fanfreluches ni des boucles d'oreilles. Ma mère avait apprécié ces raffinements, et ils lui allaient à ravir, mais je me sentais plus attirée par la simplicité et les tenues modestes de mon père.

Je pris mon parchemin alphabétique et descendis déjeuner ; je le posai à côté de mon assiette, saluai tous les convives avec la plus grande courtoisie puis m'intéressai à mon repas. Malgré le soutien de mon père, mon estomac se nouait à la perspective des leçons à venir. Il avait peut-être convaincu FitzVigilant que je n'étais pas une simple d'esprit manipulatrice, et mon professeur craignait peut-être à présent de me manquer de respect, mais cela ne changerait pas grand-chose à mes relations avec les autres enfants. Je pris congé rapidement de la table et me rendis aussitôt à la salle de classe.

D'autres élèves étaient déjà là ; les gardeurs d'oies, près du fils du jardinier, Pied-d'Alouette, qui leur indiquait les lettres sur leur document et les nommait ; Persévérance attendait le début du cours, vêtu d'une livrée de garçon d'écurie qui lui allait beaucoup mieux et paraissait quasi neuve, mais je ne savais pas si je l'aimais autant en vert et jaune que dans sa tenue de cuir. Il avait aussi un œil au beurre noir et la lèvre tuméfiée ; l'effet de cette lèvre enflée qui s'étirait douloureusement était horrible, mais il me sourit en me voyant comme si nous ne nous étions jamais disputés. Je ralentis et me dirigeai vers lui, complètement déconcertée ; cela pouvait-il se résoudre aussi simplement ? Feindre que la querelle n'avait jamais eu lieu et reprendre des relations normales ? Cela ne paraissait pas possible, mais j'étais décidée à essayer. Je lui rendis son sourire, et le sien s'élargit encore ; puis il porta la main à sa bouche avec une grimace de souffrance. Mais son sourire subsista dans ses yeux.

« Persévérance, fis-je quand j'arrivai à deux pas de lui.

— Demoiselle Abeille, répondit-il gravement en s'inclinant légèrement comme si j'étais une vraie dame adulte. C'est vous que j'espérais voir avant le début des leçons.

— Tiens donc. » Je haussai les sourcils d'un air sceptique en tâchant de dissimuler le plaisir que me faisaient ses mots. Un allié ; un seul allié dans cette affreuse salle de classe, et je pourrais tout supporter.

« Oui ; parce que je me suis emmêlé entre ces deux lettres, et ni mon père ni ma mère n'ont pu m'aider. » Il parlait à mi-voix en déroulant son parchemin, et je ne lui demandai pas pourquoi il ne s'était pas adressé à Pied-d'Alouette : avec moi, il pouvait requérir de l'aide sans être gêné, tout comme il m'avait appris à m'asseoir sur un cheval. Sans y faire allusion, nous nous écartâmes discrètement, puis, adossés au mur, nous étalâmes nos parchemins comme pour les comparer.

Je lui soufflai les noms des cinq premières lettres, et, dans un murmure, Persévérance les répéta. Il ajouta tout bas : « On dirait des traces de pattes de poules, et leurs noms, c'est rien que des bruits. Comment on peut se rappeler des trucs aussi inutiles ? »

Je n'avais jamais vu les lettres sous cet aspect ; je les avais lues par les yeux de ma mère avant ma naissance, puis par mes propres yeux quand je m'asseyais le soir sur ses genoux et qu'elle me les énonçait. En réfléchissant à la question de Persévérance, je comprenais son agacement ; je tâchai de lui fournir des points de repère. « Tu vois, la première fait le même son qu'au début du nom d'Allègre, et elle a de longues jambes comme lui ; et l'autre qui fait le son du début du mot "étang", elle fait une boucle comme celle d'un hameçon. » De cette façon, nous étudiâmes non les cinq mais les dix premières lettres, et nous étions tellement absorbés par notre nouveau jeu que nous ne remarquâmes les regards que nous lançaient les autres qu'au moment où Orme partit d'un gloussement tout à fait déplaisant. Nous la vîmes alors lever les yeux au ciel à l'intention de Léa ; et notre professeur arrivait dans le couloir.

En passant devant moi, il jeta d'un ton enjoué : « Vous n'avez pas besoin de ça, demoiselle Abeille ! » et il m'arracha ma feuille des doigts. Sans me laisser le temps de réagir, il appela les élèves à se réunir dans la salle de classe ; nous entrâmes, et chacun reprit sa place de la veille. Notre précepteur avait beaucoup plus d'allant aujourd'hui ; il nous organisa en groupes et mit ensemble les enfants d'âges similaires avec une tablette de cire, tandis qu'il nous envoyait, Pied-d'Alouette et moi, dans deux coins différents de la pièce ; il nous remit un manuscrit sur la géographie et l'agriculture de chacun des six duchés, une carte, et nous demanda de nous familiariser avec elle. Il souriait en nous donnant ses directives, et il paraissait sincère. Sachant que la peur était à l'origine de sa bienveillance, je me sentais honteuse pour nous deux. Pour finir, il parcourut la salle d'un air agacé et demanda sévèrement : « Où est Caramel ? Je ne tolérerai pas le manque de ponctualité ! »

Le silence tomba parmi les enfants ; plusieurs échangèrent des regards, et je me rendis compte qu'ils partageaient un secret dont j'ignorais tout. Persévérance était penché sur sa tablette, très absorbé ; il copiait une lettre avec soin.

« Eh bien ? fit sèchement le scribe FitzVigilant. Quelqu'un sait-il où il est ?

— Il est chez lui », répondit Orme.

Un des garçons qui empestaient le mouton ajouta à mi-voix : « Il ne se sent pas bien ; il ne viendra pas aujourd'hui. » Il jeta un regard à Persévérance, dont un sourire imperceptible tira les lèvres enflées. Il portait une attention sans faille à son parchemin.

FitzVigilant eut un soupir irrité. La journée commençait à peine, mais c'est d'un ton las qu'il dit : « Jeunes gens, je suis chargé de vous instruire. Ce n'est pas le premier métier que j'aurais choisi, mais c'est un devoir qu'on m'a confié, et je l'accomplirai. Je félicite vos parents d'avoir la sagesse de vous envoyer à moi, et je n'ignore pas que plusieurs d'entre vous souhaiteraient être ailleurs. Caramel ne m'a pas caché hier qu'il considérait nos leçons comme du temps perdu, et, aujourd'hui, il feint d'être malade pour m'éviter. Eh bien, avec moi, la simulation, ça ne prend pas ! »

Plusieurs enfants s'entre-regardèrent, perplexes devant ce mot inconnu, mais Persévérance dit à mi-voix, sans même lever les yeux de son travail : « Il fait pas semblant. » Étais-je la seule à percevoir la satisfaction qui se tapissait dans sa voix ? Je le scrutai, mais il continua d'étudier son parchemin.

Il y avait de la réprobation dans le ton du scribe. « Et vos poings ont-ils un rapport avec son état de santé ? »

Persévérance leva le nez de sa feuille et croisa le regard du scribe. Il n'avait que quelques années de plus que moi, mais on eût dit un homme fait quand il répondit : « Messire, je me suis servi de mes poings que quand il a commencé à dire des menteries sur ma sœur ; alors j'ai fait ce que n'importe qui aurait fait quand on insulte sa famille. » Son front était serein et son regard franc ; on n'y lisait nulle honte de ses actes, seulement la certitude de son bon droit.

Le silence pesait sur la salle. Des sentiments contradictoires se disputaient en moi. J'ignorais même que Persévérance avait une sœur ; comme elle ne participait pas aux cours, elle était beaucoup plus jeune que lui ou beaucoup plus âgée ; ou alors ses parents estimaient qu'une fille n'a pas besoin de savoir lire et écrire. Il y avait des gens qui pensaient ainsi, même en Cerf.

Aucun des deux ne détourna les yeux, et le scribe dit enfin : « Revenons à nos leçons. »

Aussitôt, Persévérance s'intéressa de nouveau à la tablette de cire, et il se remit à suivre soigneusement de l'index la lettre qu'il y avait inscrite. Tout bas, je répétai une phrase que j'avais entendue dans un rêve à propos d'un taurillon : « Encore sans cornes, il agite la tête d'un air menaçant, et tous lui prêtent attention. »

14

Encore et encore

Flétribois est une perfection en toute saison. En été, sur les collines arrondies des hautes terres du domaine, les chênes jettent une ombre agréable, tandis que, près de la rivière, les saules tordus qui donnent son nom à la propriété laissent tomber une douce pluie rafraîchissante. Des arbres à escalader et un cours d'eau où pêcher : que demander de plus quand on est un garçon ? En automne, n'importe quel enfant serait ravi de ramasser des glands au milieu des chênes ou de cueillir des raisins mûrs dans nos vignes. En hiver ? Les épaisses couches de feuilles mortes laissent la place à des pentes enneigées, idéales pour les glissades, et un âtre dans une salle appelle à la célébration de la fête de l'Hiver, non une soirée, mais tout un mois. Le printemps met des agneaux à gambader sur les collines, et des chatons et des chiots dans les écuries.

Je suis sûre et certaine que le petit serait heureux ici. Je me sais capable de gagner son affection, de le rapprocher de moi. Que j'ai été bête d'éprouver de la rancœur et de l'amertume quand j'ai appris son existence ! Il avait été conçu des années avant que Chevalerie me prenne pour épouse ; comment ai-je pu lui reprocher son infidélité envers une femme qu'il n'avait pas encore ? Et pourtant, telle a été ma réaction, car je désirais plus que tout au monde ce qu'un accident avait accordé à une femme qui ne le voulait pas ; un enfant, un héritier que j'aurais aimé plus que tout. Je l'implore, je le supplie à genoux d'envoyer chercher l'enfant, mais il refuse. « Il ne serait pas en sécurité ici », me dit-il. « Où aurait-il moins à craindre que sous le toit de son père, protégé par l'épée de son père ? » demandé-je. C'est la seule dispute grave que nous ayons. Il est inflexible.

Journal intime de dame Patience,
découvert derrière une réserve de pots de fleurs

La veille de notre départ pour le marché, c'est fébrile que j'allai me coucher ; d'abord, le sommeil me fuit, puis il vint dans une tempête de rêves, certains cauchemardesques, d'autres si intenses que je m'efforçai désespérément de m'en échapper ; mais je n'arrivais pas à me réveiller complètement. Ma chambre paraissait envahie de brume, et, chaque fois que je me croyais consciente, des images se formaient et m'aspiraient à nouveau.

Au matin, je n'étais pas reposée ; tout était enveloppé de brouillard, et je n'étais pas sûre de ne plus rêver. Soigneuse était là et m'exhortait à me lever ; elle secoua mes couvertures pour laisser entrer le froid puis m'installa sur un tabouret devant le feu. J'avais peine à tenir la tête droite ; elle passa un peigne dans ma tignasse emmêlée, et je ne résistai pas. « Allons, il ne faut pas traîner, aujourd'hui, ma petite demoiselle ! Ah, que je vous envie d'aller au marché acheter de jolies choses ! C'est ce que votre père a dit à Allègre, et il m'a fait une petite liste à vous donner ; la voilà ! C'est quelqu'un qui sait lire, notre intendant, pas comme moi, malheureusement, mais il m'a expliqué ce qui est écrit.

Allègre dit qu'il vous faut des bottes et des souliers, des gants en laine et d'autres en cuir, des bas en laine en trois couleurs au moins, et il propose une couturière en ville qui sait fabriquer les robes que portent les filles aujourd'hui, pour remplacer vos pourpoints et vos tuniques de garçon ! Je ne sais pas à quoi pense votre père ! Ce n'est pas pour le critiquer, bien sûr ; le pauvre, sans femme pour lui expliquer ! »

Je l'entendais à peine ; je me sentais éteinte, dépourvue d'expression. Soigneuse tirait sur mes cheveux en tâchant en vain de les faire paraître plus longs et plus féminins ; ils avaient assez repoussé pour avoir un peu de couleur et dissimuler la peau. Elle m'habilla sans beaucoup d'aide de ma part ; j'essayai de participer, mais j'avais l'impression d'avoir de grosses saucisses molles à la place des doigts, et ma tête n'était qu'un poids mort sur mes épaules. Soigneuse soupira en voyant ma tunique, mais j'appréciai la chaleur du vêtement quand elle le passa par-dessus ma chemise en lin. Quand elle m'eut faite aussi belle qu'elle pouvait y parvenir avec un sujet si terne, elle m'envoya prendre mon petit déjeuner en me recommandant de m'amuser et de penser à elle si les étals à décoration étaient déjà là pour la fête de l'Hiver.

La fête de l'Hiver ! Je m'animai légèrement à cette idée. Je n'y avais guère songé, mais elle avait raison : c'était bientôt. Dans mes souvenirs, c'était une période chaleureuse et festive à Flétribois, avec des ménestrels, des marionnettistes, d'immenses troncs qui brûlaient dans l'âtre, et du sel de mer qu'on jetait dans le feu pour faire jaillir des flammes multicolores. La veille, ma mère descendait dîner coiffée d'une couronne de houx ; une fois, elle avait laissé un bâton d'hiver appuyé contre la chaise de mon père, aussi grand que lui et orné de rubans ; pour une raison inconnue, les domestiques avaient hurlé de rire, et mon père avait rougi jusqu'aux oreilles. Je n'avais jamais compris la plaisanterie, et je savais seulement qu'il s'agissait d'un clin d'œil à quelque chose d'intime entre eux deux. Cette soirée-là, ils irradiaient toujours l'amour, et il me semblait qu'ils redevenaient adolescents.

Je fis donc de mon mieux pour me reprendre, car je savais que cette date devait être porteuse de tristesse pour mon père. Je m'efforçai de chasser mon songe étrange de mon esprit et de me montrer enjouée pendant le petit déjeuner, composé de gruau, de saucisses, de baies sèches et de thé chaud. Quand Crible entra et que mon père l'invita à se joindre à nous, je me réjouis d'avance de la journée ; mais alors Crible nous rappela qu'il devait repartir pour Castelcerf.

« Vous pouvez nous accompagner jusqu'à Chênes-lès-Eau, plaida mon père. C'est sur votre route, et nous déjeunerons ensemble à la taverne avant que vous n'entamiez le reste de votre trajet. Il paraît que les marchands auront commencé à sortir leurs articles de la fête de l'Hiver ; Abeille et moi pourrions trouver quelques menus objets à remettre à sa sœur. »

C'était l'appât idéal pour Crible ; je crus l'entendre se dire qu'il pourrait choisir lui aussi un ou deux petits cadeaux pour elle. À la fête de l'Hiver, les amoureux échangent souvent des gages d'affection pour l'année à venir, et je me réjouis qu'il voulût un présent pour ma sœur : Évite n'avait donc pas de réelle emprise sur lui. Il songeait à prendre quelque chose de vert, une écharpe ou des gants pour ses jolies mains ; il la voyait d'ici les enfiler… Je battis des paupières. J'ignorais que la couleur préférée de ma sœur était le vert. Crible acquiesça de la tête puis dit : « Je puis en effet retarder un peu mon départ pour ça, du moment que je me mets en route à temps pour arriver à Orée avant la nuit ; je n'ai pas envie de dormir à la belle étoile alors qu'il neige.

— Il neige ? » demandai-je bêtement. Ma voix était empâtée, même à mes propres oreilles ; je m'efforçai de ramener mes pensées vagabondes sur la conversation.

Crible posait sur moi un regard empreint d'affection, comme s'il croyait que je craignais l'annulation de notre voyage. « Très légèrement ; pas de quoi nous décourager de faire nos emplettes. »

J'essayai de me raccrocher au sujet. « J'aime la neige, murmurai-je. Tout devient nouveau ; quand on marche dans la neige fraîche, on marche là où personne n'a jamais mis le pied. »

Tous deux me dévisagèrent, l'air perplexe ; je voulus sourire, mais mes lèvres s'élargirent excessivement. La vapeur montait de la théière en volutes, se tordait et redevenait elle-même sous une forme nouvelle ; elle se déroulait comme un serpent dans la mer, ou un dragon en vol. J'essayais de la suivre alors qu'elle se dissipait.

« Quelles charmantes inventions elle a ! » fit Crible très loin de là. Il me versa du thé ; je regardai le miel se disperser en spirale de la cuiller dans ma tasse, puis je remuai le liquide, et, dans un tourbillon, les deux ne firent plus qu'un. Je laissai mon esprit tournoyer avec eux. Les hommes parlaient, et je fus simplement là pendant quelque temps.

« Habille-toi chaudement, Abeille », dit mon père. Je cillai ; leurs assiettes étaient vides. Je me rappelai que nous devions nous rendre à Chênes-lès-Eau sous la neige. Le marché. La fête de l'Hiver. Aujourd'hui, mon père et Crible me verraient monter Mignarde ; je regrettai soudain que Persévérance ne nous accompagnât pas. Oserais-je demander une faveur aussi bizarre ?

Je m'apprêtais à me lever quand Évite et FitzVigilant entrèrent d'un pas léger. Le scribe parut étonné de voir nos assiettes vides. « Sommes-nous en retard ? » demanda-t-il avec surprise, et je me rendis compte que mon père m'avait fait venir au petit déjeuner plus tôt que d'habitude. Il leur sourit et répondit d'un ton cordial : « Non, c'est nous qui sommes en avance. Profitez de votre repas et d'un jour de repos ; nous partons au marché, et nous vous reverrons ce soir.

— Le marché ! Quelle chance ! Je redoutais de m'ennuyer aujourd'hui. Je vais me restaurer rapidement et me joindre à vous. » Évite était radieuse.

Comme par contamination, le scribe lui fit écho : « Moi aussi, si vous me le permettez ! J'avoue, dans ma précipitation à faire mes bagages, j'ai négligé d'emporter tous les vêtements chauds dont j'aurais besoin ici. Et trouverait-on des tablettes de cire au marché ? À mesure que mes élèves progressent, j'aimerais que chacun en ait une pour travailler. »

Mon cœur se serra. C'était notre journée à nous, celle qui m'avait été promise ; mon père allait assurément la défendre ! Il se tourna vers moi, mais je baissai les yeux, et il répondit au bout d'un moment : « Naturellement ; si vous le souhaitez, nous pouvons sans doute retarder un peu notre départ. »

Nous le retardâmes toute la matinée. Évite faisait comme si elle avait appris notre projet d'excursion par hasard, mais j'étais sûre qu'elle l'avait découvert en écoutant les domestiques bavarder et avait choisi de s'inviter de cette façon inopportune : tout d'abord, elle s'était présentée au petit déjeuner vêtue comme un mets pour un festin royal – ce qui n'entraîne pas qu'elle fût rapidement prête à se mettre en route. Non, il lui fallut se faire gonfler les cheveux puis les tordre, essayer une dizaine de paires de boucles d'oreilles, et réprimander sa bonne parce qu'une certaine veste n'était pas raccommodée et prête à enfiler. Je sus tout cela parce qu'elle avait laissé la porte de son appartement ouverte et que les stridences de son mécontentement portaient jusqu'à ma chambre. Je m'allongeai sur mon lit en attendant la fin de ses dispositions et m'endormis. Je retombai aussitôt dans mon rêve effrayant, et, quand mon père vint me chercher, c'est avec la bizarre impression d'être détachée de la réalité que je pris mon manteau et le suivis jusqu'au lourd chariot qui devait désormais nous transporter en ville, car demoiselle Évite avait choisi des jupes que la monte à cheval eût certainement abîmées.

De la main, mon père renvoya le conducteur et grimpa pour prendre lui-même les rênes avant de m'inviter du geste à le rejoindre. La monture de Crible et sa bête de somme étaient attachées à l'arrière du chariot par des longes et nous suivraient ; il s'installa à nos côtés. Ainsi, je vivais au moins une nouvelle expérience : regarder mon père, assise près de lui, conduire l'attelage, sans avoir à supporter les bavardages insipides d'Évite. Je me retournai vers les écuries et aperçus Persévérance qui emmenait Mignarde à l'exercice ; il me salua de la tête, et je hochai la tête en retour. Nous n'avions réussi à trouver le temps que pour une leçon de monte depuis le début de mon apprentissage ; j'espérais éblouir mon père aujourd'hui par mes talents de cavalière, mais Évite avait eu le don de gâcher ce plaisir.

Malgré tout, j'appréciai le trajet. FitzVigilant et Évite occupaient le fond du chariot sous un amoncellement de coussins, de plaids et de couvertures ; j'entendis la jeune fille décrire à son compagnon une superbe voiture que possédait sa grand-mère, tout en cuir et en garniture de velours. Moi, j'avais bien chaud entre mon père et Crible, qui parlaient de sujets masculins sans intérêt. Je regardais la neige qui tombait, la crinière des chevaux qui s'agitait, et j'écoutais la musique du chariot qui craquait et des sabots qui frappaient la terre. Je sombrai dans une espèce de rêve éveillé baigné du doux éclat de la lumière qui émanait du ciel de neige et nous entraînait en avant, et je n'en émergeai qu'à l'approche de la ville. D'abord, les bois cédèrent la place à des champs, avec de petites fermes regroupées en hameaux, puis les maisons se multiplièrent sur des propriétés moins étendues, et finalement nous entrâmes dans le bourg proprement dit, avec ses marchands, ses belles demeures et ses auberges agglutinés autour d'une place. Au-dessus flottait une brume nacrée et scintillante qui me donnait envie de me frotter les yeux. La neige en tombant diffusait la lumière de l'hiver, qui me semblait provenir autant du sol que du ciel ; je me sentais flotter, et c'était une sensation merveilleuse. J'avais le nez et les joues glacés, tout comme les mains, mais, pour le reste, j'avais bien chaud entre les deux hommes et leur voix grave et enjouée. On avait accroché des guirlandes et des lanternes au bout de hautes perches pour la fête prochaine, et les teintes vives des vêtements des marchands et des chalants ajoutaient à l'atmosphère festive. Des tresses de sapin drapaient portes et fenêtres, rehaussées de branches nues couvertes de baies rouges ou blanches, ou de cônes bruns. Les établissements les plus riches avaient fait fixer dans les rameaux de cèdre des clochettes qui tintaient doucement dans la bise.

Mon père arrêta le chariot près d'une écurie et jeta une pièce à un garçon pour qu'il s'occupât de notre attelage, puis il me souleva par les aisselles pour me mettre à terre tandis qu'Évite et FitzVigilant descendaient tant bien que mal par l'arrière. Il me prit la main et poussa une exclamation en la sentant glacée ; la sienne était chaude, et ses murailles très solides, si bien que ce contact direct ne me dérangeait pas. Je lui souris. La neige tombait et la lumière nous enveloppait.

Nous arrivâmes aux terrains communaux. Au milieu, trois grands chênes se dressaient parmi de jeunes houx récemment taillés et débarrassés de leurs feuilles piquantes et de leurs fruits. Dans les espaces libres, une ville nouvelle semblait avoir jailli du sol. Colporteurs et rémouleurs avaient installé leurs carrioles et proposaient des casseroles pendues à des râteliers, des sifflets et des bracelets disposés sur des plateaux, des pommes tardives et des noix dans des paniers. Il y avait tant de choix qu'il était impossible de tout voir. Nous croisâmes des gens en fourrures et manteaux aux couleurs vives. Toutes ces personnes dont je ne connaissais aucune ! Quelle différence avec Flétribois ! Des jeunes filles portaient des couronnes de houx. La fête de l'Hiver n'aurait lieu que deux jours plus tard, mais il y avait des guirlandes, de la musique, et un homme qui vendait des marrons chauds. « Les marrons, les marrons, tout chauds de la poêle ! Les marrons, les marrons, à manger sous les étoiles ! »

Mon père s'en remplit un gant et me le donna ; je le coinçai sous mon bras et écalai les coques brunes et luisantes pour découvrir le cœur couleur de crème. « Mes préférés ! » me dit Crible en m'en chipant un. Il marchait à côté de moi et parlait des fêtes de l'Hiver qu'il avait connues, enfant, dans son village. Il dut manger autant de marrons que moi. Deux jeunes femmes passèrent en riant, coiffées de couronnes de houx ; elles lui adressèrent un sourire, et il le leur rendit mais secoua la tête. Elles s'esclaffèrent, se prirent par la main et s'en allèrent en courant dans la foule.

Nous fîmes d'abord halte dans une sellerie, où mon père parut déconfit d'apprendre que sa commande n'était pas tout à fait prête ; c'est seulement quand le tenancier vint mesurer mes jambes puis hocha la tête d'un air désolé en disant qu'il devait ajuster son travail que je compris : la selle était pour Mignarde et moi. Il me montra les quartiers, chacun imprimé d'une abeille. Mon air ahuri fit, je crois, autant plaisir à mon père que si l'objet avait été terminé. Il promit que nous reviendrions la semaine suivante, avec la jument, mais c'est à peine si je saisis ce qu'il disait, et je ne pus prononcer un mot avant de ressortir dans la rue. Là, Crible me demanda ce que je pensais des abeilles, et je répondis avec sincérité qu'elles étaient très jolies, mais que j'eusse préféré un cerf chargeant. Mon père prit une expression abasourdie tandis que Crible partait d'un tel éclat de rire que les gens se retournèrent.

Nous nous arrêtâmes dans plusieurs échoppes. Mon père m'acheta une ceinture de cuir rouge à impression de fleurs, un bracelet avec des amulettes fleuries sculptées dans du bois de cerf, et un petit gâteau fourré aux raisins secs et à la noix. Chez un marchand, nous fîmes l'emplette de trois boules de savon blanc parfumé à la glycine et d'une à la menthe poivrée ; tout bas, je dis à mon père que je souhaitais rapporter un cadeau pour Soigneuse et un autre pour Allègre, et il parut ravi. Il trouva des boutons en forme de gland et s'enquit de savoir s'ils plairaient à ma domestique ; je l'ignorais, pourtant il les acheta quand même. Le cas d'Allègre était plus difficile, mais, quand je vis une femme qui vendait des mouchoirs brodés teints en safran, en vert clair et en bleu azur, je demandai si je pouvais en prendre un de chaque sorte. Il parut étonné que je fusse si certaine de faire plaisir à l'intendant avec ce présent, cependant je n'avais aucun doute ; j'eusse voulu avoir le courage de solliciter aussi un cadeau pour Persévérance, mais je n'osais même pas prononcer son nom devant mon père.

Un adolescent présentait un plateau rempli de petits coquillages, dont certains avaient été percés pour servir de perles. Je m'attardai longuement devant l'étal ; il y avait des cônes en spirale et des coques creuses avec les bords dentelés. « Abeille, dit mon père au bout d'un moment, ce ne sont que des coquillages comme on en trouve sur toutes les plages.

— Je n'ai jamais vu l'océan ni marché sur une plage », répondis-je. Pendant qu'il songeait à cela, Crible ramassa une pleine poignée de coquillages et la versa dans mes mains en coupe.

« Prends ça en attendant de pouvoir te promener sur une plage avec ta sœur et en ramasser autant que tu voudras », me dit-il ; ils éclatèrent tous les deux de rire devant ma mine radieuse, puis nous reprîmes notre déambulation. Dans une échoppe bâtie à la hâte, mon père m'acheta un sac de marché semblable à ceux qu'utilisait ma mère, en paille tressée, jaune d'or, avec une lanière solide qui passait sur mon épaule. Je le posai par terre, et nous y rangeâmes soigneusement nos emplettes. Mon père me proposa de le porter, mais j'étais heureuse de sentir le poids de mes trésors.

Quand nous arrivâmes sur une petite place pleine d'étals de rétameurs et de marchands en tous genres, il me donna six pièces de cuivre en me disant que je pouvais les dépenser à ma guise. J'achetai pour Soigneuse un collier de perles noires et un long coupon de dentelle bleue ; j'étais sûre que cela la ravirait. Pour moi, je pris de la dentelle verte pour fabriquer un col et des manchettes parce que, je le savais, cela ferait plaisir à Soigneuse que je suivisse ses conseils ; et, pour finir, je me choisis une petite bourse à fixer à ma ceinture. J'y glissai les deux pièces et demie de cuivre que le colporteur m'avait rendues avec le sentiment d'être très adulte. Dans la rue, des hommes chantaient en entremêlant leurs voix, debout sous la neige ; un gros bonhomme assis dans l'espace étroit entre deux bâtiments était environné d'une lumière si vive que la plupart des passants détournaient le visage. Je vis un jongleur qui faisait tournoyer des pommes de terre, et une jeune fille avec trois corbeaux qui exécutaient des tours avec des anneaux.

Les rues étaient animées malgré le froid ; dans une venelle, un marionnettiste ambitieux et ses apprentis dressaient une tente de représentation. Nous passâmes devant trois musiciens aux joues rouges et au nez plus rouge encore qui jouaient du biniou à l'abri d'un des conifères de la place. La neige commençait à tomber à verse, en gros flocons duveteux qui constellaient les épaules de mon père ; nous croisâmes trois mendiants claudicants, l'air misérable ; Crible leur remit une pièce de cuivre à chacun, et ils le remercièrent d'une voix fêlée par le froid en lui souhaitant de vivre heureux. Je les suivis des yeux, puis je sentis mon regard attiré par un mendiant pitoyable pelotonné sur le seuil d'une boutique de thé et d'épices. Je serrai les bras sur ma poitrine et frissonnai d'inquiétude devant son regard aveugle.

« Tu as froid ? » demanda mon père. Je me rendis alors compte que nous nous étions arrêtés et qu'il avait déjà répété sa question à deux reprises. Avais-je froid ? Je cherchai mes mots.

« Le froid vient du cœur sur des vagues de sang rouge », m'entendis-je répondre. Oui, j'avais froid ; j'examinai mes doigts : ils étaient blancs – blancs comme les yeux du mendiant. Avait-il blanchi mes phalanges en les regardant ? Non, il ne pouvait pas me voir si je ne me tournais pas vers lui. Je levai le visage vers mon père : il semblait s'éloigner de moi sans bouger. Tout s'était écarté de moi. Pourquoi ? Étais-je dangereuse ?

Je tendis la main vers lui et il fit de même, mais je ne crois pas que nous nous touchâmes. Je sentais le regard de Crible sur moi mais j'étais incapable de le croiser. Il me regardait mais je n'étais pas là où il me voyait. Du temps passa, peu ou beaucoup, et soudain le monde se remit brutalement en marche autour de moi ; j'entendis les bruits du marché, perçus l'odeur du cheval attelé qui passait près de nous dans la rue. J'agrippai les doigts de mon père.

Il dit rapidement, comme pour détourner notre attention les uns des autres : « Elle a froid, c'est tout. Allons chez le cordonnier lui prendre des bottes ; ensuite, Abeille, nous t'achèterons une écharpe bien chaude. Crible, faut-il que vous partiez bientôt ?

— Je crois que je vais rester un peu, fit-il à mi-voix. Je dormirai peut-être à l'auberge. La neige tombe à gros flocons ; ce n'est pas l'idéal pour entamer un voyage.

— Je me demande où sont Évite et FitzVigilant. » Mon père parcourut les alentours du regard, comme inquiet ; il espérait, je m'en rendis compte, que son compagnon proposerait de les chercher ; il se faisait du souci pour moi et souhaitait rester seul avec moi. Mais Crible ne mordit pas à l'hameçon.

« Ils ont l'air ravis d'être ensemble. Il faudrait peut-être emmener Abeille boire quelque chose de chaud.

— Après le cordonnier », répondit mon père, têtu. Il se baissa brusquement et me souleva dans ses bras.

« Papa ! protestai-je en me débattant.

— J'ai de plus longues jambes que toi, et tes bottes prennent l'eau. Laisse-moi te porter jusqu'à la boutique. » Il me tenait contre sa poitrine, ses pensées parfaitement verrouillées. Nous passâmes devant un homme adossé à l'angle d'un bâtiment ; il me suivit avec des yeux anormaux. Le gros gaillard dans la ruelle près de lui me montra du doigt en souriant ; un brouillard lumineux l'environnait. Les gens ralentissaient devant la venelle, l'air perplexe, puis ils pressaient le pas. Je me serrai contre mon père, les yeux fermés pour ne plus voir l'éclat ni la brume, et père Loup gronda contre eux. Quelques pas plus loin, je rouvris les yeux et ne les distinguai plus.

Au coin de la rue suivante se trouvait l'échoppe du cordonnier. Mon père me posa à terre, nous tapâmes du pied sur le seuil pour débarrasser nos souliers de la neige et nous époussetâmes avant d'entrer. La boutique embaumait le cuir et l'huile, et un feu ronflait dans l'âtre. L'artisan était un petit bonhomme vif du nom de Marcheur ; il me connaissait depuis que j'étais bébé et avait toujours fabriqué mes chaussures à la pointure de mes pieds particulièrement menus, sans jamais faire attention à mes différences. Mes pieds dans ses mains tièdes, il les mesura à l'aide d'un bout de ficelle, puis il me promit de nouvelles bottes et des souliers dans les deux jours, livrés par son apprenti à Flétribois.

Il refusa de me laisser remettre mes anciennes bottes et m'en donna une paire qu'il prit sur ses étagères. Elles étaient trop grandes pour moi, mais il bourra l'extrémité avec de la laine en me disant qu'elles me rendraient plus de services que les anciennes avec leurs coutures rompues. « J'aurais honte de vous laisser sortir sous la neige avec ces vieilles galoches. Vous vous sentez sûrement plus à l'aise dans celles-ci. »

Je le regardai et cherchai quoi répondre. « J'ai l'impression d'être plus grande, avec des bottes plus longues. » Mon père et Crible éclatèrent de rire comme si j'avais dit la chose la plus intelligente du monde.

Puis nous ressortîmes sous la neige et nous abritâmes à côté, chez un marchand de laine, où je vis des écheveaux de fils de toutes les couleurs imaginables. Tandis que je déambulais devant les présentoirs en effleurant chaque teinte avec un sourire, Crible trouva une paire de gants verts et une capuche assortie ; pendant qu'il les payait et les faisait emballer, mon père choisit un châle en laine épaisse, rouge vif et gris souris, et, à ma grande surprise, il me le plaça sur les épaules. L'étole était grande et me couvrait les épaules, même rabattue sur ma tête ; je m'y sentis bien, non seulement à cause de la chaleur de la laine, mais parce qu'il avait pensé à moi sans que je lui eusse rien demandé.

Je songeai alors à sortir la liste d'affaires dont Allègre estimait que j'avais besoin, mais il paraissait tellement heureux de fouiller dans les étagères et d'acheter divers articles que je ne voulais pas l'interrompre. Nous parcourûmes les rues animées et entrâmes dans toutes sortes de petites échoppes et boutiques ; et puis je vis l'homme à la carriole pleine de chiots. Un âne fatigué tirait le véhicule à deux roues par les rues bondées, et une vieille chienne bringée trottait derrière, l'air inquiet, car ses petits, debout, les pattes sur la ridelle, l'appelaient en glapissant. Un individu maigre à la moustache rousse menait l'attelage, et il le conduisit au pied d'un des chênes, sur la place centrale du marché. Il se dressa sur le siège et, à ma grande surprise, jeta une corde par-dessus une des basses branches de l'arbre.

« Que fait-il, papa ? demandai-je, et mon père et Crible s'arrêtèrent pour contempler la scène.

— Ces chiots, cria l'homme en rattrapant la corde, sont les meilleurs bouledogues qui existent. Tout le monde sait qu'un chiot tient son courage de sa mère, et cette vieille chienne, ici, est la plus vaillante de toutes. Elle est usée et n'a plus beaucoup d'allure, mais elle a du cœur. C'est sûrement la dernière portée qu'elle me donnera ! Alors, si vous voulez un chien capable d'affronter un taureau, un chien capable de planter les crocs dans la jambe d'un voleur ou le mufle d'un taureau sans jamais lâcher sans votre ordre, c'est le moment de vous en procurer un ! »

Les yeux écarquillés, je regardai les chiots blancs et bruns dans la carriole ; ils avaient les oreilles bordées de rouge, et je compris soudain qu'on les leur avait coupées. On leur avait rabattu les oreilles. L'un d'eux se retourna brusquement, comme piqué par une puce, mais je vis ce qu'il faisait : il léchait le moignon qui restait de sa queue. La vieille chienne n'avait plus que des rognures d'oreilles et qu'un petit bout de queue. Tout en parlant, l'homme avait tiré sur sa corde, et, devant mes yeux ahuris, une couverture au fond de la voiture bougea, et d'en dessous sortit la tête sanglante d'un taureau. Le lien avait été noué autour des cornes, et elle pendait, le mufle vers le bas, tandis que de son cou battaient mollement les tubes pâles des veines et de l'œsophage. L'homme la hissa jusqu'à la hauteur de son visage, puis il fixa la corde et poussa la tête pour lui imprimer un mouvement de balancier. Ce n'était sans doute pas la première fois qu'il montait ce spectacle, car la chienne âgée dirigea aussitôt son regard sur le trophée sanglant.

C'était une vieille bête abîmée, avec du blanc autour du museau, les mamelles pendantes et les oreilles déchirées ; elle braqua ses yeux bordés de rouge sur la tête de taureau qui se balançait, et un frisson la parcourut. Sur la place, les badauds s'attroupaient ; un appel retentit près de la porte de la taverne, et peu après une vingtaine d'hommes sortirent de l'établissement. « Attaque, chienne ! » s'exclama l'homme, et le vieil animal s'élança. D'un bond formidable, il saisit le mufle entre ses crocs et y resta suspendu. Les spectateurs les plus proches de la carriole émirent un rugissement ravi ; l'un d'eux se précipita et poussa violemment la tête, et l'homme s'écria : « Rien ne la fera lâcher prise ! Elle s'est fait encorner, piétiner, et jamais elle n'a lâché ! Achetez vite un chiot de sa dernière portée ! » La foule grossissait, et, à ma profonde horreur, mon père dit : « Je ne vois rien. Pouvons-nous nous approcher ?

— Non », répondit Crible sèchement. Je lus la fureur sur ses traits ; je regardai mon père et découvris père Loup debout près de moi ; je ne veux pas dire qu'il avait un museau et de la fourrure sur le visage, mais qu'une férocité irrépressible brillait dans ses yeux. Crible me souleva par les aisselles pour m'éloigner, mais il me donna par là même un meilleur point de vue sur la scène. L'homme à la carriole avait sorti un long poignard de sous son manteau ; il s'avança et agrippa la vieille chienne par la peau du cou. Elle gronda mais garda les mâchoires serrées. Il adressa un sourire radieux à la cantonade puis, un coup sec, il trancha une oreille de l'animal ; le grondement prit une sonorité furieuse, mais la chienne ne lâcha pas prise. Le sang coulait sur ses flancs et faisait fondre la neige sous une averse de gouttes rouges.

Crible se détourna et s'en alla à grands pas. « Venez, Fitz ! » lança-t-il d'un ton brusque, comme s'il donnait un ordre à un chien. Mais nulle autorité ne pouvait maîtriser père Loup. Il demeura immobile, et je vis ses épaules rouler sous sa cape alors que le couteau de l'homme se levait, s'abattait et se relevait ensanglanté. Je n'en voyais pas plus, mais, aux cris de la foule, je compris que la chienne tenait toujours le mufle du taureau entre ses crocs. « Il n'y a que ces trois chiots à vendre ! s'exclama l'homme. Rien que ces trois-là, d'une chienne prête à me laisser l'éventrer sans lâcher prise ! C'est la dernière chance de placer vos enchères sur ces chiots ! »

Mais il n'attendit pas les mises : il n'aurait que l'embarras du choix quand il aurait procuré aux spectateurs le bain de sang dont ils rêvaient. Crible me tenait dans ses bras, et je savais qu'il voulait m'éloigner de l'attroupement tout en redoutant de laisser mon père seul. « Bon sang, où sont Évite et FitzVigilant, pour une fois qu'ils pourraient se rendre utiles ? » fit-il. Il me regarda d'un air éperdu. « Si je te pose à terre, Abeille, resteras-tu… Non ; il y a de bonnes chances pour que tu te fasses piétiner. Oh, mais que va dire ta sœur ? » Soudain mon père s'élança, comme si une chaîne le retenait et qu'elle se fût brisée, et Crible se précipita pour essayer d'agripper sa cape. Le poignard sanglant de l'homme s'éleva ; je le vis au-dessus de la foule alors que Crible se frayait un chemin dans la foule en bousculant les gens et en sacrant.

Un spectateur jura furieusement quand mon père le jeta à terre sur son passage. Le poignard s'abattit, et l'assistance poussa un grand cri. « Est-ce le sang dont j'ai rêvé ? » demandai-je à Crible, mais il ne m'entendit pas. Un tourbillon vivant m'enveloppa ; les émotions de la foule ivre de sang étaient comme une pestilence qui envahissait mes narines et qui allait m'arracher à mon corps. Crible me tenait contre lui du bras gauche tandis qu'il se dégageait un chemin, la main droite tendue devant lui, à la suite de mon père.

Je sus à quel moment ce dernier arriva près du boucher : je perçus un craquement sonore, comme celui de l'os frappant l'os, et les cris de la foule changèrent de tonalité. Crible parvint à un espace dégagé où mon père serrait d'une main un homme par la gorge ; l'autre était ramenée en arrière, et je la vis jaillir comme une flèche d'un arc. Le poing s'écrasa violemment sur la figure de l'autre, puis mon père jeta l'homme dans la presse avec un claquement semblable à celui d'un loup brisant la nuque d'un lapin. J'ignorais qu'il possédait une telle force.

Crible me plaqua le visage contre son épaule pour m'empêcher de voir la scène, mais je me dégageai. La chienne restait accrochée au mufle du taureau, mais ses entrailles pendaient en masses grises, blanches et rouges qui fumaient dans l'air glacé. Mon père tenait son poignard ; il passa le bras autour de la bête et, d'un geste tendre, lui trancha la gorge. Quand sa vie eut cessé de s'écouler et que ses mâchoires se détendirent, il déposa doucement son cadavre au sol. Il ne parla pas mais je l'entendis quand il lui promit que ses chiots connaîtraient une vie plus clémente que la sienne. *Ce ne sont pas mes chiots*, répondit-elle. Elle ajouta : *Je ne savais pas qu'il y avait des maîtres comme toi*, sidérée qu'un homme comme lui pût exister.

Puis elle mourut. Seule demeuraient la tête du taureau pendue au chêne, monstreuse décoration de la fête de l'Hiver, et le tourmenteur qui se roulait sur la terre ensanglantée en jurant, les mains sur la figure, le sang ruisselant de ses narines. La créature couverte de sanie dans les bras de mon père n'était plus un chien ; il la lâcha et se redressa lentement. À ce mouvement, le cercle des spectateurs s'écarta, et certains reculèrent devant son regard noir. Il s'approcha de l'homme à terre, leva le pied et le posa sur sa poitrine pour l'immobiliser. Le boucher cessa ses plaintes aiguës et ne bougea pas ; il regarda mon père comme s'il se trouvait devant la mort en personne.

Celui-ci ne dit rien. Le silence s'éternisa, et l'homme finit par écarter ses mains de son nez cassé. « Vous n'aviez pas le droit de… »

Mon père fouilla dans sa bourse et laissa tomber une pièce sur sa poitrine ; c'était une grosse pièce d'argent non rognée. « Pour les chiots », dit-il d'une voix qui évoquait le bruit d'une épée qu'on dégaine. Il regarda les petits chiens puis la pauvre créature décharnée attelée à la carriole. « Et la voiture et l'âne. » Le cercle des badauds s'était encore agrandi. Mon père le parcourut lentement du regard puis il désigna un adolescent presque adulte. « Toi, Jerubis, conduis la carriole avec les chiots à Flétribois ; mène-les aux écuries et remets-les à un homme du nom de Veneur. Puis va trouver mon intendant, Allègre, et dis-lui qu'il doit te donner deux pièces d'argent. »

Il y eut un murmure général de surprise : deux pièces d'argent pour un après-midi de travail ?

Il se tourna vers un homme plus âgé. « Rube ? Une pièce d'argent si vous faites disparaître cette tête de taureau et jetez des pelletées de neige sur tout ce sang ; ça ne convient pas à la fête de l'Hiver. Sommes-nous des Chalcédiens ? Avons-nous envie de voir un cercle du roi se réinstaller à Chênes-lès-Eau ? »

Cette perspective n'eût peut-être pas déplu à certains, mais ils n'osèrent pas l'avouer devant l'expression de mon père. Ceux qui acclamaient le spectacle de boucherie venaient de s'entendre rappeler qu'ils étaient des hommes qui valaient mieux que cela. La foule commençait à se disperser quand l'homme à terre lança d'une voix rauque : « Vous m'escroquez ! Ces chiots valent bien plus que ce que vous m'avez donné ! » Il brandissait à deux mains la pièce que mon père avait laissée tomber sur lui.

Celui-ci se retourna d'un bloc. « Ils ne sont pas de cette chienne ! Elle était bien trop âgée. Et elle ne pouvait plus livrer un combat ; il ne lui restait que la force de ses mâchoires, et son courage. Tout ce que vous vouliez, c'était tirer de l'argent de sa mort. »

L'autre demeura bouche bée, puis s'exclama : « Vous ne pouvez pas le prouver ! » d'un ton qui trahissait le menteur.

Mon père ne songeait déjà plus à lui. Il venait de prendre conscience que Crible se tenait à proximité et que je le regardais, les yeux ronds. Le sang de la vieille chienne avait trempé sa cape. Devant mon expression, il défit sans un mot le fermoir et la laissa glisser au sol ; il abandonnait l'épais vêtement de laine grise sans une hésitation parce qu'il ne voulait pas me tacher de sang en me portant dans ses bras. Mais Crible ne me lâcha pas. Je levai les yeux vers mon père, et il leva les siens vers Crible.

« Je pensais que vous l'éloigneriez.

— Et moi, je pensais que vous risquiez d'être pris à partie par une foule en furie et d'avoir besoin de quelqu'un à vos côtés.

— En amenant ma fille au milieu ?

— Au moment où vous avez décidé d'intervenir, il n'y avait plus que de mauvais choix. Navré si celui que j'ai fait ne vous plaît pas. »

Jamais je ne lui avais entendu un ton aussi glacé, et jamais je n'avais vu mon père et lui se regarder comme des ennemis. Il fallait que je dise quelque chose. « J'ai froid, fis-je ; et j'ai faim. »

Crible posa les yeux sur moi. Un long silence tendu s'installa, puis le monde reprit son souffle. « Je meurs de faim », murmura-t-il.

Mon père baissa le regard. « Moi aussi », fit-il sur le même ton ; il s'accroupit soudain, ramassa une poignée de neige et s'en servit pour nettoyer le sang qui maculait ses mains. Crible l'observait.

« Vous en avez aussi sur la joue gauche », fit-il, et il n'y avait plus de colère dans sa voix, rien qu'une étrange lassitude. Mon père hocha la tête, toujours sans regarder personne ; il s'approcha d'un buisson couvert de neige fraîche, en préleva deux poignées et s'en frotta la figure. Quand il eut fini, je me dégageai des bras de

Crible, saisis la main froide et humide de mon père et le dévisageai ; j'eusse voulu lui dire que ce que j'avais vu ne m'avait pas fait de mal. Enfin, j'étais choquée, mais non par ses actes.

« Allons manger quelque chose de chaud », me dit-il.

En nous dirigeant vers la taverne, nous repassâmes devant l'homme dans la ruelle qui brillait toujours d'un éclat qui le rendait difficile à distinguer. Plus loin, assis au coin d'une rue, il y avait un mendiant gris ; je me tournai vers lui, mais il ne me vit pas et son regard demeura fixe car il avait les yeux vides et aussi gris que son manteau dépenaillé. Dépourvu de sébille, il avait simplement posé sa main en coupe sur son genou, et elle était vide. Il ne demandait pas d'argent, je le savais. Je le voyais, mais lui ne me voyait pas ; ce n'était pas normal. Je me tournai brusquement et me plaquai le visage contre le bras de mon père alors qu'il poussait la porte de la taverne.

À l'intérieur, tout n'était que bruit, chaleur et odeurs. Quand il entra, les conversations s'interrompirent soudain. Il s'arrêta et parcourut la salle du regard comme s'il était père Loup à l'affût d'un piège. Peu à peu, les clients reprirent leurs bavardages, et nous suivîmes Crible jusqu'à une table. À peine nous fûmes-nous assis qu'un adolescent apparut avec un plateau et trois grosses chopes de cidre chaud et épicé ; il les posa, boum, boum, boum, puis sourit à mon père. « Offert par la maison », dit-il en s'inclinant légèrement.

Mon père se redressa sur le banc, et le patron, debout près du feu avec d'autres hommes, leva sa chope à son intention. L'intéressé hocha gravement la tête puis se tourna vers le serveur. « D'où vient ce fumet savoureux ?

— D'une épaule de bœuf qu'on a laissée mijoter jusqu'à ce que la viande se détache des os avec trois oignons jaunes, un demi-boisseau de carottes et deux pleines mesures d'orge de l'année. Si vous commandez notre soupe, messire, on ne vous servira pas un bol d'eau marronnasse avec un bout de pomme de terre au fond ! Le pain sort tout juste du four, et nous avons du beurre d'été conservé dans la cave froide et jaune comme le cœur d'une pâquerette. Mais, si vous préférez, il y a des friands au mouton fourrés à l'orge, à la carotte et à l'oignon, dans une pâte dorée si moelleuse qu'il faut mettre une assiette en dessous, sans quoi ça vous dégouline sur les genoux ! On a de la citrouille en tranches cuite avec des pommes, du beurre et de la crème, et...

— Assez, assez, fit mon père, ou mon estomac va éclater rien qu'à vous écouter ! Que prenons-nous ? » demanda-t-il en se tournant vers Crible et moi. Il souriait, et je remerciai intérieurement de tout mon cœur le serveur et son tempérament enjoué.

Je choisis le bouillon de bœuf avec du pain et du beurre, comme mes deux compagnons. Nous nous tûmes en attendant notre commande, mais ce n'était pas un silence gêné ; plutôt prudent : mieux valait laisser l'espace vide de mots que d'y placer ceux qu'il ne fallait pas. Quand le repas arriva, il se révéla aussi bon que le serveur l'avait promis. Nous mangeâmes, et, par je ne sais quel miracle, ne pas parler arrangea les choses entre les deux hommes. Le feu dans la cheminée crépitait quand on y jetait une grosse bûche ; la porte s'ouvrait et se refermait alors que les clients entraient et sortaient, et le bruit des conversations m'évoquait celui des abeilles dans une ruche. Apparemment, supporter le froid toute une journée, faire des emplettes et voir mon père adoucir la mort d'une chienne m'avait ouvert l'appétit. Quand je commençai à distinguer le fond de mon bol, je trouvai les mots que je cherchais.

« Merci, papa, d'avoir fait ce que tu as fait. C'était ce qu'il fallait. »

Il me regarda et répondit d'un ton circonspect : « C'est le travail d'un père ; donner ce dont ils ont besoin à ses enfants. Des bottes et des écharpes, mais aussi des bracelets et des marrons chauds quand c'est possible. »

Il ne voulait pas songer à son intervention sur la place du marché, mais je tenais à ce qu'il sût que je comprenais. « Oui, c'est le travail d'un père. Et certains se risquent dans une foule déchaînée pour sauver un malheureux chien d'une lente agonie et mettre des chiots et un âne à l'abri. » Je me tournai vers Crible. Je ne l'avais jamais regardé en face et cela me fut pénible, mais je plantai mes yeux dans les siens. « Rappelez à ma sœur que mon père est un homme d'un grand courage, quand vous la verrez ; dites-lui que j'apprends moi aussi à être courageuse. »

Je ne pus soutenir son regard très longtemps malgré tous mes efforts, et je baissai le nez, cuiller en main, comme si j'avais encore très faim. Je savais que les deux hommes échangeaient un regard, mais je ne détournai pas mon attention de mon bol.

15

Emplettes

Si certains élèves abordent leurs études à contrecœur, qu'on les laisse partir. Si tous les élèves abordent leurs études à contrecœur, qu'on renvoie le scribe et qu'on en trouve un autre ; car une fois qu'ils ont appris qu'étudier est ennuyeux, difficile et inutile, ils n'apprendront plus rien d'autre.

De la nécessité de l'instruction, Scribe Geairepu

Arrive-t-il souvent qu'on sache avec une certitude absolue qu'on a bien agi ? Je ne le pense pas, et cela devient encore moins fréquent quand on a un enfant. Depuis que j'étais père, je remettais en question toutes les décisions que je prenais pour les enfants dont j'avais la responsabilité, que ce fût Ortie, Heur ou même Devoir. Avec Abeille, j'avais l'impression d'enchaîner les actes désastreux. Je n'avais jamais voulu qu'elle découvrît l'aspect de ma personnalité qu'elle avait vu quand j'avais tué la chienne ; j'avais nettoyé le sang qui maculait mon visage et mes mains avec de la neige, mais j'étais incapable de me débarrasser de la honte profonde que j'éprouvais alors que nous nous rendions à la taverne. C'est alors que ma fille m'avait regardé et m'avait remercié ; elle avait non seulement affirmé comprendre mon attitude mais aussi tenté de combler le gouffre qui s'était ouvert entre Crible et moi. Ses paroles ne m'avaient pas libéré de mon sentiment de culpabilité ; Crible avait raison : je n'avais pas pris en considération le danger auquel je l'exposais lorsque les vagues de souffrance de la chienne m'avaient frappé. Je n'avais pas supporté la conviction aveugle de la vieille bête qu'en exécutant les ordres de son maître elle lui plairait enfin ; c'était une trop grande cruauté. Devais-je l'accepter sans réagir pour protéger ma fille ?

À l'évidence, ce n'était pas l'avis d'Abeille. Je me promis qu'à l'avenir je réfléchirais davantage. Je tâchai d'imaginer comment j'eusse pu m'y prendre différemment, en vain ; mais, au moins cette fois-ci, ma fille n'avait pas l'air d'avoir souffert de mon tempérament emporté.

La cuisine était bonne, mon bref conflit avec Crible paraissait apaisé, et ma fille avait l'air ravie. Derrière nous, la porte de l'auberge s'ouvrait et se refermait aussi régulièrement que si c'étaient des soufflets qui injectaient des clients affamés dans l'établissement. Soudain, parmi eux se trouvèrent Évite et FitzVigilant ; le précepteur avait les bras chargés de paquets ; il se baissa et les posa délicatement par terre près de nous avant de s'installer sans plus de cérémonie à un bout de notre banc, tandis que la jeune fille occupait l'autre. Sans reprendre son souffle, elle annonça : « J'ai déniché des bas verts qu'il me faut absolument pour la fête de l'Hiver. Nous la célébrerons à Flétribois, n'est-ce pas ? Mais bien sûr, et on dansera ! Il y a de nombreux ménestrels en ville, et vous devez pouvoir en engager quelques-uns. Mais, avant cela, je dois acheter ces bas ! Si vous m'avancez l'argent, sire Umbre vous le remboursera sûrement ! »

Sans que j'eusse le temps de me tourner vers elle, FitzVigilant ajouta de l'autre côté : « Et moi, j'ai découvert des tablettes de cire chez un marchand spécialisé dans les dernières nouveautés ! Il les vend par paires reliées par des charnières, ce qui permet à l'élève de les fermer et de protéger son travail. Quelle idée ingénieuse ! Il n'en a pas beaucoup, mais celles que nous pourrons acheter serviront bien à mes élèves. »

Je regardai l'ardent scribe d'un œil atterré. Il avait promptement recouvré son entrain et son assurance. Je me réjouissais qu'il ne se montrât plus aussi intimidé en ma présence, mais je m'effrayais un peu de le voir aussi attiré qu'Évite par les babioles inutiles. Je me remémorai mon apprentissage de l'écriture ; à l'époque, le papier était trop précieux pour en donner aux élèves, et je formais mes lettres sur les dalles de la grand-salle avec mon index mouillé. Nous nous servions parfois de bouts de bois brûlés, et je me rappelais qu'on faisait de l'encre avec de la suie. Je me tus ; je savais que beaucoup s'étonnaient du retard de Castelcerf, et, à vrai dire, des Six-Duchés dans leur ensemble, en ce temps-là. L'isolement dû à la guerre et l'action de plusieurs rois décidés à nous tenir à l'écart des coutumes étrangères nous avaient maintenus dans des traditions ancestrales. C'était Kettricken qui nous avait fait connaître les Montagnes et nous avait encouragés à importer non seulement les marchandises des terres lointaines mais aussi leurs idées et leurs techniques. Je me demandais encore si c'était un bien. Les élèves de Lant avaient-ils vraiment besoin de tablettes pliantes pour apprendre leurs lettres ? Je sentis la résistance monter en moi ; et puis je me rappelai Allègre disant entre haut et bas d'un ton accablé que j'habillais Abeille comme on habillait les enfants quarante ans plus tôt. Peut-être était-ce moi qui demeurais cramponné aux traditions ; le temps était-il venu d'accepter le changement ? De vêtir ma petite fille d'une jupe longue avant qu'elle fût une femme ?

Je la regardai ; j'aimais la voir dans sa petite tunique et ses chausses, libre de courir et de se rouler par terre. Elle commençait à s'ennuyer et s'agitait sur le banc ; j'étouffai un soupir et revins au présent. « D'abord les tablettes pour les élèves, et ensuite j'irai voir ces bas qui vous ont fait tant d'effet, Évite. »

Je pris un morceau de pain pendant qu'Évite m'accablait sous une avalanche d'arguments pour que je visse ce qu'elle convoitait en premier, depuis la crainte que le marchand ne refusât de les vendre à un client qu'il ne connaissait pas jusqu'à l'angoisse que je ne dépensasse tout mon argent en tablettes et n'en eusse plus pour ses bas verts et les autres articles qui avaient attiré son attention. J'avais l'impression de subir une grêle de petits cailloux, car FitzVigilant parlait en même temps, disant que les tablettes n'étaient pas essentielles à ce point et que je devais naturellement subvenir d'abord aux besoins de demoiselle Évite.

Je répondis d'un ton ferme : « Eh bien, c'est entendu ; dès que j'aurai pu terminer mon repas.

— Je n'aurais rien contre un repas, moi aussi, fit Évite, satisfaite à présent que sa volonté était contentée. Mais ont-ils quelque chose de meilleur que de la soupe et du pain ? Un fourré aux pommes, peut-être, ou du poulet ? »

Je levai la main pour appeler le serveur ; quand il fut là, elle le soumit à un interrogatoire en règle sur les plats disponibles et finit par l'obliger à demander au cuisinier de réchauffer du poulet froid et à apporter de la tarte aux pommes séchées. FitzVigilant, lui, commanda seulement de la soupe et du pain. Le garçon mentionna de petits gâteaux au gingembre qui allaient bientôt sortir du four, et j'en achetai six.

« Six ? s'exclama Évite, stupéfaite ? Six ?

— Quelques-uns à manger sur place et les autres à emporter. C'étaient mes préférés quand j'étais enfant, et je pense qu'Abeille les appréciera autant que moi. »

Je me tournai vers ma fille pour lui demander si elle aimerait en goûter, et je m'aperçus qu'elle n'était plus là. Je levai les yeux vers Crible, et il indiqua le fond de la taverne de la tête : les toilettes étaient par là.

Évite me tira par la manche. « J'ai oublié de réclamer des épices dans mon cidre ! »

J'agitai la main pour rappeler le garçon, mais il avait la tête courbée, et j'eus la quasi-certitude qu'il feignait de ne pas me voir. Je continuai de lui faire signe sans y croire ; il fila vers une autre table où six hommes l'accueillirent avec des acclamations bruyantes. Il prit la pose et se lança dans son monologue devant les sourires ravis des clients. « Il est occupé pour l'instant, dis-je à Évite.

— Il fait semblant de ne pas me voir !

— Je vais aller aux cuisines dire qu'on ajoute des épices à votre cidre, proposa FitzVigilant.

— Certainement pas ! s'exclama-t-elle. Ce serveur doit venir ici et faire son travail. Tom Blaireau ! Ne pouvez-vous le forcer à se conduire comme il le doit ? Comment ose-t-il tourner le dos à ses supérieurs pour servir une tablée de fermiers ? Rappelez-le ! »

Je bloquai ma respiration ; Crible se dressa si brusquement qu'il faillit renverser le banc. « Je vais aux cuisines. Il y a du monde dans la taverne ; laissons le gamin faire son boulot tranquillement. »

Il passa les jambes par-dessus le banc et traversa la salle bondée comme lui seul savait le faire, en passant entre les clients sans jamais marcher sur les pieds de personne.

À part sur ceux d'Évite. Elle le suivit du regard, les narines dilatées et la bouche pincée : le ton qu'il avait employé ne laissait aucun doute sur ce qu'il pensait d'elle. FitzVigilant aussi l'observait, la bouche entrouverte ; il se tourna vers la jeune fille et déclara d'une voix mal assurée : « Ça ne lui ressemble pas.

— Il a eu une journée pénible », dis-je pour l'excuser. Cette réponse, faite sur un ton glacial, était destinée à faire honte à Évite, mais elle y parut insensible, et, les sourcils froncés, je regardai Crible s'éloigner, avec le sentiment d'être autant que la jeune fille la cible de ses reproches. Lant avait raison : cela ne lui ressemblait pas, et je me doutais que son agacement avait plus sa source dans ma conduite que dans les plaintes d'Évite. Je fermai les yeux un moment, un goût amer dans la bouche. Cette pauvre vieille chienne ! Depuis des années, je maîtrisais rigoureusement mon Vif, je m'interdisais de m'en servir et je refusais que quiconque me contactât par ce biais, mais aujourd'hui ces barrières étaient tombées, et je n'eusse pas plus été capable de me détourner de la mise à mort de la bête que d'Abeille se faisant rouer de coups. Ce boucher sadique n'avait pas le Vif, mais j'avais perçu ce qu'irradiait la vieille chienne vers lui ; ce n'était pas les maux de ses membres âgés et meurtris alors qu'elle trottait derrière sa carriole, ni même la souffrance aiguë qu'elle avait éprouvée quand il l'avait éventrée. Avec les ans, j'avais appris à résister à la pitié face à la douleur des animaux. Non, ce qui avait fait céder les digues et m'avait inondé de rage, c'était un autre sentiment qu'elle éprouvait pour lui : la fidélité ; la certitude qu'il savait ce qui était le mieux. Toute sa vie, elle avait été son instrument et son arme qu'il employait comme bon lui semblait.

Elle avait connu une existence rude, mais elle avait été dressée dans cette optique ; pour cet homme, elle avait harcelé des taureaux, combattu d'autres chiens, attaqué des sangliers ; elle avait obéi à tous ses ordres, et elle avait joui du plaisir de l'arme qui fait ce pour quoi elle a été créée. Quand elle s'était bien battue et qu'elle avait gagné, elle avait parfois droit à une exclamation de fierté de la part de son maître, ou à une part de la viande. Ces rares occasions étaient les meilleurs moments de sa vie, et elle avait toujours été prête à n'importe quel sacrifice pour les mériter.

Quand il lui avait présenté la tête de taureau, elle avait bondi, et, quand il lui avait tranché l'oreille, elle avait gardé les mâchoires serrées, obtusément certaine qu'il y avait une raison pour la douleur que lui infligeait son maître.

Je n'étais guère différent quand je travaillais jadis pour Umbre ; j'étais devenu ce qu'il m'avait formé, dressé à être, et c'était aussi son cas. Je ne lui reprochais pas ce qu'il avait fait de moi ; s'il ne m'avait pas pris comme apprenti, je n'eusse sans doute pas vécu jusqu'à dix ans. D'un bâtard gênant et peut-être dangereux pour le trône Loinvoyant, il avait fait un instrument utile, voire essentiel.

J'avais donc survécu, et, comme la chienne, j'avais obéi à ses ordres sans jamais mettre en doute leur finalité. Je n'oublierai jamais la première fois où je pris vraiment conscience qu'il n'était pas infaillible. Pendant des années, lorsque je souffrais de migraines après avoir artisé ou tenté d'artiser, il me donnait de l'écorce elfique, dont j'avais supporté les effets de dépression accompagnée d'une énergie nerveuse incontrôlable en échange d'un apaisement de la douleur ; il me plaignait et m'exhortait à m'efforcer encore davantage à développer mon Art. Ni lui ni moi ne savions que l'écorce elfique détériorait en fait mes capacités dans cette magie, et, quand je l'avais découvert, j'avais été, non pas catastrophé que mon talent fût atrophié, mais abasourdi qu'Umbre eût pu se tromper.

Je commençais à soupçonner que j'étais retombé dans le même piège. Les habitudes de pensée ont la vie dure.

Un silence curieux s'était établi de part et d'autre de moi. Évite bouillait encore, FitzVigilant était tiraillé ; Crible et lui devaient bien se connaître à Castelcerf, et, malgré leur différence de statut, le jeune regardait peut-être même son aîné comme un ami ; à présent, il devait faire un choix : se déclarer pour la demoiselle ou défendre son ami. Son besoin d'avoir mon estime jouerait-il en l'occurrence ? Je me tus : de sa décision dépendrait mon opinion de lui.

Il se pencha sur la table pour regarder demoiselle Évite à l'autre bout du banc. « Ne jugez pas le garçon trop durement », dit-il, et je me sentis un instant de la sympathie pour lui. Il l'anéantit aussitôt en ajoutant : « Nous sommes assis parmi des gens du commun, et ce n'est qu'un serveur d'une bourgade reculée. Il serait étonnant qu'il ait appris à reconnaître une dame bien née pour lui accorder la priorité qu'elle mérite. »

Comment Umbre l'avait-il laissé se faire une si haute opinion de lui-même ? Mon mentor ne m'avait jamais méprisé à cause d'une illégitimité, que nous partagions d'ailleurs, mais il m'avait expliqué qu'étant né d'une mère roturière je ne pouvais espérer que les privilèges de la noblesse me fussent octroyés. Je me demandai si le scribe savait que sa mère était une veneuse, estimée par la reine, certes, mais sans grand statut à la cour. Se croyait-il issu de la très haute aristocratie ? Supérieur à l'humble Tom Blaireau, fils d'une roturière ?

Supérieur à Abeille ?

J'eus à cet instant la certitude absolue que FitzVigilant n'était pas apte à instruire ma fille. Comment avais-je pu croire qu'il en était autrement ? Une fois de plus, je me pris à courber la tête, accablé par ma propre bêtise. FitzVigilant avait échoué comme assassin, aussi Umbre avait-il supposé qu'il s'en sortirait mieux en tant que scribe et précepteur, et j'avais adhéré à cette logique tordue. Pourquoi ? Étions-nous persuadés qu'enseigner à des enfants était plus facile que les assassiner ?

Qu'est-ce qui n'allait pas chez moi pour que, après tant d'années, je fusse encore prêt à accepter sans discuter les décrets d'Umbre ? À l'âge que j'avais, je devais être adulte, non ? Mais mon vieux mentor détenait encore un immense pouvoir sur moi. J'avais appris depuis belle lurette qu'il n'était pas infaillible, mais, dans mes moments de distraction, je retombais toujours dans le présupposé qu'il savait mieux que moi ce qu'il fallait faire. Je mettais rarement en question ses ordres, et, pire encore, je cherchais rarement à lui soutirer des renseignements qu'il ne m'avait pas fournis. Eh bien, cela allait changer ; je découvrirais l'ascendance exacte de Lant et j'exigerais de savoir quelle valeur avait Évite pour qu'on voulût l'éliminer ; je lui demanderais aussi comment il avait pu s'imaginer que l'un ou l'autre pouvait servir de garde du corps ou de précepteur pour ma fille.

Je jouerais donc les deux rôles auprès d'elle, professeur et gardien. Elle savait déjà lire, et j'avais acquis la plus grande partie de mon instruction par mes lectures ou en aidant Umbre lors de ses expériences bizarres. J'avais aussi reçu une formation physique, naturellement, mais je ne voyais guère l'intérêt d'enseigner à Abeille à manier la hache ou l'épée ; je souris en songeant avec quel sérieux elle s'adonnait à nos exercices du soir avec son couteau : une petite leçon de maniement de son arme avait remplacé l'histoire ou la chanson du soir. Elle était vive, je devais le reconnaître ; après qu'elle m'avait entaillé les doigts à deux reprises, j'avais substitué un poignard en bois à son couteau, et, quelques jours plus tôt, elle m'avait étonné en évitant mon attaque par une cabriole digne du Fou. Si j'étais capable de lui apprendre à danser au rythme d'un poignard, je pouvais certainement lui apprendre tout ce dont elle avait besoin. Je pouvais lui fournir une instruction suffisante, et, ce que j'ignorais, je le lui ferais enseigner par les meilleurs dans leurs domaines respectifs. Nous avions un excellent guérisseur à Flétry, auprès duquel elle pourrait bâtir sur la connaissance des plantes que Molly lui avait donnée. Et, oui, ma fille apprendrait la musique, la danse, et les mille autres choses qui composent l'arsenal d'une femme dans ce monde ; et aussi les langues, en tout cas, celle du royaume des Montagnes. Il m'apparut soudain que rien ou presque ne nous retenait à Flétribois, elle et moi ; nous pourrions passer un an parmi les Montagnards afin qu'elle acquît leur générosité en même temps que leur parler, puis faire de même dans les îles d'Outremer et dans chacun des six duchés. Je décidai alors qu'avant ses seize ans ma fille aurait séjourné dans chacune de ces régions. J'avais l'impression d'avoir jusque-là suivi un sentier étroit et de m'être brusquement rendu compte que je pouvais le quitter et couper par la campagne ; j'avais la possibilité de choisir ce qu'on lui enseignerait, et comment, et, au passage, former sa personnalité.

Car Abeille y avait droit. Les filles n'ont pas besoin de frapper physiquement pour faire mal, mais tenais-je à ce qu'elle apprît cette façon de se battre par l'exemple d'Évite, avec l'approbation de Lant ?

« … à vous de le remettre à sa place, non à moi ni à Lant. Cela ne vous dérange pas qu'il m'insulte ? Et Lant ? M'écoutez-vous ? Dotaire Blaireau ! »

À l'énoncé de mon nom, je revins brutalement à la conversation en cours. Cependant, ce n'est pas vers la jeune fille que je me tournai, mais vers FitzVigilant ; mon esprit avait saisi un détail dont j'avais besoin. « Combien de tablettes de cire espériez-vous acheter ? »

Dans mon dos, Évite poussa un soupir exaspéré de se voir ainsi négligée ; cela m'était égal. FitzVigilant parut surpris du changement de sujet. Il me fit une réponse circonspecte, craignant sans doute une restriction de budget. « Le marchand n'en avait pas beaucoup, naturellement ; les doubles pourraient sûrement être partagés entre frères et sœurs, et…

— Nous prendrons ce qu'il a. » Je me redressai légèrement pour surveiller la porte, à l'affût d'Abeille. Je songeai soudain avec inquiétude à tous les marrons et à toutes les friandises qu'elle avait mangés ; allait-elle bien ? « J'en garderai une pour Abeille ; c'est moi qui me chargerai de son instruction. Je ne vous juge pas apte à cette tâche. »

Il eut une expression sidérée d'enfant. Humiliation, terreur, consternation et ahurissement se disputaient sur ses traits, mais, comme aucun ne l'emportait, il resta le regard fixe et vide. Si l'avenir d'Abeille n'avait pas été en jeu, j'eusse peut-être été navré de lui infliger un tel désarroi. Il lui fallut un moment pour retrouver l'usage de la parole, et c'est avec une élocution soigneuse et précise qu'il dit : « Si je vous ai offensé ou si je n'ai pas été à la hauteur de vos attentes, messire, je…

— C'est le cas. » Je l'interrompis sans m'autoriser à éprouver ni pitié ni remords. Avait-il montré de la compassion quand il avait réprimandé et humilié Abeille devant les autres enfants ?

Sa lèvre inférieure se mit à trembler, puis son visage se figea, et il se redressa avec raideur. « Dès notre retour ce soir, je ferai mes bagages et quitterai Flétribois. »

Cette attitude m'agaça. « Non. Vous m'énervez, tous les deux, mais je ne puis vous laisser partir ; malgré le regret que ça m'inspire, vous devez rester à Flétribois. J'ai pu constater que vous n'êtes prêts ni l'un ni l'autre à enseigner à ma fille ni à la protéger ; comment pouvez-vous imaginer que je vous estime capables de vous protéger vous-mêmes ? FitzVigilant, vous pourrez continuer à essayer d'instruire les autres enfants ; quant à moi, je vous apprendrai le maniement de la hache et de l'épée, et le respect de tout homme qui vous regarde dans les yeux. » Voilà qui mordrait encore sur mon emploi du temps, mais au moins j'arriverais peut-être à lui enseigner à se défendre seul. Et Évite ? J'affrontai son air de majesté outragée. « Je demanderai à Allègre qu'on vous fournisse l'éducation la plus propre à vous procurer un mari ; il ne s'agit ni de la danse ni du chant, mais de la gestion d'une maisonnée dans les limites des rentrées d'argent. »

Elle me retourna un regard glacial. « Sire Umbre en entendra parler !

— En effet, et par moi, avant que votre message lui parvienne. »

Elle étrécit les yeux comme un chat. « Je ne retournerai pas à Flétribois. Je vais prendre une chambre dès ce soir à Chênes-lès-Eau et y rester ; vous répondrez à sire Umbre de mon départ. »

Je soupirai. « Nous sommes à la veille de la fête de l'Hiver, Évite ; les auberges sont pleines. Et vous reviendrez ce soir chez moi, où nous nous préparerons à la célébrer pour ma fille. Je ne veux plus entendre de votre part, à l'un et à l'autre, aucune menace de partir. Vous ne partirez pas, parce que j'ai promis à quelqu'un que je respecte de veiller sur vous. » Je les regardai tour à tour.

La jeune fille était bouche bée. Elle la referma brusquement et demanda sèchement : « Blaireau, comment osez-vous vous attribuer quelque autorité sur moi ? Sire Umbre vous a placé à ma disposition pour assurer mon confort et ma protection. Envoyez votre message comme vous le voudrez et quand bon vous semblera ; je tâcherai de mon côté que sire Umbre corrige les idées erronées que vous vous faites sur nos positions respectives. »

Et voilà, tout était dévoilé dans cette seule phrase. Malgré la négligence d'Umbre qui avait prononcé mon nom devant elle, elle n'avait pas relié les éléments entre eux. Elle fixait sur moi des yeux furieux, comme si elle s'attendait à me voir reculer, penaud, avec force courbettes et excuses. Elle était illégitime, mais elle avait la certitude de m'être supérieure ; quant à Lant, bien que bâtard, il avait été reconnu par un père aristocrate, et il était donc son égal.

Mais pas le serveur – ni moi, ni Crible, parce qu'à ses yeux j'étais d'aussi basse extraction que ma fille.

« Ça suffit, Évite. » Je n'en dis pas davantage. Ses yeux se plissèrent et s'emplirent d'une fureur glaciale, et je faillis éclater de rire quand elle s'avisa d'exercer son autorité.

« Vous n'avez pas le droit de me parler ainsi », fit-elle d'une voix grondante.

J'avais trouvé quoi lui répondre quand Crible revint à la table avec deux assiettes pleines posées avec un bel équilibre sur un bras et deux chopes de cidre dans sa main libre. Il disposa le tout avec un grand geste, avec un éclat dans l'œil qui disait sa résolution à oublier les incidents de la journée et à s'amuser. Soudain, son sourire céda la place à une expression inquiète, et il demanda : « Où est Abeille ? »

L'effroi me transperça. Je me dressai dans l'espace exigu entre le banc et la table. « Elle n'est pas revenue. C'est trop long ; je vais la chercher.

— Mon cidre est à peine tiède ! » s'exclama Évite alors que j'enjambais le banc et m'éloignais.

16
Brume et lumière

Puis, du brouillard lumineux qui nous enveloppait, jaillit un loup, noir et argent ; il était couvert de balafres, et la mort s'accrochait à lui comme l'eau s'accroche au pelage d'un chien au sortir d'une rivière. Mon père était avec lui, en lui, autour de lui, et jamais je ne l'avais vu tel qu'il était. Il saignait de dizaines de blessures inguérissables, et pourtant, au fond de lui, la vie brûlait comme de l'or fondu dans un four.

Journal de mes rêves, Abeille Loinvoyant

Tout avait été gâché quand la porte de la taverne s'était ouverte et qu'Évite et FitzVigilant étaient apparus. Au regard que ce dernier jeta à mon père, je compris qu'il avait déjà entendu parler de l'incident de la place du marché. Je n'avais pas envie qu'il abordât le sujet ; c'était derrière nous, et, s'il le mentionnait, Crible devrait y songer à nouveau ; lui et mon père se comportaient comme si tout allait bien, mais je savais que les actions de mon père lui rongeraient le cœur comme un ver. Ils étaient amis, mais c'était à Ortie qu'il était loyal, au bout du compte, et il redoutait de lui raconter l'anecdote et la part qu'il y avait prise.

Mais Évite, si elle était au courant, n'y fit nulle allusion et se mit à blagasser : il lui fallait ceci, il lui fallait cela, et, si mon père avait de l'argent, peut-être pourraient-ils aller acheter tout de suite les articles, à moins qu'elle ne se restaurât d'abord ? Elle s'assit à côté de mon père, FitzVigilant près de Crible ; décrivant tout ce dont ils avaient envie, ils m'évoquaient des oisillons affamés qui réclament à manger, le bec grand ouvert. Mon père se détourna de moi pour s'adresser à Évite ; je ne pus le supporter. J'eus soudain trop chaud, et la presse des dizaines de conversations me donnait l'impression de mains plaquées sur mes oreilles. Je tirai la manche de Crible. « Il faut que je sorte.

— Comment ? Ah, c'est derrière l'auberge. Et reviens tout de suite, tu m'entends ? » Et il me tourna le dos pour répondre à une réflexion de FitzVigilant. C'était curieux, quand même : je n'avais pas le droit d'interrompre les gens, mais mon précepteur ne voyait aucune raison de marquer la même courtoisie envers moi. « C'est de la cuisine de la campagne, Lant ; ça ne ressemble pas à ce qu'on trouve dans une taverne de Bourg-de-Castelcerf, mais ce n'est pas mauvais. Essayez la soupe. »

Je dus me tortiller pour quitter le banc. Je pense que mon père ne remarqua même pas mon départ. Alors que je me dirigeais vers la sortie, une femme corpulente faillit me marcher dessus, mais je la contournai vivement. La porte était si lourde que je dus attendre que quelqu'un entrât avant de me glisser à l'extérieur. L'air était plus frais dehors, et, le soir tombant, l'animation et l'atmosphère joyeuse des rues paraissaient s'accroître ; je m'écartai légèrement afin de ne pas recevoir la porte dans le dos si quelqu'un l'ouvrait, puis je me déplaçai encore parce qu'une carriole de bois devait être déchargée pour la taverne voisine. Je traversai la rue pour regarder un homme jongler avec trois pommes de terre et une pomme tout en chantant un air enjoué. Quand il eut fini, je me tordis pour passer la main derrière mon nouveau panier et fouiller dans ma nouvelle bougette ; tout au fond, je trouvai ma demi-pièce de cuivre. Je l'offris à l'artiste, qui me sourit et me remit la pomme en échange.

Il était temps pour moi de retourner à la taverne, bien que la perspective d'entendre Évite parler à l'infini de ses emplettes ne me ravît pas ; mais peut-être que mon père enverrait Crible l'accompagner, ou bien qu'il lui donnerait simplement de l'argent à gaspiller. Un chariot plein de tonnelets de cidre et tiré par quatre chevaux s'était arrêté devant moi, si bien que je devais faire un détour et passer devant le mendiant gris.

Je fis halte pour l'observer. Il était si vide ! Non seulement la main sale et suppliante qu'il tendait, posée sur son genou, mais lui tout entier, comme une prune pendue à un arbre, vidée de sa chair sucrée par les guêpes et dont il ne reste que la peau flétrie. Je regardai sa main, mais je tenais à garder mes deux pièces de cuivre, aussi proposai-je : « J'ai une pomme. Voulez-vous une pomme, mendiant ? »

Il tourna les yeux vers moi comme s'il me voyait ; ils étaient terrifiants, morts et nébuleux. Je reculai, horrifiée. « Tu es bonne », soupira-t-il, et, courageusement, je me courbai pour déposer le fruit dans sa paume.

À cet instant, la porte de l'échoppe d'épices s'ouvrit, et la petite femme maigre à qui appartenait l'établissement sortit : « Toi ! s'exclama-t-elle. Tu es encore assis ici ? Du vent ! J'ai dit, du vent ! La rue est pleine de clients, et ma boutique est vide parce que personne n'a envie d'enjamber ta carcasse et tes haillons puants. Du vent ! Ou mon mari va venir avec un bâton pour t'apprendre à danser !

— Je m'en vais, je m'en vais », fit le mendiant d'une voix douce. Sa main grise s'était refermée sur la pomme. Il la fourra dans sa tunique dépenaillée puis entreprit de se redresser, non sans difficulté. La femme suivait ses efforts d'un œil noir. Je me baissai, pris le bâton qu'il cherchait à tâtons et le lui donnai. « Tu es bonne », répéta-t-il. Il agrippa la canne à deux mains et s'en servit pour se relever ; debout, il vacilla en tournant lentement la tête d'un côté et de l'autre. « La rue est-elle dégagée ? demanda-t-il, pitoyable. Si je m'avance, la rue est-elle dégagée ?

— Bien assez. Allons, du balai ! » fit l'épicière alors qu'un chariot attelé passait le coin de la rue et se dirigeait vers nous. Je décidai de ne jamais rien acheter chez elle.

« Ne bougez pas, intervins-je en m'adressant au mendiant, vous allez vous faire écraser. Attendez un peu, et je vous aiderai à traverser.

— Mais tu es une vraie petite mademoiselle De-quoi-je-me-mêle ! » L'épicière se pencha pour se moquer de moi, et ses seins lourds se projetèrent vers moi comme des chiens enchaînés. « Ta mère sait que tu traînes dans les rues et que tu parles à des mendiants dégoûtants ? »

Je voulus lui lancer une réplique piquante, mais elle rentra dans sa boutique en criant : « Heni ? Heni, le mendiant est encore devant la porte ! Chasse-le ! Je te l'ai déjà demandé il y a des heures ! »

Le chariot était passé. « Venez », dis-je. Il sentait très mauvais, et je n'avais aucune envie de le toucher, mais je savais que mon père ne l'eût jamais abandonné là, à la merci de la mégère. Il était temps de commencer à me conduire comme sa fille. Je saisis sa houppe. « Je vais vous guider ; allons-y. Venez. »

Cela prit du temps. Même agrippé à deux mains à son bâton, il tenait à peine debout. Il faisait deux petits pas, lançait son bâton en avant et faisait encore deux petits pas. Alors que je l'éloignais de l'épicerie, je me rendis compte tout à coup que je ne savais pas où le mener. Dans l'encadrement de la porte, il était à l'abri du vent. Partout, des gens entraient dans les échoppes et en sortaient, et il n'y avait que le terrain communal devant nous ; nous nous y rendîmes avec lenteur. Nul ne s'était installé où la chienne avait péri ; on avait fait disparaître son cadavre et la tête de taureau, et, comme mon père l'avait demandé, on avait répandu de la neige fraîche sur les lieux, mais le sang l'avait imbibée par en dessous ; rosée, elle était presque jolie si on ignorait de quoi il s'agissait. Je ne sais pourquoi je conduisis le mendiant là, sinon que c'était un espace dégagé. Le tissu qui avait servi à couvrir la tête de taureau gisait sous l'arbre ; peut-être pouvait-il s'y asseoir.

Je jetai un regard à la porte de la taverne, sachant que, si je n'y retournais pas bientôt, mon père ou Crible se mettrait à ma recherche ; peut-être les deux.

Ou peut-être aucun. Évite était parfaitement capable de les occuper au point de leur faire oublier mon existence. Un sentiment déplaisant me rongeait le cœur : la jalousie. J'avais enfin trouvé un nom pour ce dont je souffrais ; la jalousie.

Elle alimenta mon désir d'aider le mendiant aveugle. Je ne retournerais pas à la taverne ; ils devraient venir me chercher, et ils constateraient alors que je pouvais être aussi courageuse et bienveillante que mon père : j'aidais un mendiant que personne ne voulait toucher.

Un homme près d'une carriole de rémouleur nous observait avec dégoût ; manifestement, il eût préféré nous voir plus loin de lui. Je pris mon courage à deux mains et remontai la bandoulière de mon panier sur mon épaule. « Donnez-moi votre bras, dis-je au mendiant sans trembler ; ça vous permettra de marcher plus facilement. »

Il hésita, se sachant répugnant, puis sa fatigue l'emporta. « Tu es trop bonne », murmura-t-il avec une sorte de tristesse, et il me tendit son bras décharné. Je le saisis, et il tituba légèrement ; j'étais plus petite qu'il ne s'y attendait. Sa main crasseuse agrippa mon avant-bras.

Le monde se mit à tournoyer, et le ciel devint un arc-en-ciel. Il y avait eu une brume, mais une brume dans laquelle j'avais toujours vécu ; elle se dissipa soudain, comme si un vent de joie l'avait emportée, et, abasourdie, je vis une beauté qui me déchira le cœur. Tous, le rémouleur mécontent, la jeune fille à la couronne de houx qui embrassait un garçon derrière un arbre, le chat de l'auberge sous le porche, le vieillard qui marchandait le prix d'un chapeau en feutre, tous éclataient de couleurs magnifiques dont j'ignorais l'existence. Leurs défauts disparaissaient sous la beauté potentielle que chacun abritait. J'eus un petit cri étranglé, et le mendiant éclata en sanglots.

« Je vois ! s'écria-t-il. La vue m'est revenue. Je vois ! Oh, ma lumière, mon soleil, d'où venez-vous ? Où étiez-vous ? »

Il me prit dans ses bras et me serra sur son cœur, et j'en fus heureuse. La beauté et la splendeur potentielle qui s'épanouissaient autour de moi s'écoulaient de lui à travers moi. Oui, c'était ainsi que cela devait se passer : non par de brefs aperçus, non sous la forme de rêves disjoints. Partout, les possibilités se multipliaient ; cela me rappelait la première fois où mon père m'avait installée sur ses épaules et où je m'étais rendu compte qu'il voyait beaucoup plus loin que moi. Mais, à présent que je disposais d'un meilleur point d'observation, je voyais certes plus loin, mais aussi tous les temps et toutes les époques. Il était rassurant de se sentir tenue, en sécurité, au milieu de ce tourbillon, et c'est sans crainte que je laissai mes yeux suivre les innombrables fils. L'un d'eux retint mon attention : la jeune fille épouserait le garçon qu'elle embrassait, coiffée d'une couronne de fleurs d'oranger, et lui donnerait neuf enfants dans une ferme au creux d'une vallée ; ou bien non : elle resterait avec lui quelque temps et en épouserait un autre, mais le souvenir de ce moment ajouterait de la douceur dans chaque gâteau qu'elle préparerait, et elle partagerait l'amour qu'elle avait connu alors avec des poules et des chats jusqu'au jour où elle mourrait, sans enfant, à soixante-douze ans. Mais non ; ils s'enfuiraient ensemble ce soir même, ils coucheraient ensemble dans la forêt, et le lendemain, sur la route de Castelcerf, ils mourraient tous les deux, lui d'une flèche, elle violée, déchirée et jetée dans un fossé ; et, à cause de cela, ses frères aînés se regrouperaient pour former la garde de Chênes, et, pendant leurs patrouilles, ils élimineraient cinquante-deux bandits de grand chemin et sauveraient plus de six cents voyageurs de la souffrance et de la mort. Les chiffres étaient indiscutables. Tout était si simple, tout à coup ! Il me suffisait de leur donner un petit coup de pouce ; si je leur souriais alors qu'ils se promenaient et leur disais : « Vous irradiez l'amour. L'amour ne doit pas attendre ; allez-vous-en cette nuit ! », ils me regarderaient comme un messager du destin et suivraient mon conseil. Lui ne souffrirait que quelques instants et elle quelques heures, moins que le temps qu'elle passerait à mettre au monde son premier enfant. J'avais le pouvoir, le pouvoir et le choix. Je pouvais faire tant de bien dans le monde ! Tant de bien ! Tous les choix qui s'ouvraient à moi ! Je commencerais par la jeune fille couronnée de houx.

Le mendiant me serra davantage contre lui et dit à mon oreille : « Arrête. Arrête. Il ne faut pas ! Il faut beaucoup réfléchir, et alors… même alors… Il y a tant de risques ! Tant de risques ! »

Il modifia mon regard, et les fils se divisèrent en milliers de nouveaux fils. Ce n'était pas aussi simple que je le croyais, car chaque fil que j'essayais de suivre devenait une multitude, et, quand j'en choisissais un, il explosait à son tour en possibilités encore plus nombreuses. La jeune fille pouvait avoir une parole malheureuse, et le garçon l'assassinerait l'après-midi même ; elle pouvait dire à son père qu'elle l'avait embrassé, et son père leur donnait sa bénédiction, ou bien il les maudissait, ou bien il la chassait et elle mourait de froid dans la nuit, sous la tempête de neige.

« Certaines possibilités sont beaucoup plus probables que d'autres, mais chacune a une chance de se réaliser ; aussi chaque voie doit-elle être étudiée très soigneusement avant d'en choisir une. Songe à celle que tu as observée, où ils meurent tous les deux ; si nous tenions à la création de la garde de Chênes, nous devrions chercher minutieusement : il existe toujours d'autres chemins du temps qui mènent au même but. Certains sont destructeurs et affreux, d'autres moins. »

J'avais cru qu'il me parlait, mais je m'aperçus que c'étaient ses pensées que j'entendais par le lien que nous partagions. Il versait le savoir de son esprit dans le mien comme s'il était la carafe et moi la coupe, ou le jardin assoiffé qui n'attendait depuis toujours que cet engrais.

« Et les voies changent, elles changent constamment ; certaines disparaissent, désormais impossibles, et d'autres deviennent plus vraisemblables. C'est pourquoi la formation prend tant d'années. Tant d'années… On étudie et on s'arrête sur les rêves, parce qu'ils sont comme des panneaux qui indiquent les moments les plus importants. Les moments les plus importants… »

Il détourna son attention de moi, et ce fut comme si on m'avait dépouillée d'un manteau au milieu d'une tempête de glace. Il fixa sur moi son regard aveugle, la terreur et le ravissement marqués sur sa figure couturée de cicatrices. « Le loup vient, fit-il comme s'il récitait. Ses crocs sont un poignard, et les gouttes de sang qui volent sont ses larmes. »

Alors ma vue diminua et le monde fut plongé dans l'obscurité du crépuscule, au moment où les dernières lueurs du jour s'effacent ; toutes les couleurs s'éteignirent et les ombres s'étirèrent en me dissimulant tout détail. Je crus mourir ; toute possibilité m'était cachée, masquée et réduite à un seul instant du temps. Je ne pouvais plus bouger ; la vie était raide, courte et lente. Le temps était un océan sans limites qui s'étendait dans toutes les directions, et j'avais été une mouette libre de tournoyer et de passer d'un moment à mille autres possibilités ; à présent, j'étais engluée dans une flaque et m'évertuais à vivre intégralement ne fût-ce qu'une seconde, sans savoir les conséquences éventuelles du moindre de mes actes. Je me figeai et laissai la vie se dérouler autour de moi.

17

Collision

Mon loup m'a instruit autant que je l'ai instruit moi-même, mais, malgré tous ses efforts, il n'a jamais complètement réussi à m'apprendre à exister dans l'instant comme lui. Quand nous passions des soirées calmes allongés devant la cheminée où ronflait un bon feu tandis qu'au-dehors la neige tombait, il n'éprouvait pas le besoin de parler ni de lire ; il savourait simplement le confort de la chaleur et du repos. Si je me levais pour arpenter la petite pièce, pour prendre un brandon et gratter négligemment les pierres de l'âtre ou pour me munir de papier et d'une plume, il redressait la tête, soupirait puis la reposait et continuait à jouir de la soirée.

Quand nous chassions ensemble, je me déplaçais presque aussi silencieusement que lui, toujours à l'affût d'un mouvement d'oreille ou de sabot, de cet infime détail qui trahirait le cerf qui se tenait immobile dans les taillis en attendant que nous nous éloignions. Je me flattais d'être entièrement dans le présent, uniquement concentré sur la chasse ; et cette vigilance m'absorbait tant que je sursautais lorsque, d'un bond suivi d'une brusque torsion du cou, Œil-de-Nuit tuait un lièvre ou un tétras tapi que je n'avais pas vu. Je lui avais toujours envié cette faculté ; il était ouvert à toutes les informations disponibles autour de lui, une odeur, un bruit, un petit mouvement, ou simplement la vie qui effleurait son Vif. Je n'ai jamais acquis cette capacité à s'ouvrir à tout, à être conscient de tout ce qui se passe en même temps.

Extrait d'un journal, non signé

Je n'eus que le temps de faire un pas avant que Crible ne me rejoignît et me prît par le bras. La bouche pincée, il parla très bas, d'un ton monocorde, comme s'il ignorait ce que ses propres paroles lui commandaient d'éprouver. « Il faut que je vous le dise avant que nous allions à la recherche d'Abeille, Fitz. Ça ne marche pas ; c'est même exactement ce que craignait Ortie. Vous êtes quelqu'un de bien, et vous êtes mon ami ; j'espère que vous vous en souviendrez après m'avoir entendu. Vous n'êtes pas un bon… vous n'êtes pas capable d'être un bon père. Je dois la ramener à Castelcerf. J'ai promis à Ortie d'observer vos relations, votre vie, à Abeille et vous. Elle préférait ne pas décider elle-même ; elle craignait d'être trop critique. »

Je réprimai la brusque colère qui montait en moi. « Pas maintenant, Crible, et pas ici. » Je réfléchirais plus tard à sa déclaration et à ce qu'elle entraînait. Je repoussai sa main posée sur mon bras. « Il faut que je trouve Abeille ; elle est absente depuis trop longtemps. »

Il me saisit par la manche, et je dus me tourner vers lui à nouveau. « Précisément, et il a fallu que je vous le fasse remarquer. C'est la deuxième fois aujourd'hui qu'elle est exposée au danger. »

Évite avait des oreilles de renard et nous écoutait discrètement. Elle eut un petit bruit de gorge entre l'amusement et le dégoût, et déclara assez haut pour que je l'entendisse : « Et il prétend que vous n'êtes pas apte à enseigner sa fille ! » en s'adressant à FitzVigilant.

Je faillis lui répondre, mais le loup en moi bondit. *Trouve la petite. Rien d'autre ne compte.*

Crible aussi avait entendu Évite ; il lâcha ma manche et se dirigea vers la porte, et je le suivis deux pas en arrière, la tête pleine de pensées qui se bousculaient. Chênes-lès-Eau n'était pas une grande ville, mais elle accueillait toutes sortes de gens pour la fête de l'Hiver ; toutes sortes de gens décidés à bien s'amuser, et, pour certains, bien s'amuser pouvait consister à faire du mal à ma petite fille. Je me cognai la hanche contre une table, et deux hommes s'exclamèrent devant leur bière qui sautait par-dessus le bord de leurs chopes ; alors Évite commit la bêtise de m'attraper par la manche. Elle m'avait emboîté le pas, et Lant venait derrière elle. « Crible saura bien retrouver Abeille ; il faut régler cette situation une fois pour toutes, dotaire Blaireau ! »

J'arrachai si brutalement ma manche à ses doigts qu'elle poussa un cri et plaqua sa main sur sa poitrine. « Vous a-t-il fait mal ? » s'écria FitzVigilant, horrifié.

À la porte, Crible attendait que deux clients très corpulents fussent entrés pour pouvoir sortir. Il se pencha pour regarder au-dehors puis hurla : « NON ! Arrêtez ! Lâchez-la ! » Il bouscula les deux hommes et sortit en trombe ; je m'élançai, traversai la salle au grand galop et jaillis par la porte restée ouverte. Où était-il passé ? Qu'avait-il vu ? Les passants déambulaient calmement dans la neige, un chien se grattait, et le conducteur d'un chariot vide devant l'auberge encourageait son attelage à se mettre en route. Derrière le véhicule, j'aperçus Crible qui passait en courant entre des badauds surpris en direction d'un mendiant dépenaillé qui avait pris ma petite fille entre ses mains crasseuses et tordues et la tenait contre lui, la bouche contre son oreille. Plaquée contre lui, elle ne se débattait pas ; au contraire, elle demeurait complètement immobile, les jambes pendantes, le visage levé vers l'homme, les mains écartées comme si elle suppliait le ciel.

Je doublai Crible, et mon poignard fut dans mon poing, je ne sais comment. J'entendis un bruit, un rugissement comme celui d'une bête qui retentit dans mes oreilles, et mon bras s'enroula autour de la gorge du mendiant, écartant sa figure de ma fille ; alors que je tirais sa tête en arrière, je plantai mon arme dans son flanc, une, deux, trois fois au moins. Il cria en lâchant Abeille, et je reculai en l'entraînant loin de ma fille ; avec son châle gris et rouge, on eût dit une rose tombée dans la neige.

Crible eut la présence d'esprit de la ramasser et de s'éloigner avec elle ; il la tenait au creux de son bras droit tandis qu'il brandissait un poignard de la main gauche ; il parcourut les alentours du regard en quête d'un autre ennemi ou d'une autre cible, puis il examina Abeille, fit deux pas en arrière et cria : « Elle n'a rien, Tom ; elle est un peu étourdie, mais elle va bien. Elle n'est pas blessée ! »

Alors seulement, je pris conscience que des gens hurlaient. Certains s'enfuyaient, d'autres convergeaient sur nous, avides comme des corbeaux lors d'une curée. Je tenais toujours le mendiant par le cou ; je regardai l'homme que je venais de tuer. Il avait les yeux ouverts, couverts d'une taie grisâtre et aveugles ; les cicatrices soigneusement parallèles sillonnaient sa figure ; sa bouche était tordue, et la main encore agrippée à mon bras évoquait une serre avec ses doigts brisés et ressoudés de travers.

« Fitz, fit-il à mi-voix, tu m'as tué. Mais je comprends ; je le mérite ; je mérite bien pire. »

Il avait une haleine fétide et ses yeux ressemblaient à des fenêtres sales, mais sa voix n'avait pas changé. Le monde bascula ; je reculai, trébuchai et tombai rudement dans la neige, le Fou dans mes bras. Je pris conscience de ce qui m'entourait, le chêne, la neige ensanglantée par la chienne ; c'était le Fou qui se vidait de son sang à présent. Je sentais le liquide tiède qui s'écoulait de ses blessures et trempait mes cuisses. Je lâchai mon poignard et plaquai la main sur les plaies dont j'étais moi-même responsable. « Fou… » fis-je d'une voix rauque, mais le souffle me manqua.

Il tendit une main à l'aveuglette et demanda avec un espoir infini : « Où est-il ?

— Je suis là, près de toi. Et je regrette. Oh, Fou, ne meurs pas ! Ne meurs pas dans mes bras, je ne le supporterais pas. Ne meurs pas par ma main, Fou !

— Il était ici. Mon fils.

— Non, il n'y a que moi, rien que moi. Bien-Aimé, ne meurs pas ; par pitié, ne meurs pas.

— Ai-je rêvé ? » Des larmes coulaient lentement de ses yeux qui ne voyaient pas, épaisses et jaunes. Son souffle était pestilentiel. « Puis-je mourir dans ce rêve ? S'il te plaît ?

— Non. Ne meurs pas ; pas par ma main, pas dans mes bras. » Je l'implorais, courbé sur lui, presque aussi aveugle que lui à cause des ténèbres qui menaçaient ma vue. C'était trop affreux. Comment était-ce possible ? Comment ? Mon corps aspirait à l'inconscience, et mon esprit savait que je n'avais qu'une chance infime de le sauver. Je ne survivrais pas à sa mort.

Il reprit la parole, et il y avait du sang sur sa langue et sur ses lèvres : « Mourir dans tes bras… c'est toujours mourir. » Il respira à deux reprises. « Et je ne peux pas. Je ne dois pas. » Le sang déborda ses lèvres et se mit à couler sur son menton. « Malgré l'envie que j'en ai. Si tu le veux… si tu le peux… garde-moi en vie, Fitz. Quel qu'en soit le prix pour nous… Pour toi. Je t'en prie, il faut que je vive. »

Même dans le meilleur des cas, une guérison d'Art est une entreprise difficile, ordinairement accomplie par un cercle d'artiseurs, un clan dont les membres se connaissent bien et sont capables de se prêter de l'énergie l'un à l'autre. Avoir étudié le fonctionnement de l'organisme est essentiel, car, dans les cas graves, il faut juger quelles blessures sont les plus mortelles et les traiter en priorité. Dans l'idéal, avant toute tentative de travail par l'Art, tout aura été fait pour obtenir une guérison classique : les plaies auront été nettoyées et pansées, le patient se sera reposé et bien restauré. Dans l'idéal. J'étais agenouillé dans la neige, le Fou contre mes cuisses, entouré de badauds qui bavardaient entre eux, tandis que Crible serrait ma fille terrifiée dans ses bras. Je me tournai vers lui et dis d'une voix claire : « J'ai commis une affreuse erreur. J'ai blessé un vieil ami qui ne voulait aucun mal à mon enfant. Occupez-vous d'Abeille et tenez la foule à distance ; je souhaite dire une prière à Eda. »

L'excuse était crédible, et il y avait assez de fidèles d'Eda présents pour qu'ils pussent convaincre les autres de me laisser en paix. Nul n'avait appelé la garde municipale ; il était possible que peu parmi les spectateurs se fussent rendu compte que j'avais poignardé le mendiant. Le regard abasourdi de Crible exprimait le reproche, mais, fait étonnant, il obéit, et je mesurai alors la profondeur de notre amitié. Il éleva la voix pour demander aux gens de me laisser de l'espace, puis il se tourna et invita du geste FitzVigilant à le rejoindre. Évite suivit le scribe avec la démarche d'un chat dans la neige mouillée ; je le vis s'adresser à eux d'un ton grave, avec autorité, et je sus qu'il saurait tenir en main la situation.

Je fermai les yeux et courbai la tête comme pour prier.

Je plongeai dans l'organisme du Fou. Nous n'avions plus de lien d'Art, et, l'espace d'un instant, ses frontières me barrèrent le passage. Je rassemblai une énergie d'Art que j'ignorais posséder et franchis ses défenses ; il émit un grognement d'objection ou de douleur, mais je n'en tins pas compte. Je connaissais ce corps intimement, pour l'avoir porté autrefois ; semblable à celui d'un homme et pourtant dissemblable, avec des différences à la fois subtiles et cruciales. Refermer les blessures que j'avais faites et arrêter le sang n'était pas compliqué, et j'en fis mon objectif premier : réparer les dégâts que j'avais causés. Il fallut toute ma concentration et toute ma volonté pour obliger ses fonctions vitales à en faire une priorité qui valait de brûler ses maigres provisions. J'arrêtai donc l'épanchement de sang, et je sentis le Fou s'affaiblir alors que son organisme accélérait cette guérison ; car, si l'Art est une magie puissante, ce n'est pas lui qui opère la réparation, mais le corps lui-même, sous sa direction, et il en coûte toujours aux réserves physiques.

Je pris aussitôt conscience de mon erreur. Je parcourais ses veines, et je découvrais chemin faisant d'anciens dégâts, de mauvais rafistolages, et des poches où son système sanguin avait emprisonné des poisons dans un vain effort pour maîtriser leur propagation ; un de mes coups de couteau en avait percé une, qui répandait à présent sa noirceur dans son sang, et son cœur transportait le produit toxique dans tout son organisme. Le mal s'étendait ; je percevais de faibles signaux d'alerte, et puis une résignation étrange commença de s'installer en lui. Ce n'était pas son esprit mais son corps qui savait que sa vie s'achevait ; un plaisir insolite se mit à l'envahir, ultime réconfort que l'organisme offrait au cerveau. Tout serait bientôt fini ; pourquoi passer ses derniers instants plongé dans l'inquiétude ? Je faillis tomber dans le piège de cette paix feinte.

« Fou, je t'en supplie ! » À mi-voix, je l'implorai de se reprendre. J'ouvris les yeux pour le regarder, et, pendant un long moment, tout tourna autour de moi. Je n'arrivais pas à accommoder : le processus de guérison m'avait plus épuisé que je n'en avais eu conscience sur l'instant.

Je pris une inspiration tremblante et l'examinai mieux. J'avais toujours eu du mal à le regarder dans les yeux quand ils n'avaient quasiment pas de couleur, et, même quand ils étaient passés du jaune clair à l'or, j'avais eu peine à déchiffrer ce qu'ils cachaient. À présent, une taie grise les couvrait, résultat, je le savais, d'un aveuglement volontaire. Je ne pouvais pas plus voir dans son cœur que lui par ses yeux abîmés ; je devais me contenter de sa voix sifflante et empreinte de fatalisme.

« Eh bien, nous aurons un peu plus de temps ensemble ; mais, à la fin, nous échouons, mon Catalyseur. Nul n'aura fait plus d'efforts que nous. » Il passa sa langue sanglante sur ses lèvres parcheminées, reprit son souffle et eut un sourire aux dents rouges. « Ni payé un prix plus élevé pour cet échec. Jouis du bien qui existe encore dans ta vie, mon vieil ami ; le temps du mal sera bientôt sur toi. Ça a été bon d'être près de toi une dernière fois.

— Tu ne peux pas mourir ; pas comme ça ! »

Un mince sourire étira ses lèvres. « Je ne peux pas mourir ? Non, Fitzounet, je ne peux pas vivre. Je le voudrais, mais je ne peux pas. » Ses paupières, noires comme si on les avait frappées, se fermèrent sur ses yeux aveugles. Je levai la tête. Du temps avait passé ; combien, je l'ignorais, mais l'éclat du jour avait changé. Certains villageois avaient formé un cercle autour de nous et s'interrogeaient, mais d'autres, constatant qu'il n'y avait guère à voir, s'en étaient allés, plus attirés par les préparatifs de la fête de l'Hiver. Crible n'avait pas bougé, une Abeille hébétée dans les bras, flanqué d'Évite et de FitzVigilant ; la jeune fille frissonnait de froid malgré ses vêtements chauds, et son visage exprimait une colère vertueuse ; son compagnon avait l'air complètement perdu. Je m'adressai à Crible sans me soucier de ce que pensaient les autres auditeurs.

« Je dois l'emmener au château de Castelcerf, au clan d'Art, pour le guérir. Par les piliers. Voulez-vous m'aider ? »

Il baissa les yeux sur Abeille puis me regarda de nouveau. « Elle va bien », dit-il, et j'entendis qu'il me reprochait de ne lui avoir même pas posé la question. Mais, dans le cas contraire, il m'en eût informé, non ? Une bouffée de colère naquit en moi, et mourut aussitôt. Je n'avais pas le droit de lui en vouloir, et je n'avais le temps que de parer au plus pressé. Je le regardai sans rien dire, et il secoua la tête ; mais il répondit : « Je vous aiderai par tous les moyens, comme toujours. »

Je pliai les genoux et me redressai sans guère d'effort : le Fou ne pesait rien du tout. Il avait toujours été mince et souple, mais à présent il était squelettique, couturé de cicatrices et couverts de haillons. Les badauds m'observaient avec attention, mais je n'avais pas le loisir de m'en inquiéter. Je me dirigeai vers Crible ; il ne bougea pas, mais Évite et FitzVigilant battirent en retraite devant le cadavre puant d'un vieux mendiant.

Je lançai un regard au jeune homme. « Allez chercher le chariot et conduisez-le ici. »

Évite intervint : « Mais, et mes bas… »

Je me tournai vers elle sans rien dire, et elle se tut. « Allez ! » dis-je à FitzVigilant, et il obéit. Il n'avait pas fait deux pas qu'Évite décida de l'accompagner. Tant mieux.

« Abeille ? Abeille, regarde-moi, je t'en prie. »

Elle avait fourré son visage contre le cou de Crible. Elle releva lentement la tête et posa les yeux sur moi, des yeux bleus de glace dans la pâleur de sa figure ; le rouge de son châle offrait un contraste saisissant. « Abeille, cet homme ne voulait pas te faire peur. Je t'ai parlé de lui, tu te souviens ? C'est un vieil ami que je n'ai pas vu depuis des années. Crible l'a connu sous le nom de sire Doré ; pour moi, c'était le Fou, à l'époque de notre enfance. Je suis sûr d'une chose : jamais, au grand jamais, il ne ferait du mal à un enfant. Je sais que tu as eu peur, mais il ne te voulait pas de mal.

— Je n'avais pas peur, murmura-t-elle, avant que tu le tues.

— Il n'est pas mort, Abeille. » Je m'espérais rassurant. « Mais il est blessé, très gravement ; je dois l'emmener tout de suite au château de Castelcerf. Je pense qu'on pourra le soigner là-bas. »

J'entendis le grondement du chariot, et les spectateurs restants s'écartèrent pour le laisser passer. On raconterait d'étranges histoires ce soir à la taverne ; je n'y pouvais rien. Je portai le Fou jusqu'à l'arrière du véhicule. Évite était déjà installée dans l'angle de la plate-forme la plus proche du bac du conducteur. « Prenez ces tissus et faites-lui un matelas. »

Elle me regarda sans rien dire et ne bougea pas.

FitzVigilant serra le frein, enroula les rênes, se tourna et enjamba son dossier. Sur le plancher du chariot, il attrapa une brassée de vêtements inutilisés et me la jeta. Crible m'avait rejoint ; il déposa Abeille à l'arrière de la voiture, l'emmitoufla chaudement puis arrangea le reste des habits pour en faire un lit sur lequel j'allongeai le Fou avec toute la douceur possible. Il eut un hoquet de douleur. « Nous allons te chercher de l'aide ; continue à respirer. » Je plaquai la main sur lui en parlant et tendis mon esprit vers lui en m'efforçant de retenir la vie en lui. Comme avant, il n'était pas perceptible par mon Vif, et il avait détruit des dizaines d'années plus tôt le lien d'Art qu'il m'avait imposé ; mais il restait quelque chose qui nous reliait, et je m'acharnais à lui donner de l'énergie. Je grimpai maladroitement à l'arrière du chariot sans jamais rompre le contact avec lui ; de ma main libre, j'attirai Abeille contre moi. « Crible, à vous les rênes. Les pierres de la colline aux Pendus.

— Je connais », répondit-il, laconique, et il s'éloigna, mille conversations dans son silence. Il monta à l'avant, et FitzVigilant lui céda le banc pour aller s'asseoir à l'arrière avec Évite ; tous deux me regardaient comme si j'avais embarqué un chien enragé, mais je m'en moquais. Le chariot se mit en route avec une embardée, et je ne prêtai nulle attention aux gens qui suivaient notre départ des yeux. Je fermai les paupières et contactai Ortie ; l'heure n'était pas à la subtilité.

J'ai sire Doré ; il est grièvement blessé, et j'aurai besoin de l'appui du clan pour le maintenir en vie. Je l'emmène au château en passant par les pierres du Jugement. Crible dit qu'il essaiera de m'aider.

Un long silence. Ne m'avait-elle pas entendu ? Enfin, elle répondit : *Es-tu lié par l'Art à sire Doré ?*

Nous l'étions jadis ; et je dois tenter le coup, même si c'est stupide.

Ce n'est pas stupide : c'est dangereux. Comment peux-tu faire transiter quelqu'un par un pilier si cette personne ne possède pas l'Art ni de lien avec toi ? Tu risques la vie de Crible autant que la tienne !

J'ai un lien avec lui, Ortie, même si je ne le comprends pas complètement. J'ai pu pénétrer en lui et le soigner ; je pense que notre connexion est assez solide pour que je puisse l'amener par le biais d'un pilier. Crible n'a pas l'Art, mais il est capable de voyager avec toi ou Umbre. Je ne demanderais pas ça si une vie n'était pas en jeu. Alors, je t'en prie, convoque les autres et tenez-vous prêts.

Ce soir ? Maintenant ? Mais nous avons un dîner très important aujourd'hui, avec des émissaires de Terrilville, de Jamaillia et de Kelsingra ; il s'agit de célébrer l'approche de la fête de l'Hiver, mais aussi de négocier de nouveaux contrats commerciaux et…

Ortie, ce n'est pas un caprice de ma part, mais une nécessité ! Je t'en prie !

Elle se tut pendant ce qui me parut une éternité, puis elle dit : *Très bien. Je vais réunir autant d'artiseurs que possible capables de participer à une guérison.*

Merci. Merci. Je te le revaudrai. Nous allons arriver ; retrouve-nous aux Pierres Témoins, et envoie un chariot ou un traîneau.

Et Abeille ? Qui s'occupera d'elle ?

Qui s'occuperait d'elle ? Mon cœur se serra. J'allais devoir m'en remettre à deux personnes que je venais de déclarer inaptes à l'approcher, deux personnes vexées, offensées, et, dans le cas d'Évite, sans la rigueur morale lui permettant de comprendre qu'Abeille n'y était pour rien. Je connaissais moins FitzVigilant ; Umbre paraissait faire grand cas de lui, tout comme Crible, et Ortie. J'allais devoir le céder à leur jugement et espérer qu'il était assez mûr pour ne pas transférer sur ma fille sa rancœur contre moi.

FitzVigilant la ramènera à Flétribois. Ne t'en fais pas, tout ira bien. Je t'en prie. Ah, comme j'espérais que tout irait bien, en effet ! Mais je devais garder cette pensée pour moi, derrière une solide muraille d'Art. *Envoie un chariot nous attendre aux Pierres Témoins,* répétai-je. *Dis au conducteur que ma vie en dépend.* C'était une exagération, mais à peine ; Umbre comprendrait, lui au moins, et Devoir aussi. Je rompis la connexion avec l'esprit d'Ortie et remontai mes remparts mentaux. Je ne voulais pas artiser pour le moment ; seul m'importait de me concentrer pour garder le Fou en vie. Je regardai Abeille avec l'impression de la tromper ; cette journée était pour nous, et nous devions la passer ensemble. Mais ce projet était condamné dès le départ. Elle était appuyée contre moi, et je l'emmitouflai davantage dans son châle. Nous n'avions pas acheté la moitié de ce que j'avais prévu pour elle ; eh bien, pour mon retour, je me rattraperais : je ferais une descente dans les marchés de Bourg-de-Castelcerf et je lui rapporterais une brassée de jolies choses. Le Fou et moi reviendrions ensemble, et cette fête de l'Hiver resterait mémorable pour tout le monde.

Le Fou gémit, et je me tournai vers lui ; je me penchai et lui murmurai à l'oreille : « Nous allons passer par un pilier d'Art, Fou ; je te conduis à Castelcerf pour te faire soigner par le clan, mais ce sera plus facile pour moi de te faire traverser si nous sommes liés par l'Art. Aussi... »

Je pris sa main. Des années plus tôt, alors que nous soignions le roi Vérité, le Fou avait accidentellement effleuré du bout des doigts les bras couverts d'Art de notre patient ; la magie argentée s'y était gravée comme au fer rouge. D'un contact sur mon poignet, il avait laissé ses empreintes d'argent et créé un lien entre nous, un lien qu'il avait rompu juste avant que je fisse le trajet fatidique, par les pierres d'Art, qui me ramenait à Castelcerf. J'avais l'intention de rétablir ce lien à présent, de presser à nouveau ses doigts sur mon poignet et retrouver, du moins l'espérais-je, une connexion suffisante pour pouvoir l'entraîner dans les pierres dressées avec Crible.

Mais, quand je retournai sa main pour examiner ses doigts, l'horreur me saisit tandis que mon estomac se soulevait : à la place des volutes délicates soulignées d'argent de ses empreintes digitales, il n'y avait désormais qu'un tissu cicatriciel tourmenté ; ses ongles étaient demeurés, nodosités épaisses et jaunâtres, mais l'arrondi moelleux du bout des doigts avait disparu, remplacé par une peau grossière et morte. « Qui t'a fait ça ? Et pourquoi ? Où as-tu été, Fou, et comment as-tu pu te faire infliger ça ? » Et enfin la question suprême qui me hantait depuis tant d'années et résonnait plus fort que jamais dans mon cœur : « Pourquoi ne m'as-tu pas appelé, envoyé un message, contacté d'une manière ou d'une autre ? Je serais venu toutes affaires cessantes. »

Je n'attendais pas de réponse. Il ne perdait plus son sang, mais les poisons que j'avais relâchés dans son organisme se propageaient, et j'avais puisé dans son énergie pour refermer les blessures que je lui avais infligées. Mieux valait qu'il se servît des maigres réserves qui lui restaient pour combattre l'empoisonnement. Mais il bougea légèrement puis parla.

« Ceux qui m'aimaient… ont essayé de me détruire. » Ses yeux aveugles se déplacèrent comme s'ils me cherchaient. « Et tu as réussi là où ils ont échoué. Mais je comprends, Fitz. Je comprends. Je le méritais. »

Il se tut. Ses paroles me laissaient perplexe. « Je ne voulais pas te faire de mal ; jamais je ne te ferais de mal ! Je me suis trompé… J'ai cru que tu t'en prenais à elle ! Je regrette, Fou, je regrette tellement ! Mais qui t'a tourmenté ? Qui t'a brisé ? » Je réfléchis au peu que je savais. « L'école qui t'a formé… c'est là qu'on t'a fait ça ? » Je vis sa poitrine se soulever puis retomber, et je me reprochai ma question. « Rien ne t'oblige à répondre ; en tout cas pas tout de suite. Attends que nous t'ayons soigné. » Si nous y parvenions. La main sur sa chemise en lambeaux, je sentais ses côtes couturées de ressauts dus à d'anciennes fractures mal ressoudées.

Comment se faisait-il qu'il fût encore en vie ? Comment avait-il pu venir de si loin, aveugle, seul et infirme ? En quête de son fils ? Je me fusse donné beaucoup plus de mal pour le trouver si j'avais su que le Fou avait tant besoin de lui, si je m'étais douté qu'il était à ce point aux abois. Je l'avais laissé tomber ; mais je me rattraperais et je l'aiderais, je m'en fis la promesse.

« Honte. » Le mot fut prononcé dans un soupir.

Je courbai la tête, croyant qu'il avait lu mes pensées et me réprimandait. Il reprit très bas : « Pourquoi je n'ai pas demandé ton aide… tout d'abord… La honte. J'avais trop honte après ce que je t'avais fait subir… Combien de fois t'ai-je plongé dans la souffrance ? » Il tenta d'humecter ses lèvres écaillées de sa langue grisâtre. Je m'apprêtai à répondre, mais il serra la main sur mon bras. Il rassemblait ses forces, et je me tus. « Combien de fois ai-je vu un piège se refermer sur toi ? Fallait-il vraiment que ce fût si horrible pour toi ? Avais-je vraiment fait assez d'efforts pour trouver une autre voie dans le temps, ou m'étais-je seulement servi de toi ? »

Le souffle lui manqua. Je ne dis rien ; il s'était servi de moi, il me l'avait avoué à plusieurs reprises. Eût-il pu changer le cours de ma vie ? Je savais que, souvent, un mot de sa part m'avait incité à réviser mes actes ; je me rappelais qu'il m'avait mis en garde contre Galen et même conseillé de me détourner de ma formation à l'Art. Que fût-il arrivé si je l'avais écouté ? Je n'eusse pas été roué de coups au point de frôler la cécité et de passer des années à souffrir de migraines intolérables. Mais quand eussé-je appris l'Art ? Le savait-il ? Savait-il où menait chaque chemin que je n'avais pas emprunté ?

Il eut un hoquet de douleur. « Quand mon tour d'être torturé, de souffrir, est venu, comment pouvais-je t'appeler pour me sauver alors que je ne t'avais pas secouru ni détourné de tes supplices ? » Cette longue phrase s'acheva sur une quinte de toux aussi faible que la suffocation d'un oiseau. J'ôtai ma main de sa poitrine ; je ne supportais pas de le sentir s'évertuer à respirer.

« Tu… tu n'as pas à te faire de reproches, Fou. Jamais. Je n'ai jamais vu ça ainsi. »

Une brusque inspiration. « Moi, si. À la fin. » Une autre. « Quand j'ai découvert par moi-même ce que je t'avais demandé, la façon dont une minute de torture devient une éternité. » Il toussa de nouveau.

Je me penchai tout contre lui et dis très bas : « C'était il y a longtemps ; et il est beaucoup trop tard pour t'excuser, car, si un pardon était nécessaire, je l'ai donné il y a des années. Mais, de toute manière, je ne pensais pas avoir quoi que ce soit à pardonner. Maintenant, cesse de parler ; ménage tes forces. Tu en auras besoin pour notre voyage. »

Avait-il assez d'énergie pour survivre à un passage par un pilier d'Art ? Pouvais-je l'y entraîner sans lien d'Art entre nous ? J'avais pu m'introduire dans son organisme ; cela devait signifier qu'il restait une forme de connexion entre nous. Mais la question était oiseuse : il ne survivrait pas si je ne l'emmenais pas à Castelcerf ce soir même, et je devais donc courir le risque. Nous entrerions ensemble dans le pilier, et si…

Près de moi, Abeille dit d'une voix qui n'était qu'un murmure : « Tu t'en vas ?

— Un petit moment, pour conduire mon ami à un guérisseur. » Et si je ne revenais pas ? Si nous ne survivions pas au voyage, que deviendrait-elle ? Je n'avais pas le temps d'y penser, mais je ne pouvais pas ne pas y penser. Néanmoins, je devais essayer de sauver le Fou, et je n'avais pas de scrupules à risquer ma vie pour lui. Mais son avenir à elle ? Je parlai un peu plus fort. « Évite et FitzVigilant vont te ramener à Flétribois et s'occuper de toi jusqu'à mon retour. »

Son silence était éloquent. Je pris sa petite main dans la mienne et repris à mi-voix : « Je te donne ma parole que je reviendrai le plus vite possible. » Menteur. Menteur. Menteur. Je n'avais pas le droit de faire cette promesse alors que j'ignorais si je sortirais vivant de ce trajet.

FitzVigilant intervint : « Il nous serait très utile, à demoiselle Évite et à moi, de savoir ce qui se passe exactement. Qui est ce mendiant, pourquoi l'avez-vous attaqué, où allons-nous à présent, et pourquoi laissez-vous Abeille à notre garde sans aucun avertissement ni aucune préparation ? » Il ne cherchait pas à cacher sa colère.

Colère sans doute fondée ; je m'efforçai de lui répondre avec patience afin de ne pas le provoquer davantage. Je devais laisser ma fille à sa charge, à sa merci. Il me fallut un petit moment pour décider des informations à lui dévoiler. « C'est un vieil ami ; je me suis mépris, je ne l'ai pas reconnu, et je m'en suis pris à lui. Il a besoin de soins beaucoup plus intensifs que nous ne pouvons lui en donner à Flétribois. Vous avez sûrement entendu parler de la magie de l'Art ; nous avons l'intention de l'employer pour nous rendre au château de Castelcerf par un pilier de pierre. Là, mon ami recevra les traitements nécessaires. Je dois l'accompagner, et j'espère ne pas être absent plus d'un jour ou deux. » Ils se turent. Je ravalai mon amour-propre ; il me fallait demander ce service à FitzVigilant. Je regardai Abeille ; pour elle, j'étais prêt à tout. Je repris plus bas : « Dans la taverne, je vous ai dit douter de vos compétences, non seulement comme professeur, mais aussi comme protecteur pour ma fille. Le destin vous offre l'occasion de me démontrer mon erreur ; occupez-vous d'elle, faites-le bien, et je réviserai mon opinion sur vous. J'attends de vous que vous endossiez pleinement la responsabilité que je vous confie. Veillez sur mon enfant. » J'espérai qu'il percevrait ce que je ne disais pas : *Gardez-la sur votre vie.*

Évite intervint brusquement avec l'assurance que confère l'ignorance absolue. « La magie de l'Art n'appartient qu'à la lignée royale des Loinvoyant. Comment pourriez-vous vous servir de...

— Taisez-vous. » Crible avait employé un ton que je ne lui connaissais pas. Évite n'avait sûrement jamais entendu personne s'adresser à elle ainsi, mais, miracle, elle obéit. Avec un mouvement de va-et-vient semblable à celui d'une poule qui s'installe dans son nid, elle se rencogna dans les vêtements près de FitzVigilant, avec qui elle échangea un regard outré. L'attelage avançait lourdement ; sur la route, la neige devenait plus épaisse et collait aux roues. Un instant, je perçus les efforts que devaient fournir les chevaux et sentis l'odeur de leur sueur. Je refrénai mon Vif, m'éclaircis la gorge et serrai doucement la main de ma fille.

« Abeille est une enfant débrouillarde ; vous vous rendrez sûrement compte qu'elle n'a guère besoin de surveillance pour ses tâches quotidiennes. Ses leçons continueront, comme pour tous les enfants du domaine. En mon absence, laissez-la établir sa propre routine, et, si elle a besoin de l'aide de l'un de vous deux, elle saura vous trouver. En plus de vous, elle dispose de sa bonne, Soigneuse, et d'Allègre. Ça te conviendra-t-il, Abeille ? »

Ma petite fille m'adressa un de ses rares regards directs. « Oui. Merci, papa, de me faire confiance pour me prendre en charge toute seule. Je ferai de mon mieux pour agir de façon responsable. » La mine solennelle, elle serra ma main à son tour. Nous tâchions tous deux d'affronter bravement la situation.

« Je n'en doute pas.

— On y est presque, annonça Crible. On nous attendra de l'autre côté ?

— Oui. » J'espérais qu'Ortie avait pris mon message au sérieux. Non, j'en étais sûr. Je n'avais pas cherché à cacher mon émotion, et elle avait dû sentir que j'étais aux abois. Il y aurait un comité d'accueil.

Je vis à nouveau demoiselle Évite et FitzVigilant échanger un regard, offusqués d'être exclus de nos propos mystérieux ; je m'en moquais. La piste qui menait à la colline aux Pendus n'était pas bien entretenue ; le chariot cahotait et glissait dans les ornières, et je serrais les dents en songeant à la douleur que devait endurer le Fou. Dès que les chevaux s'arrêtèrent, je descendis, mais je trébuchai soudain, pris d'un étourdissement, puis je retrouvai mon équilibre. Appuyé au véhicule, je tendis le doigt vers FitzVigilant. « Emmenez Abeille à la maison ; je compte sur vous pour veiller à sa sécurité et à son bien-être en mon absence. Est-ce clair ? » Alors qu'il acquiesçait de la tête, je savais que ce n'était pas la meilleure façon de m'y prendre avec lui, et encore moins avec Évite ; ils en concevraient à la fois de la perplexité et de la rancœur, mais je n'y pouvais rien ; je n'avais pas le temps de faire mieux.

Je pris les mains d'Abeille dans les miennes. Assise à l'arrière du chariot, elle était presque à ma hauteur. Elle se tourna vers moi, paraissant plus blanche encore par contraste avec le châle gris et rouge qui lui couvrait les cheveux. Je murmurai : « Écoute-moi. Obéis à FitzVigilant, et, si tu as besoin de quelque chose, adresse-toi à lui, ou à Évite ou à Allègre. Je regrette profondément que notre journée s'achève si brutalement. À mon retour, je te promets que nous prendrons une journée rien qu'à nous et que tout se passera bien. Tu me crois ? »

Elle me regarda, l'air paisible, voire résigné et presque léthargique. « Je pense que j'irai d'abord voir Allègre ; c'est lui qui me connaît le mieux. Et je sais que tu feras ton possible pour tenir ta promesse, fit-elle tout bas. Je le vois.

— Tant mieux. » Je déposai un baiser sur sa tête. « Sois courageuse », soufflai-je.

Crible descendait du banc du conducteur. « Où allez-vous ? lui lança Évite.

— Je pars avec Fitz, répondit-il. Je retourne à Castelcerf par les piliers. Nous laissons la petite sœur de demoiselle Ortie à votre charge. » Je le sentis plus que je ne le vis se tourner vers FitzVigilant ; je regardais mon enfant en me demandant comment je pouvais courir de tels risques et comment ne pas les courir. « Lant, reprit Crible, nous nous connaissons depuis longtemps ; je sais l'homme que vous pouvez être, et jamais je ne m'en suis remis à vous plus qu'aujourd'hui. Veillez sur Abeille avec bonté ; Ortie et moi vous tiendrons pour responsable de son bien-être. » Il s'exprimait d'une voix douce mais il y avait des crocs dans ses paroles. Si l'autre répondit, je ne l'entendis pas.

Je lâchai les mains d'Abeille et me penchai sur le Fou. J'avais l'impression de le voir pour la première fois. Sans notre moment de violente intimité, s'il n'avait pas parlé alors que je plongeais mon poignard en lui, je ne l'eusse jamais reconnu. Seule sa voix m'avait permis de l'identifier. Les loques qu'il portait étaient plus que sales : elles puaient et pendaient en lambeaux, le tissu pourri ; à partir des genoux, ce n'étaient plus que des effilochures brunâtres et mouillées. Ses longs pieds fins étaient emmaillotés dans des haillons. Toute sa grâce, toute son élégance avaient disparu. La peau sillonnée de balafres de son visage était tendue sur ses os. Il regardait sans le voir le ciel nuageux, immobile et résigné à ce que le destin lui réservait.

Je le prévins : « Je vais te faire descendre du chariot. » Il acquiesça d'un imperceptible hochement de tête. Je le bordai dans une des couvertures comme si c'était un enfant, puis je passai mes bras sous lui et le soulevai ; une bouffée d'effluve pestilentiel parvint à mes narines. Le Fou dans mes bras, je me tournai vers Crible. « Comment nous y prenons-nous ? »

Il se dirigeait déjà vers la pierre. Il me jeta un regard par-dessus son épaule. « Si vous ne savez pas, comment le saurais-je ? » Son sourire exprimait à la fois la résignation et l'angoisse. Il ne reculerait pas ; il était prêt à risquer sa vie parce que je le lui demandais, à me prêter son énergie pour une tentative qui pouvait se solder par notre mort à tous. Je ne méritais pas un tel ami. Le Fou dans mes bras, je lui emboîtai le pas sur la piste enneigée qui menait à la pierre dressée.

Je jetai un regard en arrière. Nul n'avait bougé dans le chariot ; le siège du conducteur était vide. Tous trois suivaient notre ascension des quelques toises rocailleuses qui nous séparaient de la pierre du Jugement. À mi-voix, je m'adressai à Crible : « Comment avez-vous fait, Umbre et vous, quand il vous a emmené avec lui par les piliers ?

— Il m'a pris par le bras, et j'ai pensé à Ortie ; quand il est entré dans la pierre, je l'ai suivi. C'était un peu comme… ma foi, comme quand quelqu'un de glacé se colle contre vous dans le lit et vous prend votre chaleur. Et puis nous sommes ressortis. Le plus difficile, dans l'affaire, ç'a été d'aider Umbre à descendre la colline en pleine tempête de neige et d'arriver jusqu'à l'auberge. C'est là que j'ai eu besoin de toutes mes forces, non en traversant les pierres. » Il indiqua le Fou de la tête. « C'est vraiment sire Doré ?

— Oui. »

Il l'examina, l'air dubitatif. « Comment le savez-vous ?

— Je le sais. »

Il n'insista pas, mais demanda alors : « Comment allez-vous l'entraîner dans la pierre ? Êtes-vous lié à lui ?

— C'était le cas il y a longtemps ; j'espère que ça suffira. » Je secouai la tête. « Il faut que j'essaie. »

Il avait ralenti le pas. « Je me rends compte qu'il y a bien des choses que j'ignore sur vous malgré les années, malgré tout ce qu'Ortie m'a raconté. » La neige avait cessé, et l'éclat du jour se dissipait. « Nous risquons de nous perdre, n'est-ce pas ? Nous n'avons jamais tenté cette expérience, vous et moi, et vous voulez emmener sire Doré avec nous. Nous pourrions tous les trois...

— Nous perdre. » J'avais achevé la phrase à sa place, disant tout haut ce que nous pensions tous deux. L'énormité de ce que je lui demandais m'apparut soudain ; c'était trop ; je n'avais pas le droit. C'était mon ami, mais je savais désormais sans l'ombre d'un doute qu'il était bien plus qu'un ami pour Ortie. Avais-je le droit de risquer sa vie ? Non. « Crible, rien ne vous oblige à m'accompagner. Je peux tenter l'aventure seul, et vous, ramener Abeille à Flétribois pour veiller sur elle. J'enverrai un pigeon dès que nous serons arrivés au château. »

Il croisa les bras sur sa poitrine et les serra comme s'il avait froid – ou comme s'il cherchait à contenir ses peurs. Ses yeux noirs se plantèrent dans les miens, sans comédie, sans indécision. « Non ; je viens avec vous. J'ai vu votre expression dans le chariot, et je vous ai vu chanceler en descendant ; vous avez dû dépenser la plus grande partie de votre énergie pour le soigner. Vous en avez besoin, j'en ai. Ortie dit que j'aurais très bien pu être homme lige du roi, si j'avais voulu.

— Mais vous avez préféré une reine », fis-je à mi-voix, et il sourit sans répondre.

Nous nous trouvions devant la colonne. J'examinai le glyphe qui nous conduirait aux Pierres Témoins, non loin du château de Castelcerf, et la terreur m'envahit. Le Fou entre mes bras, je sentis la peur qui montait en moi et la lassitude qui m'accablait. Avais-je déjà épuisé les forces dont j'avais besoin ? Je baissai les yeux sur son visage ravagé ; il ne bougeait pas, et, peu à peu, cette immobilité m'emplit à mon tour. Je jetai un regard à Abeille par-dessus mon épaule. Elle m'observait, et je lui adressai un petit hochement de tête ; elle me répondit d'un vague signe de la main.

Comme s'il lisait dans mes pensées, Crible me saisit par le bras, et je pris un long moment pour m'imprégner de sa présence. Mon vieil ami, d'une fidélité que je ne méritais pas. Je déplaçai mes pensées comme la navette d'un tisserand, du Fou à Crible, de Crible à moi, et ainsi de suite ; je me rappelai nos amitiés, les épouvantes que nous avions connues, et les façons dont nous y avions survécu. « Es-tu prêt ? demandai-je au Fou.

— Je suis avec toi », assura-t-il, et je sentis que c'était vrai. Ainsi qu'Umbre l'avait décrit, j'avais l'impression d'une espèce de harnais à quoi m'accrocher, comme si je me tenais à un cheval puissant pour traverser un fleuve profond et glacé.

Je serrai le Fou contre ma poitrine et nous pénétrâmes dans l'obscurité de la pierre.

18
Le temps de la guérison

Les devoirs d'un homme lige sont simples : il doit d'abord se maintenir en excellente santé physique afin d'être sûr de disposer de toute son énergie quand le roi la lui demandera. Il doit aussi avoir une grande affinité pour celui qu'il sert ; le mieux est qu'il ait pour celui qui puisera la force d'Art en lui une profonde estime plus qu'un simple respect étayé par le sens du devoir.

Dans l'idéal, cette estime sera mutuelle. L'artiseur qui emprunte l'énergie d'un homme lige se doit de garder le bien-être de son équipier au premier plan de ses pensées, car, une fois que l'homme lige remet la maîtrise de ses réserves d'énergie à l'artiseur, il ne peut plus faire demi-tour. Avec l'expérience, il apprendra à signaler à son partenaire qu'il approche des limites de ce qu'il peut donner, et il est essentiel que l'artiseur en tienne compte afin de ne pas rompre le lien de confiance indispensable dans cette relation.

De la formation d'un homme lige,
par la maîtresse d'Art Encrier

Nous tombâmes du pilier dans la neige qui couvrait le sommet où se dressaient les Pierres Témoins. Elle était fraîche, immaculée, et nous montait jusqu'au dessus des genoux. Je trébuchai en y enfonçant, mais je réussis à me rattraper et à ne pas laisser tomber le Fou. Crible émergea dans le crépuscule obscur, toujours agrippé à mon bras. J'inspirai profondément l'air froid. « C'était loin d'être aussi dur que je le craignais », fis-je, haletant. J'étais à bout de souffle comme si j'avais grimpé une côte raide en courant, et une migraine d'Art me martelait le crâne, mais nous étions arrivés indemnes. J'avais l'impression que seuls quelques instants s'étaient écoulés et que je m'éveillais d'un long sommeil ; malgré mon mal de tête, je me sentais reposé. Je gardais le souvenir de ténèbres constellées où les étoiles brillaient en dessous de nous aussi bien qu'au-dessus, derrière et devant nous. Nous étions sortis de cet infini pour prendre pied sur le versant enneigé près du château de Castelcerf.

Soudain, Crible s'effondra dans la neige avec une inertie effrayante, comme si ses os étaient devenus mous. Serrant le Fou contre moi, je m'agenouillai près de lui. « Crible ? Crible ! » fis-je bêtement, comme s'il avait seulement oublié ma présence et décidé de se laisser tomber face contre terre. Je lâchai les jambes du Fou pour le saisir par l'épaule et tâcher de le retourner. Il ne réagit ni à ma voix ni à mon contact. « Crible ! » criai-je à nouveau, et, à mon grand soulagement, j'entendis en réponse un cri qui venait du bas de la colline.

Je me tournai et j'aperçus un adolescent qui venait vers nous, freiné par la neige, une torche au poing ; derrière lui, deux chevaux s'échinaient à tirer un traîneau le long de la pente raide. À la lumière dansante, je vis leur robe fumer. Une jeune fille en montait un troisième, et je reconnus soudain Ortie ; je l'appelai, et elle piqua sa monture pour l'obliger à avancer plus vite dans la neige épaisse et à doubler le lent attelage.

Elle parvint à nous la première et sauta à terre pour s'agenouiller près de Crible ; elle le prit dans ses bras et le souleva pour placer sa tête sur son sein, et elle répondit ainsi à toutes les questions que je me posais sur leur relation. Malgré la faible lumière, je discernai nettement l'éclat de colère qui brillait dans ses yeux quand elle me jeta : « Que lui as-tu fait ? »

Je ne mentis pas. « Je me suis servi de lui, et, par inexpérience, plus que je ne le voulais, hélas. Je… je pensais qu'il m'arrêterait si je puisais en lui excessivement. » Je bredouillais comme un gamin pris en faute devant sa fureur profonde et froide. Je ravalai mes excuses inutiles. « Installons-les tous les deux sur le traîneau et convoquons des guérisseurs et le clan du roi. Tu me diras plus tard ce que tu as sur le cœur.

— Compte sur moi », répliqua-t-elle durement, puis elle se tourna pour donner ses ordres. Des gardes se précipitèrent, et plusieurs d'entre eux poussèrent des exclamations atterrées en reconnaissant Crible. Je ne voulus confier le Fou à aucun d'entre eux et le portai moi-même jusqu'au traîneau, où je l'allongeai et m'assis à côté de lui.

Dans la neige désormais légèrement tassée, les grands chevaux descendirent le versant plus vite qu'ils ne l'avaient monté. Pourtant, il me sembla passer une éternité dans le noir et le froid avant de voir approcher les tours illuminées du château de Castelcerf. Ortie avait remis sa monture à un garde pour rester auprès de Crible ; s'ils avaient préservé le mystère sur leur relation, le secret était désormais éventé : elle lui parla tout bas d'un ton pressant, et, quand il bougea enfin et réussit à répondre d'une voix faible, elle se pencha pour lui donner un baiser ému.

Le traîneau ne s'arrêta pas aux portes et nous mena droit à l'infirmerie où nous attendaient les guérisseurs.

Sans protester, je les laissai emporter Crible en premier et me chargeai moi-même du Fou. Ortie congédia les gardes en leur promettant des nouvelles dès qu'il y en aurait. La salle était longue, basse de plafond, et heureusement vide d'autres patients. Était-ce la même où je m'étais rétabli jadis de ma mésaventure dans les piliers d'Art ? Des lits s'y alignaient, un peu comme dans une caserne ; on avait déjà étendu Crible sur l'un d'eux, et j'éprouvai un soulagement effrayant à l'entendre protester faiblement. J'allongeai délicatement le Fou à deux lits de là, sachant qu'Ortie aurait besoin de rester quelque temps à l'écart de ma personne. Je songeais à Crible avec abattement ; je ne pensais pas lui avoir infligé des dégâts définitifs, mais, dans mon ignorance et dans mon angoisse pour le Fou, j'avais complètement négligé de surveiller l'énergie que je lui empruntais. Je m'étais servi de lui sans ménagement, et, s'il m'en voulait, je l'aurais bien mérité. Mais je m'étonnais : avais-je eu besoin de tant puiser en lui pour faire traverser le pilier au Fou ?

Sur les instructions d'Ortie, les guérisseurs s'étaient assemblés autour de son lit. Seul avec le Fou, j'ôtai ses vêtements et les laissai tomber par terre en un tas puant ; ce qu'ils dévoilèrent m'horrifia. On l'avait torturé avec soin, et on avait dû y consacrer beaucoup de temps à en juger par les anciennes fractures mal ressoudées et les entailles hâtivement pansées, ou peut-être volontairement mal pansées, si bien que des crêtes de tissu cicatriciel s'étaient formées là où la chair avait été refermée avec les bords décalés. Une suite de brûlures sur son bras gauche composait peut-être un mot, mais dans aucun alphabet ni aucune langue connue de moi. Son pied gauche n'avait plus de pied que le nom, tordu vers l'intérieur, paquet de chair piqueté d'excroissances là où les os pointaient sous la peau, les orteils noirâtres.

La crasse qui le couvrait m'affligeait autant que son état physique. Le Fou avait toujours été impeccable, méticuleux quant à sa vêture, sa coiffure et son hygiène personnelle. Aujourd'hui, la saleté était incrustée dans sa peau, et la pluie y avait dessiné des coulures. Certains de ses effets étaient si raides que je crus les briser en les retirant. Une pomme était cachée sous son pourpoint ; elle rejoignit le reste de ses affaires. Préférant ne pas trop le déplacer, je pris mon couteau, découpai le tissu fatigué et le tirai délicatement d'en dessous de lui.

L'odeur était atroce. Les yeux entrouverts, il devait être conscient, mais il ne bougea qu'au moment où je m'en pris à ses sous-vêtements ; il porta alors ses mains couturées de cicatrices au col de son maillot de corps. « Non, dit-il d'une voix faible.

— Fou ! répliquai-je sur le ton de la réprimande, et je m'efforçai d'écarter ses mains, mais il resserra sa prise et résista avec une force inattendue. Je t'en prie », dis-je tout bas, mais il secoua lentement la tête ; des mèches encollées de crasse restèrent sur l'oreiller, et je n'eus pas le cœur de m'opposer davantage à sa volonté. Qu'il emporte ses secrets dans la tombe, si c'était son souhait ; je ne le dénuderais pas devant les guérisseurs. Je tirai une couverture de laine sur lui, et il poussa un soupir de soulagement.

Une guérisseuse s'approcha. « Comment a-t-il été blessé ? Perd-il du sang ? » Elle s'efforçait de maîtriser son dégoût, mais j'avais moi-même du mal à supporter l'odeur du Fou.

« On l'a torturé et il a voyagé longtemps en souffrant de grandes privations. Apportez-moi de l'eau chaude et des linges, s'il vous plaît, que je lui fasse un peu de toilette pendant que vous allez lui chercher un bon bouillon de bœuf. »

Je la vis avaler sa salive. « En tant qu'apprentie, j'ai pour attribution de nettoyer les blessés.

— En tant que son ami, j'en fais mon travail. Je vous en prie. »

Elle s'efforça de dissimuler son soulagement. « Puis-je emporter ces haillons ? » demanda-t-elle, et j'acquiesçai de la tête. Elle pinça les lèvres, ramassa le tas de vêtements et s'en alla en hâte.

Alors qu'elle sortait par la porte au fond de la salle, Umbre entra. Il était vêtu avec raffinement, de plusieurs nuances de vert, et je compris qu'il avait dû trouver un prétexte pour s'absenter de la soirée. Lourd l'accompagnait, en livrée de Castelcerf, ainsi qu'une femme que je ne reconnus pas, peut-être une apprentie artiseuse. Peu après, un garde ouvrit la porte, et le roi Devoir apparut, Kettricken sur les talons. Toute activité cessa dans l'infirmerie. L'ancienne reine eut un mouvement impatient de la main et passa devant Umbre pour s'arrêter au chevet de Crible. « Lui aussi a été blessé ? On ne m'en avait rien dit ! »

Ortie se redressa, le menton volontaire, et elle déclara d'un ton respectueux : « Ma dame, je préconise une guérison d'Art privée pour ces deux hommes. Puis-je renvoyer les guérisseurs ? »

L'apprentie revenait avec un seau d'eau fumante et plusieurs linges propres sur l'épaule ; elle jeta un coup d'œil hésitant aux nouveaux venus, mais je pris la liberté de l'appeler du geste. Elle réussit à faire une révérence maladroite devant le roi sans renverser d'eau puis se hâta de me rejoindre. Elle posa son seau et arrangea soigneusement les linges sur le pied du lit, puis elle regarda l'assemblée royale ; manifestement, c'était une première pour elle, et elle ne savait si elle devait s'incliner devant les personnes présentes ou poursuivre son travail.

« Mon roi, s'il vous agrée, c'est ici que j'emploie mon expérience et mon savoir. » L'homme qui parlait ainsi devait être le maître guérisseur ; protestait-il contre son éviction alors qu'il s'estimait le plus compétent pour la tâche requise ou bien s'offusquait-il seulement qu'on prît sa place ? Je m'en moquais, et les mondanités ne m'intéressaient pas ; que le guérisseur discutât avec Ortie autant qu'il le voulait : je savais d'avance comment la question serait résolue. Je congédiai l'apprentie d'un geste, et elle s'éloigna, visiblement soulagée. Sourd à la courtoise dispute en cours, je me mis au travail.

J'humectai un linge dans l'eau tiède et le passai doucement sur le visage du Fou ; il prit une teinte gris-marron. Je le rinçai et répétai l'opération. Des larmes jaunes et visqueuses se formèrent à nouveau au coin des yeux de mon patient, et je m'interrompis. « Je te fais mal ? demandai-je à mi-voix.

— Il y a si longtemps qu'on ne m'a pas touché avec bienveillance…

— Ferme les yeux », dis-je d'une voix rauque, car je ne supportais pas son regard aveugle. Je lui nettoyai le visage une troisième fois ; la crasse était incrustée dans chacune de ses rides et un mucus sec était collé sur ses paupières ; j'en eusse pleuré, mais je me contentai d'essorer à nouveau mon linge. Dans mon dos, la querelle se poursuivait avec une politesse extrême qui me mettait en fureur et me donnait envie de leur crier de sortir ou de se taire. Ma tâche m'apparaissait sans espoir ; il était plus résistant que je ne l'avais jugé, mais son organisme était trop abîmé ; il n'avait plus de réserves. Je l'avais conduit ici pour une guérison d'Art, mais, alors que je lavais lentement une main racornie puis l'autre, l'étendue de ses maux m'accablait. Si nous ne reconstituions pas ses forces avant de commencer, il ne survivrait pas à l'opération, mais, si nous n'opérions pas rapidement, il ne vivrait pas assez longtemps pour reconstituer ses forces. Mes pensées tournaient en rond ; je nous avais tous mis en danger pour une guérison dont il ne sortirait pas vivant.

Je me rendis soudain compte que Kettricken se tenait près de moi. Gracieuse comme toujours, elle remercia l'apprentie béante avant de la congédier. Le silence était tombé dans la salle, et je sentis qu'Ortie avait emporté la partie ; les guérisseurs étaient sortis et le clan d'Art s'assemblait au chevet de Crible. Umbre disait avoir déjà vu ce genre de phénomène et assurait à ma fille que tout irait bien et que Crible avait seulement besoin d'un solide repas et de quelques jours de sommeil pour se rétablir ; il s'opposait à une intervention d'Art et préconisait la chère et le repos. Crible m'avait donné plus d'énergie qu'il ne pouvait se le permettre, mais il était solide et vaillant, et Ortie n'avait pas à s'inquiéter pour lui.

Dans un coin de ma tête, je me demandais comment il le savait. Se servait-il de Lourd sans plus de ménagement ? Ou bien avait-il épuisé les forces de Calme, et dans quel but ? Plus tard ; j'approfondirais la question plus tard ; d'ailleurs, il avait sans doute raison, à en juger par ma propre expérience avec le roi-servant Vérité. Dans mon affolement, je n'avais pas songé une seconde que je risquais de puiser dans les réserves de Crible au point de ne laisser de lui qu'un idiot bavant. Mon ami et le compagnon de ma fille ! Je leur devais des excuses à tous les deux ; mais plus tard.

Parce qu'Ortie s'approchait du lit du Fou. Elle le parcourut du regard comme s'il s'agissait d'un cheval dont elle envisageait l'acquisition, puis elle leva les yeux vers moi et les détourna aussitôt, d'une manière curieusement similaire à celle d'Abeille. Elle s'adressa à une jeune femme près d'elle. « Qu'en pensez-vous ? » lui demanda-t-elle du ton d'un professeur à son élève.

L'autre inspira profondément, tendit les mains et les déplaça lentement au-dessus du Fou sans le toucher. Il se pétrifia comme s'il sentait ses gestes et lui en voulait de cette absence de contact. Elle opéra un deuxième passage, puis elle secoua la tête. « Je vois d'anciens dégâts que nous pourrons ou non réparer mieux ; apparemment, il ne souffre pas de blessures récentes qui le mettent en danger de mort immédiat. Il y a quantité d'éléments étranges, voire anormaux, dans son organisme, mais je n'estime pas nécessaire une intervention d'Art ; d'ailleurs, vu sa maigreur, je pense que nous ferions plus de mal que de bien. » Elle fronça le nez et renifla, seul signe qu'elle éprouvât du dégoût pour son patient. Elle attendit le jugement d'Ortie sur son diagnostic.

« Je suis d'accord, dit celle-ci à mi-voix. Vous pouvez aller, vous et les autres ; je vous remercie de vous être rassemblés aussi vite.

— Maîtresse d'Art… » La femme s'inclina. Ortie s'éloigna avec elle et s'arrêta près de Crible pendant que le reste du clan de guérison sortait sans bruit de l'infirmerie.

Kettricken regardait avec une attention extrême l'être délabré allongé sur le lit. La main sur la bouche, elle se pencha sur lui, puis elle se redressa et fixa sur moi des yeux bleus empreints d'angoisse. « Ce n'est pas lui, n'est-ce pas ? fit-elle, suppliante. Ce n'est pas le Fou ? »

Il bougea légèrement, et, quand ses paupières découvrirent son regard aveugle, elle recula. À mots entrecoupés, il dit : « J'aimerais qu'Œil-de-Nuit… soit là pour… attester de mon identité… ma reine.

— Je ne suis plus reine. Oh, Fou ! »

D'une voix où perçait une trace de son esprit moqueur d'antan, il répondit : « Vous êtes toujours ma reine… Et je suis toujours un fou. »

Elle s'assit gracieusement sur un tabouret bas à son chevet, et, sans me regarder, retroussa délicatement les plis complexes de ses manches. « Que s'est-il passé ? » me demanda-t-elle d'une voix tendue. Elle prit un linge propre au pied du lit, le plongea dans l'eau et, sans manifester le moindre dégoût, leva la main du Fou et entreprit de la laver. Un souvenir longtemps enfoui remonta soudain à mon esprit : la reine Kettricken faisant la toilette des forgisés morts pour les ramener dans le giron de notre peuple et leur rendre leur humanité avant leur inhumation. Elle n'avait jamais hésité.

« Je ne sais pas grand-chose de ce qui est arrivé au Fou, murmurai-je. À l'évidence, on l'a torturé, et il a parcouru un long trajet pour nous retrouver. Pour Crible, c'est ma faute ; j'étais pressé, affolé, et je me suis servi de son énergie pour emmener le Fou par les piliers d'Art. Je n'avais jamais puisé dans les forces de quelqu'un dans une telle situation, et j'ai dû prendre plus qu'il ne pouvait donner ; j'espère seulement ne pas lui avoir occasionné de dégâts définitifs.

— C'est ma faute, chuchota le Fou.

— Non, c'est la mienne. Comment pourrais-tu être responsable ? demandai-je presque avec rudesse.

— L'énergie… Elle venait de lui… à travers toi… pour aller à moi. » Il reprit son souffle. « Je devrais être mort, mais je me sens plus robuste que depuis des mois, malgré… ce qui s'est passé aujourd'hui. Tu m'as infusé un peu de sa vie. »

Cela se tenait. Crible ne m'avait pas seulement fourni de quoi voyager avec le Fou à travers le pilier, il m'avait laissé lui prendre de la force pour la donner au Fou.

Tiraillé entre la reconnaissance et la honte, je me tournai vers Crible. Il ne me regardait pas ; Ortie, assise à son chevet, tenait ses mains entre les siennes. Pourrais-je un jour rembourser cette dette ? Je ne le pensais pas.

Je revins au Fou. Aveugle, il ne voyait pas que Kettricken, tout en œuvrant soigneusement à nettoyer ses doigts tordus, avait les joues sillonnées de larmes. Ces mains habiles aux longs doigts, qui jonglaient avec des balles en bois ou des rubans de soie, qui faisaient apparaître une pièce d'argent, qui effectuaient des gestes insultants ou expressifs pour illustrer l'histoire qu'il racontait, réduites aujourd'hui à des phalanges enflées et à des doigts semblables à des brindilles brisées. « Ce n'est pas votre faute, fit Kettricken à mi-voix. Je pense que Crible savait ce qu'il donnait ; c'est un homme généreux. » Elle se tut longuement. « Il mérite ce qu'il a gagné », reprit-elle, mais sans expliquer ce qu'elle entendait par là. Elle soupira. « Ce n'est pas suffisant ; il vous faut un bain chaud, Fou. La pudeur est-elle toujours votre obsession ? »

Il eut un petit bruit de gorge qui eût pu être un rire. « La torture dépouille de toute dignité. Sous la souffrance, on hurle, on supplie, on se souille ; il n'y a plus de pudeur quand on est aux mains d'un ennemi dépourvu de conscience et de scrupule. Aussi, parmi mes amis, oui, la pudeur reste une obsession, et un cadeau qu'ils me font ; la restauration d'une parcelle de ma dignité d'autrefois. » C'était un long discours, qui s'acheva par un soupir sifflant.

Kettricken ne discuta pas et ne lui demanda pas non plus s'il était en état de se baigner seul ; elle dit seulement : « Où préférez-vous vous installer ? Dans l'ancien appartement de sire Doré ? Dans la chambre d'enfance de Fitz ? Dans la vieille tanière d'Umbre ?

— Tous sont inoccupés ? » intervins-je, surpris.

Elle me regarda en face. « Pour lui, on peut déménager certaines personnes. » Elle lui toucha doucement l'épaule. « Il m'a amenée vivante jusqu'aux Montagnes. Je ne l'oublierai jamais. »

Il posa une main déformée sur la sienne. « Je choisis la discrétion, comme je l'ai rarement fait par le passé. J'aimerais du calme pour me reposer, si c'est possible. Dans la tanière d'Umbre. Et n'être connu ni comme sire Doré ni comme le Fou. » Il leva ses yeux brumeux et demanda : « Est-ce une odeur de cuisine que je sens ? »

Il ne se trompait pas : l'apprentie était revenue, la main protégée par un chiffon, tenant l'anse d'une marmite couverte ; le couvercle sautillait au rythme de ses pas et laissait échapper des arômes de viande. Un jeune domestique la suivait avec des bols, des cuillers et une panière pleine de petites miches. La jeune fille s'arrêta près de Crible pour le servir, et, à mon grand soulagement, je le vis assez remis pour qu'on le redressât sur des oreillers et lui proposât à manger. Son regard alla croiser le mien derrière Ortie, et il me fit un sourire crispé. Un pardon non mérité ; l'amitié définie. Je hochai lentement la tête, comptant qu'il comprendrait.

Il serait plus difficile d'obtenir le pardon d'Ortie, je le savais.

L'apprentie vint emplir un bol pour le Fou. « Peux-tu t'asseoir pour manger ? lui demandai-je.

— C'est sans doute la seule activité qui m'inciterait à essayer », répondit-il d'une voix sifflante. Comme Kettricken et moi le redressions et placions des coussins dans son dos, il ajouta : « Je suis plus coriace que tu ne le crois, Fitz ; je meurs, certes, mais je repousserai l'échéance aussi longtemps que je le pourrai. »

J'attendis pour répondre que l'apprentie et son assistant eussent fini de servir. Quand ils s'éloignèrent, je me penchai et dis : « Restaure-toi autant que tu peux ; plus tu reprendras des forces, plus vite tu en regagneras, et plus vite nous pourrons tenter une guérison d'Art. Si tu le souhaites. »

Kettricken porta la cuiller à ses lèvres ; il goûta le bouillon, l'aspira bruyamment, eut comme un gémissement de plaisir et puis fit d'un ton suppliant : « C'est trop lent. Faites-moi boire au bol ; je meurs de faim !

— Attention, c'est brûlant », fit-elle tout en amenant le bol à sa bouche. Il posa ses mains semblables à des serres sur celles de l'ancienne reine et but goulûment à même le bol, tremblant du besoin de se nourrir.

« C'est lui », fit Umbre. Je levai les yeux et le découvris debout au pied du lit.

« En effet », répondis-je.

Il hocha la tête, les sourcils froncés. « Crible a pu me faire un compte rendu partiel avant qu'Ortie ne me chasse. Il va s'en sortir, Fitz, et ce n'est pas grâce à toi ; c'est l'exemple même d'une situation où ton ignorance peut nous mettre en danger. Si tu étais revenu à Castelcerf étudier avec le reste du clan royal, tu aurais mieux maîtrisé ta façon de te servir de lui. »

Je n'avais nulle envie de discuter de ce sujet avec lui en cet instant. « Vous avez raison, dis-je, et, comme il restait bouche bée devant ma capitulation, j'ajoutai : Le Fou aimerait qu'on le loge dans votre ancienne étude. Peut-on arranger ça ? Du feu dans la cheminée, des draps propres, une robe de chambre, un bain chaud et un bon repas simple ? »

Il ne cilla pas. « Et des baumes, ainsi que des herbes pour faire des tisanes restauratives. Donne-moi un peu de temps ; je dois encore affronter une soirée de diplomatie et de négociations, et je dois demander à Kettricken de m'y accompagner. J'enverrai un page, et tu transporteras le Fou dans l'ancien appartement de dame Thym par l'escalier de service. Dans la penderie, tu trouveras un faux fond ; passe par là. Je regrette, mais je dois retourner aux festivités d'accueil ; je te verrai très tard ce soir ou très tôt demain.

— Merci », dis-je, et il hocha gravement la tête.

Malgré ma reconnaissance, je savais qu'il y aurait un prix à payer pour les services d'Umbre. Comme toujours.

Kettricken se redressa dans un bruissement de tissu. « Je dois moi aussi regagner la salle des banquets. » Je tournai la tête et, pour la première fois de la soirée, je la regardai vraiment. Elle était vêtue d'un camaïeu de soie bleue avec de la dentelle blanche par-dessus son haut et sa jupe ; elle portait des boucles d'oreilles bleu et argent, et son diadème laissait pendre sur son front un réseau de topazes claires. Mon étonnement dut se voir, car elle eut un sourire modeste. « Ce sont nos partenaires commerciaux ; ils sont satisfaits de me voir arborer leurs produits, et ce compliment que je leur fais facilite les négociations de mon roi avec eux. » Elle sourit à nouveau. « Et, croyez-moi, Fitz, ces ornements ne sont rien à côté de ceux de notre jeune reine ce soir ! »

Je lui souris. « Je sais que vous préférez les tenues plus simples, mais, en vérité, la beauté de celle-ci vous rend grande justice. »

Le Fou intervint à mi-voix : « J'aimerais pouvoir vous voir. » Ses doigts se crispèrent sur le bol de soupe vide. Sans un mot, Kettricken lui essuya les coins de la bouche.

J'eusse voulu lui dire que nous le guéririons et qu'il retrouverait la vue ; je regrettais de n'avoir pas accepté l'offre répétée d'Umbre d'approfondir mes connaissances sur l'Art. Je le regardai en me demandant si nous pourrions redresser ses os mal ressoudés, restaurer la lumière dans ses yeux et dissiper la teinte grise de sa peau. Dans quelle mesure parviendrions-nous à le remettre sur pied ?

« Je la souhaite, déclara-t-il soudain ; la guérison d'Art. Je ne la désire pas ; je la redoute. Mais je souhaite qu'on la pratique, et le plus vite possible. »

À contrecœur, je répondis : « Actuellement, nous aurions autant de chance de t'achever que de te guérir. Il y a trop de... de dégâts, et tu es affaibli par tout ce que tu as subi, malgré l'énergie que j'ai volée pour te la fournir. » Kettricken se tourna vers moi, interrogative. Il était temps de leur dire à tous les deux que j'ignorais la réponse. « Je ne sais pas jusqu'à quel point l'Art peut te rétablir. C'est ton organisme qui a le dernier mot. La magie peut l'inciter à réparer ce qui est abîmé beaucoup plus vite qu'il ne le ferait normalement, mais ce qu'il a déjà réparé, une fracture, par exemple, ma foi, je ne sais pas s'il sera possible de redresser un os soudé de travers. »

Kettricken fit à mi-voix : « Quand le clan d'Art vous a guéri, Fitz, j'ai cru comprendre qu'il avait remis en état de nombreuses blessures plus anciennes, et que des cicatrices avaient disparu. »

Je ne voulus pas lui rappeler que cette guérison non contrôlée avait failli me tuer. « Je pense qu'il faudra procéder par étapes ; et je ne tiens pas à donner de faux espoirs au Fou.

— Il faut que j'y voie, intervint-il brusquement. Plus que tout, j'ai besoin d'y voir, Fitz.

— Je ne peux pas te le promettre. »

Kettricken s'écarta du lit, et c'est les yeux pleins de larmes mais la voix ferme qu'elle dit : « Je dois retourner aux tractations commerciales, hélas. » Elle jeta un regard vers l'entrée de l'infirmerie où Umbre l'attendait.

« Je croyais qu'il s'agissait d'une fête, avec des ménestrels et de la danse ?

— En apparence, oui, mais ce sont en réalité des négociations ; et ce soir je suis encore la reine du royaume des Montagnes et, par conséquent, partie prenante de tout ce que les Six-Duchés souhaitent obtenir. Fou, je ne puis vous décrire mes sentiments ; je suis emplie de joie de vous revoir, et emplie de peine de constater ce que vous avez subi. »

Il sourit, étirant ses lèvres craquelées. « Ce que j'éprouve est similaire, ma reine. » Son sourire s'imprégna de regret, et il ajouta : « Hormis pour ce qui est de voir. »

Kettricken eut un petit rire où se dissimulait un sanglot. « Je reviendrai dès que je pourrai.

— Mais pas ce soir, répondit-il avec douceur. Je suis déjà si las que j'arrive à peine à garder les yeux ouverts. Mais très bientôt, ma reine ; très bientôt, s'il vous plaît. »

Elle lui fit une révérence puis s'enfuit dans le bruissement de sa longue jupe et le claquement de ses talons.

« Elle a beaucoup changé et pourtant pas du tout, dit-il.

— Tu as l'air d'aller mieux.

— Un repas, un lit chaud, le visage et les mains propres, la présence d'amis, tout cela guérit beaucoup de choses. » Il bâilla soudain et reprit d'un ton inquiet : « Et l'énergie de Crible. C'est un phénomène étrange, cet emprunt de la force de quelqu'un, Fitz, et qui me rappelle assez ce que j'ai ressenti quand tu as redéversé ma propre vie en moi. C'est une énergie bourdonnante, qui ne tient pas en place, une vie volée plus que gagnée. Mon cœur s'en détourne, mais mon corps en demande davantage. Si c'était une coupe placée devant moi, je crois que je ne résisterais pas au désir de la vider. » Il reprit son souffle et se tut, mais j'avais l'impression de le sentir savourer cette vie qui le parcourait. Je me rappelais la folie qui s'emparait de moi au combat et qui me poussait à continuer à me battre avec violence et entrain longtemps après avoir épuisé mes muscles.

C'était une sensation exaltante, et l'effondrement qui s'ensuivait était absolu : cette énergie artificielle, une fois consumée, exigeait d'être remboursée. La crainte m'envahit.

Le Fou reprit : « Néanmoins, je ne mentais pas. Malgré mon envie d'un bon bain, je ne me crois pas capable de rester éveillé plus longtemps. Je ne me rappelle pas avoir jamais eu si chaud ni l'estomac si plein.

— Je devrais peut-être alors t'emmener à l'appartement de dame Thym.

— Tu me porteras ?

— Je l'ai déjà fait ; tu ne pèses rien, et ça me paraît la procédure la plus simple. »

Il garda le silence quelques instants puis dit : « Je pense pouvoir marcher, au moins une partie du trajet. »

Sa réaction me laissa perplexe mais je ne discutai pas. Comme en réponse à nos propos, un page entra ; des flocons de neige parsemaient ses cheveux et ses épaules, et il portait une lanterne. Il parcourut la salle des yeux et lança : « Tom Blaireau ? Je viens chercher Tom Blaireau.

— Ici ! » répondis-je. Comme je me retournais, Ortie quitta soudain le chevet de Crible ; elle m'attrapa par la manche, m'attira à l'écart et me regarda avec une expression de reproche si semblable à celle qu'avait Molly que je crus un instant sa mère sortie de la tombe pour me réprimander. « Il dit que je ne dois pas te tenir pour responsable, qu'il s'est porté volontaire.

— Non, c'est moi qui lui ai demandé. Il savait que, s'il ne m'aidait pas, j'essaierais seul. Je suis responsable ; et je regrette.

— Je n'en doute pas. »

J'inclinai la tête. Au bout d'un moment, elle reprit : « Les gens t'aiment beaucoup plus que tu ne le mérites, Tom ; mais tu n'arrives même pas à croire qu'ils t'aiment un tant soit peu. » Je m'efforçais de digérer cette déclaration quand elle ajouta : « Et je fais partie de ces gens.

— Ortie, je reg…

— Redis-le encore une fois et je te frappe ; je me moque qu'il y ait des témoins. Si je devais ne te demander qu'une seule chose, ce serait de ne plus jamais répéter ces mots ineptes. » Elle se tourna vers le Fou. « C'est ton ami d'enfance. » Au ton qu'elle avait employé, elle comprenait qu'il s'agissait d'un être rare.

« C'est vrai.

— Eh bien, occupe-toi de lui, alors. Crible sera remis une fois reposé. » Elle se massa les tempes. « Et Abeille ? Ma sœur ?

— Je l'ai laissée à FitzVigilant ; je pense que ça ira. Je n'ai pas l'intention de rester longtemps. » Mais, alors que je prononçais ces mots, je me demandai combien de temps durerait mon absence. Attendrais-je que le Fou eût repris assez de forces pour que nous pussions tenter une guérison d'Art ? Devais-je rentrer à Flétribois demain matin par les pierres puis revenir à Castelcerf d'ici quelques jours ? L'indécision me taraudait ; j'avais envie d'être partout à la fois.

« Si elle est en compagnie de Lant, elle n'a rien à craindre. » Je n'étais pas sûr de partager cette opinion, mais le moment me paraissait mal choisi pour en débattre, et le soulagement qui perçait dans la voix d'Ortie me poussait à me demander si je n'avais pas mal jugé le jeune scribe. Je me sentis coupable quand elle reprit : « Nous devrions envoyer un pigeon pour les prévenir que vous êtes bien arrivés. »

Je jetai un regard au Fou. Il avait réussi à s'asseoir dans le lit et à se passer une couverture sur les épaules ; il avait l'air pitoyablement faible et un siècle plus vieux que moi.

« Je m'en charge, dit Ortie sans me laisser le temps de lui demander. Veux-tu que j'appelle un garde pour t'aider à déplacer ton ami ?

— Je pense que nous y arriverons seuls », répondis-je.

Elle hocha la tête. « Je m'en doutais ; tu tiens à ce que le moins de gens possible soient au courant de sa présence ici. Je ne comprends vraiment pas pourquoi, mais je respecte ton amour du secret. La plupart des domestiques sont occupés au banquet, alors, si tu fais attention, tu devrais pouvoir l'emmener sans te faire remarquer. »

Je conduisis donc le Fou chez dame Thym ; ce fut un trajet interminable, froid et humide pour tous les deux, car il insista pour traverser la cour par lui-même, en claudiquant, sa couverture sur les épaules, les pieds toujours emmaillotés de haillons, battu par le vent et la neige. Emprunter les portes et les escaliers de service nous obligeait à contourner toutes les parties communes. Le Fou s'agrippa à mon bras pour monter les degrés étroits, et je le sentis s'appuyer de plus en plus lourdement sur moi à mesure que nous montions. Le jeune garçon qui nous guidait ne cessait de nous jeter des regards à la fois perplexes et soupçonneux, et je finis par m'apercevoir que mes vêtements étaient couverts du sang du Fou ; je n'essayai pas de m'expliquer.

À la porte de l'appartement de dame Thym, le page fit halte et me remit une grosse clé au bout d'un épais cordon bleu ; je pris aussi sa petite lanterne et le congédiai. Il ne se fit pas prier. « Dame Thym » n'existait plus depuis des dizaines d'années, mais une rumeur persistante disait qu'elle hantait toujours les pièces qu'elle avait habitées ; cette croyance arrangeait Umbre qui continuait à l'entretenir.

La chambre où nous entrâmes était plongée dans la pénombre et sentait le renfermé ; sur une table poussiéreuse, un candélabre dispensait une maigre lumière. Une odeur de vétusté mêlée à un vieux parfum trop fort ; une femme âgée. « Je vais m'asseoir un moment », dit le Fou, et il faillit manquer le fauteuil que je lui présentai ; il s'y assit moins qu'il ne s'y effondra, puis il resta immobile à reprendre son souffle.

J'ouvris la penderie et me trouvai devant des piles serrées de vieilles robes et chemises de nuit ; à l'odeur, on eût dit qu'elles n'avaient jamais été lavées. Pestant contre l'incurie d'Umbre, je me mis à genoux et me glissai sous les étagères pour toucher le panneau du fond. Je le frappai des doigts, le poussai et le tirai jusqu'au moment où il pivota soudain. « Il va falloir y aller à quatre pattes », dis-je au Fou d'un ton aigre. Il ne répondit pas.

Il s'était endormi. J'eus du mal à le réveiller, et je dus quasiment le traîner derrière moi par l'ouverture basse au fond de la penderie ; je l'aidais à s'installer dans le vieux fauteuil d'Umbre près du feu, puis retournai dans l'appartement verrouiller la porte d'accès et éteindre les bougies. Le temps que je revinsse près de lui, il recommençait à somnoler ; je le réveillai à nouveau et lui demandai : « Le bain ou le lit ? »

Le baquet qui fumait encore embaumait la chambre d'un parfum de lavande et d'hysope ; une chaise à dos droit était posée à côté d'une table basse sur laquelle se trouvaient une serviette, un pot de savon mou, un tissu de toilette, une tunique en coton, une robe en laine bleue d'une coupe surannée, et des bas épais. Tout cela servirait. Le Fou se dépliait comme un pantin abîmé. « Le bain, murmura-t-il, et il tourna son regard aveugle vers moi.

— Par ici. » Je pris son poignet décharné d'une main, passai mon autre bras autour de ses épaules et le conduisis à la chaise. Il s'y laissa tomber si lourdement qu'elle faillit se renverser, puis il resta sans bouger, le souffle court. Sans rien dire, je m'agenouillai et entrepris d'enlever les longs rubans de tissu usé qui emmaillotaient ses pieds ; ils puaient et étaient si collés les uns aux autres que je dus les déchirer. J'évitais de respirer par le nez.

« À côté de toi, il y a une table avec tout ce dont tu as besoin pour te laver, et de quoi te vêtir ensuite.

— Des habits propres ? » fit-il comme si je lui avais donné un tas d'or. Il tâtonna, et sa main voleta comme un papillon sur le trésor que je lui offrais. Il prit le pot de savon, le huma et eut un gémissement qui me fendit le cœur. Il le reposa délicatement. « Ah, Fitz ! Tu n'imagines pas ! » s'exclama-t-il d'une voix brisée. Puis il leva son bras maigre et me chassa d'un geste de sa main déformée.

Je n'insistai pas. « Appelle-moi si tu as besoin de moi », dis-je ; je pris une bougie et me rendis auprès des étagères à manuscrits. Il écouta mes pas et eut l'air mécontent de les entendre s'arrêter à l'autre bout de la pièce, mais je ne pouvais lui accorder davantage d'intimité ; je ne tenais pas à le retrouver la pudeur sauve mais noyé dans le baquet. Je fouillai parmi les parchemins et en sortis un sur le désert des Pluies, mais, quand je l'apportai sur la table, je m'aperçus qu'Umbre m'y avait déjà disposé de la lecture : trois textes sur la manière correcte de préparer et d'utiliser un « homme lige ». Ma foi, il n'avait pas tort ; mieux valait que j'apprisse ces techniques. Je portai les parchemins jusqu'à l'ancien lit de mon mentor, allumai un chandelier, ôtai mes bottes, arrangeai les oreillers et m'installai pour lire.

J'avais parcouru un tiers du premier document, qui décrivait de façon ennuyeuse et exagérément détaillée la sélection d'un candidat capable de prêter son énergie, quand j'entendis un léger bruit d'eau : le Fou venait de se glisser dans le baquet. Ce fut ensuite le silence. Je lus mon manuscrit en levant régulièrement les yeux pour m'assurer qu'il ne s'était pas endormi et ne se noyait pas ; après avoir longtemps trempé, il entreprit lentement de se laver en poussant de petits gémissements à la fois de douleur et de détente. Il prit son temps. J'avais attaqué le troisième texte, plus utile, qui décrivait les symptômes spécifiques indiquant qu'un homme lige dépasse ses limites, avec des informations sur la façon de lui rendre des forces le cas échéant, quand j'entendis le Fou pousser un grand soupir puis sortir du baquet. Je ne le regardai pas. « Tu arriveras à trouver les serviettes et la robe ?

— Je me débrouillerai », répondit-il, laconique.

J'avais fini mon parchemin et m'efforçais de garder les yeux ouverts lorsqu'il dit : « J'ai perdu mes repères. Où es-tu ?

— Ici ; sur le lit d'Umbre. »

Même sortant du bain et habillé proprement, il faisait encore peur à voir. La vieille robe bleue tombait sur lui comme la voilure flasque d'une épave ; le peu de cheveux qui lui restait était plaqué sur son crâne par l'eau et lui descendait à peine en dessous des oreilles. Ses yeux aveugles faisaient deux terribles points morts au milieu de son visage émacié mais vivant. Sa respiration évoquait le bruit d'un soufflet crevé. Je me levai et le pris par le bras pour le guider jusqu'au lit.

« J'ai le ventre plein, je suis propre et j'ai chaud ; j'ai de nouveaux vêtements, un lit moelleux. Si je n'étais pas aussi épuisé, j'en pleurerais de soulagement.

— Dors, plutôt. » J'ouvris le lit, et il s'assit au bord. Des mains, il tapota les draps puis les oreillers arrondis. Il dut faire un effort pour lever les jambes et les glisser sous les couvertures. Quand il se fut allongé, je le bordai comme je le faisais pour Abeille. Il agrippa l'ourlet du couvre-lit.

« Resteras-tu ici cette nuit ? » C'était une question, non une requête.

« Si tu le souhaites.

— Oui, si ça ne te dérange pas. »

Je l'examinai sans honte. Débarrassées de leur crasse, les scarifications se découpaient nettement sur son visage. « Ça ne me dérange pas », murmurai-je.

Il ferma ses yeux brumeux. « Te rappelles-tu… une occasion où je t'ai prié de rester près de moi pour la nuit ?

— Dans la tente des Anciens, sur Aslevjal. » Je me souvenais. Nous nous tûmes un moment, puis le silence se poursuivit, et je le crus endormi ; je me sentis soudain épuisé. Je contournai le lit, m'y assis puis m'allongeai près du Fou avec autant de délicatesse que s'il s'agissait d'Abeille bébé. Je songeai alors à elle ; quelle journée je lui avais fait vivre ! Dormirait-elle bien cette nuit ou se battrait-elle contre des cauchemars ? Resterait-elle dans son lit ou irait-elle se cacher derrière le mur de mon bureau ? Quelle étrange petite gamine ! Je devais m'occuper mieux d'elle ; je le voulais de tout mon cœur, je le voulais, mais des obstacles venaient toujours se placer entre nous. Et je me trouvais aujourd'hui à des journées de voyage d'elle, après l'avoir confiée à un homme que je connaissais à peine – et que j'avais insulté.

« Pas de question ? » demanda le Fou dans l'obscurité.

Je songeai que c'était plutôt à lui de poser des questions, à commencer par : « Pourquoi m'as-tu poignardé ? »

« Je te croyais endormi.

— Ça ne va pas tarder. » Il soupira comme s'il se défaisait du poids du monde. « Tu m'accordes tant de confiance, Fitz ! Les années passent, je reviens dans ta vie, et tu me tues. Puis tu me sauves. »

Je n'avais pas envie de parler de mon agression sur lui. « Ta messagère est arrivée jusqu'à moi.

— Laquelle ?

— Une jeune fille au teint pâle. »

Il se tut puis répondit d'un ton empreint de peine : « Je t'ai envoyé sept couples de messagers en l'espace de huit ans ; et un seul a réussi à passer ?

Sept couples ; sur quatorze messagers, un seul était parvenu jusqu'à moi, peut-être deux. Une grande angoisse monta en moi : devant quoi le Fou avait-il fui, et était-il encore poursuivi ? « Elle est morte peu après son arrivée ; ceux qui la pourchassaient lui avaient injecté une espèce de parasite qui la dévorait de l'intérieur. »

Il garda longtemps le silence. « Ils adorent ce genre de procédé : une lente souffrance qui s'aggrave inévitablement. Ils se délectent quand ceux qu'ils tourmentent espèrent et implorent la mort.

— Qui ça, ils ? demandai-je à mi-voix.

— Les Serviteurs. » Sa voix était devenue atone.

« Les Serviteurs ?

— C'était leur rôle autrefois. Leurs ancêtres servaient les Blancs à l'époque où les prophètes, mes aïeux, existaient encore.

— Tu es donc un Blanc ? » On possédait peu de documents sur eux, et, ce que j'en savais, je le tenais principalement du Fou lui-même. Vivant jadis aux côtés et au milieu des humains, ils jouissaient d'une grande longévité, du don de prophétie et de la faculté de voir tous les avenirs possibles ; leur race s'éteignait, et, à force de métissage avec les hommes, ils avaient perdu leurs caractéristiques uniques, mais, à quelques générations d'intervalle, un être semblable au Fou naissait, un vrai Blanc, créature rare.

Il eut un grognement sceptique. « C'est ce qu'ils voulaient te faire croire, et à moi aussi. La vérité, Fitz, c'est qu'en moi coule assez de sang de Blanc pour qu'il se manifeste presque complètement. » Il prit une inspiration comme pour continuer, mais se contenta de pousser un grand soupir.

J'étais perdu. « Ce n'est pas ce que tu m'as dit il y a des années. »

Il tourna la tête sur l'oreille comme pour me regarder. « Ce n'est pas ce que je croyais il y a des années. Je ne t'ai pas menti, Fitz : je t'ai répété le mensonge qu'on m'avait appris, le mensonge que j'avais cru toute ma vie. »

Je n'y avais jamais cru moi-même, mais je ne pus m'empêcher de demander : « Tu n'es donc pas un Prophète blanc ? Et je ne suis pas ton Catalyseur ?

— Comment ? Bien sûr que si ! Mais je ne suis pas un Blanc pur ; il y a des siècles qu'aucun Blanc pur n'est apparu dans ce monde.

— Alors… l'Homme noir ?

— Prilkop ? Il était beaucoup plus âgé que moi, et sans doute d'une lignée plus pure ; et, à la façon des Blancs d'antan, il avait foncé en vieillissant.

— Je pensais qu'il s'assombrissait à mesure qu'il accomplissait ses missions de Prophète blanc, qu'il fonçait en proportion de sa réussite à mettre le monde sur un meilleur chemin.

— Ah, Fitz ! » Il avait l'air las et triste. Après un long silence, il dit : « Je ne sais pas. C'est ce dont les Serviteurs m'ont dépouillé : tout ce que je croyais savoir, toutes mes convictions. T'es-tu déjà tenu sur une plage alors que la marée monte ? As-tu senti les vagues entourer tes chevilles et aspirer le sable sous tes pieds ? C'est ma vie désormais ; chaque jour, je m'enfonce un peu plus dans l'incertitude. »

Mille questions se bousculaient dans ma tête, et, tout à coup, je compris que je m'étais bel et bien convaincu qu'il était un prophète et que j'étais son Catalyseur ; je l'avais cru, j'avais supporté les épreuves qu'il avait prédites, et j'avais eu la foi. Et si tout avait été un mensonge, une tromperie dont il avait été la victime, et moi aussi par contrecoup ? Non. Je ne pouvais pas le croire ; je ne devais pas le croire.

« Y a-t-il encore de quoi manger ? J'ai de nouveau faim tout à coup.

— Je vais voir. » Je descendis du lit et m'approchai de l'âtre. Le serviteur qu'avait envoyé Umbre avait bien fait les choses ; une marmite couverte était suspendue au crochet de la cheminée, un peu à l'écart des braises afin de garder le contenu au chaud sans le faire brûler. Je l'attirai à moi pour jeter un coup d'œil à l'intérieur : un poulet y avait cuit jusqu'à ne plus former qu'une masse de chair dans un épais bouillon brun ; oignons, céleri et navet se côtoyaient amicalement dans la sauce. « Du poulet à l'étouffée, dis-je. Veux-tu que je t'en apporte ?

— Je vais me lever. »

Sa réponse m'étonna. « Tout à l'heure, quand je t'ai fait traverser les pierres en urgence, tu avais l'air au bord de la mort, et maintenant tu parais presque gaillard.

— J'ai toujours été plus résistant que je n'en donnais l'impression. » Il se redressa lentement, sortit les jambes du lit et chercha le sol du bout des pieds. « Mais ne t'y trompe pas : je ne pense pas que j'aurais survécu à deux nuits de plus dans le froid. Je me rappelle à peine ces derniers jours – froid, faim et souffrance, et aucune différence entre le jour et la nuit, sinon qu'il faisait plus froid après le coucher du soleil. » Il se mit debout et vacilla. « Je ne sais pas où tu es, fit-il d'une voix plaintive.

— Ne bouge pas », dis-je comme s'il pouvait faire autrement. Je plaçai une petite table près du vieux fauteuil d'Umbre puis y guidai le Fou ; je trouvai des assiettes et des couverts sur une étagère ; dame Romarin tenait sa tanière beaucoup plus en ordre qu'Umbre. J'apportai à mon compagnon un bol de poulet avec une cuiller, puis je dénichai une bouteille d'eau-de-vie et des gobelets. « Tu as très faim ? » demandai-je en jaugeant ce qui restait dans la marmite ; l'odeur du plat avait éveillé mon propre appétit. J'avais transféré sur Crible le plus gros de la fatigue du voyage d'Art, mais il s'était écoulé des heures longues et épuisantes depuis mon dernier repas.

« Sers-toi », répondit le Fou qui avait perçu mon embarras.

Je ne me fis pas prier, et je m'installai dans le fauteuil de dame Romarin avec mon bol sur les genoux. Le Fou leva la tête. « Est-ce un parfum d'eau-de-vie que je sens ?

— Elle est à gauche de ton bol. »

Il posa sa cuiller, et un sourire tremblant apparut sur ses lèvres. « De l'eau-de-vie en compagnie de Fitz, près d'un feu, dans des vêtements propres et devant un repas. Une dernière fois, et je pourrais presque mourir heureux.

— Évitons la mort et jouissons du reste. »

Son sourire s'affermit. « Pour quelque temps, mon vieil ami, pour quelque temps. Ce que tu m'as fait avant de m'entraîner dans les pierres, le sacrifice de Crible, puis la nourriture, la chaleur et le repos, tout cela m'a écarté du précipice. Mais ne nous racontons pas d'histoires : je sais la gangrène que je porte en moi, et je sais que tu l'as vue. » Il leva une main semblable à une serre pour gratter sa joue balafrée. « Ce n'est pas un hasard, Fitz ; ils l'ont volontairement créée en moi, tout comme ils m'ont couturé la figure de cicatrices et arraché l'Art du bout des doigts. Je ne me fais pas d'illusions : je ne me suis pas échappé ; ils ont installé en moi une mort lente, puis ils m'ont suivi alors que je m'en allais à pas chancelants, en veillant à ce que je termine chaque jour au bord de l'épuisement et en menaçant tous ceux qui auraient pu m'aider. J'aime à croire que je suis allé plus vite et plus loin qu'ils ne le croyaient, mais ce n'est peut-être qu'un fantasme ; leurs machinations sont d'une complexité inimaginable car ils disposent d'une carte du dédale du temps tirée de centaines de milliers de prophéties. Si je ne te demande pas pourquoi tu m'as poignardé, c'est parce que je le sais déjà ; ils ont mis la machine en branle puis ont attendu que tu accomplisses leur volonté maléfique ; ils cherchaient autant à te faire mal qu'à me tuer. Ils sont les seuls responsables. Cependant, tu restes mon Catalyseur, et tu transformes mon agonie en une infusion d'énergie. » Il soupira. « Mais c'était peut-être encore leur volonté que tu me trouves et me ramènes ici. Est-ce le caillou qui va déclencher l'avalanche, Fitz ? Je l'ignore. J'aimerais voir comme autrefois, être capable de choisir mon chemin dans une brume tourbillonnante de possibilités, mais c'est fini ; j'ai perdu cette capacité quand tu m'as ramené d'entre les morts. »

Je ne sus que répondre. J'avais appris de longue date qu'avec le Fou comme avec Umbre le meilleur moyen de les pousser à se taire était de poser trop de questions ; laissés à eux-mêmes, ils se livraient toujours davantage qu'ils ne le voulaient peut-être. Je mangeai donc ma part de poulet en buvant l'eau-de-vie d'Umbre et en réfléchissant aux Serviteurs, au fils inattendu, et même aux messagers qui n'étaient pas parvenus jusqu'à moi.

Il termina le plat et passa sa cuiller dans toute son assiette pour s'assurer qu'il n'oubliait pas un morceau de viande. Je remplis son gobelet. « Tu as une tache de bouillon à gauche de ta bouche », fis-je à mi-voix. Il m'avait été pénible de le regarder manger à la fois si avidement et si salement. En prenant son bol, je passai un coup de chiffon sur les éclaboussures de la table. J'avais espéré éviter de l'humilier, mais il déclara en s'essuyant le visage : « Je dévore comme un chien affamé, affamé et aveugle. J'ai dû hélas apprendre à manger autant que je le pouvais aussi vite que possible, et c'est difficile de désapprendre un réflexe qui m'a été imposé aussi délibérément. » Il but une gorgée d'alcool et posa sa tête contre le dossier du fauteuil ; il avait les yeux clos, mais c'est seulement quand un tic agita ses mains et qu'il faillit lâcher son verre que je me rendis compte qu'il était en train de s'endormir.

« Allons, au lit, dis-je. Si tu te restaures et te reposes quelques jours, nous pourrons peut-être commencer de petites opérations d'Art pour te remettre sur le chemin de la santé. »

Il sursauta, et, quand je le pris par le bras, il se leva en chancelant. « Commencez dès que possible, je t'en prie. Il faut que je reprenne des forces, Fitz ; il faut que je vive et que je les terrasse.

— Eh bien, commençons par prendre une nuit de sommeil », répondis-je.

Je le reconduisis au lit où je le bordai, puis, en m'efforçant de ne pas faire de bruit, je mis de l'ordre dans la pièce et chargeai le feu. Je remplis à nouveau mon verre ; c'était de l'eau-de-vie de mûre, de bien meilleure qualité que ce que je pouvais me payer quand j'étais jeune, mais le goût de fruit et de fleur me rappela cette époque. Avec un soupir, je me laissai tomber dans le fauteuil d'Umbre et tendis mes jambes vers l'âtre.

« Fitz ?

— Je suis là.

— Tu ne m'as pas demandé pourquoi j'étais revenu, pourquoi je te cherchais. » Une immense fatigue imprégnait sa voix.

« La messagère a dit que tu étais en quête de ton fils. De ton fils inattendu.

— Sans grand espoir, hélas. J'ai rêvé que je le trouvais, là, dans ce bourg. » Il secoua la tête, et il baissa la voix ; je dus tendre l'oreille. « C'est lui qu'ils veulent, les Serviteurs. Ils croyaient que j'étais au courant de son existence, et ils m'ont longtemps interrogé en essayant de m'arracher un secret dont j'ignorais tout ; et, quand ils m'ont enfin révélé ce qu'ils cherchaient, je n'en ai pas été plus avancé. Ils n'en ont rien cru, naturellement, et ils ont continué à exiger que je leur avoue où il était et qui lui avait donné le jour. Pendant des années, je leur ai répété que c'était impossible ; je leur ai même demandé : "Si cet enfant existait, l'aurais-je abandonné ?" Mais ils affichaient une telle conviction que j'ai fini par me persuader qu'ils avaient raison. »

Il se tut. S'était-il endormi ? Comment pouvait-il sombrer dans le sommeil au milieu d'une histoire aussi poignante ? Quand il reprit son récit, ce fut d'une voix étouffée. « Ils croyaient que je mentais ; c'est alors qu'ils… qu'ils m'ont pris. » Il s'interrompit, et je perçus l'effort qu'il faisait pour maîtriser sa voix quand il dit : « A notre retour, ils nous ont honorés, Prilkop et moi ; ce furent de longues soirées de banquets où on nous encourageait à répéter dans les moindres détails tout ce que nous avions vu et tout ce que nous avions fait, et des scribes notaient tout. Ce… Ça m'est monté à la tête, Fitz, tous ces hommages et toutes ces louanges ; Prilkop, lui, est resté plus réservé, et puis un jour il a disparu. On m'a dit qu'il avait décidé de faire une visite au lieu de sa naissance, mais, les mois passant, j'ai commencé à soupçonner qu'il y avait anguille sous roche. » Il toussa puis s'éclaircit la gorge. « J'espère qu'il a réussi à leur échapper ou qu'il est mort ; ce serait horrible de songer qu'ils pourraient encore le détenir. Mais c'est alors qu'ils se sont mis à m'interroger sans fin ; puis, quand ils m'ont révélé ce qu'ils cherchaient sans que je puisse leur donner satisfaction, ils m'ont arraché une nuit à mes appartements, et les tortures ont commencé. Au début, c'était supportable ; ils prétendaient que je savais et que, si je demeurais assez longtemps sans manger ou exposé au froid, je me rappellerais quelque chose, un rêve ou un incident. Du coup, je me suis mis à les croire, et je me suis efforcé de me souvenir. Mais j'ai aussi envoyé les premiers messagers, pour prévenir ceux qui étaient peut-être au courant de dissimuler l'enfant en attendant que je vienne le chercher. »

Un mystère de résolu. La lettre adressée à Jofron et la méfiance que cette dernière avait manifestée envers moi s'expliquaient.

« Je croyais avoir agi discrètement, mais ils ont découvert le pot aux roses. » Il renifla. « Ils m'ont ramené là où ils me détenaient, ils m'ont apporté à boire et à manger et ne m'ont rien demandé, mais j'ai entendu ce qu'ils ont fait à ceux qui m'avaient aidé. Ah, Fitz, c'étaient à peine plus que des enfants ! » Sa gorge se noua brusquement et il éclata en sanglots. J'eusse aimé le consoler, mais je n'avais nul réconfort à lui apporter, et je savais qu'en cet instant il ne désirait ni paroles de sympathie ni contact compatissant ; il ne voulait pas bénéficier de ce qu'il n'avait pu donner aux victimes. J'essuyai donc les larmes de mes joues sans rien dire.

Enfin, il toussa et reprit d'une voix contrainte : « Néanmoins, certains m'étaient restés fidèles, et, de temps en temps, ils me faisaient parvenir un message pour m'avertir que deux autres d'entre eux s'étaient échappés et s'étaient mis en route pour prévenir mes amis. J'aurais voulu leur dire d'arrêter, mais je n'avais aucun moyen de leur répondre. Ces années-là, les Serviteurs ne me laissaient pas de répit ; les tortures alternaient avec les périodes de privation. La faim, le froid, la lumière implacable, la chaleur torride du soleil, et des supplices incroyablement raffinés. »

Il se tut. Je savais qu'il n'avait pas fini son histoire, mais il avait dû m'en raconter autant qu'il pouvait le supporter. Je demeurai assis dans mon fauteuil à écouter le crépitement des flammes et le grondement d'une bûche qui s'affaissait dans le feu. La pièce n'avait pas de fenêtres mais j'entendais le hurlement lointain du vent dans le conduit de la cheminée ; la tempête faisait rage à nouveau.

Le Fou reprit son murmure ; il me fallut quelques instants pour distinguer ses mots du sifflement du vent. « … les croyais. Il existait quelque part. Ils ont arrêté de me poser des questions sur lui mais ils ont continué à me faire mal ; quand les tortures ont cessé à leur tour… j'ai supposé que les Serviteurs avaient mis la main sur lui ; j'ignorais s'ils le garderaient en vie pour se servir de lui ou s'ils l'élimineraient pour l'empêcher de changer le monde ; de toute manière, ils ne m'en diraient rien. C'est drôle : il y a des années, j'ai envoyé des messagers te demander de retrouver mon fils, et un seul est parvenu jusqu'à toi, mais trop tard pour sauver mon fils. Des années trop tard. » Sa voix baissait, s'en allait dans le sommeil.

À mi-voix afin de ne pas le réveiller s'il dormait, mais trop curieux pour ne pas poser la question, je demandai : « Tu as renoncé il y a des années ? Il a fallu tout ce temps à la messagère pour arriver à moi ?

— Des années, fit-il d'un ton las. Il y a des années, à l'époque où j'avais encore de l'espoir, où je croyais encore pouvoir convaincre les Serviteurs qu'il existait une voie meilleure si je retrouvais l'enfant le premier. » Il se tut. Je contemplais le feu, et je songeai soudain à Abeille ; elle devait dormir à présent. Le lendemain dans l'après-midi, si les pigeons faisaient vite, Allègre lui annoncerait qu'un message était arrivé et que j'étais parvenu sain et sauf à Castelcerf. Dès ce soir, je devrais lui écrire une lettre ; il me fallait lui expliquer pourquoi je l'avais abandonnée si brusquement et que je risquais d'être absent plus longtemps que prévu. J'envisageai un moment de la faire venir auprès de moi ; tout enfant doit vivre une fête de l'Hiver au château de Castelcerf ! Mais je compris aussitôt qu'elle n'arriverait pas à temps ; en outre, je ne voyais personne à qui la confier pour le long trajet, en plein hiver, de Flétribois à Castelcerf. L'année prochaine ; je me promis que l'année prochaine nous quitterions la propriété longtemps à l'avance et que nous nous rendrions au château, rien qu'elle et moi.

Cette perspective m'emplit d'une joie telle que je vis soudain le Fou et son fils inattendu dans ce contexte. Il n'avait jamais connu son enfant ; pour autant, n'avait-il jamais rêvé de partager des moments avec lui ? Sans me détourner du feu, je dis : « La messagère n'a pas pu m'indiquer où chercher le garçon, et j'ignorais quel âge il pouvait avoir.

— Moi aussi. Je savais seulement qu'il y avait une quantité énorme de prophéties qui paraissaient parler de lui et que les Serviteurs avaient l'air certains de son existence ; ils m'ont posé toutes les questions qu'on peut imaginer, tant ils étaient sûrs que je ne pouvais l'ignorer. Ils refusaient de croire que j'étais incapable de voir qui il était et où. » Il gémit soudain et s'agita entre les draps. « Il y a si longtemps... Mon ventre. Oh ! » Il se plia brusquement puis roula vers le bord du lit. « Y a-t-il des toilettes dans cette chambre ? » demanda-t-il, éperdu.

Au milieu des bruits effrayants de son estomac, je le conduisis vers la porte étroite, et il resta si longtemps enfermé que je finis par m'inquiéter. Enfin, l'huis s'ouvrit, et il sortit, la main tendue devant lui ; je lui pris le bras et le ramenai au lit. Il s'y glissa, sans forces, et je tirai les couvertures sur lui. Il demeura un moment à reprendre son souffle, puis il dit : « Peut-être ce fils n'a-t-il jamais existé. C'est l'espoir sans fondement que je nourris : qu'il n'a jamais existé, qu'ils ne l'ont donc jamais trouvé, jamais tué, jamais utilisé comme pion. » Il gémit à nouveau et s'agita. « Fitz ?

— Je suis à côté de toi. Tu veux quelque chose ? De l'eau-de-vie ? De l'eau ?

— Non, merci.

— Dors. Tu as besoin de repos. Demain, nous montrerons plus de discernement quant à ce que tu manges. Je dois te remplumer avant que le clan puisse tenter une guérison.

— Je suis plus solide que je n'en ai l'air, et plus que quand tu m'as retrouvé.

— Peut-être, mais je ne veux plus prendre de risques si je peux l'éviter. »

Un long silence. L'alcool et le repas faisaient leur effet, et la fatigue de la journée m'enveloppa soudain ; je fis le tour du grand lit et ôtai mes bottes, me déshabillai en gardant mes sous-vêtements et m'installai à côté du Fou. Le matelas de plume était épais et moelleux. Je m'y enfonçai et fermai les yeux.

« Fitz ?

— Quoi ?

— Serais-tu prêt à tuer pour moi ? »

Je n'eus pas à réfléchir. « Oui, si je n'avais pas le choix. Mais tu n'as rien à craindre, Fou ; tu es entre les solides murailles du château de Castelcerf, et je suis avec toi. Nul ne sait que tu es là ; dors tranquille.

— Serais-tu prêt à tuer si je te le demandais ? »

Il se répétait ; avait-il l'esprit confus ? « Tu n'aurais pas à me le demander, répondis-je d'un ton apaisant. Si quelqu'un te menaçait, je le tuerais ; ce n'est pas plus compliqué. » Je ne lui dis pas de dormir ; ce n'est pas facile après avoir été victime de tortures. Certaines nuits, je me réveillais encore en sursaut, persuadé de gésir dans les cachots de Royal ; le moindre événement pouvait déclencher une vague de terreur : l'odeur d'un certain charbon, un craquement semblable à celui d'une corde qui se tend, un bruit métallique évoquant la porte d'une cellule brutalement refermée. Même la simple obscurité, même la simple solitude. Dans la pénombre, je posai la main sur son épaule. « Tu es en sécurité ; je monterai la garde, si tu veux.

— Non. » Il plaqua sa main décharnée sur la mienne. Les bûches crépitaient doucement dans l'âtre, et je l'écoutai respirer. Il reprit : « Ce n'est pas ce que je veux dire. C'est le message que portaient mes quatre derniers envoyés, le service que je te demandais malgré l'aversion qu'il m'inspire. J'avais honte, honte de te solliciter après m'être servi de toi aussi cruellement, mais je n'avais personne d'autre vers qui me tourner. J'ai essayé de remplir cette mission moi-même ; les Serviteurs avaient cessé de m'interroger, ils me laissaient seul, et un jour ils ont été négligents – enfin peut-être – et je me suis échappé. J'ai trouvé des amis qui m'ont recueilli et permis de me reposer. Je savais ce que j'avais à faire, ce qui devait être fait, et je m'y suis préparé du mieux possible, puis je me suis lancé. Mais ils m'attendaient ; ils m'ont attrapé, ainsi que ceux qui m'avaient donné refuge. Ils m'ont ramené, et cette fois il n'a plus été question de prendre des gants ni de se contenter de m'interroger ; c'était de la violence pure. Ils m'ont brisé les os et dépouillé de la vue.

— Qu'avais-tu fait ? » Je haletais.

« J'ai essayé, et j'ai échoué lamentablement. Ils se sont moqués de moi, ils m'ont dit que j'échouerais toujours. Mais toi, je savais que tu réussirais, que tu saurais comment t'y prendre ; tu as la formation nécessaire, et tu es doué. »

La chaleur du lit ne dissipait pas le froid qui montait en moi. Je m'écartai du Fou, mais sa main agrippa soudain la mienne, dure comme la mort. « Tu t'y entendais autrefois, à tuer. Umbre t'y avait formé et tu avais du talent.

— Du talent pour tuer », fis-je d'une voix atone. Ces mots ne voulaient rien dire prononcés tout haut. Du talent pour créer la mort. Un silence plus dense que l'obscurité nous séparait.

Il reprit d'un ton éperdu : « Je me dégoûte de t'imposer cette tâche ; je sais que tu as relégué cette vie au passé. Mais je n'ai pas le choix. Quand je serai reposé, quand je t'aurai tout expliqué, tu comprendras. Il faut les arrêter, et seule la mort en est capable. Il n'y a que toi entre eux et leurs projets. Rien que toi. »

Je ne répondis pas. Il n'était pas lui-même. Le Fou ne m'eût jamais demandé un tel service ; il était aveugle, malade, souffrant, et il avait vécu dans une peur terrible qui ne le lâchait pas. Mais il était désormais en sécurité ; à mesure qu'il se remettrait, ses idées s'éclairciraient et il retrouverait son état normal. Il me présenterait des excuses, pour peu qu'il se souvînt de notre conversation.

« Je t'en prie, Fitz, par pitié ! Il faut les éliminer. C'est le seul moyen de les arrêter. » Avec peine, il reprit son souffle. « Fitz, acceptes-tu de les assassiner ? Tous ? De les tuer et de mettre fin aux horreurs auxquelles ils se livrent ? » Il s'interrompit puis ajouta les mots que je redoutais : « Je t'en prie, fais-le pour moi. »

19

L'attaque

D'après les gens du cru, il ne naît qu'un Prophète blanc par génération. Souvent, il vient au monde dans une famille qui ignorait que ce sang coulait dans ses veines ; si elle habite une région où l'on vénère les Prophètes blancs, on organise une fête et des réjouissances, et l'enfant prodige est élevé chez lui jusqu'à ses dix ans. Alors la famille accomplit un pèlerinage à l'île Claire, terre natale supposée des Blancs et désormais domicile des Serviteurs des Archives qui se consacrent à la préservation des textes et des prédictions des Prophètes blancs. Là, ils accueillent l'enfant avec joie et le prennent sous leur garde.

On dit que chacun de ses rêves y est noté. Jusqu'à son vingtième anniversaire, il lui est interdit de lire les oracles des autres Prophètes blancs, de crainte de souiller la pureté de sa vision. À partir de ses vingt ans commence sa formation aux archives.

L'auteur a entendu la triste histoire d'un enfant Blanc né dans un village lointain où l'on ignorait tout des Prophètes. Lorsque le temps où un nouveau Prophète aurait dû naître fut passé sans qu'aucun eût été signalé, les Serviteurs entreprirent de lire tous les textes qui pouvaient se rapporter à une pareille absence, et leurs recherches les menèrent à envoyer des messagers dans cette région lointaine en quête de l'enfant. À leur retour, ils racontèrent l'histoire pitoyable d'un enfant au teint pâle qu'on avait pris pour un monstre et pour un idiot et qu'on avait laissé mourir de faim dans son berceau.

Voyages de Branletexier, Repple Branletexier

Nous regagnâmes Flétribois dans le froid et l'obscurité. FitzVigilant n'était pas aussi bon conducteur que mon père ni que Crible ; les chevaux connaissaient le chemin, mais lui-même n'évitait pas les ornières, si bien que les roues frottaient et que le chariot cahotait ou avançait de biais. Dans la nuit, la route dissimulée par la neige de plus en plus épaisse, il ne devait pas être facile de mener l'attelage. Pelotonnée sous des couvertures à l'arrière, je m'inquiétais pour mon père et m'interrogeais sur le mendiant en aspirant à être déjà arrivée à la maison ; j'étais très fatiguée, et l'abandon brutal auquel j'avais été soumise m'emplissait de peine. Pour ne rien arranger, Évite et FitzVigilant, serrés l'un contre l'autre sur le banc, emmitouflés dans des plaids, évoquaient à mi-voix et d'un ton outré les événements récents. À les entendre parler de mon père et de Crible, ils devaient me croire sourde, ou bien ils n'attachaient aucune importance à mes sentiments.

Ils avaient assisté à l'incident avec la chienne, mais s'étaient tenus à l'écart de peur d'avoir des ennuis ; Évite espérait avec ferveur que les potins qui ne manqueraient pas de courir à Chênes-lès-Eau n'établiraient pas de relation entre elle et le dément qu'était devenu Tom Blaireau à cause d'un simple cabot ; avec ce qu'il lui avait dit à la taverne, devant tout le monde, elle avait eu son content d'humiliation ! FitzVigilant, lui, ne comprenait pas le comportement des deux hommes vis-à-vis du mendiant, ni le pourquoi ni le comment, et c'était ce qui paraissait les offusquer le plus. Ils jugeaient incroyablement grossier d'avoir été plantés là sans explication, mais eux-mêmes ne m'adressèrent pas la parole de tout le long trajet. Alors que nous rentrions lentement, le froid me saisit en son poing et resserra sa prise ; je ne cessais de sombrer dans un sommeil inquiet dont les cahots me tiraient aussitôt.

Quand nous arrivâmes au domaine, les tressautements et les embardées m'avaient mis le cœur au bord des lèvres. Je m'éveillai une dernière fois quand FitzVigilant arrêta les chevaux devant les hautes portes de la demeure et sauta à terre en appelant un garçon d'écurie. Il tendit la main à Évite, l'aida délicatement à descendre et lui dit d'aller vite se mettre au chaud à l'intérieur. Elle s'étonna qu'aucun domestique ne se portât sur les marches avec une lanterne pour la guider, et FitzVigilant reconnut que le personnel était très négligent, en effet, et avait besoin de discipline : les serviteurs savaient qu'ils revenaient ce soir et eussent dû les attendre.

La neige avait alourdi et trempé les couvertures qui m'enveloppaient, et mes muscles rechignaient à s'activer après être restés plus ou moins au repos dans le chariot brinquebalant. Je m'efforçais de me dépêtrer quand FitzVigilant vint à l'arrière. « Venez, Abeille, dit-il.

— J'essaie », répondis-je. Avec un soupir impatient, il prit le coin d'une des couvertures et les tira toutes d'un coup en faisant pleuvoir sur moi la neige amoncelée. Je tâchai, mais en vain, de ne pas laisser mon hoquet de saisissement se muer en sanglot. Il eut l'air horrifié de ce qu'il avait fait mais déclara d'un ton sévère : « Allons, ne faites pas l'enfant ; ce n'est que de la neige. Nous sommes tous las et glacés, mais nous sommes arrivés. Venez, nous allons vous mettre au chaud dans la maison. »

Je ne dis rien. La brusque traction sur les couvertures avait renversé mon panier ; je tâtonnai dans le noir pour rassembler mes précieuses emplettes réparties dans tout le fond du chariot, dans la neige et sous le méli-mélo de tissu qu'il avait laissé tomber là. Il ne voyait sans doute pas ce que je faisais, et il reprit : « Allons, venez, Abeille, ou je vous laisse ici. »

Je retrouvai mon souffle et réussis à répondre. « Ça m'est égal ; allez-y.

— Je ne plaisante pas ! »

Je me tus, et, au bout d'un moment, il se détourna et s'en alla à grands pas vers la maison. Un palefrenier s'était approché avec une lanterne et attendait d'emmener le chariot à l'écurie pour dételer les chevaux. Il s'éclaircit la gorge.

« J'essaie de faire vite, dis-je d'une voix étranglée.

— Prenez votre temps », répondit-il, et je reconnus Persévérance. Il leva la lanterne, et ombre et lumière envahirent l'arrière du véhicule.

« Il faut seulement que je retrouve ce que papa m'a acheté », fis-je. Les larmes me montaient aux yeux mais je les refoulais. Sans rien dire, Persévérance grimpa sur la roue pour accéder au fond où il entreprit de soulever soigneusement couvertures et bâches ; il les secoua pour les débarrasser de la neige et les plia avant de les poser sur le banc, et, l'un après l'autre, mes achats se révélèrent. Je les replaçai délicatement dans mon panier.

La porte d'entrée de la maison s'ouvrit puis se referma, et de nouvelles ombres bondirent et m'égarèrent quand Allègre arriva, porteur d'une plus grosse lanterne. « Demoiselle Abeille ? » lança-t-il sans me voir, et je répondis d'une voix rauque : « Encore un instant, s'il vous plaît. » Je faisais des efforts ; pourquoi tout le monde tenait-il à me presser alors que j'avais si froid ?

Il s'approcha du chariot et me regarda finir de rassembler mes petits paquets, l'air choqué et réprobateur ; néanmoins, il eut à l'adresse de Persévérance un hochement de tête qui promettait qu'il n'oublierait pas son service, et le garçon d'écurie baissa les yeux. Quand j'eus récupéré toutes mes affaires, je me redressai lentement et me dirigeai d'une démarche raide vers l'arrière du chariot. « Les gros paquets appartiennent à demoiselle Évite et au scribe FitzVigilant, dis-je en le voyant examiner, les sourcils levés, les paniers et les sacs restants.

— Très bien, fit-il gravement. Petit, je vais envoyer quelqu'un prendre ces affaires ; ensuite, tu pourras conduire l'attelage à l'écurie.

— Bien, monsieur », répondit Persévérance. Alors, à mon grand étonnement, Allègre prit mon cabas puis me souleva de l'arrière du chariot et m'emporta vers la maison. Il était grand, plus grand que mon père, et j'avais l'impression que mes paquets et moi ne pesions rien. J'étais fatiguée, et il n'était pas commode de me tenir droite dans ses bras ; mon front effleura sa joue, et j'eus la surprise de la sentir aussi lisse que la mienne, et il émanait de lui un parfum merveilleux de rose mêlée d'épices. Sans réfléchir, je dis : « Vous sentez très bon ! »

Un sourire effaça l'expression soucieuse de son visage anguleux. « C'est très gentil, demoiselle Abeille. Je mélange moi-même mes huiles parfumées ; peut-être cela vous plairait-il de m'y aider un jour ?

— Certainement ! m'exclamai-je avec un enthousiasme non feint.

— Alors c'est entendu. Votre mère m'a appris beaucoup de choses sur les parfums à mon arrivée dans le domaine, et il est normal que je vous transmette ce qu'elle m'a enseigné. »

Je tremblais de froid, installée au creux de son bras. Il ouvrit la porte d'entrée de sa main libre et, sans s'arrêter, traversa le vestibule et enfila le couloir pour me conduire à ma chambre. Soigneuse venait d'allumer le feu, et il me déposa devant la cheminée.

« Mais elle est couverte de neige ! Demoiselle Abeille ? Vous n'étiez pas sous les couvertures, dans le chariot ? »

J'étais trop lasse pour m'expliquer, et Allègre déclara, pendant qu'elle commençait à me débarrasser de mes vêtements trempés : « Elle est transie de froid. Je vais demander à Muscade de faire monter un repas chaud et du thé. Pouvez-vous vous occuper du reste ? »

Elle leva vers lui un regard anxieux. « Demoiselle Évite m'a demandé d'aller chercher ses achats tout de suite. Elle veut que je l'aide à…

— Je trouverai quelqu'un d'autre pour l'aider », coupa Allègre avec fermeté. Il retourna à la porte, s'arrêta et reprit : « Demoiselle Abeille, nous ignorons ce qui est arrivé à votre père et à Crible, et je suis très inquiet qu'ils ne soient pas revenus avec vous. »

Il savait qu'il n'avait pas à poser ce genre de question, mais c'était mon allié, et je partageai donc mes renseignements avec lui. « Sur la place du marché, un mendiant m'a parlé, puis il m'a serrée contre lui ; alors mon père a eu peur pour moi, l'a attaqué et l'a blessé gravement. Il s'est ensuite rendu compte que c'était un vieil ami à lui, aussi Crible et lui se sont-ils servis de la magie de l'Art pour l'emmener, par la pierre dressée de la colline aux Pendus, au château de Castelcerf, où on pourra peut-être le sauver. »

L'intendant et la bonne échangèrent un regard, et je pris conscience que mon compte rendu factuel devait leur paraître complètement abracadabrant. « Voyez-vous ça ! fit Soigneuse à mi-voix.

— Ma foi, votre père sait sûrement ce qu'il fait, et Crible aussi ; voilà quelqu'un qui a l'esprit pratique, ce Crible. » Le ton laissait entendre que ce n'était pas toujours le cas de mon père, et il eût été stupide de ma part de m'en offusquer. Allègre s'éclipsa.

Le temps que Soigneuse m'enfilât ma chemise de nuit, je tremblais comme une feuille ; c'était la chemise rouge, celle que ma mère avait cousue. Elle avait été lavée, repassée et rangée dans ma chambre. La bonne prit un couvre-pieds sur le lit, le chauffa devant le feu puis m'en enveloppa. Sans protester, je m'assis dans le fauteuil qu'elle tira près de la cheminée. On frappa à la porte, et un garçon de cuisine entra avec un repas fumant sur un plateau ; elle le remercia et le congédia. Comme elle posait les plats sur une table basse devant moi, je lui dis : « Je ne vous ai pas oubliée ; je vous ai rapporté des cadeaux de la ville. »

L'intérêt brilla dans ses yeux mais elle répondit : « Demain, ce sera bien assez tôt, ma demoiselle. Pour ce soir, vous allez prendre un bon repas chaud et vous glisser dans un lit tiède ; vous êtes encore toute blanche et rouge de froid. » Elle s'empara de mon châle tout neuf, en soupesa la laine épaisse d'un air approbateur puis le mit à sécher. Comme elle vidait mon cabas pour ranger mes emplettes, elle trouva les paquets et les bibelots que j'avais achetés pour elle et se les appropria aussitôt en me remerciant à nouveau d'avoir pensé à elle. Je songeai aux mouchoirs que j'avais achetés pour Allègre ; lui plairaient-ils ? Je me rappelai son parfum quand il m'avait pris dans ses bras : il apprécierait d'avoir une des bougies de ma mère. L'idée de me séparer de l'une d'elles me fendait le cœur, mais ma décision était prise, et il le méritait. Soigneuse m'aida à m'installer dans mon lit puis remit sans bruit de l'ordre dans la chambre en fredonnant tout bas.

Je dus m'endormir avant qu'elle sortît, et je me réveillai, sans doute plusieurs heures plus tard, dans une chambre que n'éclairait que la lueur du feu. Je m'efforçai de comprendre ce qui s'était passé la veille ; tous ces événements stupéfiants et terrifiants en une seule journée, et me retrouver abandonnée à la fin ! Pourquoi mon père ne m'avait-il pas emmenée, et qui était ce mendiant pour qu'il eût une si grande importance ? Un vieil ami ; comment était-ce possible ? Je n'avais personne à qui poser ces questions ; le silence régnait dans la maison. Je sortis de mon lit, allai à la fenêtre et ouvris les volets. Le ciel était noir et la neige tombait à verse. Il était très tard, ou très tôt, j'avais faim et je n'avais plus du tout sommeil.

J'étais encore glacée du trajet de la veille, d'un froid qui me semblait irradier de mes os mêmes. Je m'approchai de la penderie pour m'habiller plus chaudement et constatai qu'on avait ajouté une nouvelle robe de chambre ; je la pris et m'aperçus qu'elle était en laine rouge doublée de fourrure de loup. En dessous, je découvris des bottes souples assorties, mais avec la semelle en cuir. Dès que je m'en vêtis, je me sentis réchauffée et plus en sécurité.

Je me rendis d'abord chez mon père, au cas où il fût déjà revenu, mais n'y trouvai nul réconfort : le lit était vide et la pièce si rigoureusement ordonnée qu'elle eût pu appartenir à n'importe qui, ou à personne. « Ce n'est pas sa vraie tanière », dis-je tout bas. Je hochai la tête, sachant désormais où chercher mes réponses.

Je parcourus sans bruit les couloirs pleins d'ombre ; mes yeux s'adaptèrent rapidement à l'obscurité, et j'atteignis son bureau privé sans avoir croisé âme qui vive. Il régnait dans la demeure un silence presque anormal, comme si j'en étais la seule occupante. À l'approche de ma destination, je regrettai de n'avoir pas apporté de bougie, qui me manquerait si je voulais fouiller sa bibliothèque personnelle en quête d'indices. Mais, quand je passai l'angle du couloir, je constatai que sa porte était entrebâillée et que la douce lumière du feu s'étirait sur le sol et le mur.

Je poussai le battant et jetai un coup d'œil à l'intérieur. Il n'y avait personne au bureau, mais une grosse flambée ronflait joyeusement dans l'âtre. J'entrai. « Papa ? murmurai-je.

— Je suis là, répondit-il. Je suis toujours là pour toi. » Le grand loup gris allongé devant la cheminée se redressa lentement ; sa langue pendit sur ses dents très blanches quand il bâilla, et, lorsqu'il s'étira, ses griffes noires sortirent et se rétractèrent. Enfin il tourna vers moi ses yeux bruns sauvages et il sourit.

« Père Loup ?

— Oui. »

Je restai bouche bée. « Je ne comprends pas, dis-je d'une voix défaillante.

— Ce n'est pas nécessaire, affirma-t-il, rassurant. Comprendre comment ou pourquoi est rarement aussi utile que comprendre que les choses sont. Je suis. »

Il avait une voix grave et posée. Je m'avançai vers lui à petits pas. Assis très droit, les oreilles dressées, il me regardait approcher. Quand je fus plus près de lui, il huma mon odeur et dit : « Tu as eu peur.

— Il y avait un tueur de chien au marché. Mon père n'a rien pu faire pour la chienne à part lui épargner de la souffrance, et puis il a tué quelqu'un, l'a ressuscité, et il est parti avec lui. Et il m'a laissée toute seule.

— Tu n'es pas seule quand je suis avec toi ; je suis le père qui est toujours avec toi.

— Comment un loup peut-il être mon père ?

— Il y a des choses qui sont, tout simplement. » Il s'étira de nouveau devant le feu. « Je suis peut-être la part de ton père qui ne cesse de songer à toi, ou peut-être celle d'un loup qui n'a pas disparu quand le reste est mort. » Il leva les yeux vers la pierre noire sculptée posée sur le manteau de la cheminée. Je l'observai à mon tour ; elle représentait trois têtes, mon père, un loup et… Je restai abasourdie.

« C'était lui, mais beaucoup plus âgé, et aveugle, avec des cicatrices partout.

— Le Sans-Odeur. Je comprends pourquoi ton père est parti ; il ne pouvait pas faire autrement.

— Il n'était pas sans odeur ; c'était un vieux mendiant qui puait la crasse.

— Mais il n'a pas d'odeur propre. Ton père et lui sont de la même meute. J'ai passé moi aussi de nombreux jours en sa compagnie. » Père Loup me regarda. « Il y a des appels qu'on ne peut refuser, même s'ils déchirent le cœur. »

Je m'assis lentement près de lui et observai mes pieds, à présent gris avec de petites griffes noires ; ma robe de chambre aussi avait changé : la fourrure de loup qui la doublait se trouvait désormais à l'extérieur. Je me roulai en boule à côté de lui et posai le menton sur mes pattes. « Il m'a abandonnée. Le Sans-Odeur est plus important pour lui que moi.

— Non ; son besoin devait être plus grand que le tien, c'est tout. Un jour vient où chaque petit doit apprendre à se débrouiller seul. Tu t'en tireras bien si tu ne t'englues pas dans l'apitoiement sur toi-même ; pleurer sur ton sort ne fera qu'aggraver ta situation ; ne perds pas ton temps à ça. Ton père reviendra ; il revient toujours.

— Tu en es sûr ? » Ce n'était pas mon cas.

« Oui, répondit-il avec fermeté. Et, en attendant, je suis là. »

Il ferma les yeux. Je le regardai ; le feu nous chauffait le dos, et père Loup sentait bon la nature sauvage et propre. Je fermai les yeux à mon tour.

Je me réveillai tard le lendemain matin alors que Soigneuse s'affairait dans la chambre. « Je vous ai laissée dormir, vu que vous êtes rentrée à la nuit et que le scribe FitzVigilant a dit qu'il commencerait ses leçons plus tard dans la journée. Mais maintenant il faut se lever, demoiselle Abeille ! »

Elle portait de nouvelles perles et un rameau de houx dans les cheveux. « Est-ce la fête de l'Hiver ? demandai-je, et elle sourit.

— Demain soir. Mais, aux cuisines, on prépare déjà les plats, et, cette nuit, des ménestrels se sont présentés en proposant d'y mettre de la gaieté. Allègre a décidé de les autoriser à s'installer jusqu'à ce que votre père ait donné ou non son accord. En son absence, il a discuté avec le scribe FitzVigilant et lui a dit qu'évidemment il devait rester ; et ce matin demoiselle Évite a prévu avec lui tout le menu du banquet ! Ah, les mets qu'elle a commandés ! Ce sera un festin comme on n'en a pas vu depuis des années ! »

J'éprouvais des sentiments partagés, ravie d'apprendre qu'il y aurait de la musique, qu'on danserait, que la chère serait bonne, et offusquée de songer que tout avait été arrangé en l'absence de mon père et sans son consentement. Ma réaction m'étonna : s'il avait été là, il eût certainement donné son approbation ; pourtant, le fait qu'Évite et Allègre eussent tout arrangé dans son dos m'offensait quand même.

Je m'assis dans mon lit et demandai : « Où est passée ma robe de chambre fourrée ? » Car je portais celle de ma mère, en laine rouge.

« Une robe de chambre fourrée ? Vous l'avez achetée en ville ? En tout cas, je n'en ai jamais entendu parler ! » Soigneuse se rendit à ma penderie et ouvrit la porte, qui ne cachait rien de tel.

Mes idées commençaient à s'éclaircir. « C'était un rêve, dis-je. J'ai rêvé que j'avais une robe de chambre en fourrure de loup bordée de laine rouge.

— Avec ça, on doit avoir bien chaud ! Un peu trop pour mon goût », répondit-elle en riant avant d'aller me chercher de quoi m'habiller. Déçue que je n'eusse pas acheté de vêtements au bourg, elle secoua la tête en sortant une tunique trop grande pour moi et une paire de chausses neuves. Sans prêter attention à son bavardage, je m'efforçai de reléguer ma rencontre de la nuit au rang de « simple rêve » ; mais je n'avais jamais fait ce genre de songe jusque-là : mon expérience ressemblait beaucoup plus à la première fois où j'avais croisé père Loup dans le passage secret. Qui était-il ? Qu'était-il ? C'était le loup de la sculpture, tout comme le mendiant était le « Sans-Odeur ».

Une fois vêtue, je quittai la pièce mais, au lieu de descendre prendre mon petit déjeuner, je me rendis dans le bureau de mon père. La pièce était glaciale ; on avait balayé le foyer après sa dernière utilisation, et le froid de la pierre m'indiqua qu'aucun feu n'y ronflait la nuit précédente. Je levai les yeux vers la pierre noire sculptée sur le manteau ; au moins, cet aspect de mon rêve était exact : l'autre visage appartenait bel et bien au mendiant, en plus jeune. Je l'examinai et conclus qu'à l'époque ce devait être un personnage empreint de gaieté. Je passai au loup : l'artiste avait rendu justice à son regard noir et profond. J'enviai soudain mon père d'avoir eu de tels amis dans sa jeunesse. Qui avais-je, moi ? Persévérance, Allègre, et un chat qui ne m'avait toujours pas dit son nom. Un instant, le cœur au bord des lèvres, j'eus l'impression que j'allais déborder de solitude et de tristesse, puis je redressai les épaules et secouai la tête. Pleurer sur mon sort ne ferait qu'aggraver ma situation.

Il y avait une autre sculpture sur le manteau de la cheminée, en bois celle-là, et elle représentait uniquement le loup. Je la pris ; elle était dure et ses arêtes me firent mal, mais je la serrai contre moi un long, long moment. Je mourais d'envie de l'emporter, mais je la reposai. Au retour de mon père, je la lui demanderais.

Je fermai les portes du bureau, les verrouillai puis ouvris le panneau d'accès à mon repaire. Je me rendis dans ma cachette et vérifiai mes réserves d'eau et de pain ; il me faudrait d'autres bougies : j'avais le pressentiment que je risquais de passer beaucoup de temps dans mon réduit en attendant que mon père revînt. On ne viendrait pas m'y déranger, et je ne manquerais sans doute pas à grand-monde. Le chat n'était pas là, mais il avait laissé ma cape par terre ; je la découvris en la sentant sous mon pied, et, quand je la ramassai, je m'aperçus qu'il y avait laissé une souris à demi dévorée. Le nez froncé, je pris la cape, l'emportai dans le bureau de mon père et me débarrassai du petit demi-cadavre dans la cheminée, après quoi je reniflai précautionneusement le tissu : il sentait le chat mâle et la souris morte. Je le secouai puis le pliai pour en faire un minuscule paquet ; il me faudrait trouver un coin discret pour le laver à fond, et une nouvelle cachette aussi que je ne partagerais pas avec un chat. Il avait demandé un panier et une couverture, et je n'avais pas encore rempli cette part du marché. Je me promis de le faire dans la journée. Je fourrai la cape pliée, pas plus grosse qu'un poing, dans le devant de ma tunique, fermai le panneau dérobé et quittai la tanière de mon père après un dernier regard au loup.

Il ne restait plus grand-chose à manger à table, mais elle n'avait pas encore été débarrassée, aussi enfermai-je un bout de saucisse dans un morceau de pain et le mangeai-je en l'accompagnant d'une tasse de thé tiède. Cela me suffit, et je fus heureuse de m'éclipser de la salle à manger aussi discrètement que j'y étais entrée.

À contrecœur, je me rendis à la salle de classe. Les autres élèves étaient présents, mais FitzVigilant n'était pas encore arrivé. Persévérance contourna les autres enfants pour s'arrêter près de moi. « Les chiots commencent à s'installer, mais il y en a un qui a une sale infection là où on lui a coupé la queue. Celui qui a fait ça l'a tranchée sans même passer entre les os ; il a sans doute tapé au pif avec une hachette, tchac ! On a dû retirer des esquilles de la plaie, et le petit a hurlé à en fendre les poutres du toit. Le gars qui lui a fait ça a bien mérité le traitement que lui a infligé votre père ! C'est ce que dit Roder, et il sait presque tout sur les chiens. Pourquoi votre père veut des chiens, d'un seul coup ? Il y a des années qu'il n'en a plus.

— Pour leur sauver la vie, j'imagine. Comme l'âne.

— Ben, on s'interrogeait, pour lui aussi. Cette vieille bourrique, on va lui donner à manger et lui soigner les sabots, mais on se demandait à quoi elle servait. » Il se tourna vers moi. « C'est vrai, ce que raconte le gars du bourg ? »

Je m'éloignai dans le couloir, à l'écart des autres. « Un homme était en train de tuer une chienne sur la place du marché pour inciter les gens à acheter ses chiots. » Persévérance écarquilla les yeux en entendant toute l'histoire, et, quand j'eus fini, il était bouche bée.

« On m'avait dit que Blaireau n'était pas commode et qu'il ne supportait pas la cruauté, mais ça… ! » Il eut un soupir sidéré. « Il a eu raison. Mais qu'est-ce qu'il va faire de ces bouledogues ?

— Qu'en fait-on d'habitude ? »

Il haussa les sourcils, surpris de mon ignorance. « Ben, il y en a qui les font combattre, chien contre chien, ou bien qui les lâchent sur des taureaux pour qu'ils les harcèlent avant l'abattage ; il paraît que ça rend la viande meilleure. Pareil pour les porcs. Hé, peut-être qu'on pourrait s'en servir pour éliminer les cochons sauvages du coin. Il y a quelques vieux solitaires qui mettent en l'air les champs de raves depuis quelques années.

— Peut-être. » Une idée me vint. « Je pourrais peut-être en demander un pour moi. »

FitzVigilant arrivait. Très élégant, il portait une veste bleue à col blanc et des chausses d'un bleu plus sombre, et je pris alors conscience qu'il se vêtait comme un marchand fortuné tandis que l'habillement de mon père se rapprochait plus de celui des fermiers qui se rendaient à Chênes-lès-Eau pour vendre leurs produits. Je baissai les yeux pour m'examiner. Oui, ma tenue était plus proche de celle d'une fille de fermier, voire d'un fils de fermier, que de celle de l'enfant d'une maison noble. Mon précepteur ne me laissa pas le temps de m'attarder sur la question. « Allons, venez, entrez et installez-vous ! Nous avons perdu une bonne partie de la matinée, aussi devons-nous faire vite aujourd'hui. »

Nul ne parut tenir à lui rappeler qu'il était arrivé le dernier et nous nous mîmes en place rapidement. Notre professeur avait l'air distrait, presque irritable, comme si nos leçons étaient une corvée ennuyeuse qu'il fallait expédier et non la raison de sa présence à Flétribois. Il nous fit apprendre un long poème sur les différents rois des Six-Duchés et les faits par lesquels ils avaient marqué leur règne, mais, au lieu de nous l'enseigner par petits bouts, comme ma mère m'avait enseigné les

Douze simples guérisseurs, il nous le récita en entier puis passa parmi nous en demandant à chacun de le répéter. Aucun ne put aller au-delà du troisième souverain sur les vingt-trois, et il nous fit part de sa déception avec force détails, puis il récita de nouveau le poème très vite. Pied-d'Alouette réussit à répéter quatre strophes à peu près correctement ; Orme éclata en sanglots quand FitzVigilant l'obligea à se lever et à essayer à son tour. Il posa les yeux sur moi, et c'est à la fois décidée et emplie d'angoisse que je me dressai lentement.

Je fus sauvée par des cris furieux qui éclatèrent au loin, suivis par des bruits retentissants, comme si on claquait une porte plusieurs fois de suite. FitzVigilant se détourna de moi, le front plissé, et il se rendit à l'entrée de la salle de classe ; les sourcils toujours froncés, il chercha l'origine du remue-ménage dans le couloir, et il s'apprêtait à refermer le battant quand nous entendîmes un long hurlement glaçant.

Le scribe eut soudain l'air inquiet. « Ne bougez pas ; je reviens tout de suite. »

Et il nous laissa là, s'éloignant d'abord à grandes enjambées, puis, à en juger par le claquement de ses talons, au pas de course. Nous échangeâmes des regards. Pied-d'Alouette s'agita sur son siège puis se leva et se dirigea vers la porte. « Il a dit de rester ici », lui rappela Persévérance. Les cris étouffés continuaient. Pour finir, Persévérance se tourna vers moi. « Je vais voir ce qui se passe.

— Moi aussi, dis-je.

— Non, répondit-il d'un ton autoritaire, et, comme je commençais à montrer les dents, il ajouta d'un ton plus apaisant : Le scribe risquerait de se mettre en colère contre vous, demoiselle Abeille. Je reviendrai vite. »

Je le regardai en coin et répliquai d'un ton narquois : « Moi aussi.

— Ils vont avoir des ennuis », souffla Léa à Orme d'un ton plein d'espoir.

Je leur adressai mon regard le plus méprisant et rejoignis Persévérance pour jeter un coup d'œil dans le couloir. Il n'y avait personne, mais les cris étaient plus forts ; j'entendis un bruit qui m'évoqua les cuisines, celui de chocs métalliques. Persévérance se tourna vers moi et dit sans bruit : « Des épées ? » Il n'en croyait visiblement pas ses oreilles.

L'idée me semblait ridicule, cependant je ne voyais pas d'autre possibilité. « Une attraction pour la fête de l'Hiver, peut-être ? » fis-je.

Ses yeux brillèrent de plaisir. « Peut-être. » À cet instant, une voix masculine poussa un hurlement furieux. « Pas sûr, reprit-il, et son sourire s'effaça.

— Restez ici et ne faites pas de bruit », dis-je à ceux qui s'étaient agglutinés à la porte derrière nous. Nous sortîmes dans le couloir, et je m'assurai que j'avais à la ceinture le couteau de ma mère. Le cœur battant, je suivis Persévérance à pas de loup ; parvenue au coin où le couloir rejoignait le vestibule, j'éprouvai un grand soulagement en voyant Allègre venir vers nous en hâte. Il tenait quelque chose contre sa poitrine, un objet très lourd à en juger par son pas chancelant. Nous nous précipitâmes à sa rencontre et je lui lançai : « Que se passe-t-il ? Nous avons entendu des cris, et le scribe FitzVigilant nous a abandonnés pour aller voir… »

Allègre perdit l'équilibre et heurta le mur de l'épaule. Ses genoux fléchirent, et il s'effondra sur lui-même. Il avait levé une main pour se protéger du choc, et elle laissa une longue traînée rouge sur la pierre. Je m'aperçus alors que l'objet qu'il portait était en réalité une hampe qui pointait de son torse et qu'il avait tenue agrippée à deux mains. Il nous regarda, et ses lèvres formèrent ces mots : « Sauvez-vous. Cachez-vous. Allez ! »

Et il mourut. Comme cela, en un clin d'œil, il ne fut plus là. Je restai à le contempler, parfaitement consciente qu'il était mort, et je me demandai pourquoi Persévérance s'accroupissait, posait une main sur son épaule et scrutait son visage en disant : « Intendant ? Intendant, qu'est-ce qui se passe ? » Il déplaça sa main sur celle qui tenait encore la hampe et la retira rouge de sang.

« Il est mort. » Je le pris par l'épaule. « Il faut suivre ses injonctions et prévenir les autres ; il faut nous sauver et nous cacher.

— Nous cacher de quoi ? » répliqua-t-il violemment.

J'étais furieuse moi aussi. « Allègre est venu nous donner ce message alors qu'il était mourant. Pas question se rendre sa mort inutile en agissant bêtement ; obéissons-lui. Viens ! »

Je l'avais saisi par la manche de sa chemise et je l'entraînai derrière moi. Nous partîmes au pas mais nous mîmes promptement à courir, et j'eus du mal à ne pas me laisser distancer. Nous pénétrâmes en trombe dans la salle de classe. « Sauvez-vous et cachez-vous ! lançai-je aux élèves, et ils me regardèrent comme si j'avais perdu la raison. C'est grave. L'intendant est dans le vestibule, mort d'une flèche dans la poitrine. Ne retournez pas dans le corps principal ; il faut sortir et nous éloigner de la maison. »

Léa m'adressa un regard impavide. « Elle essaie seulement de nous mettre dans les ennuis, dit-elle.

— Non ! cria Persévérance. On n'a pas le temps. Avant de mourir, il nous a recommandé de nous enfuir et de nous cacher. » Il montra sa main, rouge du sang d'Allègre. Orme poussa un piaulement et Pied-d'Alouette tomba à la renverse.

Je réfléchissais furieusement. « Nous passons par l'aile sud jusqu'au jardin d'hiver, puis nous prenons par le potager pour accéder aux cuisines. Je connais une cachette là-bas.

— Mais il faut quitter la maison ! protesta Persévérance.

— Non. La cachette est bonne et personne ne nous y trouvera », promis-je.

Orme acheva la discussion en s'exclamant : « Je veux maman ! »

Là-dessus, nous nous enfuîmes de la salle de classe.

Les bruits en provenance de la maison étaient terrifiants, cris étouffés, chocs violents et hurlements. Les plus jeunes parmi nous glapissaient ou sanglotaient de terreur quand nous sortîmes dans le couloir ; nous nous prîmes par la main et nous mîmes à courir. Au jardin d'hiver, je songeai que nous pourrions tous nous y terrer, mais je jugeai que peu des enfants, voire aucun, ne serait capable de se tenir tranquille si des hommes armés entraient. Non, il n'existait qu'une cachette où on n'entendrait pas leurs sanglots, et, malgré ma répugnance à la partager avec eux, je n'avais pas le choix. Je me rappelai que j'étais la fille de mon père et qu'en son absence j'étais la maîtresse de Flétribois. Quand j'avais aidé le mendiant, au bourg, je m'étais crue courageuse, mais c'était pour épater mon père ; aujourd'hui, je devais faire preuve de vrai courage.

« Traversons le potager jusqu'aux cuisines, dis-je.

— Mais il neige ! fit Orme d'une voix pleurnicharde.

— On devrait aller se cacher dans les écuries ! insista Persévérance.

— Non, nos empreintes dans la neige nous trahiraient. Celle du potager a déjà été piétinée, notre passage se verra moins. Venez, je vous en supplie ! » Je lançai cette dernière phrase devant son air buté.

« Je vais vous aider à conduire les autres là où vous voulez, mais ensuite j'irai aux écuries prévenir mon père et les autres. »

Voyant qu'il n'y avait pas à discuter, j'acquiesçai de la tête. « Venez ! dis-je aux enfants.

— Et pas de bruit ! » ajouta Persévérance.

Il prit la tête du groupe. On ne travaillait plus au potager depuis un mois, et la neige couvrait les planches paillées de rhubarbe, d'aneth et de fenouil ; jamais cet espace ne m'avait paru aussi immense. Orme et Léa se tenaient par la main et se plaignaient tout bas de la neige qui pénétrait dans leurs chaussures. Comme nous arrivions à la porte des cuisines, Persévérance nous fit brusquement signe de reculer, puis il s'approcha sans bruit du seuil, colla son oreille au bois, resta ainsi quelques secondes puis tira le battant en refoulant la neige fraîchement tombée.

Un instant plus tard, je contemplais la pagaille qui régnait dans les cuisines. Il s'était passé là des événements effrayants ; des miches de pain sorties du four jonchaient le sol, un rôti brûlait au-dessus du feu, et la salle était déserte. Personne, or il y avait toujours du monde dans les cuisines pendant la journée. Orme eut un hoquet d'horreur en constatant l'absence de sa mère, et, à ma grande surprise, Léa eut la présence d'esprit de plaquer la main sur la bouche de son amie pour l'empêcher de crier. « Suivez-moi ! » fis-je dans un murmure.

Alors que j'entraînais ma compagnie dans le garde-manger, Persévérance chuchota : « Ça n'ira pas ! Il n'y aura pas assez de place pour tout le monde. On aurait dû rester cachés dans le jardin d'hiver.

— Attendez », répondis-je, et je me mis à quatre pattes pour passer derrière les caisses empilées de poisson salé. Je trouvai avec soulagement la porte dérobée légèrement entrebâillée, telle que je l'avais laissée pour le chat. Je glissai le bout des doigts dans l'ouverture, tirai le battant à moi puis reculai. « Il y a des couloirs secrets derrière les murs. Entrez vite ! »

Pied-d'Alouette tomba à genoux et obéit. Je l'entendis s'exclamer dans un murmure étouffé : « Il fait noir comme dans un four, là-dedans !

— Avancez ! Faites-moi confiance. Je vous trouverai une bougie. Il faut que nous nous cachions à l'intérieur.

— C'est quoi, ces couloirs ? demanda Orme tout à coup.

— D'anciens boyaux d'espionnage », répondis-je.

— Ah ! » fit-elle d'un ton entendu. Même face au danger, elle gardait sa langue de vipère.

Puis, quelque part dans une salle éloignée de Flétribois, une femme poussa un cri strident. Nous nous figeâmes en échangeant des regards. « C'était ma mère », chuchota Orme, alors qu'il m'avait plutôt semblé reconnaître la voix d'Évite. Nous demeurâmes sans bouger mais aucun autre bruit ne nous parvint. « Je vais chercher des bougies », dis-je. Les enfants s'accroupirent, et certains se risquèrent derrière les caisses.

Je dus m'armer de tout mon courage pour retourner dans les cuisines ; je savais où l'on y gardait la réserve de chandelles. J'en allumai une dans la cheminée, me retournai et faillis pousser un hurlement de frayeur en me trouvant nez à nez avec Persévérance, Sapin et Lierre agrippée à la manche de son frère. Je regardai le premier, pâle mais l'air décidé.

« Il faut que j'aille à la recherche de mon père ; je dois le prévenir, ou l'aider. Je m'excuse. » Il se pencha pour me serrer gauchement dans ses bras. « Allez vous cacher, demoiselle Abeille ; je reviendrai vous appeler quand vous pourrez ressortir sans danger.

— Pas tout de suite ! » répondis-je d'un ton implorant. Une fois qu'il serait parti, je n'aurais plus personne sur qui compter ; il fallait qu'il m'aidât d'abord à dissimuler les autres.

Mais il ne m'écoutait pas, occupé à observer les traces de neige et d'humidité que nous avions laissées dans les cuisines. « Oh, douce Eda, il y a des empreintes partout ! Ils vont vous trouver.

— Non ! » Je fourrai les chandelles entre les mains de Sapin, qui les reçut sans mot dire, puis je ramassai des miches de pain par terre et les remis à Lierre. « Prenez ça et entrez dans le passage derrière les caisses avec les autres. Ne refermez pas la porte, je serai là dans une minute. Dites à tout le monde de suivre le boyau à quatre pattes et sans faire aucun bruit ; soyez discrets comme des souris. Et n'allumez pas plus d'une chandelle ! »

Dans la cuisine, malgré l'épaisseur des murs, je les entendis chuchoter et geindre faiblement. Puis des voix d'hommes me parvinrent, et, malgré la distance, je perçus que les cris n'étaient pas échangés dans une langue que je connaissais.

« Qui est-ce ? demanda Sapin d'un ton empreint d'angoisse. Pourquoi est-ce qu'ils sont venus ? Qu'est-ce qu'ils font ? Et qui est-ce qui criait ?

— Peu importe ; ce qui compte, c'est de survivre. Allez ! » Je les poussai sans ménagement vers la porte. Alors que Sapin et Lierre disparaissaient dans le garde-manger, je m'emparai d'une pile de serviettes de table et me mis à genoux pour effacer nos traces ; Persévérance comprit mon but et m'imita ; en un clin d'œil, les empreintes ne furent plus qu'une large traînée sans direction précise.

« Laissons la porte ouverte, proposa mon compagnon ; ils croiront peut-être qu'on est entrés et qu'on est ressortis. »

J'obéis. « Allez-y, maintenant, dis-je en tâchant d'empêcher ma voix de trembler.

— Cachez-vous d'abord ; je repousserai les caisses contre le mur pour camoufler l'entrée.

— Merci », fis-je à mi-voix, et je courus au garde-manger, tombai à genoux et me glissai derrière les boîtes.

La porte était close. Je tapotai le bois, frappai plus fort, puis collai mon oreille au panneau : pas un bruit. Ils avaient suivi mes instructions, s'étaient enfoncés dans le passage, et le dernier avait refermé le battant derrière lui.

Je ne pouvais pas entrer. Persévérance passa la tête au coin de l'empilement de caisses. « Dépêchez-vous ! Cachez-vous !

— Je ne peux pas ; ils ont tiré la porte derrière eux et l'ont verrouillée. Je ne peux pas l'ouvrir de ce côté-ci. »

Nous échangeâmes un long regard, puis il dit tout bas : « On va déplacer les caisses pour planquer la porte, et ensuite vous viendrez aux écuries avec moi. »

J'acquiesçai de la tête en tâchant de refouler mes larmes et les sanglots qui me nouaient la gorge. J'aspirais plus que tout à me réfugier à l'abri de ces murs ; c'était chez moi, c'était ma cachette, et on venait de m'en barrer l'accès alors que j'en avais le plus besoin ; curieusement, j'en éprouvais un sentiment d'injustice aussi intense que ma terreur. Ce fut Persévérance qui poussa les caisses contre la cloison. Je les contemplai sans bouger pendant que la peur grandissait en moi. Lorsque j'avais un plan, un havre où me terrer, j'étais calme et concentrée ; à présent, je n'avais plus en tête que la mort d'Allègre et la bataille qui se déroulait dans la maison, à Flétribois où régnaient le charme et la paix, où mon père n'était pas. Le sang avait-il jamais coulé dans cette demeure ?

Comme si j'étais sa sœur, Persévérance me prit par la main. « Venez ; papa saura quoi faire. »

J'obéis sans lui faire observer qu'il allait falloir traverser un grand espace découvert ni que je portais des chaussures mieux adaptées à parcourir les couloirs de Flétribois. Laissant la porte des cuisines ouverte, nous nous aventurâmes dans la neige et suivîmes nos empreintes à travers le potager jusqu'au jardin d'hiver, mais sans y pénétrer ; nous longeâmes sans bruit le mur puis nous dissimulâmes derrière des buissons en tâchant de ne pas déranger la neige accumulée sur les branches.

De là, nous entendions mieux ce qui se passait. Un homme à l'accent inconnu cria : « Assieds-toi ! Assieds-toi ! Ne bouge pas ! » Persévérance le perçut comme moi, et il prit conscience, j'en suis sûre, qu'il me conduisait vers cette voix. On ne pouvait pas faire pire, mais je lui emboîtai quand même le pas.

Nous passâmes le coin de la maison et fîmes halte. Des taillis de houx poussaient là, et leurs feuilles vertes et épineuses et leurs baies rouge vif faisaient un contraste saisissant avec la blancheur du sol. Les feuilles mortes à leur base, là où nous nous accroupîmes, me piquèrent les pieds à travers mes fines semelles ; serrés l'un contre l'autre comme des lapins, nous observâmes le spectacle qui s'offrait à nous.

Les occupants de Flétribois étaient rassemblés comme un troupeau de moutons ahuris dans l'allée qui menait à l'entrée principale de la demeure. Debout dans la neige, vêtus seulement de leurs habits d'intérieur, ils se frottaient les mains pour se réchauffer ou s'étreignaient, effrayés. J'en connaissais la plupart depuis toujours ; Muscade, la cuisinière, avait passé le bras autour des épaules de Tavia et défiait les assaillants du regard. J'identifiai les ménestrels à leurs tenues colorées ; accroupis ensemble, ils parcouraient la scène d'un œil abasourdi. Soigneuse avait les bras serrés sur la poitrine, et se balançait d'avant en arrière, misérable ; la bonne d'Évite, près d'elle, crispait les mains sur le devant déchiré de sa robe ; elle était pieds nus. Trois hommes de forte carrure contemplaient la troupe du haut de leurs montures ; il me semblait avoir déjà vu l'un d'eux, mais je ne savais où. Les deux autres ne disaient rien, mais tous les trois avaient une épée rouge de sang au poing. Le premier continuait d'intimer aux prisonniers de s'asseoir, mais rares étaient ceux qui obéissaient. Un peu à l'écart, deux personnes étaient étendues face contre terre, immobiles, et la neige rougissait autour d'eux.

L'une d'elles était FitzVigilant ; je reconnus la veste raffinée et le pantalon coupé sur mesure. Je les avais vus le matin même, je savais donc qu'il s'agissait de lui, mais mon esprit refusait d'accepter la réalité.

« Je ne vois pas mon père », fit Persévérance dans un souffle à peine audible. Je hochai la tête ; j'avais repéré quelques employés des écuries, mais son père ne se trouvait pas parmi eux. Était-il mort ou se cachait-il ?

Une femme sortit de la maison et se dirigea vers les captifs. Elle avait l'air parfaitement banale, rondouillarde, d'âge moyen, vêtue chaudement de bottes en fourrure, d'une épaisse cape en laine et d'un bonnet à poil tiré sur les oreilles. Son visage rond et ses boucles brunes qui dansaient au rythme de ses pas lui donnaient presque un aspect enjoué. Elle s'approcha de l'homme qui criait aux otages de s'asseoir et le regarda. Elle lui posa une question d'une voix qui portait clairement, mais dans une langue que j'ignorais ; il lui fit une réponse manifestement négative.

Elle s'adressa aux prisonniers avec un accent étrange mais qui n'empêchait pas de la comprendre : « Un garçon a été amené ici, peut-être au cours des cinq dernières années, mais plus probablement au cours des derniers mois. Il a le teint et les cheveux blancs comme la neige. Remettez-le-nous et nous nous en irons. C'est peut-être encore un enfant ou bien c'est un homme fait ; nous le reconnaîtrons en le voyant. Il n'est pas parmi vous, mais vous devez savoir de qui nous parlons. » Elle se tut, attendant une réponse, puis reprit d'un ton rassurant : « Ce n'est pas l'un des vôtres ; il a toujours été à nous, et nous voulons seulement le ramener chez lui. Il ne lui sera fait aucun mal, et, si vous dites où le trouver, plus rien ne vous arrivera non plus. »

Ses propos étaient mesurés et calmes, voire bienveillants. Je vis les domestiques échanger des regards, puis Tavia s'écarta de Muscade et déclara : « Il n'y a personne ici qui ressemble à ça. Le seul nouveau venu, c'était l'homme que vous avez tué, le scribe ; tous les autres travaillent ici depuis des années ou sont nos enfants. Vous avez vu les ménestrels ; ce sont les seuls étrangers présents ! » Ses mots s'achevèrent en sanglots. Les ménestrels, déjà terrifiés, se rapprochèrent encore les uns des autres.

« Vous mentez ! » répliqua l'homme, et, la peur peinte sur ses traits, Tavia se boucha les oreilles comme si les mots du cavalier étaient en eux-mêmes une menace.

Le fils inattendu ; j'en fus soudain certaine. C'étaient les poursuivants dont la messagère pâle nous avait parlé ; ils l'avaient suivie et croyaient trouver le garçon chez nous, pour une raison qui m'échappait. Peut-être pensaient-ils que mon père l'avait découvert et lui avait donné refuge à Flétribois.

« Elle ne ment pas ! » s'exclama Muscade d'une voix suraiguë, et quelques-uns autour d'elle eurent le courage de crier : « C'est vrai ! » « On est tous nés ici ! » et autres interjections.

« Vous pouvez rester cachée seule ici ? murmura Persévérance à mon oreille. Il faut que j'aille aux écuries trouver mon père. S'il n'y est pas… je prendrai un cheval et je descendrai à Flétry chercher de l'aide.

— Emmène-moi, fis-je d'un ton suppliant.

— Non. Il faut que je traverse toute cette cour ; s'ils nous voient… » Il secoua la tête. « Vous devez rester ici, Abeille, et vous cacher. » Il se mordit la lèvre puis ajouta : « Si mon père… Si je ne le trouve pas, je reviendrai et on ira chercher de l'aide ensemble. »

Je savais que c'était illogique : s'il parvenait aux écuries, mieux valait qu'il prît un cheval et partît directement pour Flétribois au grand galop. Mais j'étais terrifiée, et j'acquiesçai de la tête avec raideur. Il m'obligea à m'accroupir davantage. « Restez ici », souffla-t-il, comme si j'allais oublier.

Il se déplaça jusqu'à l'extrémité du taillis de houx puis s'arrêta. La femme rondelette avait l'air de discuter âprement avec l'homme à cheval ; elle désigna les corps du doigt puis gesticula furieusement ; à l'évidence, elle n'appréciait pas la façon dont il menait ses recherches. Lui agitait son épée en criant. Soudain, de la maison sortit l'homme-brouillard, celui que j'avais vu au bourg. Là-bas, c'était une lumière étincelante dans une ruelle que les gens évitaient ; aujourd'hui, c'était une brume nacrée avec au centre un homme rondouillard, pâle comme un fantôme. Il tournait lentement la tête d'un côté et de l'autre, et, si mes yeux ne me trompaient pas, les siens étaient de la même teinte que le brouillard. Un frisson étrange me parcourut et je me fis la plus petite possible en ramenant ma conscience en moi – en dressant mes murailles, comme eût dit mon père. J'eus l'impression d'être tout à coup aveugle, mais c'était le prix à payer pour mon invisibilité.

« Abeille ? » chuchota Persévérance, mais je secouai la tête et la gardai baissée. J'ignore ce qu'il perçut, mais il saisit soudain mon bras dans une poigne de fer. « Venez avec moi. Allez, on y va, et ensemble. »

Mais, au lieu de m'entraîner vers les écuries, il me fit rebrousser chemin en demeurant à l'abri des buissons qui ornaient cette partie du jardin. Sans lever les yeux, je le laissais me guider. « Là, fit-il enfin, le souffle court. Ne bougez pas d'ici. Je vais aux écuries ; si je ne trouve pas mon père, je ramènerai les chevaux ici. Comme j'arriverai rapidement, il faudra vous tenir prête à courir pour sauter sur le dos de Mignarde. Vous en êtes capable ? »

Je n'en savais rien. « Oui.

— Restez ici », dit-il, et il s'en alla.

Je demeurai derrière des rhododendrons dont la neige et la glace emprisonnaient les feuilles tombantes. Au bout d'un long moment, je levai enfin les yeux et parcourus les alentours du regard. Rien ne bougeait ; je n'entendais plus les prisonniers, mais des éclats de voix furieux me parvenaient encore vaguement.

Allègre était mort ; mon père était absent ; Crible n'était pas là ; FitzVigilant était mort. Persévérance pouvait mourir à tout instant.

À cette perspective, je ne pus rester en place. Je mourais de peur à l'idée être tuée, mais je redoutais encore plus que mon seul allié eût péri sans même que je fusse au courant. Combien de temps allais-je me tapir sous un buisson pendant que la vie le quittait ? Je me mis à haleter dans l'espoir de repousser les ténèbres. J'avais froid, j'avais soif, et j'étais seule. Je m'efforçai de réfléchir, de ne pas faire n'importe quoi uniquement parce que j'avais besoin d'agir.

Je sortis la cape de mon pourpoint ; je ne l'avais pas oubliée, mais je connaissais ses limites : il lui fallait du temps pour adopter les couleurs et les ombres environnantes. Pas question de me la passer sur les épaules et de courir sans être vue. Oui, mais la neige est blanche… Le camouflage ne serait pas parfait, mais je l'étendis sur le sol près des buissons. L'effet serait sans doute celui d'un lièvre ou d'un renard blanc : n'importe qui d'un peu attentif repérerait mon déplacement et verrait mes pieds et mes traces, mais j'aurais de meilleures chances de parvenir jusqu'aux écuries.

Les éclats de voix en provenance de l'autre côté de la maison s'intensifiaient ; l'homme se faisait menaçant, et la femme était manifestement mécontente mais n'implorait pas : au contraire, elle insistait pour se faire obéir. J'entendis un hurlement, celui d'un homme cette fois, et je me demandai qui avait été blessé ou tué ; une femme se mit à pousser des cris déchirants qui ne cessèrent pas. Pendant ce temps, la cape à plat sur le sol passait peu à peu de la couleur sombre de l'intérieur de mon pourpoint à celle de la neige inégale et à l'ombre des taillis. Jamais je n'avais réfléchi qu'en réalité toute neige n'est pas blanche ; je constatais à présent qu'elle était grise avec une légère teinte bleue sale et mouchetée de fientes d'oiseaux et de petits bouts de feuilles mortes.

Je me glissai sous le tissu pour éviter de le tirer sur les buissons au risque qu'il en prît les couleurs. C'était une cape d'adulte, si bien que je pouvais m'en envelopper entièrement et la rabattre sur mon visage. Je la serrai de l'intérieur à la taille et au menton en laissant une petite ouverture pour y voir, puis je balayai les environs du regard ; il n'y avait personne de ce côté-ci de la demeure. Je m'élançai et gagnai le taillis de houx où nous nous étions abrités précédemment en prenant soin de ne pas trop m'en approcher, puis je m'arrêtai pour examiner la distance qui me séparait des écuries. Devais-je la franchir lentement ou en courant ? Plus tôt, la neige formait une couche lisse sur l'herbe rase, mais je distinguais nettement à présent les traces indiquant que Persévérance avait réussi à passer. Je compris soudain : il avait attendu que les agresseurs fussent distraits, peut-être par le cri de l'homme. Je n'avais nulle envie de regarder les prisonniers : leur situation m'effrayait et m'empêchait de penser clairement ; mais il me fallait estimer mes chances. La femme continuait à pousser des cris de désespoir ; cela suffisait-il à détourner l'attention des intrus ? Je demeurai parfaitement immobile et bougeai seulement les yeux pour observer les captifs.

La femme qui criait était Évite, tête nue et la robe déchirée sur une épaule. Debout devant l'homme à cheval, elle hurlait comme une pleureuse, sans prononcer de mots, sans émettre de sanglots, d'une voix suraiguë. L'homme-brouillard se tenait non loin d'elle, et la femme rondouillarde paraissait essayer de l'interroger. Je ne pouvais rien pour Évite ; malgré mon aversion pour elle, je l'eusse aidée si j'en avais eu les moyens parce qu'elle était à moi, au même titre que le chat noir ou les gardeurs d'oies : ils appartenaient tous à Flétribois, et, en l'absence de mon père et d'Ortie, j'avais la responsabilité de ces gens. Ces gens serrés les uns contre les autres et qui bêlaient de terreur.

Jusque-là, j'étais un enfant qui fuyait le danger, mais un changement s'opéra soudain en moi. Je devais me rendre aux écuries et, avec Persévérance, aller chercher des secours ; il me fallait agir vite, avant qu'il ne prît des risques inutiles en ramenant un cheval à ma cachette. La peur qui me paralysait se dissipa pour laisser la place à l'ardeur d'un loup. Je m'accroupis et, lorsque la femme se remit à poser des questions à Évite, je m'élançai, courbée en deux, et suivis les empreintes de Persévérance dans l'espoir de laisser moins de traces de mon passage.

Parvenue à l'angle du bâtiment, je le contournai et m'accroupis, haletante. Et maintenant ? Et maintenant ? À la porte de derrière, par où les garçons d'écurie sortaient les brouettées de paille sale. C'était sûrement là que Persévérance conduirait les chevaux, car c'était l'issue la plus éloignée de la maison.

Je longeai le pigeonnier où logeaient nos oiseaux messagers. Logeaient ; des plumes partout, et de petits cadavres qui jonchaient le sol, le cou brisé. Pas le temps de m'arrêter pour ces petites morts. Je prenais conscience que les intrus n'avaient aucune pitié et que l'attaque n'était pas improvisée : aucun pigeon n'avait pu en emporter la nouvelle ; ils les avaient tués en premier.

Quand j'arrivai aux portes des écuries, je jetai un coup d'œil à l'intérieur et vis une scène d'horreur. Les assaillants avaient-ils commencé par ce bâtiment comme ils l'avaient fait pour le pigeonnier ? Les chevaux s'agitaient nerveusement dans leurs boxes, et moi-même, malgré mon odorat moins développé, je percevais l'odeur du sang. Je me réjouis qu'ils n'eussent pas pris le temps d'abattre les bêtes, peut-être pour éviter de faire trop de bruit. Quelqu'un était étendu dans l'allée centrale, vêtu des couleurs de Flétribois. C'était un des nôtres, face contre terre, immobile ; un des miens. Je refoulai un sanglot. Ce n'était pas le moment de pleurer les morts ; si nous voulions sauver des vies, Persévérance et moi devions aller chercher de l'aide. Nous étions le seul espoir de mes gens. J'ignorais combien d'habitants comptait le petit village de Flétry, mais nous y trouverions des pigeons voyageurs, et quelqu'un irait prévenir la patrouille royale.

Je rassemblais mon courage pour passer près du corps quand un bruit me fit lever les yeux ; Persévérance se dirigeait vers moi ; il montait à cru un solide cheval bai mais avait pris le temps de seller Mignarde et de lui mettre les rênes. Des larmes sillonnaient ses joues, et sa mâchoire crispée et volontaire faisait un contraste saisissant avec ses traits lisses d'adolescent. Il sursauta en me voyant, et je repoussai vivement ma capuche pour découvrir mon visage. « C'est moi ! » fis-je dans un souffle.

Un éclat furieux s'alluma dans ses yeux. « Je vous avais dit de rester sur place ! »

Il se laissa glisser à bas de sa monture et lui boucha les naseaux pour la faire passer près du cadavre. Il me remit les rênes puis retourna chercher Mignarde et la ramena de la même façon. Une fois près de moi, il me prit par la taille et, sans cérémonie, me hissa sur ma jument. Je m'installai tant bien que mal tout en roulant ma cape en boule pour la fourrer à nouveau sous mon pourpoint ; je ne voulais pas qu'elle fît peur à Mignarde en battant au vent. Je redoutais déjà un trajet pénible.

Mon compagnon garda les rênes de ma monture à la main tout en montant sur la sienne ; avec un regard par-dessus son épaule, il dit à mi-voix : « On part au grand galop ; c'est notre seule chance. On va à toute vitesse et on ne s'arrête sous aucun prétexte. C'est compris ?

— Oui.

— Et cette fois vous m'obéissez ! » ajouta-t-il d'un ton farouche.

Je n'eus pas le temps de répondre, car nous nous mîmes brutalement en route ; nous franchîmes les portes arrière au galop et traversâmes la pelouse en gardant les écuries entre nous et la maison pour gagner la longue allée sinueuse qui menait à l'entrée de la propriété. La neige intacte sous les arbres nus nous ralentissait mais étouffait peut-être un peu le bruit des sabots. Pourtant, cela ne suffit pas : alors que nous nous éloignions du bâtiment d'écurie, j'entendis une exclamation de surprise. C'est curieux comme on reconnaît dans un cri inarticulé qu'il n'est pas dans sa langue maternelle. Je ne sais ce que fit Persévérance, mais nos chevaux accélérèrent soudain ; jamais je n'avais chevauché par une foulée aussi longue.

Je me tenais de toutes mes forces en serrant les chevilles, les genoux et les cuisses, les mains agrippées au pommeau de ma selle comme si je n'étais jamais montée sur un cheval. Je m'entendais pousser un gémissement aigu sans pouvoir m'en empêcher. Des cris jaillirent derrière nous et je perçus un bourdonnement subit, comme si une guêpe venait de passer près de moi, puis deux autres, et je compris qu'un archer nous visait. Je me fis toute petite sur le dos de ma jument et nous poursuivîmes notre chevauchée. L'allée fit un tournant, et je me sentis soulagée que les envahisseurs ne pussent plus nous entendre. Nous continuâmes au galop.

Soudain Persévérance tomba. Il glissa de son cheval, heurta la route puis roula dans la neige épaisse alors que sa monture poursuivait à toute allure. Il n'avait pas lâché les rênes de Mignarde ; elle tourna brusquement et faillit le piétiner avant de s'arrêter en biais si soudainement que je fus projetée de côté. Je perdis un de mes étriers et je restai un instant accrochée de guingois avant de libérer mon autre pied et de sauter au sol pour courir vers mon compagnon. Nulle flèche ne pointait de lui, et je crus qu'il avait fait une simple chute et que nous pourrions reprendre notre chemin sur Mignarde. Et puis je vis la tache rouge ; la flèche lui avait traversé l'épaule de part en part. Le sang ruisselait, et Persévérance était blanc comme un linge. Il roula sur le dos et me jeta les rênes de la jument. « Remontez en selle et repartez ! lança-t-il. Fuyez ! Allez demander du secours ! » Un grand frisson l'agita, et il ferma les yeux.

Je restai figée. J'entendais le bruit des sabots de son cheval qui courait toujours, et d'autres sabots aussi qui approchaient. Les intrus arrivaient ; ils allaient nous attraper. J'étais incapable de soulever Persévérance et encore moins de le hisser sur Mignarde. Il fallait le cacher. Il respirait encore ; le cacher et revenir le chercher plus tard. C'était le mieux que je pusse faire.

Je tirai la cape-papillon de mon pourpoint et l'étendis sur lui avant de le border. Les couleurs changeaient, mais pas assez vite ; je jetai de la neige sur lui puis, comme la galopade des poursuivants devenait plus audible, je menai Mignarde de l'autre côté de l'allée et bondis pour monter sur elle en m'accrochant à la selle pendant qu'elle gigotait et dansait de côté, inquiète. Une fois assise, je glissai les pieds dans les étriers et la talonnai durement. « Allez, allez, allez ! » criai-je d'une voix stridente.

Et elle s'élança à longues foulées terrifiées. Je me penchai en m'accrochant à elle, sans me servir des rênes, en espérant qu'elle suivrait la route. « Je t'en prie, je t'en prie, je t'en prie », répétais-je, implorant la jument, le monde, tout ce qui existait. Nous galopions si vite que nos assaillants ne pouvaient pas nous rattraper, j'en étais sûre. Le vent mordant arrachait des larmes au coin de mes yeux, et la crinière de la jument me battait la figure. Je ne voyais que la route déserte devant moi. J'arriverais à leur échapper ; je ramènerais de l'aide et tout finirait bien…

Alors, de part et d'autre de moi, deux grands chevaux surgirent et se placèrent de front avec Mignarde ; un des cavaliers se pencha, saisit sa têtière et nous fit opérer un brusque demi-tour. Je commençai à glisser, et l'autre homme me saisit d'une main par le dos de mon pourpoint, m'arracha à ma monture et me laissa tomber. Je heurtai le sol et boulai presque jusque sous les sabots de son cheval ; quelqu'un poussa un cri furieux alors que des éclairs blancs explosaient autour de moi.

Pendant quelques instants, je restai plongée dans un état de stupeur, puis je me sentis soulevée du sol, la bouche pleine de neige, la tête ballante, par une main qui avait agrippé le devant de mon pourpoint. Je crus d'abord que l'homme me secouait, puis ce fut le monde qui dansait autour de moi, et enfin tout s'immobilisa. Je battis plusieurs fois des paupières et je pus enfin voir mon agresseur, grand, barbu et en colère ; il était âgé, les cheveux poivre et sel et les yeux aussi bleus que ceux d'un jars blanc. Il m'adressait des hurlements furieux dans une langue que je ne connaissais pas. Il se tut soudain puis, avec un fort accent, me demanda : « Où autre ? Où parti ? »

Je retrouvai assez mes esprits pour mentir. « Il m'a abandonnée ! » criai-je, et mon angoisse n'était pas feinte. Je tendis un doigt tremblant dans la direction où le cheval de Persévérance avait poursuivi sa course. « Il s'est enfui et il m'a abandonnée ! »

J'entendis alors une voix de femme. Haletante, elle criait d'une voix rageuse en courant vers nous le long de l'allée. À une certaine distance derrière elle venait l'homme-brouillard ; il marchait vite mais sans précipitation. Ils étaient encore loin de nous. Sans lâcher mon pourpoint, le cavalier aux cheveux gris se dirigea vers la femme en me traînant derrière lui et en menant sa monture par les rênes, tandis que son compagnon nous suivait à cheval. Nous passâmes devant la cachette de Persévérance ; je ne reconnus l'endroit que par mes empreintes de pas dans la neige, et je m'interdis de regarder le petit tumulus que devait former mon compagnon. Je dressai mes murailles et le chassai de mes pensées de crainte que mes ravisseurs ne perçussent, j'ignore comment, mon subterfuge. Je représentais la seule chance de salut de Persévérance, et l'unique aide que je pouvais lui apporter, c'était en lui tournant le dos. Je me mis à ruer sans force et m'efforçai de crier pour tenir l'attention de l'homme fixée sur moi.

Enfin nous eûmes passé le site et nous rapprochâmes de la femme. Elle lança quelques mots par-dessus son épaule à l'homme-brouillard, qui répondit d'un ton enjoué en me désignant du doigt. Celui qui me tenait lui cria quelque chose à quoi elle répliqua par un reproche ; il s'arrêta soudain et changea sa prise sur moi pour agripper mon pourpoint par l'arrière du col, puis il me souleva de terre et me montra à la nouvelle venue en me secouant. Elle poussa une exclamation d'horreur, et il me lâcha en s'esclaffant. Comme j'essayais de m'enfuir à quatre pattes, il posa son pied sur moi et m'immobilisa dans la neige. Il dit quelque chose d'un ton à la fois moqueur et intimidant, et les réprimandes de la femme se muèrent en suppliques.

Je m'évertuais à respirer, le souffle coupé par le pied qui m'écrasait le dos. La femme arriva près de nous, et ses suppliques redevinrent soudain des menaces. L'homme éclata de rire à nouveau et me libéra. Elle s'agenouilla près de moi dans la neige.

« Oh, mon petit chéri ! s'exclama-t-elle. Te voici enfin. Mon pauvre chou ! Quelle peur tu as dû avoir ! Mais c'est fini maintenant ; nous sommes là, tu n'as plus rien à craindre ; nous venons te ramener à la maison. » Elle m'aida à m'asseoir et me regarda avec bienveillance, son visage rond empreint d'angoisse et d'affection. Elle sentait le lilas. Je voulus répondre, mais j'éclatai en larmes. « Mon pauvre petit garçon ! fit-elle. Calme-toi, tout va aller très bien. Tu es en sécurité avec nous ; tu ne risques plus rien. »

L'homme-brouillard nous avait rejoints. Il tendit l'index vers moi, une joie intense sur le visage. « Là ! Celui-là. » Il avait une voix haut perchée d'adolescent. « Le fils inattendu ; mon frère. » Le bonheur qu'il éprouvait à m'avoir trouvée m'engloutit et m'emplit tout entière, et je ne pus réprimer le grand sourire qui monta à mes lèvres, porté par une vague de bien-être. Ma famille était venue me chercher ! Elle était là et je ne craignais plus rien, ni la solitude, ni la peur. Son large sourire niais et ses bras grands ouverts m'accueillaient ; j'imitai son geste, soulagée de me serrer enfin contre lui.

Épilogue

Un enfant est mordu par un rat ; les parents se précipitent pour le consoler. Mais la morsure à la main s'infecte, et il faut amputer. Ce jour-là, la vie de l'enfant change pour toujours.

Ou un enfant est mordu par un rat ; les parents se précipitent pour le consoler. La blessure guérit sans même laisser une cicatrice et tout va bien.

Mais tout ne va pas bien : l'enfant garde le souvenir de la morsure et du rat toute sa vie. Même adulte, le bruit de petites pattes courant sur le plancher la nuit le réveille, baigné de sueur ; il ne peut pas travailler dans une grange ni dans un grenier ; quand son chien lui rapporte un rat mort, il recule, épouvanté.

Telle est la puissance du souvenir. Il est aussi fort que la plus forte fièvre due à une infection, et il dure, non le temps d'une maladie, mais jusqu'à la fin de l'existence. De même que la teinture imprègne les fibres et modifie leur couleur à jamais, un souvenir, pénible ou agréable, altère la fibre d'un tempérament.

Des années avant d'apprendre qu'on peut injecter ses souvenirs dans la pierre et s'éveiller sous forme de dragon, je tremblais encore devant leur pouvoir et je me cachais d'eux. Ah, quels souvenirs je refusais et me dissimulais, trop empreints de douleur pour que je pusse les regarder en face, enfant ou adulte ! Et ceux dont je me débarrassai en les déversant dans un dragon en croyant me libérer d'un poison qui m'affaiblissait ! Pendant des années, je vécus une vie émoussée, sans me rendre compte de ce dont je m'étais privé. Le jour où le Fou me rendit ces souvenirs, ce fut comme lorsque le sang se remet à circuler dans un membre engourdi : il retrouve certes son énergie, mais cela s'accompagne de fourmillements douloureux et de crampes débilitantes.

Les souvenirs heureux se gravent tout aussi profondément dans le cœur que ceux de souffrance ou de terreur, et eux aussi imprègnent la conscience qu'on a du monde. Ainsi, ceux de ma première journée avec Molly, de notre première nuit ensemble, du jour où nous nous sommes voués l'un à l'autre, tous ont teinté ma vie, et, dans les moments les plus sombres, m'ont donné une lumière à me rappeler. Pendant mes périodes de maladie, de chagrin ou d'abattement, je me revoyais courant avec le loup dans le crépuscule enneigé avec pour seule pensée le gibier que nous pousuivions ; je garde de précieux souvenirs de feu dans l'âtre, d'eau-de-vie et d'un ami qui me connaissait peut-être mieux que personne d'autre ne le pouvait. C'est à partir de telles images qu'on se bâtit une forteresse pour protéger son cœur ; ce sont les jalons qui lui disent qu'il est digne de respect et que sa vie a plus d'importance que sa seule existence. Je les garde toutes, celles de douleur, celles de réconfort et celles d'exultation, et je puis les contempler même si elles sont passées comme une tapisserie laissée à la poussière et à une lumière trop dure.

Mais il est un jour que je porte comme s'il avait été tatoué au cœur même de mon être avec des aiguilles de plaisir et de souffrance à la fois. Il est un jour que je me rappelle en couleurs si vives et avec des odeurs si présentes que je n'ai qu'à fermer les yeux pour le revivre. C'est une belle journée d'hiver pleine de ciel bleu et de neige scintillante, avec la mer grise et plissée derrière les toits et les rues de Bourg-de-Castelcerf. Ce jour sera toujours celui d'avant la veille de la fête de l'Hiver, et j'entendrai toujours les échanges des souhaits enjoués, les sollicitations des colporteurs et des rémouleurs, et les cris incessants des mouettes dans le vent.

Sur la bise flottent des arômes de plats à la fois onctueux et savoureux mêlés à l'odeur d'iode et de décomposition de la marée basse. Je marche seul par les rues où j'achète de petits cadeaux pour ma fille que j'ai laissée à Flétribois et des articles pour mon ami blessé, simples pour fabriquer les baumes que m'a enseignés Burrich, des vêtements neufs, un manteau chaud, et des chaussures pour ses pieds déformés et victimes d'engelures.

Les mouettes piaulent en tournoyant dans le ciel, les marchands m'invitent à faire des emplettes, le vent parle en murmurant de la marée qui change, et, en contrebas, dans la baie peu profonde, les bateaux craquent et tirent sur leurs amarres. C'est une journée magnifique, une journée d'azur dans un écrin d'argent.

C'est le jour où ma vie a basculé pour toujours. C'est le jour où mon enfant a été enlevé, où les flammes, la fumée et les hennissements des chevaux se sont élevés au-dessus de Flétribois sans que je les voie ni les entende. Ni mon Vif ni mon Art ne m'ont montré la neige fondue par le sang écarlate, les femmes au visage meurtri ni les hommes percés de flèches. Rien ne m'a prévenu en cette belle journée que la période la plus sombre de mon existence venait de s'ouvrir.

Table

11394

Composition
NORD COMPO

Achevé d'imprimer en Slovaquie
par NOVOPRINT SLK
le 14 mars 2016.

Dépôt légal mars 2016.
EAN 9782290119129
OTP L21EPGN000602N001

ÉDITIONS J'AI LU
87, quai Panhard-et-Levassor, 75013 Paris

Diffusion France et étranger : Flammarion